Epouse d'un prince

*

La magie du désert

*

Romance orientale

LYNNE GRAHAM

Epouse d'un prince

éditions Harlequin

Si vous achetez ce livre privé de tout ou partie de sa couverture, nous vous signalons qu'il est en vente irrégulière. Il est considéré comme « invendu » et l'éditeur comme l'auteur n'ont reçu aucun paiement pour ce livre « détérioré ».

Cet ouvrage a été publié en langue anglaise sous le titre :
AN ARABIAN MARRIAGE

Traduction française de
FLORENCE MOREAU

Ce roman a déjà été publié dans la collection
AZUR N° 2242
sous le titre
UN PRINCE D'ORIENT
en octobre 2002

HARLEQUIN®

est une marque déposée du Groupe Harlequin

Toute représentation ou reproduction, par quelque procédé que ce soit, constituerait une contrefaçon sanctionnée par les articles 425 et suivants du Code pénal.
© 2002, Lynne Graham. © 2002, 2007, Traduction française : Harlequin S.A.
83-85, boulevard Vincent-Auriol, 75013 PARIS — Tél. : 01 42 16 63 63
Service Lectrices — Tél. : 01 45 82 47 47
ISBN 978-2-2800-9599-0

1.

— C'est l'honneur de notre famille qui est en jeu, déclara le roi Zafir d'une voix affaiblie.

En dépit de la maladie qui l'obligeait à garder le lit, une détermination féroce brilla dans ses prunelles noires lorsqu'il ajouta :

— Tu dois aller chercher le fils de ton défunt frère en Angleterre et le ramener ici, où nous l'élèverons.

— Père, répondit le prince héritier Jaspar d'une voix tendue, avec tout le respect que je vous dois, cet enfant a une mère et...

— Une courtisane n'est pas digne d'être qualifiée de mère ! l'interrompit vivement le roi Zafir.

Revigoré par sa colère, il se redressa sur ses coussins et poursuivit :

— Une créature sans pudeur qui danse jusqu'à l'aube tandis que son enfant est à l'hôpital. Une Jézabel cupide, qui ne pense qu'à nous soutirer de l'argent, qui...

A cet instant, le roi fut pris d'une terrible quinte de toux et, pendant quelques secondes, lutta pour retrouver sa respiration. Aussitôt une infirmière se précipita vers le lit pour lui administrer une dose d'oxygène.

Toujours aussi crispé, l'œil sombre, Jaspar observait la scène. Le fidèle conseiller de son père, Rashad, s'avança vers lui et, d'un ton suppliant, lui dit :

— Je vous en prie, Votre Altesse, faites ce qu'il vous demande sans discuter.

— J'ignorais que mon père vouait une telle aversion aux femmes occidentales.

— Mais il ne s'agit pas de cela ! protesta Rashad. N'avez-vous donc pas lu le rapport concernant la concubine de votre regretté frère ?

— Non, pas encore, répondit Jaspar.

— Dans ces conditions, je vais vous le chercher, annonça le vieux conseiller en s'inclinant. Ainsi, Votre Altesse pourra se faire une meilleure idée de la situation.

De son lit à baldaquin, le roi fit signe à son fils d'approcher. Se saisissant alors de sa main, il l'implora presque :

— Ton devoir de chrétien te commande de sauver mon petit-fils.

A ces mots, Jaspar se contenta de baiser la main de son père et quitta la pièce afin de regagner son bureau. Sur son passage, les domestiques qu'il croisa s'inclinèrent respectueusement, eu égard à son tout nouveau statut de prince héritier. Pensant que c'était la mort récente d'Adil qui lui valait cette déférence marquée, il ressentit une immense tristesse.

Un jour viendrait, en effet, où il monterait sur le trône pour succéder à son père, alors que rien ne l'y avait préparé jusqu'à présent, puisque c'était à son frère aîné que devait revenir cette fonction. Avec la disparition de ce dernier, la vie de Jaspar avait pris une tournure radicalement différente.

Il aimait son frère de tout son cœur, mais ne s'était jamais senti très proche de lui. Il est vrai qu'Adil avait quinze ans de plus que lui, et une personnalité aux antipodes de la sienne. Souvent, en plaisantant, celui-ci l'avait traité de rabat-joie. Hélas, son goût pour la bonne chère et les cigares cubains l'avait conduit à une mort prématurée, à l'âge de quarante-cinq ans.

Dans le bureau ensoleillé qui était désormais le sien, Jaspar contempla un instant le portrait de son frère accroché au mur. Adil avait aussi été un séducteur invétéré. Un jour, avec son grand sourire lumineux, il lui avait déclaré :

— Ah, Jaspar ! Si seulement nous étions musulmans, alors je posséderais un harem. Pourquoi faut-il se décider pour une femme plutôt qu'une autre ? Ne t'es-tu jamais demandé ce qu'aurait été notre vie, si notre honoré ancêtre, Karim I, avait accepté de se convertir à l'islam ?

Lorsque ses fonctions de prince héritier ne le retenaient pas au Quamar, Adil parcourait la Méditerranée à bord de son yacht en compagnie d'une escorte de belles femmes occidentales, qui profitaient sans scrupule de ses largesses.

Les rumeurs courant sur la vie déréglée de son fils inquiétaient souvent le roi Zafir, mais Adil était doué pour la dissimulation et savait rassurer son père. Ce dernier se montrait d'ailleurs plutôt bienveillant à son égard car il attendait avec impatience qu'il lui donne un petit-fils.

Jaspar soupira. La famille royale al-Husayn avait décidément peu de chance avec sa descendance mâle. Adil, marié trois fois, avait eu sept filles avec ses deux premières épouses, mais aucune d'entre elles ne pourrait jamais régner sur le royaume.

Et voilà qu'avant de rendre son dernier souffle, il avait avoué à son père que deux ans auparavant, un enfant était né à Londres, fruit de ses amours avec une Anglaise. Dès lors, le roi n'avait plus eu qu'une obsession en tête : en apprendre davantage sur ce petit-fils. Il avait immédiatement diligenté une enquête. Peu aisée à mener cependant, dans la mesure où, par crainte du scandale qui aurait pu retentir au Quamar si la nouvelle avait été découverte, Adil s'était ingénié à brouiller les pistes pour cacher l'existence de l'enfant.

Ah, quel gâchis, quel terrible gâchis, pensait Jaspar tandis que Rashad déposait sur son bureau, yeux respectueusement baissés, un dossier scellé.

Comment faire entendre raison au roi pour qu'il comprenne l'absurdité de cette démarche ? Il était insensé de vouloir ramener cet enfant illégitime au Quamar ! Sans compter qu'il faudrait auparavant l'arracher aux bras d'une mère certainement peu encline à se séparer de sa progéniture. C'était un défi quasi impossible à relever.

— Votre Altesse, déclara soudain Rashad d'une voix vibrante d'excitation, Sa Majesté vient d'avoir une idée lumineuse, qui résoudra tous nos problèmes.

Jaspar lui adressa alors un regard poli, sans grand espoir quant à cette « idée lumineuse ». Car il savait que le vieux conseiller de son père était incapable du moindre esprit critique envers ce dernier.

— Nous allons faire appel à notre force spéciale et kidnapper l'enfant !

Cette proposition coupa le souffle de Jaspar. Même à cet âge avancé, son père l'étonnerait toujours. Régnant en maître absolu sur le Quamar depuis l'adolescence, le roi Zafir avait fini par perdre contact avec la réalité, et semblait parfois ignorer qu'un monde bien différent du sien s'étendait au-delà des frontières du royaume.

— De la sorte, poursuivait Rashad avec le même enthousiasme, on ne tergiversera pas en négociations interminables avec cette étrangère, et l'enfant sera ramené incognito au Quamar, rebaptisé et élevé comme un orphelin. Nous dirons que c'est le fils d'un cousin éloigné et très cher à Sa Majesté.

Par affection pour Rashad, Jaspar se retint de lui dire ce qu'il pensait de cette suggestion cruelle. Sans parler du peu de chances qu'elle avait d'aboutir !

— Va informer mon père que nous trouverons une solution sans recourir à de pareilles extrémités, déclara-t-il à Rashad.

— C'est que... Sa Majesté craint de mourir avant de voir l'enfant, répondit ce dernier d'une voix presque implorante.

Jaspar était certes soucieux de l'état de santé de son père, mais il était persuadé que ce dernier pouvait retrouver la bonne forme qui avait toujours été la sienne, à condition qu'il cesse de piquer ses redoutables colères et qu'il réapprenne le goût de vivre.

Rashad se retira et Jaspar s'empara du dossier.

Lui qui s'attendait à découvrir une brune aux longues jambes telles que les aimait son frère en fut pour ses frais. Aucune photo dans le dossier. Ni de la mère ni de l'enfant, d'ailleurs.

Une première partie était consacrée à l'enfance de la jeune femme. Selon le rapport, Erica Sutton, de son vrai nom Frederica, avait été abandonnée par sa mère après la naissance de ses deux sœurs jumelles et élevée par son père.

A l'âge de dix-huit ans, elle avait épousé un voisin, mais le mariage avait été un échec, et le couple avait divorcé sans tarder. Elle avait alors entrepris une vague carrière de mannequin, travaillant rarement, préférant enchaîner les liaisons avec des hommes riches et plus âgés qu'elle. Tous mariés.

A la naissance de l'enfant, deux ans plus tôt, elle avait jalousement gardé secrète l'identité du père. Son entourage put néanmoins constater qu'elle acquit simultanément une toute nouvelle aisance financière, comme le prouvait l'achat d'un vaste appartement au cœur de Londres, sa luxueuse garde-robe et son oisiveté la plus totale. Oubliées ses velléités concernant une éventuelle carrière de mannequin. Désormais, elle passait le plus clair de ses nuits dans des fêtes, et le reste du jour à dormir. Une manne bienveillante et mystérieuse l'avait mise à l'abri des soucis.

Au fur et à mesure de sa lecture, le beau visage de Jaspar s'assombrissait. Comment pouvait-on mener une vie si dissolue ? Il comprenait mieux à présent la réaction de son père. Choisissant le parti de la facilité, Adil avait abandonné son enfant aux mains d'une femme parfaitement irresponsable et égoïste, dépourvue de tout instinct maternel. Contre dédommagement, bien sûr.

Avec une grimace de dégoût, il repoussa le dossier. Il n'avait plus le moindre doute : il était urgent de sauver l'enfant et de l'élever dans un foyer convenable. Le fait qu'une nurse dévouée veillât nuit et jour sur lui était une bien maigre consolation. Après tout, une nourrice n'était qu'une domestique que l'on pouvait renvoyer n'importe quand. En l'état actuel des choses, le petit garçon encourait de gros risques tant émotionnels que physiques, en conclut Jaspar.

Il se sentit brusquement honteux d'avoir accordé si peu d'importance à la juste colère du roi. Son devoir, comme l'avait souligné son père, était bien de l'enfant ramener au Quamar. Néanmoins, il était bien résolu à l'accomplir sans recourir à des manœuvres mélodramatiques et traumatisantes, ainsi que le lui suggérait Rashad. Un enlèvement, franchement ! Non, il fallait éviter tout incident diplomatique.

Frederica Sutton, Freddy pour les intimes, tendit la lettre qu'elle venait de recevoir de Suisse à la femme aux cheveux gris assise en face d'elle.

— Et maintenant, que faire ? demanda-t-elle en soupirant.

— Difficile de te conseiller, répondit Ruth, tu as tout essayé...

Tout essayé ? Ses démarches étaient limitées puisqu'elle n'avait qu'une piste à exploiter, ce compte en banque suisse sur lequel une somme importante était versée à sa cousine Erica chaque mois.

Frederica avait écrit à la banque, en lui fournissant tous les détails de l'affaire. Elle avait réellement cru qu'en raison des circonstances exceptionnelles, l'établissement financier parviendrait au moins à établir un contact indirect avec la personne à l'origine du versement. Hélas, la banque avait répondu qu'en raison de la confidentialité à laquelle elle était tenue, il lui était absolument impossible de lui fournir le moindre renseignement, tout en précisant qu'insister serait une pure perte de temps de sa part.

— Ecoute, reprit Ruth, ce n'est tout de même pas ta faute si le père de Tom a fait en sorte qu'il soit impossible de retrouver son identité. De toute évidence, il n'avait jamais envisagé, pas plus que nous tous d'ailleurs, qu'une femme aussi jeune qu'Erica puisse mourir.

A cette remarque, les yeux aigue-marine de Freddy s'assombrirent et elle baissa la tête, afin de retrouver un peu de contrôle d'elle-même.

Sa cousine, âgée de vingt-sept ans, avait trouvé la mort quelques semaines plus tôt, lors d'un stupide accident de ski. Erica avait disparu comme elle avait vécu, pensa-t-elle. En prenant des risques sans en évaluer les conséquences. Pourquoi avait-il fallu qu'elle se lance dans du hors-piste alors qu'une avalanche menaçait ?

— Je sais qu'Erica te manque, poursuivit Ruth, mais cela fait six semaines qu'elle nous a quittés et la vie doit continuer. Il faut penser à Tom, maintenant. Je doute que tu apprennes jamais qui est son père, mais en un sens, c'est peut-être mieux comme ça. Ta cousine n'était pas particulièrement regardante en ce qui concernait ses petits amis.

— Tu es trop sévère avec elle. Ces derniers temps, elle voulait changer de vie.

— Ne sois pas si naïve, Freddy ! Ce n'est pas parce

que Erica n'est plus là qu'il faut à tout prix chercher à la disculper pour ses fautes passées.

— Ruth, tu es injuste ! Tu sais comme moi qu'elle a eu une enfance difficile.

— Et alors ? Ça ne justifie nullement son comportement. Excuse la crudité de mes propos, mais rien ne m'enlèvera l'idée qu'elle a mis un enfant au monde uniquement par intérêt : regarde la pension exorbitante qu'elle a arrachée au père ! Elle vivait des largesses de cet homme sans s'intéresser le moins du monde à son fils.

— Je te répète qu'elle avait changé. Peu avant l'accident, elle avait pris l'habitude de mettre Tom au lit et de lui lire un conte avant qu'il ne s'endorme, le soir. Des liens commençaient à naître entre eux.

— Je suis certaine que c'est toi qui l'incitais à se montrer plus maternelle avec ce bout de chou. Si le père de Tom n'avait pas été éminemment riche et, de toute évidence, un homme marié qui craignait par-dessus tout que sa femme apprenne cette naissance extraconjugale, elle n'aurait pas eu grand scrupule à se faire avorter. Elle a gardé l'enfant parce qu'il représentait pour elle une manne financière inespérée.

Abandonnant l'idée de ramener Ruth à une meilleure opinion sur sa cousine, Freddy se leva et rejoignit le petit Tom qui jouait sur le tapis. Il venait d'aligner toutes ses voitures et s'amusait à les projeter bruyamment les unes contre les autres.

Consciente que ce jeu devait taper sur les nerfs de son amie qui l'avait invitée à prendre le thé, Freddy proposa à Tom de construire un puzzle, ce qu'il accepta avec empressement. C'était un enfant jovial et facile. Une adorable frimousse avec des boucles noires et de grands yeux noisette.

Au moment de l'accouchement, Freddy vivait déjà avec sa cousine, car cette dernière avait eu une grossesse difficile. Bébé prématuré, Tom avait passé les premières semaines de sa vie en couveuse et selon Freddy, c'était pour cette raison qu'Erica, terriblement angoissée, avait été incapable d'établir un lien maternel avec lui.

Par la force des choses, elle avait pris le rôle de mère de substitution auprès de Tom, tout en encourageant sa cousine à développer un lien plus proche avec son fils. Elle avait même consulté une psychologue pour obtenir des conseils.

En vain.

Erica avait continué à mener une vie déréglée, s'en remettant entièrement à elle pour l'éducation de Tom.

— Comme tu ne peux pas entrer en contact avec le père, reprit Ruth, il faut que tu écrives aux autorités pour leur faire part de la situation. Il est fort regrettable qu'Erica n'ait pas fait de testament. Son appartement reviendra naturellement à Tom à sa majorité, ainsi que les virements bancaires mensuels. Quant à son tuteur, il bénéficiera probablement d'une pension pour l'élever.

Son tuteur ? Ce mot transperça le cœur de Freddy.

— Je n'y avais pas pensé... Comme il est riche, on va se bousculer pour l'adopter, dit-elle avec une infinie tristesse. Et moi, dans la mesure où je suis célibataire et où je n'ai pas de travail pour l'instant, je n'ai aucune chance d'obtenir sa garde. Sans compter que je n'ai que vingt-quatre ans...

— Tu ne penses tout de même pas à adopter Tom ? Sois réaliste, Freddy. Un enfant, c'est une très lourde responsabilité, tu es jeune, tu as la vie devant toi, tu ne peux t'encombrer d'un tel fardeau.

— Tom n'est pas un fardeau ! se récria immédiatement la jeune femme, telle une louve sortant les griffes pour défendre ses petits.

— Tu as trop longtemps vécu dans l'ombre d'Erica, elle s'est servie de toi sans scrupule, elle t'a délégué toutes ses responsabilités.

— Mais elle me payait pour mes services. Et largement.

— C'est heureux ! Tu étais constamment à sa disposition, jour et nuit, sept jours sur sept. Elle tirait parti de ta nature docile et de ton affection pour Tom. Avoue qu'elle poussait le bouchon trop loin !

Se rendant compte qu'elle accablait la pauvre Freddy, Ruth se tut.

En tant que vieille amie de la famille Sutton, elle connaissait les deux cousines depuis leur plus tendre enfance. Erica et Freddy. Tous les enfants se moquaient d'elles, car elles avaient le même prénom, Frederica, hérité d'une arrière-grand-tante fortunée. Leurs pères, les deux frères Sutton, avaient espéré que ce nom porterait chance à leur progéniture.

A la mort des parents d'Erica dans un accident de voiture, le père de Freddy, lui-même veuf, avait alors pris sa nièce sous sa tutelle et l'avait élevée comme sa propre fille.

Qui aurait cru que cet acte généreux aurait finalement été défavorable à Freddy ?

Dès l'enfance, Erica avait dominé Freddy. De son côté, cette dernière avait toujours été en totale admiration devant sa cousine, excusant tous ses écarts. Freddy, qui était elle-même une enfant fort jolie mais manquant de confiance en elle, s'était très tôt sous-estimée, et avait toujours pensé qu'elle était dénuée de charme. Selon Ruth, Erica avait abusé de la situation : elle s'était servie d'une prétendue enfance difficile pour bénéficier d'une immunité totale et se faire passer tous ses caprices.

Certes, Ruth adorait le fils d'Erica, elle aussi, mais elle voyait les choses de manière pragmatique. Elle ne voulait pas que Freddy sacrifie sa jeunesse et sa liberté à l'éducation de Tom.

Se rendant compte que son amie désapprouvait ses

intentions, Freddy n'insista pas et prit rapidement congé. Elle regagna en métro l'appartement de sa cousine où elle vivait encore avec le petit garçon.

Depuis la mort d'Erica, chaque fois qu'elle entrait dans cet appartement, elle croyait que celle-ci allait surgir d'un instant à l'autre de sa chambre et lui dire :

— C'est toi, Freddy ? Oh, j'ai une faim de loup, tu serais vraiment un ange de me préparer quelque chose à manger...

Ou encore :

— Quel crétin ! Quand je pense qu'il a osé lever la main sur moi, et que je me suis effondrée en larmes, au lieu de me défendre !

Freddy connaissait la vulnérabilité de sa cousine, ses penchants autodestructeurs, mais en dépit de tout, elle continuait à l'aimer comme une sœur. Erica avait besoin de s'étourdir pour vivre. S'étourdir en dansant, en buvant, en rencontrant des hommes. Sa vie ressemblait à une fuite éperdue. Et plus encore depuis la naissance de Tom. Qui fallait-il blâmer ? Ce prince arabe, qui selon Erica était le père de son fils ?

Cette histoire de prince, Freddy avait du mal à y croire. Erica ne pouvait pas être sérieuse quand elle prétendait qu'un jour le père de Tom serait lui-même roi. D'ailleurs, elle s'était gardée de confier à Ruth cette version haute en couleur des origines du petit garçon.

Certes, il se pouvait que le père soit un riche magnat arabe, celui qu'Erica avait fréquenté quelque temps et qui possédait un yacht. Roi du pétrole, peut-être, mais en aucun cas un prince royal ! Là, c'était l'imagination d'Erica qui avait pris le relais.

— Tom, c'est l'heure de ton bain, mon ange, déclara-t-elle en prenant l'enfant par la main.

— Bateaux ! s'exclama Tom en se ruant sur sa collection de jouets en plastique. Moi veux jouer avec mes bateaux.

— D'accord, laisse-moi te savonner et ensuite tu pourras jouer au sous-marin.

— Tom t'aime, déclara-t-il alors en passant ses deux petits bras autour du cou de Freddy.

Brusquement, ses yeux se brouillèrent et elle se maudit d'être si sensible.

De toute façon, c'était joué d'avance, elle allait perdre ce petit enfant qu'elle aimait tant.

Si seulement il n'y avait pas eu cet argent que Tom recevait chaque mois, pensa-t-elle, le cœur lourd. Alors elle était certaine qu'elle aurait pu l'adopter sans problème.

Mais à quoi bon ruminer? N'était-il pas préférable pour lui qu'il soit riche? Son avenir, sur le plan financier, au moins, serait assuré. Quant à elle, elle devait cesser de prendre ses rêves pour la réalité : elle ne serait jamais la tutrice de l'enfant.

Elle essuyait le petit garçon dans un épais peignoir, lorsque le téléphone sonna. Quand Erica vivait encore, la sonnerie du téléphone retentissait sans discontinuer. Depuis son décès, les appels se faisaient rares.

— Allô!

— Bonjour. Je souhaiterais parler à Frederica Sutton, demanda une voix masculine grave, avec un accent étranger.

— Je suis Mlle Sutton, mais à quelle...

Habituée à être prise pour sa cousine, Freddy n'eut pas le temps de finir sa phrase pour préciser ce détail.

— Soyez chez vous demain matin, à 10 heures. Nous devons nous entretenir au sujet de Thomas. Mais je vous préviens : si une autre personne que vous se trouve dans l'appartement avant mon arrivée, alors notre entrevue n'aura pas lieu.

— Pardon? demanda Freddy, interloquée par toutes ces instructions.

Malheureusement, son mystérieux correspondant venait de raccrocher.

Qui était-ce ? Le père de Tom ?

Sûrement. Qui d'autre aurait voulu parler de l'enfant ? Cet homme avait donc fini par apprendre le décès d'Erica. Comment ? Par la banque suisse, sans aucun doute. Eh bien, la discrétion ne fonctionnait que dans un sens !

Au son de la voix de son correspondant, elle avait compris qu'il s'agissait d'un étranger. Et vraisemblablement du prince arabe mentionné par Erica !

Ce soir-là, Freddy se mit au lit dans un état d'agitation extrême.

Quelles étaient les intentions de cet homme à l'égard de son fils caché ?

Et elle qui n'avait même pas d'uniforme de nurse ! Quelle idiote ! Pourtant, elle avait tout intérêt à faire la meilleure impression, demain. Et à ne pas mentionner le lien de parenté entre elle et Tom.

Qu'avait dit Erica au sujet du prince ? Etait-ce lui, l'être le plus raffiné qu'elle ait jamais connu ? A moins que ce ne soit le milliardaire argentin...

Même dans le noir, Freddy se sentit rougir en pensant au nombre d'aventures qu'Erica avait eues. Il fallait dire que c'était une femme extrêmement séduisante et qu'elle avait toujours la malchance de tomber sur des hommes mariés !

Erica avait bien tenté de lui faire la morale, l'incitant à profiter davantage des plaisirs de la vie, mais elle ne lui avait jamais prêté une oreille attentive, prétendant être à la recherche du véritable amour.

A 9 heures, le lendemain matin, Freddy était prête pour affronter son visiteur. Elle était vêtue d'un tailleur bleu marine et d'un chemisier blanc. Elle portait des ballerines et avait relevé ses cheveux blonds en un chignon strict. Peut-être paraîtrait-elle ainsi un peu plus que son âge ? Dans cette perspective, elle avait même mis des lunettes qu'elle portait autrefois, à l'école, lorsqu'elle avait la vue fatiguée.

Elle se contempla dans la glace. Finalement, elle était plutôt satisfaite du résultat. Elle pouvait facilement passer pour une jeune femme sage de trente ans.

« Un homme raffiné. » Elle espérait que c'était bien à cet homme que s'adressait le compliment de sa cousine.

Elle avait préparé un petit discours. Elle lui dirait qu'elle était prête à renoncer à l'appartement, ainsi qu'à la pension, s'il acceptait en retour de lui accorder la garde légale de Tom.

Une chose la tracassait toutefois. Pourquoi avait-il insisté pour la rencontrer seule ? Elle frissonna. Que mijotait-il ? Et si cet homme était un fou ou un criminel ? Ou les deux à la fois !

Brusquement, elle sursauta. On venait de sonner à la porte.

Elle se retrouva brutalement en face de trois colosses en costume noir. Arabes, de toute évidence. Sans même lui dire bonjour, ils pénétrèrent dans l'appartement et se mirent à inspecter méthodiquement chaque pièce. Affolée, elle se rua vers la chambre de Tom et, se plaquant devant la porte, elle bégaya :

— Je vous en prie... ne le réveillez pas ! Il... il dort, vous allez lui faire peur.

Alors l'un des hommes prit son portable, parla en arabe, et le trio sortit de l'appartement comme il était entré.

« Raffiné », vraiment ? Elle en doutait fort ! Tremblante comme une feuille, elle se laissa choir dans un fauteuil.

Soudain, elle entendit des pas dans le hall. Elle se précipita vers la porte, que les malabars n'avaient même pas pris le soin de refermer derrière eux. Trop tard ! Déjà elle se trouvait face à face avec un homme imposant, au teint mat et aux prunelles d'ambre, tel un prince sorti tout droit des *Mille et Une Nuits*.

Il la dévisageait avec hauteur et mépris. Pourtant, elle ne parvenait pas à détacher son regard de cet homme incroyablement séduisant. Oui, elle le regardait comme une idiote, sidérée par sa beauté.

Chevelure de jais, pommettes hautes, peau bronzée, nez aquilin. Et une bouche terriblement sexy. A vrai dire, elle s'était attendue à un homme plus âgé.

Nul doute qu'Erica avait dû être folle amoureuse de lui ! Pourquoi alors...? Elle se rappela à temps qu'il était marié.

— Qui êtes-vous ? lança-t-il en guise de bonjour.

Manifestement, il était habitué à donner des ordres et à être obéi.

Intimidée, elle déclara :

— Je m'appelle Frederica Sutton, comme ma...

— Je suis Jaspar al-Husayn, prince héritier du royaume du Quamar, l'interrompit-il alors. Je représente ici les intérêts de mon frère, en tant qu'oncle de Thomas.

Erica ne lui avait donc pas raconté d'histoires ! Un prince héritier, un royaume... Elle en resta coite.

— Pourquoi ce déguisement pour me recevoir ? poursuivit-il. Inutile de vouloir me faire croire que vous êtes une bonne mère, je connais votre style de vie. Ce n'était pas la peine de vous enlaidir.

Il la prenait pour Erica, il ne savait donc pas qu'elle était morte ! Telle fut sa première pensée.

Puis le mot « enlaidir » résonna dans son esprit et elle ressentit une sourde colère. Non mais, pour qui se prenait-il ? Elle aurait parié qu'il était incapable de passer devant un miroir sans s'arrêter pour s'admirer, ce prétentieux !

— C'est à votre frère et à lui seul que je parlerai, décréta-t-elle.

— Adil est mort, et ce n'est pas vous, mais moi qui donne les ordres.

Mort ? Mais alors cela signifiait que Tom était réellement orphelin. Pauvre enfant ! pensa-t-elle avec un serrement au cœur.

— C'est à moi désormais que revient la charge de Thomas et je n'entends pas vous en laisser la garde. Vu la façon dont vous vous occupez de lui !

— Que voulez-vous dire ? rétorqua Freddy, affolée.

Adil n'avait-il pas pris toutes les peines du monde pour dissimuler ce fils illégitime ? Que voulait Jaspar ?

— Si vous tenez à votre style de vie et votre pension, ne discutez pas avec moi, déclara-t-il alors d'un ton radouci.

Qui était cet homme qui la menaçait d'une voix de velours ? Etait-ce une tactique pour la faire céder ?

Il fallait se méfier... Mieux valait ne pas lui révéler qu'elle n'était pas Erica. Car, étant donné le caractère autoritaire dont cet inconnu semblait doté, s'il découvrait qu'elle n'était même pas la mère de Tom, alors il ne prendrait pas la peine de discuter et ferait valoir ses droits d'oncle sur l'enfant et...

Non, c'était trop horrible. Elle préférait ne pas imaginer la suite.

— Prouvez-moi que vous êtes vraiment la personne que vous prétendez être, dit-elle enfin.

— Je n'ai rien à prouver. Ni au sujet de ma venue, ni sur mon identité, lui assena-t-il tandis qu'un éclair de fierté passait dans ses yeux brillants.

— Je ne vous connais pas, vous pourriez être n'importe qui. Je ne discuterai pas avec vous de l'avenir de Tom.

— Je n'ai pas l'habitude que l'on s'adresse à moi de manière si discourtoise, déclara-t-il d'une voix blanche de colère.

Un frisson parcourut le dos de Freddy. Allons, le sort de Tom était en jeu, elle ne devait pas se laisser impressionner par cet homme !

— Revenez demain avec la preuve de votre identité.

— Ce que vous venez de me demander est offensant. Vous le regretterez, déclara-t-il d'un ton étrangement calme.

Là-dessus, il tourna les talons.

Livide, Freddy le regarda s'éloigner. Puis elle entendit la porte se refermer derrière lui. Alors elle se rendit compte que son cœur battait à tout rompre. Il lui avait fait une telle peur !

Soudain, Tom l'appela.

Elle se précipita dans la chambre et sourit au petit ange bouclé qui se réveillait gentiment. Il avait l'air si vulnérable. Et de fait, il l'était, ce petit garçon qui ignorait tout de ses origines royales. Quel enjeu il représentait !

Pour le bien de Tom, elle était résolue à rencontrer au plus vite l'avocat d'Erica. Qui sait, peut-être avait-elle des droits à faire valoir sur l'enfant ?

2.

Le lendemain, en fin d'après-midi, Jaspar étudiait avec attention le compte rendu qu'on venait de lui remettre. Il s'agissait de l'emploi du temps d'Erica Sutton depuis leur rencontre, à son appartement. Il se félicitait d'avoir atteint son but : la mettre sous pression. N'avait-il pas la réputation d'être un fin stratège ?

Autrefois, tandis que son frère Adil paradait aux cérémonies officielles ou parcourait la mer Méditerranée en compagnie de femmes faciles, lui, Jaspar, acquérait un sens aigu des affaires en supervisant les investissements du Quamar à l'étranger.

Après une solide formation acquise à l'école militaire du royaume, il avait frayé avec le monde de la haute finance, et était devenu un homme d'affaires particulièrement efficace. Il savait comment négocier : une fois qu'il avait repéré les faiblesses de son ennemi, il fonçait droit sur lui.

Avec Erica Sutton, il avait délibérément joué sur sa peur de perdre tout ce qu'elle avait gagné depuis la naissance de son fils. Nul doute qu'elle s'imaginait que le versement de la pension ne se poursuivrait que si elle conservait la garde de son fils.

Or, quand elle apprendrait qu'elle pouvait se débarrasser de l'enfant sans renoncer à sa sécurité financière, il était certain qu'elle n'hésiterait pas une seconde. Cette triste affaire serait alors résolue en un rien de temps.

Une lueur amusée brilla dans son regard.

Le rapport indiquait qu'Erica Sutton avait passé deux heures chez le coiffeur, ce matin. Preuve qu'elle allait enfin apparaître sous son véritable jour après avoir tenté de lui faire le numéro de la vieille fille, la veille, avec son tailleur démodé et son chignon sage.

L'observation désobligeante qu'il avait faite sur son apparence avait probablement piqué son amour-propre. Mais quelle idée avait-elle eue de prétendre le duper d'une façon si grossière ! Il savait pertinemment que jamais Adil n'aurait posé les yeux sur une femme si mal habillée.

De la même façon, elle ne s'était pas montrée très avisée d'appeler au consulat du Quamar pour vérifier l'identité de son visiteur. Fallait-il qu'elle soit naïve, tout de même ! Heureusement, le jeune diplomate qui avait reçu l'appel s'était refusé à confirmer ou infirmer la présence du prince héritier à Londres. Par la suite, il s'était empressé de lui rapporter mot pour mot leur conversation téléphonique.

Toutefois, il semblait surprenant que la jeune femme ne l'ait pas du tout reconnu. Car, à bord du yacht où elle avait dû passer de longues heures d'oisiveté, la cabine était tapissée de nombreuses photos de la famille al-Husayn. Et, en tant que frère d'Adil, il y figurait en bonne place.

Il comptait bien régler cette affaire avant la fin de la journée, afin de ne pas mettre plus longtemps les nerfs du roi à l'épreuve. Ah, si seulement l'arrivée de Tom pouvait détourner l'attention de Zafir de l'idée fixe qui l'obsédait depuis la mort d'Adil : lui trouver une épouse !

A l'âge de trente ans, il avait encore la chance d'être célibataire. Son père, qui se croyait responsable de l'instabilité amoureuse de son fils aîné pour l'avoir poussé trop jeune au mariage, n'avait pas voulu répéter cette erreur avec Jaspar.

Néanmoins, le décès d'Adil avait changé la donne. Le nouveau prince héritier devait désormais assurer sa succession et n'avait qu'une seule solution pour cela : se marier.

Pourquoi pas, après tout ? s'était dit Jaspar, résigné. Puisque le devoir le dictait. Mais alors, à son père de se débrouiller pour lui trouver une épouse !

Et en effet, depuis deux ans, le palais organisait régulièrement des fêtes afin de lui permettre de rencontrer des jeunes filles. Sans que cela eût rien d'officiel, bien sûr. Tout devait avoir l'air naturel.

C'est ainsi qu'une myriade de vierges toutes plus ravissantes les unes que les autres avaient défilé sous ses yeux. A chacun des bals, on avait espéré qu'il finirait par faire ce qu'on attendait de lui : tomber amoureux de l'une d'elles. Mais il avait fini par se sentir traqué et en avait conclu que le concept de l'amour le laissait aussi froid que la banquise. L'amour, c'était l'affaire d'Adil, pas la sienne. Il ne lui était arrivé qu'une fois de tomber amoureux et l'expérience avait été suffisamment traumatisante pour qu'il ne souhaite pas recommencer.

La veille, Freddy avait pris rendez-vous avec le seul avocat qui avait accepté de la recevoir de toute urgence, celui d'Erica n'étant pas disponible. Tout en prenant soin de ne nommer personne, elle avait décrit la situation du petit orphelin dans le détail et avait attendu avec impatience l'opinion du juriste.

— Un oncle est un parent très proche, avait-il déclaré,

et dans cette affaire en particulier, il est question non seulement de la famille mais également de l'arrière-plan culturel.

— Que voulez-vous dire ?

— Eh bien, son père étant arabe, il y a forcément des coutumes qui devront être respectées dans son éducation.

— Et si je demandais qu'on le place sous tutelle pour le protéger ? avait-elle alors suggéré, ébranlée par ce que l'avocat venait de dire.

— De quoi voulez-vous le protéger ? Avez-vous lieu de penser qu'il coure un danger avec son oncle ?

— Non, pas précisément, mais... je n'aime pas du tout cet homme.

— Nous pourrions mener une enquête par l'intermédiaire de nos services sociaux, pour vérifier que l'enfant est bien traité, mais étant donné ce que vous m'avez dit sur son oncle, je ne vois pas pourquoi il ne le serait pas. Par ailleurs, pourquoi prendriez-vous la lourde responsabilité de vous occuper, vous, de l'enfant ?

Décidément, tout le monde semblait incapable de comprendre ce qu'elle pouvait bien ressentir pour Tom ! Après Ruth, c'était au tour de cet homme de loi de juger de ce qui était bon pour elle ou non. Ainsi que pour l'enfant d'ailleurs, puisqu'il invoquait son héritage culturel.

De retour chez elle, Freddy téléphona au consulat du Quamar afin de vérifier l'identité de Jaspar al-Husayn. Hélas, son correspondant ne lui fut d'aucune aide. Néanmoins, sa recherche sur Internet se révéla plus fructueuse, car la famille royale du Quamar possédait un site officiel. Elle put lire un court hommage à l'ancien prince héritier Adil, ainsi que le bulletin de santé du roi Zafir qui n'était guère rassurant. Puis ses yeux tombèrent sur celui qui était désormais l'unique héritier : Jaspar al-Husayn. Avec ce visage d'une beauté sidérante, cet air majestueux et indiscutablement arrogant, elle le reconnut sur-le-champ.

Impossible de chercher encore à se convaincre qu'il lui avait menti. Non, elle devait affronter la vérité, conclut-elle ce soir-là en se mettant au lit. De toute évidence, Jaspar al-Husayn avait eu vent des mœurs légères de sa cousine et avait estimé que l'enfant courait un danger. Et n'était-ce pas là une réaction légitime ? Elle pouvait difficilement l'en blâmer.

Le problème, c'était que cette brusque irruption de l'oncle de Tom remettait en cause ses propres espoirs concernant l'enfant.

Légalement, le prince héritier Jaspar pouvait demander la garde de son neveu et elle n'était pas en mesure de s'élever contre cette décision. Pour l'instant, elle pouvait gagner du temps en continuant à se faire passer pour la mère de Tom. Mais la supercherie ne durerait pas indéfiniment et, à terme, elle serait obligée de dire la vérité, ce qui ne manquerait pas de déclencher la fureur du prince.

Cependant, il y avait autre chose qui la tracassait terriblement.

Jaspar tenait à ce que tout se déroule dans la plus grande discrétion, car la révélation de l'existence de Tom causerait immanquablement un scandale au sein du royaume du Quamar. Comment, dans ces conditions, pourrait-il s'occuper d'un enfant illégitime personnellement ?

Son esprit tourmenté passait d'une pensée à une autre et Freddy se rappela soudain avec honte la remarque blessante du prince quant à son apparence. Si elle voulait être crédible en Erica, il lui fallait soigner son look !

Le lendemain matin, elle se rendit donc chez le coiffeur pour un léger balayage et un effet de dégradé sur sa longue chevelure. En sortant, elle fut surprise du résultat. Jusque-là, elle n'avait pas eu conscience de posséder des cheveux si épais et si brillants. En outre, les mèches blondes illuminaient sa couleur naturelle et allaient à ravir à son teint pâle. Elle sentait ses boucles tomber en cascade sur ses épaules, sensation nouvelle pour elle qui, pour des questions pratiques, attachait toujours ses cheveux.

En revanche, pour sa silhouette, elle ne pouvait pas faire grand-chose ! Elle avait toujours envié la taille élancée d'Erica, et déploré ses propres formes trop féminines. Aussi s'habillait-elle toujours d'amples vêtements pour dissimuler ce que des habits plus étroits auraient pourtant dévoilé à son avantage.

Cet après-midi-là, après avoir couché Tom pour la sieste, elle s'attarda à son chevet, contemplant le petit visage confiant de l'enfant endormi. Cet enfant qu'elle chérissait depuis qu'il était né et qu'un étranger voulait lui arracher... A cette pensée, elle eut l'impression qu'une main géante lui comprimait le cœur et se refusa d'imaginer ce que serait sa vie sans lui.

Vers 18 heures, elle se sentait si tendue qu'elle décida de prendre un bain. Après s'être délassée une bonne demi-heure dans une eau chaude, mousseuse et parfumée au jasmin, elle sortit et s'enveloppa douillettement dans un drap de bain rose. Puis elle se planta devant le miroir et entreprit de se maquiller, chose qu'elle ne faisait que rarement, même si elle savait comment mettre un visage en valeur. Avec Erica, elle avait été à bonne école.

La sonnette retentit alors qu'elle s'appliquait du rouge à lèvres. Ce devait être le livreur de pizza. Découragée à l'idée de cuisiner, elle avait préféré, en effet, commander un plat tout prêt avant de prendre son bain. L'espace d'un instant, elle songea à s'habiller prestement, mais ses affaires étaient dans sa chambre et elle perdrait du temps à aller les chercher. Après tout, peu importait qu'elle ne soit vêtue que d'une longue serviette nouée sur sa poitrine, l'échange serait rapide et elle resterait en partie à l'abri, derrière la porte entrebâillée.

Mais une surprise de taille attendait Freddy sur le palier. Jaspar al-Husayn dans toute sa splendeur ! Sans attendre d'y être invité, il pénétra dans l'appartement.

— Je... je croyais que c'était le livreur de pizza, déclara-t-elle en rougissant de la tête aux pieds.

Leurs yeux se croisèrent, et le regard doré du prince l'hypnotisa littéralement. Son cœur se mit à tambouriner avec violence dans sa poitrine. De nouveau, elle était stupéfiée par sa beauté. Bien plus, elle était troublée au-delà des mots...

Sa chevelure noire luisait sous les rayons du soleil qui entrait à flots dans le salon, ses pommettes basanées accrochant la lumière. Un costume beige foncé fort élégant soulignait sa silhouette imposante et musclée. Pas de doute, il était de la race des seigneurs.

Elle était bel et bien ensorcelée par son physique. Son pouls battait à cent à l'heure, de terribles vibrations la parcouraient. Une chaleur la submergea soudain, une chaleur languide...

— Le livreur de pizza ? répéta Jaspar d'un ton ironique, son regard d'aigle toujours rivé sur elle.

Où avait-il la tête lors de sa première visite ? se demandait-il, étonné.

Les yeux de cette femme avaient la couleur de la mer, ce mélange chatoyant de bleu, de jade et de turquoise. Sa chevelure évoquait celles des sirènes. Epaisse et bouclée, elle caressait ses épaules dénudées. Mais contrairement aux fées des mers, cette créature possédait une poitrine généreuse — malheureusement dissimulée à son regard par une serviette.

Allons, il fallait se reprendre ! Il devait mettre un frein à ses instincts avant que la situation ne devienne périlleuse. Car il avait une folle envie d'arracher le drap de bain, de découvrir sa nudité et de pénétrer au cœur même de sa féminité. Depuis l'adolescence et les premiers émois, aucune femme n'avait déclenché chez lui un désir si urgent.

— Oui, j'ai commandé une pizza, confirma-t-elle pour dire quelque chose.

Elle était tétanisée par son regard, son silence...

Son esprit lui semblait entièrement vide.

— Et c'est pour le livreur que vous aviez mis cette tenue ?

A ces mots, Freddy devint rouge écarlate et détourna les yeux du regard de braise de son compagnon. Elle se sentit soudain bien vulnérable, serrée dans sa serviette en éponge, face à cet homme qui la dominait de toute sa hauteur.

Elle n'était restée que trop longtemps à demi nue devant lui ! Elle devait s'habiller sans plus tarder. Mais alors qu'elle s'apprêtait à gagner sa chambre en hâte, elle effleura Jaspar... et se retrouva dans ses bras ! Plus tard, elle eut beau chercher à reconstituer la scène en pensée, elle ne parvint pas à comprendre ce qui s'était réellement passé à ce moment-là.

Toujours est-il que brusquement une main lui enserra la nuque, tandis qu'une autre se plaquait sur sa hanche. Alors, comme le soleil couchant plonge dans la mer, l'or incandescent des prunelles du prince incendia ses yeux aigue-marine. Le feu se propagea presque simultanément à son corps...

Relevant sensuellement un coin de sa lèvre boudeuse, il déclara :

— Belle mise en scène ! Je dois dire que je suis séduit...

— Vous vous trompez, j'attendais réellement...

— Le livreur de pizza, mais oui ! Ne vous fatiguez pas : je suis habitué à ce que les femmes se jettent à ma tête.

Et, sans lui laisser le temps de répondre, il captura sa bouche.

Ce fut alors comme si une langue de feu l'embrasait tout entière. Elle s'agrippa désespérément à lui pour ne pas chanceler. Car elle sentait le sol se dérober sous ses pieds, elle avait l'impression que son sang accélérait sa course dans tout son être. Plus rien n'avait d'importance que cet instant, ce baiser torride...

Elle voguait dans un monde merveilleux, nouveau pour elle, celui de la sensualité. Elle gémissait doucement sous le baiser impérieux de Jaspar, frissonnait avec délectation en sentant sa langue se mêler à la sienne. Il pouvait l'entraîner où il voulait...

Au loin, elle entendit vaguement le bruit de la sonnette... et revint brutalement à la réalité lorsqu'il la repoussa sans ménagement! Alors elle se précipita dans sa chambre, où elle s'enferma à double tour.

Tans pis pour le livreur de pizza! Elle n'était pas en état de rencontrer qui que ce soit!

Le cœur battant à tout rompre, le souffle court, elle demeura un instant le dos appuyé contre la porte, tandis que son armoire à glace lui renvoyait le reflet de sa propre image.

Ses lèvres étaient rouge vif et gonflées, ses pupilles dilatées, ses yeux brillants. Jamais elle ne pourrait ressortir de sa chambre et affronter le prince.

Enfin, le prince...

Sa conduite n'avait rien de princier! Comment pouvait-il penser qu'elle l'avait attendu à dessein en tenue si légère?

Cependant, ce qui la stupéfiait le plus, c'était l'état dans lequel cet homme l'avait mise. La fascination qu'il exerçait sur elle dépassait son entendement. Ce baiser l'avait transportée dans un monde inconnu, lui faisant oublier tout le reste.

Comme il était cruel que la sensualité qu'elle découvrait pour la première fois revête les traits de Jaspar al-Husayn ! Comment cet homme dont elle se méfiait comme de la peste pouvait-il avoir un tel empire sur ses sens ? C'était à ne plus rien comprendre à l'amour, à la vie...

Quelle audace, tout de même, de s'être jeté sur elle de cette façon ! Et de prétendre, par-dessus le marché, que c'était elle qui l'y avait incité ! Une larme roula sur sa joue, qu'elle écrasa avec rage.

Bon, elle devait reprendre ses esprits.

Tom, c'était de lui que cet... cet individu était venu lui parler. Il fallait oublier l'incident. Elle tenta de rationaliser ce qui venait d'arriver : il l'avait embrassée par surprise, et subjuguée par sa beauté, elle avait perdu la tête ; elle pouvait se rassurer, en tout cas, car il suffisait qu'il ouvre la bouche et l'attraction hors du commun qu'il exerçait sur elle fondait comme neige au soleil. En effet, ce qu'il disait lui déplaisait foncièrement. Alors, pas d'inquiétude, elle n'allait pas commettre une deuxième erreur.

Ainsi, les femmes se jetaient toutes à sa tête ? Oh, le pauvre chéri ! Eh bien, il en avait trouvé une qui allait lui résister.

Elle enfila rapidement une robe fluide, prit une longue inspiration et sortit de sa chambre.

Le silence le plus total régnait dans l'appartement. Etait-il parti ? pensa-t-elle soudain, le cœur plein d'espoir. Hélas, d'un regard elle vit qu'il l'attendait dans le salon.

— Votre pizza, dit-il en désignant du doigt la boîte posée sur la table.

Puis il se passa une main dans les cheveux et lui décocha un petit sourire, mi-hautain, mi-lascif. A cet instant, elle sentit de nouveau son cœur s'emballer. Allons, ça n'allait pas recommencer ! Elle devait se maîtriser.

— Vous voyez, je ne vous avais pas menti, déclarat-elle d'un air de défi. Par ailleurs, vous n'êtes pas aussi irrésistible que vous le pensez. Je vous signale que c'est vous qui vous êtes jeté sur moi, et non l'inverse.

Sans lui répondre, Jaspar arrima tranquillement son regard au sien, tandis qu'elle se sentait de nouveau rougir. En l'espace de dix secondes, elle était passée de l'offensive à l'impuissance... Mais pourquoi perdait-elle ainsi tous ses moyens ?

Elle regrettait d'être revenue sur l'incident. Quel besoin avait-elle eu de se justifier ? C'était ridicule.

— Parlons de mon neveu, finit-il par dire de ce timbre si particulier, que son accent rendait encore plus troublant. Mais, je vous en prie, si vous voulez dîner pendant notre discussion, ne vous gênez pas pour moi. Je ne voudrais surtout pas vous frustrer.

Elle le détestait. Chaque fois qu'il prenait la parole, c'était pour l'humilier. Oh ! elle avait parfaitement perçu son ironie. Il ne voulait pas la *frustrer*. Sous-entendu qu'elle mangeait par gourmandise, et non par faim.

Et pourtant, elle avait bel et bien faim après cette éprouvante journée ! Que faire ?

Résignée, elle s'assit sur le sofa. De toute façon, elle ne pourrait pas manger devant lui, sous ce regard brûlant, alors autant en prendre son parti. Elle attendrait.

Elle leva vers lui un regard furibond.

Il avait beau déduire qu'elle était gourmande parce qu'elle n'avait pas une taille de guêpe, il n'empêche qu'il l'avait embrassée. Preuve qu'elle ne lui déplaisait pas tout à fait... Car peut-être avait-il un penchant pour les femmes un peu pulpeuses ?

Qu'est-ce qui lui prenait ? Peu lui importait les préférences physiques de cette arrogante altesse ! C'était de Tom qu'il était question — ce petit Tom qu'elle devait sauver des griffes de cet oncle antipathique et méprisant.

— J'ai cru comprendre que vous recouriez aux services d'une nourrice, déclara subitement Jaspar. Où est-elle ?

Comment pouvait-il en savoir si long sur la vie d'Erica et dans le même temps ignorer qu'elle n'était plus ? se demanda-t-elle, complètement dégrisée.

— Elle a dû quitter Londres précipitamment pour raison familiale, répondit-elle, crispée. Vous m'avez dit vouloir prendre Tom en charge. Pourquoi ?

— Parce que c'est mon neveu.

— Votre frère, lui, voulait maintenir secrète l'existence de son fils, et ne souhaitait pas établir de contact avec Tom.

— Il ne m'appartient pas de juger les décisions d'Adil, déclara-t-il sèchement.

Puis il ajouta :

— J'ai en ma possession un rapport détaillé sur votre style de vie qui motive largement ma démarche.

Un rapport ? Cela signifiait qu'un détective privé avait mis le nez dans la vie d'Erica ! Décidément, cette altesse et les siens se croyaient tout permis.

— L'enquête établit clairement que vous êtes une mère négligente, poursuivit-il d'un ton implacable. C'est sa nourrice — donc une employée — qui s'occupe de lui en permanence. Il vous est arrivé de vous absenter des semaines durant sans vous préoccuper de lui. Et quand vous êtes chez vous, vous organisez des fêtes bruyantes et bien arrosées. A plusieurs reprises, des voisins ont appelé la police pour mettre fin à votre tapage nocturne.

Freddy se mit à rougir.

Hélas, il disait la vérité !

Elle se rappela une nuit en particulier. C'était la première fois qu'Erica organisait une soirée depuis la naissance du petit. Quelle épreuve ! Elle n'avait pratiquement pas fermé l'œil et, désespérant de trouver un endroit calme dans l'appartement, elle avait fini par se réfugier dans la chambre de Tom. A partir de ce jour, lorsque Erica recevait ses amis, Freddy emmenait Tom dormir chez Ruth où elle restait également pour la nuit.

— Je vous accorde qu'il y a eu quelques débordements, mais...

— Des débordements, le mot est faible ! Il est évident que vous n'avez pas la fibre maternelle. Tom est le fils d'Adil, c'est un al-Husayn. Mon devoir est de le ramener au Quamar et de l'y élever dans le respect de nos traditions.

— Mais vous êtes célibataire, et un enfant de l'âge de Tom a besoin d'une mère.

— Notre famille est nombreuse et je lui trouverai rapidement un foyer.

— Quoi ? Vous...

— En tant que célibataire, il serait extrêmement mal vu que du jour au lendemain j'annonce que j'ai un fils et que j'ai l'intention de l'élever. C'est inconcevable dans mon pays. Si j'avais été marié, j'aurais éventuellement pu dire que ma femme et moi venions d'adopter un orphelin. Mais en l'occurrence, ce n'est pas possible.

Mon Dieu ! songea Freddy, voilà qui était catastrophique ! Elle ne pouvait tout de même pas abandonner Tom à des étrangers, à une famille qu'elle ne connaissait pas !

— Vous devez comprendre que notre société n'est pas aussi libérale que la vôtre, poursuivit-il. Pour la sécurité même de Tom, son lien de parenté avec mon frère doit être caché. Un enfant illégitime est une honte, au Quamar. Et évidemment, nous ne voulons pas créer un scandale qui mettrait la famille royale dans une position délicate. Encore une fois, je ne veux que le bien de Tom.

— Mais moi aussi ! Je l'aime et...

— Oui, vous l'aimez pour l'argent qu'il vous rapporte ! Toutefois rassurez-vous, votre compte en Suisse continuera d'être alimenté.

— Contrairement à ce que vous pensez, je me moque de votre argent ! Tom a besoin d'amour, c'est un petit garçon très sensible.

— Sur ce point, vous n'avez pas de leçon à me donner. Ce que nous lui offrons est infiniment supérieur à l'éducation déréglée que vous lui donnez.

— Mais vous ne vous rendez pas compte du traumatisme que ce serait pour lui !

— Les enfants s'adaptent vite. Surtout lorsqu'ils sont très jeunes. Ecoutez, nous avons perdu assez de temps. Mon père est malade et impatient de rencontrer son petit-fils. J'aimerais repartir dès demain au Quamar. Avec Tom.

A ces mots, Freddy faillit s'étrangler.

— Demain ? Mais Tom ne vous connaît même pas. Et puis il n'a jamais pris l'avion.

— Sa nouvelle nurse a fait le voyage avec moi. Soyez sans crainte. Il passera simplement d'une nourrice à une autre. Il vous suffira de congédier la vôtre.

— Je veux partir avec lui, déclara-t-elle soudain.

— C'est hors de question ! N'essayez pas de m'attendrir ; jusqu'à maintenant, vous pouviez très bien vous passer de lui. Et puis, vous ne seriez pas la bienvenue, au Quamar.

Freddy avait l'impression que le piège se refermait sur elle.

Etant donné l'opinion que Jaspar avait d'Erica, elle avait commis une grave erreur en se faisant passer pour sa cousine. Mais impossible d'avouer à présent que la nurse, c'était elle. Jaspar serait si furieux qu'il partirait sur-le-champ avec Tom !

— Bon, concéda-t-il soudain, nous pouvons repousser notre départ à après-demain, le temps que Tom s'habitue à sa nourrice. Elle viendra le chercher demain matin, et passera la journée avec lui. Cela vous convient-il ?

Avait-elle le choix ? Son combat était perdu d'avance. Personne ne la soutiendrait. Ni Ruth ni l'avocat... Et que pouvait-elle, seule contre la famille régnante du Quamar ?

Au fond, n'agissait-elle pas par pur égoïsme en voulant retenir Tom à Londres, avec elle, alors qu'une vie de petit prince l'attendait dans un pays lointain ?

— D'accord, finit-elle par dire. De mon côté, j'expliquerai la situation à Tom.

Mais surtout, cette journée de répit lui offrait un délai inespéré pour réfléchir...

3.

Freddy avait passé une nuit particulièrement agitée. Il faut dire que les motifs de tracas ne manquaient pas !

Avait-elle eu raison d'accepter que Tom passe la journée suivante en compagnie de la nurse royale ? Son intuition lui disait que non. Et puis il y avait ce maudit baiser échangé avec l'arrogant Jaspar al-Husayn. Combien elle regrettait de s'être laissée aller !

Ce matin-là, elle se leva de bonne heure, avec la sensation de ne pas s'être reposée un seul instant.

Assis sur sa chaise haute, Tom mangeait de bon appétit un œuf à la coque, non sans lui adresser de temps à autre un petit sourire malicieux. En voyant le petit garçon si insouciant, sa gorge se serra. Son regard s'attarda sur ce visage poupin, sur ses joues roses et ses yeux pétillants de malice. Jamais elle ne pourrait le laisser partir pour le Quamar...

Cet enfant, c'était le sien, même si légalement elle n'avait aucun droit sur lui. C'était elle qui l'avait élevé. Seigneur, que tout cela était injuste ! Bien sûr, au cours de ces deux années, elle s'était parfois dit qu'il était dangereux de trop s'attacher à lui, sous peine de souffrir un jour cruellement, si la vie venait à les séparer. Et voilà que ses pires cauchemars se concrétisaient !

Mais qu'aurait-elle pu faire ? Tom avait besoin

d'amour et Erica n'était pas en mesure de lui en donner. Alors il avait bien fallu compenser les défaillances de sa mère.

C'était elle qui avait veillé sur lui durant les longues semaines où il était resté en couveuse, dans le service de réanimation de la maternité. Elle encore qui lui avait choisi le prénom de Thomas, Erica ne s'étant même pas préoccupée de la question.

Ses yeux s'embuèrent... A cet instant, le petit Tom et ses joues barbouillées de jaune d'œuf lui arrachèrent un sourire.

— Allez, viens, on va te laver, lui dit-elle en déposant un baiser sur son front.

Lorsque son père avait pris Erica sous son toit, cette dernière avait huit ans. Freddy fut ravie d'avoir de la compagnie et tomba aussitôt sous le charme de sa cousine. Son arrivée fut bénéfique à tous points de vue. Bientôt, elle entendit de nouveau retentir le rire de son père. En effet, la venue de cette enfant au visage d'ange et aux yeux intrépides avait apporté un souffle de vie et d'énergie dans la maison. Bien plus tard, elle devait s'apercevoir que sa cousine n'avait pas de réelle aptitude au bonheur, que c'était de la poudre aux yeux. Au fond d'elle-même, Erica était rongée par un puissant désespoir et nourrissait un goût morbide pour l'autodestruction.

A l'âge de dix-huit ans, elle suscita un scandale en s'enfuyant avec le mari d'une voisine. Le père de Freddy ne lui pardonna pas cet affront. Quelques mois plus tard, son couple battant de l'aile, Erica voulut réintégrer le foyer des Sutton. Son oncle lui claqua alors la porte au nez. Freddy, quant à elle, en eut le cœur brisé.

Les cousines s'étaient revues un an plus tard. Erica habitait désormais à Londres et faisait carrière dans la mode en tant que mannequin, lui avait-elle raconté. Elle semblait mener une vie particulièrement excitante et renvoyait l'image d'une personne qui avait réussi. Hélas, Freddy devait par la suite apprendre de sa bouche qu'elle vivait au crochet de ses amants et qu'elle n'avait obtenu qu'un contrat de quelques semaines. Depuis, plus rien.

Elles gardèrent un contact téléphonique pendant les études de puériculture de Freddy. Et puis George Sutton mourut et Erica vint à l'enterrement de son oncle. Ce n'était plus la même personne, elle était enceinte et visiblement très mal en point. Elle demanda alors à Freddy de venir vivre avec elle à Londres pour l'assister pendant sa grossesse et son accouchement. C'est ainsi que la vie réunit de nouveau les deux cousines.

Sans hésiter, Freddy accepta. Elle venait juste de terminer ses études et avait besoin de changer d'existence, après la mort de son père. Erica eut une grossesse difficile, et dut passer son dernier mois à l'hôpital. Freddy resta constamment à son chevet.

En un sens, elle comprenait que le nourrisson, qui avait tellement fait souffrir Erica, ne lui inspirât pas spontanément de sentiment maternel. Néanmoins, elle avait bon espoir qu'un jour ou l'autre sa cousine éprouverait de l'amour pour son fils.

Hélas ! A peine sortie de l'hôpital, Erica n'avait eu qu'une chose en tête : recouvrer sa taille de guêpe et sa vie festive. Après tous ces mois d'ennui, elle était décidée à profiter de nouveau de l'existence.

— Tu as fait des études de puéricultrice, tu connais les enfants bien mieux que moi. Tu seras comme une mère pour lui, avait-elle annoncé à Freddy.

Cette dernière protesta, arguant que personne ne pouvait remplacer une mère. Erica ne voulut rien entendre. Alors elle devint pour Tom une maman de substitution.

La sonnette interrompit brusquement le cours de ses réflexions.

9 heures tapantes.

C'était la nurse qui venait chercher Tom. Dans un anglais parfait, la jeune femme se présenta comme Alula. Elle était fort réservée et ne regarda pas une seule fois Freddy en face. Son attention se focalisa immédiatement sur Tom.

Alula se renseigna sur les habitudes alimentaires et les activités quotidiennes de l'enfant avec un professionnalisme qui rassura un peu Freddy. Mais alors, d'où venait son hostilité instinctive pour cette douce jeune femme qui ne faisait que son métier ? pensa-t-elle, furieuse contre elle-même.

— Qu'avez-vous prévu de faire avec Tom ? lui demanda-t-elle.

— Je ne sais pas encore, je n'ai pas reçu d'instructions, répondit Alula.

Puis elle s'agenouilla devant le petit garçon, lui passa la main dans les cheveux et ajouta :

— Quel bel enfant ! Qu'il est grand !

Tom n'était pas mécontent d'être l'objet de tant d'admiration et il lui adressa un sourire charmeur. Freddy en ressentit une pointe de jalousie mais tenta de se convaincre qu'elle était ravie de cette complicité immédiate entre Alula et Tom.

La jeune nurse échangea quelques mots avec l'enfant, le pria de lui montrer ses jouets, de choisir ceux qu'il préférait, puis lui annonça qu'elle l'emmenait faire un petit tour.

Docile, il lui donna la main. Mais, le seuil à peine franchi, il se dégagea d'une secousse et se précipita dans les bras de Freddy pour l'embrasser une dernière fois. Elle le serra très fort contre son cœur, puis déclara à Alula :

— En cas de problème, n'hésitez pas à m'appeler. Je serai ici toute la journée. A ce soir, mon amour, ajouta-t-elle en reposant l'enfant par terre.

Deux mastodontes cintrés dans des costumes noirs attendaient dans le couloir. Des gardes du corps, se dit Freddy en soupirant. Lorsque l'ascenseur arriva, Tom se retourna une dernière fois et lui adressa un sourire en coin, visiblement fier de cette indépendance nouvellement acquise.

Elle referma la porte de l'appartement, aveuglée par ses larmes. Après tout, elle pouvait être fière. Ne l'avait-elle pas constamment encouragé à se conduire comme un garçon sociable et non en enfant craintif ?

Ce fut le jour le plus long et le plus pénible de sa vie.
Outre qu'elle se demandait à chaque instant ce que pouvait bien faire Tom en compagnie d'Alula, un autre problème, autrement plus épineux, la tracassait. Ainsi, comment mettre un terme à la mascarade qu'elle avait mise en place depuis le début sans que Jaspar al-Husayn entre dans une colère noire en apprenant qu'elle n'était pas la mère de Tom ? Comprendrait-il que la surprise et l'angoisse l'avaient empêchée de mettre fin au malentendu ? D'ailleurs, elle ne lui avait pas à proprement parler menti, c'était lui qui, d'emblée, l'avait prise pour Erica. Elle ne l'avait simplement pas détrompé. Serait-il en mesure de saisir le lien qui l'unissait à Tom, ou bien la renverrait-il sur-le-champ, comme une vulgaire domestique ?

Au fur et à mesure que l'après-midi s'écoulait, un étrange pressentiment la gagnait. Elle n'avait rien pu avaler de la journée et attendait à présent avec une anxiété croissante le retour de Tom.

A 5 heures, la sonnette retentit.

Elle manqua se fouler la cheville en se précipitant vers la porte.

Mais...

Que faisait Jaspar al-Husayn sur le palier, sans Tom et flanqué de deux gardes du corps ?

— Où est Tom ? s'écria-t-elle, en proie à la plus vive inquiétude.

— Erica...

Un sentiment de honte inhabituel s'empara de Jaspar lorsqu'il la vit chercher d'un regard plus qu'angoissé le petit garçon. Il avait largement sous-estimé sa fibre maternelle. Malheureusement, elle ne risquait pas de revoir son fils. Tom était déjà à des kilomètres d'ici et volait droit vers le Quamar en compagnie d'Alula.

A lui à présent d'affronter une mère en furie et d'éviter le scandale ! De lui faire accepter l'inacceptable : la séparation définitive d'avec son enfant. Il devait jouer finement, car le royaume du Quamar venait d'enlever un sujet britannique en toute illégalité. Comme il maudissait son père pour cet acte irréfléchi dont il avait été avisé après coup !

L'anxiété la plus profonde se lisait sur le visage de la jeune femme et Jaspar se jura, à l'avenir, de ne plus jamais cautionner les entreprises fantasques de Zafir...

Son père, ce roi féodal qui vivait en dehors du temps et qui n'avait aucune notion des lois internationales ! Qui ignorait la puissance des médias. Ainsi, dès le lendemain, il était probable que la double vie d'Adil s'étalerait à la une des journaux, jetant ainsi le déshonneur sur le royaume. Quelle épreuve pour son peuple ! Quelle douleur pour lui qui aimait son pays de tout son cœur !

Ses pensées revinrent à Erica.

Quelle que soit la vie qu'elle menait, force était de reconnaître qu'elle aimait son fils !

— Où est Tom ? répéta Freddy.

Elle voulut se précipiter hors de l'appartement, mais se heurta à l'un des gardes du corps. Alors elle tourna vers Jaspar son regard aigue-marine et déclara :

— C'est l'heure de son bain. S'il le prend en retard, il ne dînera pas à l'heure et alors il sera énervé et...

— Entrons, répondit doucement Jaspar en la prenant par le bras.

— Mais enfin...

Refermant la porte derrière eux, il annonça :

— Erica, je suis venu vous demander pardon.

Freddy sourcilla, interloquée par sa subite humilité. Que voulait-il donc lui dire ? Seigneur, pourvu que Tom n'ait pas eu un accident !

— Asseyez-vous, poursuivit-il, je vais vous expliquer ce qui s'est passé.

Les jambes chancelantes, elle se laissa choir dans un fauteuil.

— Que lui est-il arrivé ? s'enquit-elle d'une voix blanche.

Son corps fut soudain parcouru de frissons nerveux et elle ne put s'empêcher de s'écrier :

— Dites-moi qu'il est vivant !

— Oui, bien sûr que oui, rassurez-vous. Il est en très bonne santé.

— Dans ces conditions, pourquoi venir vous excuser et...

— Ce matin, j'ai fait la connaissance de Tom, l'interrompit-il. C'est un enfant très ouvert et souriant, il m'a tout de suite plu. Puis il est allé se promener au parc, avec sa nurse. En début d'après-midi, j'ai reçu un appel de mon père.

A cet instant, ses prunelles s'assombrirent et il hésita quelques secondes avant de poursuivre :

— Il m'a alors appris que Tom était en route pour le Quamar, grâce à un passeport falsifié.

Elle eut soudain l'impression que Jaspar ne lui parlait plus en anglais, mais dans sa langue maternelle. Les mots qu'il venait de prononcer retentissaient dans son esprit sans qu'elle puisse établir une connexion entre eux.

— Mais où est Tom? s'enquit-elle, refusant d'admettre la vérité.
— Il n'est plus en Angleterre. Dans une heure, il sera au Quamar.
— Non, vous mentez, c'est impossible. Ramenez-le-moi!

Sous le coup de l'émotion, elle ne maîtrisait plus sa voix.
— Croyez bien que je regrette ce qui est arrivé.

Elle ne l'entendit pas.

Tom venait d'être kidnappé, voilà ce qu'elle ne cessait de se répéter! Son pouls battait à une allure folle à ses tempes, il lui semblait qu'un brouillard épais enveloppait son cerveau, elle était incapable de réagir, de penser.

Elle revit l'enfant, son sourire lorsqu'il s'était retourné avant de disparaître dans l'ascenseur...

Alors, elle se recroquevilla dans le fauteuil et se mit à trembler, transie. Comme une enfant assommée par la cruauté du monde.

Et puis brusquement, elle se redressa et, les yeux hagards, déclara :
— Vous ne pouvez pas l'emmener comme ça. Il n'a même pas son pyjama. Ni son ours pour la nuit.

Sans un mot, Jaspar se dirigea vers le bar, s'empara de la bouteille de whisky, en versa une large rasade et revint vers elle.
— Buvez cela.
— Non, je...

Mais déjà Jaspar portait le verre à ses lèvres. Elle se résigna à ouvrir la bouche et sentit bientôt le liquide brûlant lui couler dans la gorge.
— Désolé, mais cela va vous faire du bien, dit-il en reposant le verre.

Sur ce, il sortit son téléphone portable et composa rapidement le numéro du consulat. Un médecin devait venir de toute urgence. Le choc avait été trop rude pour Erica. Il craignait qu'elle ne se mette à délirer ou qu'elle ne fasse une bêtise. Décidément, il n'avait pas mesuré toutes les conséquences de ce kidnapping insensé !

Anesthésiée par le whisky — elle n'en buvait jamais —, Freddy regardait son compagnon s'entretenir en arabe avec un mystérieux interlocuteur téléphonique. Elle n'avait pas dû bien le comprendre. Il était impossible qu'on lui ait enlevé Tom !

Quand il raccrocha, Erica le fixait toujours d'un air hébété. Il prit peur pour son état mental et déclara :
— Votre fils vous sera rendu. Je vous le promets, je vous le jure. Je ferai tout ce que vous voudrez.
— Je veux Tom, voilà ce que je veux. Vous êtes un prince héritier. Ordonnez à l'avion de faire demi-tour.
— Je ne peux pas aller à l'encontre des ordres de mon père, il est le chef des armées.
— Qu'est-ce que l'armée a à faire là-dedans ?
— Ce n'est pas un avion civil, mais un avion militaire qui transporte Tom. Je ne peux pas intervenir, et ce n'est pas faute d'avoir essayé, croyez-moi.

Freddy sentit ses lèvres se mettre à trembler. Peu à peu, elle prenait conscience de l'insupportable vérité.

L'homme qui se tenait devant elle, tout prince qu'il était, venait de commettre un délit. Pas un petit délit, un crime, oui ! Elle devait appeler la police.

Comme un automate, elle se leva, renversant au passage le verre qu'il avait laissé sur l'accoudoir du fauteuil.
— Que faites-vous ?

En un rien de temps, l'imposante silhouette de Jaspar s'interposa entre elle et le téléphone.

— Poussez-vous, lui ordonna-t-elle d'une voix blanche. Vous êtes un criminel, vous avez enfreint la loi. Vous venez d'enlever un citoyen britannique et je vais créer le plus grand scandale de l'histoire en révélant les agissements du roi Zafir.

— Ecoutez, lui dit Jaspar, les traits tendus, le visage blême, je sais que vous êtes hors de vous, je vous comprends, mais je ne peux vous autoriser à vous servir du téléphone. Nous réglerons cette affaire entre nous.

— Peu m'importe ! Poussez-vous !

Jaspar la saisit alors par les épaules pour la maîtriser. Elle se débattit vivement et lui décocha un coup de pied dans le tibia.

— Calmez-vous, lui ordonna-t-il.

— Jamais ! Je vais appeler la police.

A cet instant, les deux gardes du corps qui attendaient dans le couloir se ruèrent à l'intérieur. Sur un signe du prince, l'un d'eux coupa le fil du téléphone.

Freddy poussa un cri et comprit qu'elle était bel et bien impuissante, prisonnière dans son propre appartement. Elle chancela, mais Jaspar la retint de tomber. Puis, gentiment, il la conduisit vers le sofa. Elle n'avait même plus la force de se débattre.

— Erica, je ne veux pas vous faire de mal. Pas plus à vous qu'à Tom, d'ailleurs. Moi aussi, j'ai été pris de court et dupé dans cette histoire. Je vous demande simplement de vous calmer et quand vous serez en état de m'écouter, je vous expliquerai pourquoi il n'est pas non plus dans votre intérêt d'alarmer les autorités.

4.

— Au téléphone, je n'ai pas pu m'entretenir longtemps avec mon père du fait de son état de santé, déclara Jaspar en s'asseyant en face de Freddy.

Bonne excuse, pensa-t-elle.

Après cette crise de quasi-hystérie, elle se sentait extrêmement lasse. Elle n'en revenait toujours pas qu'il lui ait coupé sa ligne téléphonique. Que croyait-il ? Pouvoir la réduire indéfiniment au silence par la force ? Grossière erreur !

D'ailleurs, il en était bien conscient puisqu'il avait abandonné son ton hautain pour montrer un visage plus humain. Il tenait à éviter le scandale ? Alors il devrait faire des concessions.

Une partie serrée s'annonçait, où la confiance n'était plus de mise.

Elle ne le croyait plus quand il affirmait qu'au Quamar Tom serait parfaitement bien traité. Vu les manières du roi, qui n'hésitait pas à recourir au rapt, elle avait tout lieu d'être sceptique. Quant à sa petite mascarade à elle, elle apparaissait bien dérisoire en comparaison de ce que les al-Husayn venaient de faire. Elle ne se sentait plus du tout coupable d'avoir trompé Jaspar sur son identité et elle était prête à bien d'autres subterfuges pour retrouver Tom.

— Erica, écoutez-moi, s'il vous plaît...

Elle leva les yeux vers lui et rencontra son regard intense rivé sur elle. Cet homme était un diplomate consommé et un négociateur acharné. Elle devait donc se montrer extrêmement vigilante ! Car il pouvait très bien parvenir à ses fins sans même qu'elle s'en rende compte.

— Je sais qu'après la façon dont le roi Zafir s'est conduit, je ne peux faire appel à votre sentiment de compassion concernant sa santé, mais sachez que la mort d'Adil l'a profondément affecté. C'est pourquoi il tenait tellement à ramener Tom au Quamar.

Le traître paraissait si sincère ! Son beau visage à l'expression soudain affable et son timbre, semblable à une mélopée envoûtante, l'agacèrent au plus haut point.

Il prétendait que son père avait agi sans l'en informer au préalable. Elle avait du mal à le croire. Quelles étaient les réelles motivations du roi Zafir ? Connaître son petit-fils ? A moins qu'il ne manigance, de mèche avec son fils, des plans bien plus sombres.

— Hier, lorsque j'ai eu mon père au téléphone, je lui ai dit que les choses seraient un peu plus longues que prévu. Ce fut une erreur de ma part. En effet, c'est ce qui a provoqué l'agitation du roi et le départ de Tom sans votre permission, poursuivit Jaspar.

— De quoi voulez-vous me convaincre ? dit alors Freddy en relevant le menton. Peu m'importe votre royaume et les caprices de votre père, j'exige que vous me rameniez Tom. Si vous ne le faites pas dans les plus brefs délais, vous vous exposerez à de sacrés ennuis. Votre statut diplomatique ne vous place pas au-dessus de la loi britannique, et...

— Ecoutez, Erica, je reconnais que mon père a eu tort, mais maintenant, Tom est au Quamar et le roi ne le rendra pas. Il est dans votre intérêt d'être raisonnable.

— Dans ces conditions, emmenez-moi là-bas avec vous !

— Soyez réaliste ! Avec la vie que vous menez, le roi vous chasserait immédiatement. Selon lui, vous êtes d'une influence néfaste pour l'enfant.

— Puisque vous ne pouvez pas intercéder en ma faveur auprès de votre père, partez. De mon côté, je sais ce qu'il me reste à faire.

— Calmez-vous, repartit Jaspar d'un ton adouci. Vous devez bien comprendre que je ne peux pas négocier une telle affaire avec le roi par téléphone.

Il lui adressa alors un petit sourire presque enjôleur. Comme s'il voulait lui signifier qu'au fond il était de son côté, qu'ils menaient le même combat. Mais elle n'allait pas tomber dans le panneau !

— Je ne crois pas un mot de ce que vous me dites, annonça-t-elle sèchement. Je vais déposer une plainte contre vous auprès de la police et si celle-ci ne réagit pas parce que vous êtes riche et puissant, eh bien, j'irai trouver la presse. Et je peux vous garantir que les journalistes, eux, m'écouteront.

— Je doute que votre fils vous remercie, plus tard, quand il apprendra que vous avez révélé au monde entier que vous avez couché avec son père dans le seul but de vous enrichir, rétorqua-t-il avec froideur. Etes-vous réellement prête à annoncer publiquement que vous avez conçu un enfant par intérêt et que vous l'avez ensuite négligé ?

Un éclair d'horreur passa dans ses yeux aigue-marine et elle ferma les paupières. Elle avait l'impression de vivre un cauchemar. Qui plus est, elle avait du mal à se concentrer sur cette conversation car elle ne cessait de penser à Tom.

Comment s'était passée sa journée, loin d'elle ? Il avait dû être heureux de faire la connaissance de Jaspar, car il aimait bien être en compagnie masculine. Ce qui était tout à fait compréhensible, puisqu'il n'avait pas de père.

Elle imaginait son excitation lorsqu'il était arrivé à l'aéroport, puis monté dans l'avion. Hélas, elle savait aussi que l'ennui l'avait immanquablement gagné durant ce long vol et qu'une fois l'exaltation retombée, il avait certainement demandé à rentrer chez lui, l'avait réclamé elle, Freddy... Peut-être s'était-il même mis à pleurer, certainement d'ailleurs, car ce n'était encore qu'un bébé qui avait besoin de son environnement familial, de repas à heures fixes et de câlins maternels. Pauvre ange. Qui le consolerait ?

A cette pensée, ses yeux se brouillèrent et une larme roula bien malgré elle sur sa joue. Comme s'il regrettait ses propos, Jaspar lui prit doucement la main et déclara :

— Allons, je vous promets de faire tout ce qui est en mon pouvoir pour trouver un arrangement.

D'un geste vif, elle se dégagea et s'écria :

— Ne me touchez pas ! Sortez de chez moi !

— Erica...

— Votre père est un monstre d'égoïsme, si tant est que ce que vous me racontez est vrai. Qui va s'occuper de Tom lorsque le roi se sera lassé de lui, ou s'il meurt ? Qui le recueillera ? Je doute que votre famille veuille d'un bâtard.

Alors, incapable de se contenir plus longtemps, elle éclata en sanglots.

Jaspar n'avait pas du tout imaginé que la situation dégénérerait de cette façon. Il aurait dû demander une contre-enquête car la réaction de cette femme ne cadrait pas avec la conduite décrite par le détective privé. A moins qu'elle ne lui joue la comédie...

Impuissant, il la regardait prostrée sur le divan

lorsque le médecin du consulat sonna à la porte. Soulagé, Jaspar alla lui ouvrir et le conduisit auprès de la jeune femme.

Freddy ne s'aperçut pas de sa présence.

Elle était inconsolable, songeant à la détresse du petit garçon dans un pays inconnu, entouré d'étrangers. Il était illusoire de sa part de croire qu'elle pourrait le ramener en Angleterre, même en alertant la presse. Les puissants de ce monde se contrefichaient de l'opinion internationale — à plus forte raison un vieux despote. Et puis, la publicité qu'elle pourrait faire autour de cette histoire nuirait certainement à Tom et à son avenir au Quamar.

Comment retrouver l'avantage dans cette affaire ? De quelle façon se rendre dans ce royaume lointain et rejoindre Tom sans risquer pour autant d'en être immédiatement refoulée ?

Pour cela, il aurait fallu qu'elle soit un personnage influent à qui on ne puisse pas refuser l'accès sur le territoire du Quamar. A moins que...

Brusquement, elle eut une illumination !

Au même instant, elle ressentit un léger picotement au bras, comme une piqûre, toutefois elle était bien trop absorbée par ses propres pensées pour y prêter attention.

Certes, l'idée qu'elle venait d'avoir était insensée, mais la situation ne l'était-elle pas tout autant ? Et par ailleurs, Jaspar ne lui avait-il pas précisé qu'il ferait tout ce qui était en son pouvoir pour l'aider, à condition qu'elle ne parle pas ?

Eh bien, le prix de son silence, ce serait un anneau de mariage, ni plus ni moins ! Ils se marieraient secrètement, elle passerait le voile et lorsqu'elle mettrait le pied sur le sol du Quamar, personne ne pourrait la faire remonter dans l'avion.

Ainsi, elle resterait avec Tom jusqu'à la disparition du vieux roi. Alors Jaspar et elle divorceraient et elle pourrait rentrer avec Tom à Londres. Eurêka, elle la tenait, la solution !

— Epousez-moi, dit-elle alors à Jaspar.

Tiens, pourquoi était-elle étendue sur le dos, alors qu'elle ne se souvenait pas de s'être allongée ? Jaspar était penché au-dessus d'elle et on aurait dit qu'il la dévorait du regard...

— Dans le plus grand secret, ajouta-t-elle.

Subitement, elle ressentit une sorte d'euphorie, et eut l'impression que le plafond se mettait à tourner.

— Comme ça, je pourrai m'occuper de Tom et au moment opportun, nous divorcerons..., expliqua-t-elle d'une voix ensommeillée.

Lorsque les grands yeux de Freddy disparurent derrière ses paupières, un sourire de sphinx se dessina sur le visage de Jaspar. Avec l'aide du médecin, il la conduisit jusqu'à la limousine. Ce dernier lui avait administré un léger sédatif. Il s'étonna toutefois de son délire de mariage. Peut-être était-ce dû à l'alcool qu'il l'avait forcée à boire ?

Allons, une femme comme elle devait avoir l'habitude d'en absorber de plus fortes doses. Lui demander de l'épouser en secret... Quelle imagination, tout de même ! pensa-t-il, en regardant son corps alangui sur la banquette arrière de la limousine. Elle rêvait, si elle croyait qu'il était prêt à un tel sacrifice pour elle. Avec la réputation qu'elle avait, franchement !

Ses yeux s'attardèrent sur la belle endormie. A la voir ainsi, sans la connaître, on l'aurait prise pour un ange. Hélas, c'était le démon qui l'habitait.

Freddy émergea lentement du sommeil, les paupières lourdes, l'esprit embrumé. Quand enfin elle parvint à ouvrir les yeux, elle se redressa brusquement sur l'oreiller, le cœur battant.

Où était-elle ?

Et qui lui avait passé cette chemise de nuit en satin bleu ?

Affolée, elle parcourut l'imposante chambre du regard, puis sursauta nerveusement. Quel était ce bruit ?

— Ce n'est que moi, annonça la voix tristement familière de Jaspar al-Husayn.

— Pour l'amour du ciel, où suis-je ? s'écria-t-elle, furieuse.

A cet instant, il effleura l'interrupteur et une lumière tamisée envahit la pièce. Son regard pénétrant la transperça immédiatement. Son fier visage, sa silhouette imposante se découpèrent telle une menace sur le mur clair, devant elle.

— Vous êtes au consulat du Quamar. Hier soir, je ne pouvais vous laisser seule dans l'état où vous étiez.

— Vous m'avez droguée, c'est ça ?

— Juste un petit sédatif administré par un médecin, lui dit-il sans cesser de la fixer. Et ne m'accusez pas de vous avoir enlevée, je vous ai emmenée par charité.

Tom ! Où était-il ? La mémoire lui revint brusquement, comme une douleur anesthésiée qui se réveille.

— Avez-vous des nouvelles de Tom ? demanda-t-elle, la gorge nouée.

— L'avion est arrivé à l'heure prévue et, une fois au palais, Tom a été directement conduit au lit. Il va bien.

Alors qu'elle s'apprêtait à mettre en doute cette information bien optimiste, elle s'aperçut que les prunelles dorées de Jaspar s'attardaient avec un peu trop d'insistance sur son décolleté.

A son grand dam, son pouls s'accéléra, ses oreilles se mirent à bourdonner. Et, comble de malheur, sous le satin léger de sa chemise de nuit, elle sentait ses mamelons se durcir ! Rougissant de honte, elle remonta le drap et demanda d'un ton sévère :

— Qui m'a mise au lit ?
— Une domestique.
— Que faites-vous ici ? Vous m'avez veillée toute la nuit ?
— Je savais que vous vous affoleriez à votre réveil, alors je suis venu vous rassurer.

Puis, les yeux brillants, il enchaîna :
— Vous rappelez-vous votre proposition d'hier ?
Elle pâlit brusquement.
Alors ce n'était pas un rêve...
Elle lui avait bien proposé de se marier avec elle afin de pouvoir rejoindre Tom. Eh bien, qu'à cela ne tienne ! Elle allait lui montrer que sa question ne l'embarrassait pas du tout, contrairement à ce qu'il semblait croire.

— Je m'en souviens très bien, répondit-elle sur un ton presque agressif.
— Vous parliez sous l'empir de l'alcool, n'est-ce pas ? Vous ne pouviez pas être sérieuse, n'est-ce pas ? assena-t-il d'un ton tranquille.
— Qu'est-ce qui vous indigne ? Que j'ose vous demander de m'épouser ? Mais pour qui vous prenez-vous ? Votre père est un vieux tyran, un kidnappeur d'enfant ! Et votre frère, un infâme coureur de jupons. Votre famille a beau être royale, elle a des façons d'agir bien scandaleuses.

A ces derniers mots, elle vit des éclairs de colère dans le regard de son compagnon.

Jaspar n'en revenait pas ! Jamais de sa vie on ne

l'avait insulté de cette façon. Voilà comment elle le remerciait! Lui qui, pour avoir plaidé sa cause quelques heures auparavant au téléphone, s'était violemment disputé avec son père. Ce père qu'il chérissait plus que tout au monde et respectait profondément; cet homme âgé, dont il n'avait jamais remis la moindre des décisions en cause — sauf pour cette femme qui ne méritait pas la peine qu'il se donnait pour elle.

Qui croyait-elle être, pour défier de la sorte un prince d'une lignée héroïque? Elle le lui paierait. D'une manière ou d'une autre, il se vengerait de la façon dont elle venait de salir l'honneur de sa famille.

Le cœur battant la chamade, Freddy ne bougeait plus, consciente d'avoir dépassé les bornes. Elle, d'habitude si douce et si réservée, ne se reconnaissait plus. Mais le diabolique Jaspar ne l'avait-il pas poussée à bout?

— Si je vous comprends bien, reprit-il, mâchoires serrées, votre proposition de mariage est sérieuse?

Hier soir, quand elle avait conçu ce plan insensé, elle n'était plus elle-même. Pourtant, à bien y réfléchir, la solution n'était pas si mauvaise que cela. De fait, c'était l'unique issue possible pour agir sur les événements et récupérer Tom au Quamar.

— A moins que vous ayez mieux à suggérer? Je suis prête à tout pour rejoindre Tom.

— Même à m'épouser? répéta-t-il d'un ton à la fois sceptique et ironique.

— Si je deviens votre femme, votre père ne pourra pas m'expulser de son royaume, répondit Freddy. Et s'il s'y risquait malgré tout, alors le scandale serait encore plus grand.

— Cela s'appelle du chantage.

— Appelez cela comme vous voulez. Seul le bonheur de Tom m'importe.

Un étrange silence s'abattit sur la chambre, tandis que Jaspar laissait courir son regard sur elle.

Bon sang ! pensa-t-il. Cette femme avait un corps de déesse. Bien sûr, il ne pouvait faire abstraction de sa réputation, mais quelle silhouette ! Quelles rondeurs voluptueuses !

Il dardait sur elle un regard fiévreux, dont l'incandescence agissait à son insu sur les sens de Freddy. Qui entrouvrit alors la bouche pour humecter de sa langue ses lèvres desséchées...

Dieu, qu'elle était sexy ! pensa-t-il.

— Le mariage me protégerait, ajouta-t-elle.

— Vraiment ? commenta-t-il d'un ton indolent.

— Ce serait un mariage blanc, bien sûr. Vous mèneriez votre vie de votre côté, comme vous l'entendez, jusqu'à ce que votre père se désintéresse de Tom.

— Vous devriez avoir honte de me faire une proposition pareille.

— Pour récupérer Tom, je ne reculerais devant rien.

— Bon, puisque vous avez décidé de faire fi de toute pudeur... Combien voulez-vous pour oublier cette affaire ? demanda-t-il brutalement.

Elle le regarda, horrifiée.

— Tom n'est pas à vendre. Comment osez-vous me faire une telle suggestion ?

— Cessez de jouer les saintes nitouches. Vous avez bien accepté l'argent d'Adil.

— C'était différent, dit-elle en rougissant.

— Avec moi, c'est le mariage ou rien, c'est ça ?

D'un mouvement souple, il s'assit sur le rebord du lit.

— Ne vous méprenez pas, dit-elle, méfiante. Tout ce que je veux, c'est être auprès de Tom.

Avec cet individu, il était préférable de bien mettre les points sur les I.

— Et moi, qu'est-ce que je gagne, dans cette affaire ?

Freddy leva les yeux vers lui, battit des paupières. Elle n'osait plus faire un geste, comme une biche apeurée. Sa présence si proche la tétanisait. L'électrisait...

— Vous croyez que je vous désire, n'est-ce pas ? murmura-t-il, un petit sourire aux lèvres.

— Non, bien sûr que non, se défendit-elle, effrayée par les sentiments que cet homme lui inspirait.

— Vous savez pourtant que si.

Elle crut que son cœur allait s'arrêter de battre.

Fallait-il qu'elle comprenne qu'il la désirait ? Elle scruta son compagnon avec plus d'attention. Il avait pourtant l'air sobre, en possession de toutes ses facultés mentales. Leurs regards se rivèrent l'un à l'autre et soudain...

Soudain, les doigts de Jaspar s'enfouirent dans la masse blonde de ses cheveux et il la fit basculer sur l'oreiller. Choquée par ce brusque assaut, elle voulut ouvrir la bouche pour protester, mais aucun son ne sortit de sa gorge.

Envoûtée par l'or brûlant de ses yeux, elle se sentit soudain profondément femme. Chaque fibre de son corps palpitait sous le regard ardent de Jaspar. Alors il captura sa bouche et tandis que sa langue se mêlait à la sienne, sa raison s'envola...

A son tour, elle enfonça fébrilement ses mains dans sa chevelure de jais, le serrant plus étroitement encore contre elle. Le poids de Jaspar sur son corps, sa chaleur virile, tout contribuait à l'exciter terriblement.

Soudain, ses larges paumes se refermèrent sur ses seins. Elle se cambra et se retint de crier lorsque, d'un pouce expert, il se mit à en titiller les pointes à travers le satin.

La sensation qui la parcourut fut si forte qu'elle prit peur et le repoussa vivement. Aussitôt, il se redressa.

Lorsqu'elle osa de nouveau poser sur lui son regard bleu éperdu, elle constata qu'il était déjà passé à autre chose. Il téléphonait !

En un sens, c'était préférable.

Elle se sentait mortifiée d'avoir une nouvelle fois succombé, comme si une fièvre terrible, incontrôlable l'avait dévorée. Fermant les yeux, elle fit remonter le drap jusqu'au menton.

Jaspar parlait en arabe au téléphone. D'un ton mesuré, parfaitement maître de lui-même. Alors, désespérée par sa propre conduite, par la réponse de son corps aux caresses du prince, Freddy enfouit la tête dans l'oreiller. Elle, qui avait toujours été plutôt prude, ne se reconnaissait plus.

— Nous nous marierons demain matin, annonça Jaspar en raccrochant.

Avait-elle bien entendu ? Avec prudence, elle se retourna, incapable d'assimiler cette information prononcée d'une voix glaciale.

— Demain ?

— Oui, au consulat, selon les lois de mon pays. La cérémonie doit avoir lieu très tôt car il faut que nous soyons au Quamar demain soir.

Avec une autosatisfaction non dissimulée, Jaspar laissa courir sur elle ce regard doré qui avait un effet si troublant, si subversif sur ses sens.

— Pourquoi me regardez-vous avec des yeux si surpris ? C'est bien ce que vous souhaitiez, non ? C'est le prix à payer pour votre silence, si je ne m'abuse ? lui demanda-t-il d'un air narquois.

Non sans ajouter mentalement : « Prise à ton propre piège, ma belle ! »

Car en l'épousant, Erica perdait ses droits de

citoyenne britannique, devenait une Quamari... et tombait entièrement sous la coupe de son mari. Fini la liberté! Quand elle se retrouverait dans un palais fortifié, au fin fond du désert, elle comprendrait ce qu'il en coûtait de défier une royauté. Quant à lui, il ne lui resterait qu'à consommer leur mariage.

Il esquissa un sourire lascif.

Erica était réellement séduisante et possédait, en dépit de tout, l'apparence de l'innocence. Etant donné la vie tumultueuse qu'elle menait, c'était vraiment une excellente comédienne. N'avait-elle pas, la veille au soir, joué à la perfection le rôle de la mère éplorée?

Elle méritait qu'on lui donne une bonne leçon.

Pourquoi Jaspar souriait-il? se demandait Freddy. Qu'y avait-il de drôle à ce sordide marché?

« Le prix à payer pour votre silence », lui avait-il dit. L'honneur de sa famille passait donc avant tout. Tout comme, pour elle, le sort de Tom. Elle tenta d'oublier ce qu'il avait dit, tout à l'heure, à propos de son désir. C'était sûrement une façon toute personnelle de l'humilier.

— Encore une fois, seul le bien de Tom est la seule chose qui m'importe.

— Je vais demander qu'on vous apporte un petit déjeuner. Après quoi, mon chauffeur vous raccompagnera chez vous et viendra vous reprendre demain matin, à 8 heures tapantes. Ne le faites pas attendre.

— Quoi? Mais c'est impossible! Tu ne peux pas te marier avec lui, s'insurgea Ruth.

Cette dernière s'était rendue chez Freddy juste après son appel. Choquée elle aussi par les procédés de la famille al-Husayn pour s'emparer de l'enfant, elle l'était pourtant bien davantage par la façon dont Freddy avait choisi de régler la crise.

— C'est le seul moyen pour moi de revoir Tom et d'avoir une influence sur sa vie.

— En forçant un prince héritier à t'épouser ? Pour l'amour du ciel, Freddy, réfléchis un instant !

— Il s'agit juste d'une formalité, plaida cette dernière. Nous divorcerons très rapidement. Dès que le grand-père de Tom se désintéressera de lui, ce qui arrivera sans tarder. Alors je pourrai ramener Tom en Angleterre.

— Il n'est pas encore trop tard pour avouer au prince que tu n'es pas Erica Sutton, mais sa cousine et, en l'occurrence, la nurse de Tom. Or, à ce titre, tu peux parfaitement l'accompagner au Quamar.

— On voit bien que tu ne sais pas ce qu'est une famille royale ! Tout est déjà organisé là-bas, ils n'en auraient que faire de moi.

— Ce que je constate, Freddy, c'est que tu ne penses qu'à Tom. Pas à toi !

— Et alors, où est le mal ? Je l'ai élevé depuis sa naissance, cet enfant !

— Ah, si seulement Erica avait fait un testament !
Ruth soupira, puis reprit :

— Freddy, tu ne peux exercer un tel chantage sur le prince, aussi odieux soit-il. D'ailleurs, il risque bien de te faire payer cher cet affront. Laisse-moi au moins lui parler, lui dire qui tu es réellement.

En dépit de l'insistance de son amie, Freddy demeura intraitable.

Dans la limousine aux vitres fumées qui la conduisait à présent au consulat du Quamar, elle se rappela leur vive discussion de la veille. Aucun des arguments de Ruth ne l'avait convaincue. Tom avait besoin d'elle. Un point c'est tout !

Elle tira sur la jupe de son tailleur, choisi dans la garde-robe d'Erica.

Elle se sentait mal à l'aise dans ces vêtements un peu trop sexy pour elle. La jupe était courte et étroite, et la veste trop cintrée. Elle craignit soudain de paraître vulgaire.

N'avait-elle pas endossé un rôle trop lourd pour ses épaules ?

Elle ne connaissait rien aux hommes et voilà qu'elle épousait le premier venu. Enfin, façon de parler ! Adolescente, chaque fois qu'elle tombait amoureuse d'un garçon, il n'avait d'yeux que pour sa cousine. Dépitée, elle avait fini par se replier sur elle-même. Et puis après il y avait eu Tom et il était devenu le centre de sa vie.

Ah, si seulement Jaspar ne l'avait pas embrassée ! Il est vrai qu'il la croyait habituée à enchaîner les aventures, puisqu'il la prenait pour Erica. Aujourd'hui, elle regrettait de ne pas avoir davantage d'expérience !

Dès qu'elle franchit le seuil du consulat, on l'introduisit dans un petit bureau. Deux hommes en noir, à la mine grave, l'y attendaient. Ils se présentèrent comme des hommes de loi.

Brusquement intimidée, Freddy se demanda ce qu'ils savaient exactement de la situation. Qu'est-ce que Jaspar avait bien pu leur dire ?

On lui remit un contrat de mariage. Les joues en feu, elle le parcourut du regard, incapable de lire un traître mot. Impossible de faire machine arrière à présent ! En signant le contrat, elle obtenait un passeport pour le Quamar — un passeport pour rejoindre Tom.

Comme elle reposait le stylo, Jaspar entra dans le bureau, accompagné d'un homme d'Eglise. Elle croisa son regard ambré et dur. Elle avait rêvé d'un tout autre mariage. L'hostilité ambiante la plongeait dans un embarras extrême. Mais que le marié était beau ! Costume noir et chemise blanche, il avait le port altier. Indéniablement l'allure d'un seigneur. Hélas ! Il n'en avait que l'allure.

Elle ne s'était pas attendue à un mariage chrétien, ce qui renforça encore son trouble. A son tour, Jaspar signa le contrat. Le prêtre prononça quelques paroles de bénédiction, puis tout le monde sortit, les laissant seuls.

— Satisfaite ? lui demanda-t-il avec arrogance.

— Tout cela ne serait pas arrivé, si vous m'aviez laissé un autre choix.

Il la dévisagea longuement.

Elle eut alors l'impression que ses yeux répandaient une coulée d'or brûlant sur leur passage...Tout à coup, sans crier gare, il posa ses deux mains sur ses hanches, avec une familiarité déconcertante.

Elle voulut se dégager, mais il la maintint fermement.

— Que faites-vous ? demanda-t-elle avec froideur.

— J'évalue l'objet du contrat, murmura-t-il posément.

Elle crut qu'elle allait s'étrangler, mais il ajouta avec le même calme :

— Je n'aime pas votre coiffure.

Et, d'un geste habile, il retira la pince qui maintenait ses cheveux en un chignon. Une véritable cascade se répandit sur ses épaules.

— Croyez-vous vraiment que je vais renoncer aux avantages que m'offre ce mariage ? lui dit-il, visiblement amusé par sa gêne.

— Rendez-moi ma barrette, lui ordonna-t-elle en la lui arrachant des mains.

Le regardant bien en face, elle rattacha ses cheveux.

— Sachez que ce mariage ne fait pas de vous une princesse, déclara Jaspar. Seul mon père peut en décider...

— Qu'est-ce que vous voulez que ça me fasse ? Je me moque éperdument d'être une princesse.

— Ici, peut-être, mais vous ne connaissez pas encore le Quamar.

Que cherchait-il à faire ? L'impressionner pour qu'elle renonce au voyage ? Elle n'était pas du genre à baisser les bras, il l'apprendrait certainement à ses dépens.

Pour sa part, elle estimait qu'elle venait de franchir une étape qui la rapprochait considérablement de Tom. Et son raisonnement n'allait pas plus loin.

5.

Elle devait absolument se calmer ! Et pour cela, se focaliser sur le fait qu'elle allait bientôt revoir Tom.

Au moment où ils avaient embarqué à bord du jet privé, l'équipage entier s'était prosterné devant Jaspar. Quel choc ! Jusqu'à ce moment précis, elle ne s'était pas réellement rendu compte de son statut.

Elle n'était pas au bout de ses surprises !

Le luxe du jet la laissa pantoise. La cabine était aussi spacieuse que le salon de l'appartement d'Erica. Calée dans son siège de cuir, boissons fraîches et magazines à volonté, elle eut soudain l'impression d'être l'heureuse gagnante d'un voyage vers une destination exotique. Une impression toute provisoire...

En face d'elle, Jaspar avait allumé son ordinateur et ne relevait plus la tête, entièrement absorbé par son travail. Quant à elle, elle ne pouvait détacher son regard de lui, une fois de plus sous l'emprise de son charme... Ses sourcils noir charbon étaient fournis et bien dessinés, son nez aquilin conférait une touche de raffinement supplémentaire à la noblesse de ses traits. Quant à sa bouche, elle était à la fois sensuelle et arrogante.

Il était beau à se damner.

Pour l'instant, il s'entretenait au téléphone dans un espagnol courant. Au cours de sa conversation, il croisa furtivement son regard. Quelques minutes plus tard, il raccrocha... et darda sur elle ses prunelles or foncé.

A cet instant, une chaleur immense l'envahit. Son pouvoir de séduction la réduisait à l'impuissance la plus totale, constata-t-elle avec effarement.

Pourquoi se comportait-elle comme une lycéenne en mal d'amour ? Ah ! si seulement elle avait suivi les conseils de Ruth qui l'incitait constamment à sortir et à profiter de la vie. Oui, si seulement... Aujourd'hui, ses frustrations n'auraient pas été si grandes et elle n'aurait pas été totalement subjuguée par ce prince à la beauté du diable.

Mais était-ce sa faute si, jusqu'à présent, elle n'était tombée amoureuse de personne ? Elle ne pouvait tout de même pas coucher avec le premier venu sous prétexte de voir l'effet que ça faisait !

Refermant son ordinateur, Jaspar se cala contre son dossier et observa non sans un certain amusement sa jeune épouse presque rougissante, en face de lui. La pudibonderie faisait-elle partie de sa palette d'actrice ?

Dommage qu'il n'ait pas annoncé le mariage de manière officielle : cela lui aurait permis d'afficher une moindre distance vis-à-vis d'elle. Cependant, la discrétion était de rigueur et seul son père en serait informé. Pourtant, les commérages iraient bon train lorsque les Quamaris apprendraient qu'il retenait une femme dans son palais, au milieu du désert !

Finalement, se dit-il, cette rumeur aurait du bon. Elle lui permettrait de tenir Sabirah à distance. Et, à cet instant, un éclair cruel brilla dans son regard.

Sabirah...

Il fut un temps, bien lointain et définitivement révolu, où il rêvait de l'épouser. Il avait autrefois conçu pour elle une passion idéaliste et partagée — jusqu'à ce qu'Adil entre en scène.

Alors Sabirah, la belle Sabirah, n'avait pu résister aux sirènes de l'ambition. Bien que le prince héritier eût le double de son âge, elle n'avait pas hésité à le préférer à son cadet. Elle était devenue la troisième épouse du successeur au trône. A la mort d'Adil, elle changea de nouveau son fusil d'épaules et recommença à flirter outrageusement avec lui. Mais il n'éprouvait plus rien pour elle, elle lui était devenue indifférente. Hélas, elle ne semblait pas encore l'avoir compris.

Grands dieux, serait-il donc voué à payer éternellement pour les péchés de son frère ? se demanda Jaspar avec amertume. Après Sabirah, voilà qu'il avait épousé une ancienne conquête d'Adil. Sitôt consommée, sitôt abandonnée, celle-ci. Ainsi avait-il été obligé d'associer le nom de sa famille dont il était si fier à une femme indigne de la monarchie du Quamar, et qui n'avait même pas versé une larme en apprenant le décès de son frère.

Force était pourtant de reconnaître qu'outre sa beauté tapageuse, la perfide concubine avait de l'esprit. Or, à la différence d'Adil qui ne s'arrêtait qu'à l'apparence physique, il avait un faible pour les femmes intelligentes.

Ce qui n'empêchait pas qu'il fût fasciné par son aspect. L'idée d'enfouir ses mains dans sa crinière blonde et de lui communiquer le désir fou qu'elle faisait naître en lui le fit frémir...

Du calme, se dit-il. Tout venait à point à qui savait attendre. Si Adil lui avait accordé ses faveurs, lui, Jaspar, allait la posséder pour de bon.

Lorsque le jet amorça son atterrissage, Freddy se figea sur son siège, stupéfaite d'apercevoir l'aéroport ultramoderne qui se profilait à l'horizon. Elle regretta que Jaspar fût aussi peu bavard. Ce grand seigneur ne daignerait-il donc pas lui fournir quelques commentaires ? Pour l'hospitalité orientale, elle repasserait !

Et voilà qu'il se levait pour descendre de l'avion sans lui accorder la moindre attention. Elle se précipita sur ses talons et murmura :

— Avez-vous un foulard ou quelque chose avec quoi je puisse me couvrir la tête ?

Lui lançant un regard ironique par-dessus son épaule, Jaspar déclara :

— Un foulard ? Vous voulez faire sensation ? Ici, les femmes ne portent pas le voile, nous ne sommes pas musulmans. Vous êtes dans un pays chrétien.

Ça alors !

Elle se sentit ridicule d'en connaître si peu sur le pays dans lequel elle venait de débarquer. C'est alors qu'elle vit Jaspar se diriger vers un hélicoptère.

— Nous ne sommes pas encore arrivés ? demanda-t-elle un peu essoufflée, en le rattrapant.

— Non, dit-il sans plus d'explication.

Et cette fois-ci, il lui prit fermement le bras et l'aida à monter dans l'engin. Comme elle attachait sa ceinture de sécurité, elle demanda, anxieuse :

— Quand vais-je revoir Tom ?

— Je dois d'abord m'entretenir avec mon père.

— Mais pourrais-je le voir ce soir ? insista-t-elle.

Il lui lança un regard exaspéré.

Qu'est-ce qu'elle croyait ? Qu'il obtiendrait ce qu'il voulait d'un claquement de doigt ? On voyait bien qu'elle ne connaissait pas le roi Zafir.

Il devrait tout d'abord annoncer son mariage à son père — ce qui n'était pas chose aisée. Sa fureur serait telle que, selon toute vraisemblance, il annulerait sur-le-champ cette union qui avait eu lieu à l'étranger, sans son consentement. Finalement, ils n'auraient même pas besoin de divorcer !

L'hélicoptère s'éleva dans les airs, et la ville, faite de tours élancées et rutilantes, s'étendit dans toute son immensité sous les yeux ébahis de Freddy. Le soleil déversait des coulées d'or sur les vitres fumées des gratte-ciel. Cet îlot de verre et de pierre était cerné de toutes parts par le désert. Son estomac se serra. Quel panorama extraordinaire !

A présent, ils volaient au-dessus d'un espace désertique et ce vide absolu la terrifia. Et puis, soudain, une étrange formation rocheuse se profila... Une vallée verte se déploya bientôt au-dessous d'eux. L'oasis était sertie dans une étendue infinie de sable aux teintes ocre et cannelle.

Elle fut heureuse de retrouver la terre ferme, après toutes ces heures de vol.

— Voici Anhara, mon domaine privé, annonça Jaspar d'un air songeur.

La luxuriance de la végétation la frappa dès sa sortie de l'hélicoptère. Ici, pas le moindre gratte-ciel. Seule une immense bâtisse couleur safran. Partout, des arbres verdoyants et des fleurs aux tons éclatants flattaient le regard.

— Quel superbe endroit !
— Autrefois, c'était une forteresse maure, précisa Jaspar. J'ai fait replanter les jardins, il y a quelques années.

Et il serra les mâchoires en se rappelant pour qui il avait entrepris ce projet insensé, dont il était aujourd'hui si fier.

Un sentier pavé serpentait entre les bosquets et conduisait à une entrée en forme d'arcade, à la pierre finement sculptée. Ils débouchèrent dans un patio, et Freddy eut alors l'impression d'entrer dans un autre monde. Un monde de pur enchantement. Emerveillée par ce qu'elle découvrait, elle suivait les pas de Jaspar, remarquant vaguement au passage les domestiques qui s'inclinaient un à un devant lui.

Ce palais oriental dépassait tout ce qu'elle avait pu imaginer !

Leurs pieds foulaient de splendides arabesques multicolores en terre cuite, des fontaines intérieures jaillissaient de toutes parts, des pétales de roses s'amoncelaient dans de grands plateaux de cuivre. Derrière les moucharabiehs, on devinait encore d'autres splendeurs.

Jaspar ne put retenir un sourire de satisfaction lorsqu'il la vit caresser la rampe sculptée, de bois d'ébène, qui courait jusqu'à l'étage supérieur. Une leçon de bon goût ne lui ferait pas de mal, se dit-il en pensant à son appartement londonien surchargé et clinquant.

Elle se méprit sur la signification de son expression et esquissa à son tour un sourire.

Puis il alluma une lampe, qui fit danser une ronde de couleurs dans le patio. Sous le charme de cette ambiance des *Mille et Une Nuits*, elle sentit soudain sa main chaude et rassurante se refermer sur la sienne. Elle déglutit avec difficulté... Les yeux de Jaspar détaillèrent son corps avec une intensité qui suscita en elle une onde d'excitation voluptueuse.

— Et maintenant, je vais vous montrer ma chambre et vous rendre l'hommage dû à une nouvelle épousée, déclara-t-il comme s'il lui avait annoncé qu'ils allaient prendre le thé.

Ses beaux yeux aigue-marine s'écarquillèrent. S'il croyait que son langage affecté allait la convaincre !

C'était une chose de s'imaginer dans les bras d'un si beau prince, c'en était une autre de passer à l'acte.

— Pardon ?

— Vous allez voir, je ne vous décevrai pas.

Là-dessus, il la souleva de terre et gravit prestement la volée de marches.

— Lâchez-moi ! s'écria-t-elle en se débattant.

— Abandonnez votre rôle d'ingénue, lui conseilla-t-il d'un air amusé. Vous ne voudriez pas me fatiguer, tout de même ?

— Quoi ?

— Je n'aime pas la dissimulation. Avouez que vous mourez d'envie de coucher avec moi !

— Non, vous vous trompez, je...

— Je ne crois pas me tromper, lui murmura-t-il à l'oreille.

Sa voix si sensuelle, si chaude la fit frissonner...

Elle voulut répliquer, mais resta subitement interdite devant le spectacle qui s'offrait à elle !

Ils venaient de traverser l'antichambre dont le sol était recouvert de tapis bariolés et les murs tapissés de miroirs aux lourds cadres dorés lorsque soudain, un immense lit à baldaquin se dessina devant eux. Une couche digne d'un peintre orientaliste, où était étendue une superbe brune drapée dans de la soie transparente !

En apercevant cette belle inconnue, Freddy rougit violemment.

Jaspar poussa alors un terrible juron et la déposa presque brutalement dans un fauteuil. Elle vit la jeune femme se lever d'un bond en poussant un cri si aigu qu'il aurait pu briser tous les miroirs du palais.

Alors, laissant libre cours à sa colère, Jaspar se mit à l'insulter copieusement en arabe et, attrapant une couverture en cachemire, la jeta dans sa direction.

Mais le fait d'exposer sa nudité à peine voilée ne troubla pas l'inconnue. Au contraire. Mains sur les hanches, elle toisa Freddy et lui demanda, en anglais :

— Qui êtes-vous ? Une de ces traînées occidentales ?

Puis, se tournant vers Jaspar, elle ajouta :

— Tu imites ton frère, maintenant ?

— Sors immédiatement d'ici, Sabirah, lui ordonna-t-il d'une voix qui ne supportait pas de réplique.

Qui était-ce ? se demanda Freddy. Une maîtresse abandonnée ? Soudain, un trio de domestiques fit irruption dans la chambre et s'empara promptement de l'intruse, dont les sanglots retentirent bientôt de façon bruyante dans l'antichambre.

La porte se referma derrière le triste cortège et un lourd silence s'abattit sur la pièce.

Pourquoi avoir renvoyé la femme fatale qui l'attendait dans son lit ? L'avoir traitée de façon si brutale ? Finalement, peut-être lui avait-il dit vrai en affirmant que les femmes se jetaient à sa tête. Et quelles créatures ! Dans ces conditions, que cherchait-il avec une femme comme elle ?

— Où en étions-nous ? demanda-t-il soudain d'une voix veloutée.

Déstabilisée par son aplomb, elle lui décocha un regard franchement étonné.

— Nulle part, répondit-elle d'un air sombre.

— Détendez-vous, ma belle enfant, c'est notre nuit de noces.

Ce « belle enfant », c'était nouveau. Mais elle ne voulait pas être considérée comme telle, car cet homme l'effrayait à présent.

Il la dévisagea avec une familiarité indécente et poursuivit :

— Vous êtes ma femme et j'ai bien l'intention de profiter de notre statut conjugal.

Par réflexe d'autodéfense, Freddy croisa les bras et le regarda avec défiance. Sa fierté, c'était tout ce qui lui restait !

— Pourquoi êtes-vous si surprise ? demanda-t-il en plantant son regard perçant dans le sien. J'ai du mal à vous suivre. C'est bien vous qui vouliez m'épouser, non ?

Dévastée, elle ferma les yeux quelques secondes.

Tout entière préoccupée par le sort de Tom, elle n'avait

pas pensé que Jaspar serait capable d'exiger la consommation de ce mariage forcé. Dans un sursaut de courage, elle rouvrit les paupières et se heurta à son regard incendiaire.

Elle décida de contre-attaquer par un autre biais.

— Vous êtes un homme intelligent, ne me dites pas que vous voulez coucher avec moi pour ajouter un nouveau trophée à votre tableau de chasse. Ce serait stupide et déraisonnable de votre part.

Il éclata de rire.

— Qui vous dit que j'ai envie d'être raisonnable ? demanda-t-il en retirant lentement sa veste.

Il dénoua ensuite sa cravate et, sans la quitter du regard, poursuivit :

— Je me sens prêt à toutes les folies...

Freddy, au contraire, ne se sentait prête à rien du tout. Elle était clouée dans le fauteuil, là où il l'avait déposée quelques minutes plus tôt, impuissante face à la détermination de cet homme. Du haut de sa superbe, il déboutonnait à présent sa chemise de soie fine et ses longs doigts agiles couraient sur les boutons, comme sur les touches d'un piano. Il émanait de cet homme une force charismatique, une puissante aura de virilité.

— Vous ne me connaissez même pas, objecta-t-elle, tâchant en vain d'en appeler à sa raison.

— Bien plus que vous ne croyez, répondit Jaspar en s'approchant d'elle et en la forçant à se lever.

Alors il lui retira sa veste de tailleur qu'il laissa tomber sur le sol.

Instinctivement, elle recula, tandis que son cœur battait la chamade. Elle-même ne savait plus très bien ce qu'elle voulait. Elle aurait dû s'enfuir et pourtant... Le désir, tel un terrible poison, jouait avec sa volonté, la clouait sur place. Un barrage avait cédé en elle. Pour la première fois de sa vie, elle se sentait terriblement féminine et désirable. C'était un véritable choc émotionnel.

— De quoi avez-vous peur ? lui demanda alors Jaspar dans un chuchotement suave, les yeux langoureux.

Elle se raidit, craignant qu'il ne découvre que c'était d'elle-même qu'elle avait peur, du désir sauvage qu'il avait allumé en elle. Qu'il avait été le premier à provoquer. Oui, elle redoutait de s'abandonner à ses pulsions les plus sensuelles, et d'oublier tout ce qui avait compté pour elle jusque-là.

Et dire qu'elle avait toujours cru être une femme raisonnable ! Belle illusion !

Depuis que Jaspar avait fait irruption dans sa vie, elle n'avait cessé de faire des choses insensées, et elle savait qu'elle s'apprêtait à en commettre une autre.

— Je n'ai pas peur de vous, en tout cas, mentit-elle.

De nouveau, le silence s'abattit sur eux.

Jaspar venait de retirer sa chemise, exposant à son regard subjugué un corps superbement musclé et hâlé.

— Ce n'est qu'une histoire de sexe, alors, affirma-t-il avec une nonchalance troublante.

— Exactement, répondit-elle d'une voix mal assurée.

« Une histoire de sexe. » Décidément, un gouffre plus large que la mer Rouge les séparait !

Allons, se rabroua-t-elle, elle devait donner le change. Après tout, ils étaient mariés et elle était censée être Erica. Il fallait se jeter à l'eau, elle n'avait pas le choix.

Et avant même qu'elle s'en rende compte, elle se retrouva sur la soie fraîche des draps tandis qu'un baiser dévastateur enflammait ses sens.

Puis les mains adroites de Jaspar firent glisser la fermeture Eclair de sa jupe.

— J'adore ce bruit, c'est un présage de bien des plaisirs, lui souffla-t-il à l'oreille. Si, dans l'avion, vous aviez enlevé votre veste, alors je n'aurais pas pu résister à l'envie de vous déshabiller complètement.

Bien vite, elle fut presque nue dans ses bras et, dès lors, préféra ne plus penser à rien...

Pourtant, l'image de la superbe brune de tout à l'heure lui traversa l'esprit. Elle ne pouvait rivaliser avec la silhouette de cette splendide Schéhérazade, songea-t-elle, crispée.

— Détends-toi, lui ordonna alors Jaspar à voix basse, de ce ton autoritaire si naturel chez lui.

Elle faisait ce qu'elle pouvait !

Et pourquoi se mettait-il à la tutoyer ? Ce nouveau pas vers l'intimité porta le trouble qu'elle ressentait à son comble...

Bon, elle devait voir les choses sous un aspect pratique. A vingt-quatre ans, il était tout à fait normal de faire l'amour avec un homme, surtout s'il était votre mari. Bien sûr, il fallait faire abstraction des circonstances qui l'avaient conduite à l'épouser... Ah, et puis, elle ne pouvait s'empêcher de penser à sa place réchauffée par une autre, juste avant son arrivée.

— Qui était cette femme ?

— Oublie-la, c'est sans importance, lui assura-t-il. Elle n'est pas ma maîtresse et ne le sera jamais.

Cela restait à voir... L'aurait-il chassée si méchamment, si précipitamment, cette magnifique créature, s'il avait été seul ?

Mais à ce moment-là, Jaspar se pencha vers sa nuque pour mordiller le lobe de son oreille. Elle frissonna.

— Si tu savais comme tu m'excites...

— Embrasse-moi encore, s'entendit-elle dire.

Il ne se le fit pas répéter. Cette fois, elle était perdue !

Il l'embrassa à en perdre le souffle, et elle se noya dans l'odeur de musc qui émanait de son corps chaud et nerveux. Ce corps dont elle sentait avec délices le poids sur le sien. D'un geste habile, il dégrafa son soutien-gorge et s'empara d'un de ses seins. Après que sa main eut tracé de sensuelles arabesques autour de son bourgeon durci, sa langue prit le relais. Elle poussa un petit gémissement, surprise par sa propre réaction. La délicieuse torture se poursuivit quelques secondes.

— Ta poitrine a le goût du paradis.

Si c'était un rêve, elle ne voulait pas se réveiller.

Sa peau à lui était lisse comme du satin tandis que ses muscles jouaient à chacun de ses mouvements. Et quel parfum terriblement enivrant ! Plus jamais elle ne pourrait se satisfaire de l'air ordinaire.

— Tu es superbe, lui murmura-t-il alors dans le creux de l'oreille.

Puis il releva le coin des lèvres d'un air sensuel.

Seigneur, qu'il avait l'air sincère ! Pourtant, elle savait pertinemment qu'il jouait ce numéro de charme à toutes les femmes qui passaient dans son lit. Malgré tout, elle lui savait gré de se sentir si féminine, si belle entre ses bras.

— Finalement, le chantage rapporte des dividendes inespérés, déclara-t-il d'un ton provocant.

Elle voulut protester, mais il se mit à rire et, de ses pouces, titilla de nouveau ses seins avec une dextérité délicieusement érotique, envoyant des ondes exquises dans les parties les plus secrètes de son corps.

Puis, avec la même habileté, il lui retira sa petite culotte de dentelle, et se pressa de nouveau contre elle. Freddy se figea alors, paniquée.

Mais une fois encore, les caresses de Jaspar firent fondre ses réticences. Elle était comme du miel onctueux sous ses mains expertes. Et au plus profond d'elle-même, elle sentait le cœur de son désir palpiter.

Jaspar fit glisser une main le long de son ventre, traçant un sillon brûlant sur sa peau. Arrivés à sa toison soyeuse, ses doigts effleurèrent les pétales de sa féminité... puis, avec une lenteur exquise, ils se mirent à en explorer les intimes profondeurs. Electrisée, elle s'abandonna à la volupté de cet instant... Un premier gémissement lui échappa. N'y tenant plus, Jaspar plongea en elle et son gémissement se transforma en un cri rauque.

Il s'arrêta net.

— Je t'ai fait mal ?

— Non, non, lui assura-t-elle, tâchant de cacher son trouble.

La prenant pour Erica, pour la mère de Tom, comment aurait-il pu soupçonner qu'il couchait avec une vierge ?

— Continue, l'incita-t-elle d'une voix languide.

Il s'exécuta, mais reprit à un rythme plus lent.

Alors une sensation inconnue s'empara d'elle. Elle s'accrocha à lui, éperdue, et se mit à onduler sensuellement au même rythme que les mouvements de ses reins, en proie à des picotements de volupté croissants. Soudain, elle entendit Jaspar pousser un cri et son corps saturé de plaisir retomba sur le sien.

Il la serra très fort contre lui puis, relevant la tête, il plongea ses yeux sombres dans ses prunelles de cristal, et déclara :

— Désolé pour tout à l'heure, je ne comprends pas ce qui s'est passé.

— Ce n'est rien, ce n'est rien.

Incapable de soutenir le regard si sincère de cet homme à qui elle mentait effrontément, elle l'attira à elle pour l'embrasser et lui dissimuler son visage. Alors Jaspar se dégagea en riant et lui dit :

— Me voilà fin prêt pour affronter mon père, ma jolie. Ne t'inquiète pas, je vais tout faire pour rendre ton séjour au Quamar agréable. Tu vois, il n'y avait aucune raison de s'inquiéter. Au moins, sexuellement, nous nous entendons.

Alors, c'était bien vrai ? Pour lui, ce qu'ils venaient de vivre n'était qu'une histoire de sexe ? Comment pouvait-il prononcer des paroles si avilissantes après l'expérience inouïe qu'ils venaient de partager ? Voilà qui constituait un dur retour à la réalité.

Contrairement à elle, il n'avait pas l'air d'avoir oublié

la situation une seconde. Ne lui avait-il pas rappelé, dans le feu de la passion, que le chantage payait ?

A mille lieues de soupçonner ses pensées, Jaspar passa dans la salle de bains attenante. Dans le lit, Freddy roula sur le ventre. Trop tard pour les remords ! Pourtant, elle n'était pas certaine de regretter ce qui venait de se passer. Son corps vibrait encore des caresses qu'il venait de recevoir.

Elle l'entendait ouvrir et fermer des tiroirs, s'habiller.

— Erica ?

Ah, cette voix ! Définitivement autoritaire. Elle se retourna vivement.

Les cheveux plaqués en arrière, rasé de près, dans un costume gris, il avait de nouveau endossé le rôle de prince héritier.

— Je me rends chez mon père, je vais faire mon possible pour revenir avec Tom, mais je ne peux rien te promettre.

A ces mots, elle se mordit la lèvre inférieure et hocha la tête.

Il lui adressa un long regard et, au moment où il allait se retourner, il se figea brusquement. D'un geste résolu, il retira le drap qui la recouvrait à moitié.

— Que se passe-t-il ? demanda-t-elle, alarmée par son regard fixe.

Elle baissa les yeux vers l'endroit qu'il examinait : une tache de sang maculait la soie à l'emplacement où leurs corps s'étaient emmêlés. Paniquée, elle voulut remonter le tissu. Il retint brutalement son bras.

— J'ai du mal à le croire, mais la preuve est pourtant là ! déclara-t-il sèchement.

Et sa déduction tomba comme un couperet :

— Si tu étais vierge avant de coucher avec moi, Tom n'est certainement pas ton fils.

6.

Freddy était tétanisée. Elle aurait aimé disparaître dans un trou de souris. Hélas, le regard dur de Jaspar la sommait de donner une explication.

Comment n'avait-elle pas prévu que, s'ils devenaient intimes, il s'apercevrait rapidement qu'elle n'était pas la femme libérée qu'elle prétendait être ?

— Qui es-tu ? demanda-t-il d'un ton impérieux.

A cette question, elle frissonna de tout son être. Elle était au pied du mur, impossible de se défiler. Quelle humiliation ! Et il fallait en plus qu'elle soit nue devant cet homme à qui elle allait avouer des choses qui susciteraient immanquablement — et à juste titre — sa colère. Franchement, il y avait des situations plus propices pour passer aux aveux.

— J'attends une réponse.

— Est-ce que je peux d'abord m'habiller ?

— Non ! Et tu ferais mieux de t'expliquer avant que je ne perde mon sang-froid.

Bon, étant donné que la situation s'envenimait, elle allait lui dire ce qu'il voulait savoir.

— Erica, la mère de Tom, est décédée dans un accident de ski, il y a presque deux mois, murmura-t-elle en baissant les yeux. Nous avions le même prénom et...

— Le même prénom ? interrompit-il. Qu'est-ce que c'est que cette histoire ?

— Nos pères étaient frères et ils nous ont appelées toutes les deux Frederica, comme notre grand-tante. Alors pour nous différencier, elle, on l'appelait Erica, et moi Freddy.

— Tu te fiches de moi ? Tu ferais mieux de me dire la vérité ! Et regarde-moi dans les yeux, s'il te plaît !

Leurs regards se rivèrent l'un à l'autre et Freddy discerna dans les prunelles dorées le signe d'une fureur qui ne demandait qu'à éclater.

— Mais c'est la vérité ! J'habitais avec Erica dans son appartement, et je me suis occupée de Tom depuis sa naissance. En fait, je suis la nourrice de ton neveu. Et la cousine d'Erica.

— Comment ça, la nourrice de Tom ? Tu veux dire que ta cousine t'employait comme domestique ?

Freddy se mit à rougir.

Evidemment, elle ne représentait plus grand-chose à ses yeux, à présent. Même plus une traînée, juste une employée — sans nul doute un statut encore plus indigne pour un prince !

— Et te voilà mariée avec moi, déclara-t-il, le souffle court. Ah non, ne fais pas cette tête-là ! N'essaie pas de m'apitoyer sur ton sort, ça ne marchera pas. Tu m'as menti, tu as exercé un odieux chantage sur moi. Je pourrais te jeter dehors sur-le-champ, personne ne m'en blâmerait !

Elle se raidit.

Son sort dépendait entièrement de cet homme qui l'avait contrainte au mensonge puis conduite au beau milieu du désert, dans un pays inconnu. Sa marge de manœuvre était des plus limitées !

— J'ai donc affaire à une usurpatrice, conclut-il. Très bien ! Dans la mesure où tu n'es pas la mère de Tom, tu n'as aucun droit sur lui. Pour l'instant, je n'ai pas le temps de m'occuper de toi car j'ai rendez-vous avec mon père. Mais j'étudierai ton cas à mon retour.

Là-dessus, Jaspar sortit de la chambre, luttant contre lui-même pour ne pas faire demi-tour et lui arracher une confession complète. Au moins, se dit-il, cette femme n'avait jamais appartenu à son frère. Pour aussitôt se fustiger qu'une telle pensée, dans ce contexte, lui effleure l'esprit.

Certes, la mère de Tom avait eu de nombreux défauts, mais pas celui de dissimuler son identité. A cause de ce maudit rapport, et du quiproquo qu'il avait provoqué, voilà qu'il avait accepté une alliance contre nature avec une menteuse. La soi-disant nourrice toute dévouée !

Décidément, rien ne lui serait épargné, aujourd'hui. Après Sabirah, cette révélation le laissait sans voix. Muet de colère !

Du salon climatisé, Freddy observait d'un œil morne le coucher de soleil. En d'autres circonstances, la traînée pourpre et or qui faisait flamboyer l'horizon l'aurait émerveillée. Mais ses soucis l'empêchaient d'être sensible à la beauté des lieux.

Pour se remettre de ses émotions, elle avait pris une douche fraîche et, pendant une bonne demi-heure, avait laissé couler l'eau cristalline sur son corps...

Vêtue d'une robe à bretelles, elle était à présent assise au milieu des coussins brodés d'argent et ne cessait de se répéter qu'elle était la seule et unique responsable de la situation. Seigneur, quel improbable scénario elle avait inventé ! Reverrait-elle jamais Tom ? Aux yeux de Jaspar, elle n'avait plus aucun droit sur lui. Elle avait bien noté le mépris qui avait brillé dans son regard lorsqu'elle lui avait avoué qu'elle était la nounou de l'enfant. Elle avait eu alors l'impression qu'il lui refermait violemment une porte au nez dont le fracas la laissait pantelante.

A quoi s'était-elle attendue ? se demanda-t-elle soudain avec dérision.

On ne jouait pas impunément avec le feu et il fallait reconnaître qu'elle avait joué un mauvais tour à Jaspar en se faisant passer pour la mère de Tom.

Elle était si amère qu'elle n'avait pas la force de verser des larmes. Démasquée, elle n'était plus en mesure de faire appel à la compassion de Jaspar.

Et comme si tout cela ne suffisait pas, elle s'était donnée à lui corps et âme !

Elle en gardait encore au plus profond d'elle-même un souvenir brûlant et se mit à rougir en pensant qu'elle ne lui avait pas opposé la moindre résistance. Elle n'avait fait qu'aggraver son cas.

Le lendemain matin, à 8 heures, Jaspar descendit de l'hélicoptère accompagné de son neveu qu'il tenait fermement par la main.

— Feddy, dit ce dernier, moi veux voir Feddy.

— Freddy, le corrigea patiemment Jaspar pour la dixième fois au moins. Tu vas la voir, ne t'inquiète pas.

Alula s'était renseignée sur ce que pouvait être un « Feddy » puisque c'était ce que Tom réclamait depuis son arrivée. Elle en avait conclu qu'il devait s'agir d'un jouet bien précis, dont l'enfant ne se séparait jamais et qui malheureusement était resté en Angleterre. Bien sûr, si le petit garçon avait demandé sa mère, il n'y aurait pas eu de confusion. Mais pas une fois il n'avait prononcé le mot « maman » depuis qu'il était au Quamar.

— Feddy, répéta-t-il d'une toute petite voix.

Et la gorge de Jaspar se noua à l'idée des quarante-huit heures éprouvantes que Tom venait de vivre dans un environnement inconnu. Comme il s'en voulait de ne pas avoir pu empêcher ce stupide kidnapping !

A Londres, à la seconde même où l'adorable bambin avait pénétré dans son bureau et lui avait souri, il avait su, sans l'ombre d'un doute, que ce petit garçon était un al-Husayn. C'était le portrait craché d'Adil.

Freddy n'avait pas entendu l'hélicoptère, car les murs de la forteresse étaient épais. Elle avait fini par s'endormir sur le sofa, après avoir désespérément attendu le retour de Jaspar et des nouvelles de Tom. A son réveil, elle avait trouvé près d'elle un plateau rempli de pâtisseries aux amandes. Mais elle s'était contentée d'une tasse de thé vert, incapable d'avaler quoi que ce soit.

Pourquoi Jaspar n'était-il pas revenu dormir à Anhara ? se demandait-elle en arpentant nerveusement la superbe mosaïque du salon. Quand reviendrait-il ?

Soudain, elle entendit des bruits de pas et, sans crier gare, Jaspar apparut dans l'encadrement de la porte. Il darda immédiatement sur elle un regard sévère, aussi violent qu'une gifle.

— Feddy !

Mon Dieu, Tom !

Aimantée par ces terribles prunelles dorées, elle n'avait pas vu le petit garçon. Elle crut que son cœur allait s'arrêter de battre. Elle ne parvenait pas à y croire. Ainsi, en dépit de tout, Jaspar avait permis qu'elle revoie Tom !

Lâchant la main de son oncle, il s'élança vers elle et lui sauta au cou. Elle le serra très fort contre son cœur, bouleversée, sans voix. De son côté, il tremblait de tout son petit corps en s'accrochant à elle, comme s'il craignait qu'ils soient de nouveau séparés. Elle le couvrit de baisers, tâchant de retenir ses larmes pour ne pas ajouter à la confusion de l'enfant.

Par-dessus la tête de Tom, elle aperçut soudain Jaspar. Les yeux brouillés de larmes, elle déclara :

— Je sais que je ne méritais pas un tel cadeau, mais je te remercie du fond du cœur.

— Epargne-moi ta gratitude, lui dit-il sèchement. Si j'ai amené mon neveu, c'est parce qu'il a besoin de toi.

— Je sais, dit-elle en se mordant la lèvre. Je te comprends.

— Ah, non, ne joue pas les martyres, s'il te plaît !

— Laisse-moi au moins me...

— Non, je ne veux rien entendre. Tu as outrepassé ton rôle, tu étais sa nourrice, pas son garde du corps. Qu'aurais-tu pu lui apporter, toi une femme célibataire, sans emploi ? Rien, rien du tout ! Tu as agi par pur égoïsme : tu aurais été incapable de subvenir à ses besoins.

— Je sais, mais...

Sa voix se perdit dans sa gorge.

Elle aurait voulu lui dire qu'elle aimait Tom plus que tout au monde et que le petit garçon lui rendait son affection au centuple. L'émotion l'en empêcha.

— Tom n'a que deux ans, mais il appartient à une illustre dynastie, vieille de six cents ans. Il mérite bien plus que ce que tu ne pourras jamais lui offrir. A ce titre, sa place est au Quamar et non en Angleterre. Son pays est ici et il ne le quittera pas.

— Je voulais juste dire que je l'aimais, finit-elle par déclarer d'une voix entrecoupée de sanglots.

— Pourquoi m'avoir menti ?

— Au départ, je n'avais pas l'intention de te mentir, mais comme tu m'as prise pour Erica, je...

— Un mensonge par omission n'en reste pas moins un mensonge. Si tu avais avoué ta véritable identité, il est bien évident que je t'aurais emmenée au Quamar avec Tom pour que la transition d'un pays à l'autre ne soit pas si brutale.

— Etant donné ton attitude, à Londres, permets-moi d'en douter.

— Mes émotions ne prennent jamais le pas sur mon intelligence. Ce qui ne semble pas être ton cas, précisa-t-il d'un ton condescendant. Tu as utilisé mon neveu, tout comme sa mère avant toi. Tu as saisi la chance d'une promotion sociale inespérée en te mariant avec moi.

— C'est faux et injuste ! Et tu le sais ! s'écria-t-elle, outrée.

— Non, je ne sais rien du tout, je constate que tu as exercé un chantage sur moi, et qu'ensuite, tu as été tout à fait d'accord pour consommer ce mariage.

Tom toujours blotti contre sa poitrine — un petit Tom profondément endormi après les émotions qu'il venait de vivre —, Freddy regarda Jaspar sans croire ce qu'elle venait d'entendre. Encore un peu, et il l'accuserait d'avoir abusé de lui !

— Ne me dis pas que c'est par amour pour Tom que tu t'es jetée dans mes bras, railla-t-il. Le sacrifice ultime ? Non, certainement pas, tu poursuivais un autre but pour m'offrir ton superbe corps.

Un éclair de colère traversa alors le regard clair de Freddy.

Quel toupet ! Jaspar retournait tranquillement la situation à son avantage. Pourtant, qui l'avait entraînée dans la chambre ? Qui l'avait déshabillée ? Qui avait dit clairement vouloir consommer l'union ?

— Je refuse de me disputer avec toi devant Tom, déclara-t-elle.

— De toute façon, nous nous sommes tout dit.

Là-dessus, il tourna les talons. Elle le regarda s'éloigner, triste et amère. Il y avait pourtant tant de choses qu'elle aurait aimé lui demander.

Tom était-il seulement en visite, et si oui, pour combien de temps ? Le reverrait-elle ou bien devait-elle le préparer à des adieux définitifs ?

A cette pensée, un sanglot lui échappa.

Allons, il fallait se ressaisir. Au moins pour Tom ! Elle devait savourer le bonheur de le revoir. Et puis Jaspar était bien conscient que le petit garçon avait besoin d'elle. La preuve : il le lui avait dit — et certainement pas de gaieté de cœur. Ce qui supposait par ailleurs que durant cette séparation, Tom avait été malheureux. Rien que d'y songer, son cœur se serra...

Ils passèrent ensemble le reste de la matinée, à jouer à ses jeux favoris. L'enfant était très calme, mais ne la lâchait pas d'une semelle. A l'heure du déjeuner, elle se rendit dans les cuisines en insistant pour préparer elle-même le repas de Tom, ce qui n'alla pas sans difficulté.

Une fois que le petit garçon eut mangé, elle le mit au lit et attendit qu'il s'endorme pour quitter la chambre.

Durant tout ce temps, elle n'avait cessé de penser aux accusations de Jaspar. Il ne lui avait pas encore permis de s'expliquer, car il était persuadé que seule la cupidité avait motivé son comportement. Et si l'on s'en tenait strictement aux faits, on pouvait comprendre son point de vue.

Pourtant, cette méprise la révoltait. Car elle n'était pas comme Erica, elle n'utilisait pas ses amants pour obtenir de l'argent en retour ! Elle devait le lui dire de toute urgence. Forte de cette conviction, elle partit donc à sa recherche.

En passant devant le miroir, elle aperçut son reflet. Les cheveux en bataille, le teint pâle, elle n'était pas réellement à son avantage. Peu importait, à présent. Elle n'avait plus rien à perdre...

Après avoir ouvert plusieurs portes sans le trouver, elle se résolut à demander l'aide d'une domestique qui la conduisit directement au bureau de Jaspar. Elle frappa une première fois. Pas de réponse. Une deuxième fois. Sans plus de succès. Elle se saisit de la poignée. La porte s'ouvrit...

Il se retourna vivement, et la plus grande contrariété se peignit sur son visage. Il était évident qu'il n'avait aucune intention de faire entrer quiconque dans son antre.

Surtout, ne pas se laisser impressionner, se rappela-t-elle. En présence de Tom, il avait été bien plus aisé de l'affronter qu'en tête à tête... La virilité qui se dégageait de ce seigneur du désert était si puissante que la pièce paraissait irradier de son magnétisme. De nouveau, sa beauté lui coupa le souffle. D'autant que les impressions de la veille revinrent en force à ce moment précis ! Elle revit son corps sur le sien, sentit sa bouche effleurer la sienne, ses mains caresser ses seins...

— Je suis venue te parler, dit-elle enfin. Mais maintenant que tu es en face de moi, je ne sais pas par quoi commencer.

— De quoi veux-tu parler ? De Tom ? Il va habiter ici, avec nous. Il rendra visite plusieurs fois par semaine à mon père lorsque ce dernier sera définitivement rétabli.

— Cela ne me semble pas très réaliste.

— Ce sera pourtant ainsi ! Tom est malheureux chez mon père, et comme tu es ma femme, tu ne peux aller t'installer chez le roi pour être auprès de l'enfant.

— Pourquoi ne pas dire que je suis sa nourrice ?

— Parce qu'il est trop tard. Mon père sait que nous sommes mariés. Il sait également que la mère de Tom est morte. Assurément, mon mariage avec toi l'a contrarié, mais beaucoup moins que si tu avais été ta cousine.

— Tu lui as tout dit ? demanda-t-elle, horrifiée.

Jaspar ne répondit rien, se contentant de la fixer.

— Jamais je n'aurais cru que la situation serait aussi compliquée, déclara-t-elle d'une voix éteinte.

— A cause de toi, me voilà responsable de mon neveu. Or, en venant le chercher à Londres, je n'avais pas l'intention de m'occuper de lui à titre personnel. C'est toi qui m'y as contraint.

Toute pâle, elle accusait le choc de ses révélations. De fait, jusqu'à présent, elle n'avait pas pensé au-delà de l'instant des retrouvailles avec Tom.

— Je sais que le petit aurait fini par t'oublier, avec le temps, mais il était au-dessus de mes forces de le voir souffrir, pleurer et réclamer sans cesse « Feddy ». Tom est le fils d'Adil, et j'aimais mon frère. Je suis sûr que si la situation avait été inversée, il aurait élevé mon enfant comme le sien. Il avait un cœur immense. Je suis désolé de ne pas être à la hauteur dans ce domaine.

— Dans ce cas, je m'occuperai seule de Tom. Son éducation n'empiétera pas sur ton emploi du temps, lui dit-elle, troublée par sa franchise.

Elle reconnaissait qu'il était injuste que Jaspar paie pour les fautes de son don Juan de frère. C'est pourquoi elle était prête à divorcer, à lui rendre sa liberté.

Soudain, Jaspar eut un rire sans joie.

— Je me rends compte que c'est moi qui ai fait germer l'idée dans ton esprit, en te disant que si j'avais été marié, j'aurais pu élever Tom dans mon foyer en tant qu'enfant adopté.

— Je n'ai rien calculé, crois-moi, j'ai juste cherché une solution pour revoir Tom, quel que soit le prix à payer. Je te rappelle tout de même que vous avez enlevé l'enfant et que j'étais en droit de m'interroger sur les intentions de personnes capables d'un tel crime.

— Chacun son point de vue. Pour mon père, il s'agissait de le sauver d'une influence néfaste. Si tu m'avais révélé ton identité, rien ne serait arrivé. Mon père aurait été rassuré d'apprendre que son petit-fils était entre de bonnes mains — celles d'une nourrice aimante — et nous aurions trouvé une solution sans recourir à des méthodes radicales.

— Je suis désolée... Je me suis affolée, je... Il faut dire que tu as tout fait de ton côté pour m'impressionner !

Elle essuya une larme avant de reprendre :

— Quand veux-tu que nous divorcions ?

— Je ne le souhaite pas, annonça-t-il alors. Du moins, pas dans un avenir proche. Tu dois rester ici, avec moi.

— Je ne comprends plus.

— Mon père va annoncer publiquement notre mariage.

— Pardon ?

— Il a toujours souhaité que je me marie et que j'aie un héritier. Je lui ai dit que tu étais pure. C'est tout ce qu'il voulait entendre.

— Comment ? Tu as dit à ton père que j'étais vierge ?

— C'était le seul argument en ta faveur, répondit-il sèchement. Encore que ton physique représente un avantage non négligeable.

— Quand cesseras-tu ces compliments à double tranchant ? s'écria-t-elle. Je n'étais pas à la chasse au mari, je te le répète. Et si Tom n'avait pas été enlevé par la garde rapprochée de ton père, nous n'en serions pas là.

— Inutile de ressasser ! Pour ma part, j'entends tirer profit de cette union.

Comme elle lui adressait un regard interrogateur, il poursuivit :

— J'attends de toi que tu me donnes un fils.

— Pardon ?

— Et j'espère que pour ça, je n'aurai pas besoin de faire autant de filles que mon frère.

— Je présume que tu plaisantes ? Désolée, mais je ne suis pas d'humeur à rire.

— Ça tombe bien, moi non plus. Tu as voulu être ma femme, tu l'es. Ta tâche consiste désormais à donner des héritiers au royaume.

Puis, s'avançant vers elle, une lueur soudain amusée dans l'œil, il ajouta :

— Rassure-toi, je vais y veiller, ma belle enfant.

— Ce n'est pas drôle, Jaspar, dit Freddy en reculant. Le fait que nous soyons mariés ne signifie pas que nous formions un vrai couple. Personne ne viendra vérifier ce qui se passe dans les murs de cette forteresse.

— Hier soir, tu étais moins farouche, ma belle, lui fit-il remarquer non sans un petit sourire ironique.

Ses joues se mirent à la brûler subitement.

— J'espère qu'au moins tu as eu du plaisir ? poursuivit-il d'une voix de velours.

— Là n'est pas la question, lâcha-t-elle, reculant à chaque pas qu'il faisait dans sa direction.

— Si, précisément. Pour une femme prête à tout pour arriver à ses fins, tu te comportes de manière bien étrange.

— Tu es odieux. Tu sais parfaitement qu'une seule chose me tracassait : récupérer Tom. Le reste...

Elle s'interrompit, comprenant qu'elle était le dos contre le mur, bloquée. A ce moment-là, Jaspar posa d'autorité ses mains sur ses hanches, la plaquant définitivement contre la froide paroi.

— Si tu oses me toucher...

— Ne me lance jamais de tels défis, car je chercherai toujours à les relever.

— Laisse-moi !

D'une main nonchalante, il lui caressa la joue.

— Menteuse, tu ne veux pas que je te laisse, bien au contraire.

A ces mots, il pressa son corps contre le sien, et son parfum enivra ses sens. Un parfum unique... jamais elle n'oublierait cette odeur qui agissait sur son âme comme de l'opium.

— Arrête, murmura-t-elle d'un ton peu convaincant.

Mais déjà la main de Jaspar s'était enfouie dans ses boucles blondes et même s'il se contentait encore pour l'instant de l'hypnotiser avec ses prunelles de braise, elle savait qu'il était trop tard. Qu'une fois encore, il viendrait à bout de sa volonté.

Elle ferma les yeux, décidée à ne pas répondre, à demeurer figée comme une statue.

Elle l'entendit rire, et soudain il posa sa bouche sur la sienne, franchissant le barrage de ses lèvres pour mêler sa langue à la sienne. Son baiser profond embrasa la fièvre qui la ravageait intérieurement. Malgré elle, elle poussa un petit gémissement.

— J'ai envie de toi, lui chuchota-t-il à l'oreille, tandis qu'il relevait sa robe sur ses cuisses.

Ses mots la grisèrent et elle fut prise d'un long frisson d'anticipation. A cet instant précis, elle redoutait par-dessus tout qu'il s'arrête.

Mais, comme s'il avait lu dans ses pensées, il la souleva de terre en un mouvement souple et facile. Elle enroula alors spontanément ses jambes autour de ses hanches, prenant la mesure de son désir à lui. Soudain, elle se sentit basculer sur une surface lisse et froide. Son bureau, pensa-t-elle.

— Que tu es désirable, dit-il encore en lui effleurant l'entrecuisse.

Puis, de nouveau, il l'embrassa à pleine bouche, tandis que ses seins se gonflaient à lui faire mal. Elle aussi voulait être à lui...

Mais la sonnerie du téléphone interrompit brutalement leurs ébats. Revenant à la réalité, elle prit conscience de leur folie, et le repoussa immédiatement.

— Tu as raison, ce n'est pas l'endroit pour ce genre de choses, dit-il en se relevant pour aller répondre.

Le cœur battant, elle se mit rapidement debout, rabaissa sa robe.

Mais qu'est-ce qu'elle avait dans la tête, bon sang ? Dès qu'il la touchait, elle avait l'impression de se transformer en une tigresse avide de volupté. La force de sa propre passion la choqua.

Elle le regardait parler au téléphone. Appuyé contre la porte, il l'empêchait sciemment de fuir. Il ne la quittait pas du regard. Elle détourna la tête, gênée.

La discussion fut brève. Une fois qu'il eut raccroché, il déclara :

— J'ai une réunion d'affaires à New York. Je dois partir immédiatement, je serai absent quelques jours.

— Pendant ton absence, réfléchis à tes projets nous concernant.

— C'est tout réfléchi. Qu'y a-t-il ? Ils ne s'accordent pas avec les tiens ? Il est vrai qu'ils sont encore plus audacieux que ceux de ta cousine : obtenir une pension au titre de divorcée, sans même avoir à faire un enfant !

— Tu sais parfaitement que c'est faux.

— Dommage, poursuivit-il sans l'entendre, tu vas finir tes jours dans le désert du Quamar au lieu de parcourir l'Europe et les boutiques somptueuses.

— Je n'aurais certainement pas passé mon temps à faire du shopping si j'avais eu la garde de Tom.

— Oh, les services d'une nourrice peuvent toujours se monnayer : tu aurais pu considérablement augmenter tes tarifs ! Mais je ne te blâme pas. Ta mère n'a pas été un bon exemple pour toi puisqu'elle a quitté ton père pour suivre un milliardaire.

En entendant cette allégation, Freddy se figea.

Quelle était cette histoire inventée de toutes pièces ?

— Comment oses-tu insulter ma mère ? Ma mère nous a quittés oui, car elle a succombé à une crise cardiaque quand je n'étais encore qu'un bébé.

Lisant soudain une véritable détresse dans les yeux aigue-marine, Jaspar comprit qu'il était allé trop loin et s'en voulut terriblement.

— Navré, mes paroles ont dépassé ma pensée. C'est ce rapport du détective qui a tout embrouillé : j'ai dû confondre avec le passé de ta cousine.

— Je ne sais pas quel fou furieux tu as engagé, mais c'est de la pure invention. La mère d'Erica, pour sa part, est morte dans un accident de voiture, en même temps que son père. Et ils formaient tous deux un couple parfaitement heureux. Et pour ce qui est de ma mère, c'était une femme remarquable, qui est partie bien trop tôt.

Sur une impulsion, Jaspar voulut la prendre dans ses bras pour la consoler, mais elle le repoussa violemment.

— Tu sais quel est ton problème, Jaspar ?

— Je suis sûr que tu vas me le dire.

— Tu as eu une vie trop facile, tu es sentencieux, égoïste et indifférent à tout. Tu as un cœur de pierre !

Sur ces mots qu'elle avait prononcés sur un ton de plus en plus violent, elle sortit précipitamment de son bureau. Aussitôt, Jaspar donna un coup de poing dans le mur pour se défouler. Il venait vraiment de se comporter comme un imbécile !

7.

Trois jours plus tard, alors que Freddy était en train de trier l'impressionnante garde-robe que le palais royal avait fait parvenir le matin même à la forteresse de Anhara pour Tom, Basmun, la gouvernante en chef, frappa doucement à la porte.

— Entrez, annonça Freddy.

Aussi silencieuse qu'un chat, Basmun se glissa dans la pièce et, tête baissée, attendit qu'on lui demande ce qu'elle voulait.

Depuis que la nouvelle de son mariage avec Jaspar s'était répandue à Anhara, Freddy avait remarqué un changement notable chez les domestiques. Ils la traitaient avec davantage de respect. A son arrivée, ils l'avaient certainement prise pour la nouvelle maîtresse de Jaspar et n'avaient pas su quelle attitude adopter à son égard.

— Qu'y a-t-il, Basmun ?

— La princesse Hasna est ici, madame. Nous avons préparé des boissons fraîches.

Qui pouvait bien être la princesse Hasna ? se demanda Freddy tandis qu'elle se recoiffait rapidement. Elle observa un instant sa jupe en coton bleu clair et son T-shirt blanc... Oh, il faudrait qu'ils fassent l'affaire, elle n'allait pas se changer trois fois par jour. Et puis il aurait été impoli de faire attendre sa visiteuse. La princesse était certainement un membre de la famille al-Husayn.

En descendant l'escalier de marbre qui menait au patio, Freddy passa devant le superbe bouquet de roses jaunes que Jaspar lui avait fait livrer la veille. Ce geste l'avait énormément surprise. Tout comme ses quatre appels téléphoniques depuis son départ! Bien sûr, il téléphonait pour prendre des nouvelles de Tom, mais il l'avait également questionnée sur ses activités et lui avait expliqué ce que lui-même faisait de son côté, lui assurant qu'il rentrerait à la maison le plus tôt possible.

La première fois, elle avait cru qu'il lui parlait sous la menace d'un revolver, tant son ton était affable et poli! Toutefois, il aurait mieux fait de mettre ses appels à profit pour lui donner des éclaircissements sur la famille royale, ainsi elle aurait su qui était la princesse Hasna.

Soudain, elle pensa à sa famille à elle.

Ce sujet la hantait depuis l'allégation de Jaspar concernant sa mère. Certes, il s'était platement excusé, avait prétendu confondre les faits. Mais elle avait conservé une impression étrange de cette conversation. Au fond, que savait-elle de sa mère? Peu de chose, en réalité... C'était décidé, elle demanderait à Jaspar la permission de lire le rapport du détective lorsqu'il rentrerait. Elle espérait ainsi comprendre ce qui l'avait conduit à commettre cet impair.

Bon, à présent, elle devait recevoir son invitée!

Une jeune fille au physique très avantageux, vêtue d'un tailleur-pantalon rose vif, lui adressa un sourire amical en se levant pour la saluer.

— Je suis Hasna, la nièce de votre mari, annonça-t-elle. Et je présume que vous êtes Freddy — ou plutôt Feddy comme dit le petit Tom.

— Il a du mal à prononcer les « r », répondit Freddy en riant.

Son malaise s'était dissipé d'un coup.

— Je ne pouvais plus attendre, j'avais trop envie de vous rencontrer, confia Hasna.

La dévisageant de ses grands yeux verts avec une curiosité bienveillante, elle ajouta :

— Maintenant que je vous vois, je comprends pourquoi mon oncle est tombé amoureux de vous dès votre première rencontre. Vous êtes réellement très jolie.

Stupéfaite, Freddy parvint à bredouiller un vague merci. Jaspar, amoureux d'elle ? Décidément, on avait l'imagination fertile, au Quamar. A ce moment-là, une domestique apporta une carafe de jus de fraises fraîchement pressé, du thé à la menthe et un amoncellement spectaculaire de petits gâteaux.

— En tout cas, voici Sabirah définitivement évincée ! déclara la jeune princesse, un petit sourire aux lèvres. Que Jaspar ait épousé une autre femme qu'elle, alors qu'elle était redevenue libre comme l'air, je ne sais pas si elle s'en remettra.

— Libre ? renchérit Freddy.

La gracieuse Hasna semblait une véritable mine d'informations. Devant le regard interrogateur de Freddy, elle précisa :

— Oui, libre de se remarier... puisque mon père, Adil, est mort.

Une ombre passa sur son visage et elle ajouta :

— Il me manque tellement.

— Oh, je suis désolée, déclara spontanément Freddy. Elle était sincère. Hasna lui était réellement sympathique. Désireuse de chasser ses tristes pensées et d'en apprendre davantage sur la fameuse Sabirah, elle ajouta :

— Vous me parliez de Sabirah...

— J'ai l'impression que Jaspar ne vous a pas dit grand-chose sur ma famille. Sabirah était la troisième femme de mon père, bien qu'elle n'ait que vingt-six ans.

Il l'avait épousée il y a cinq ans alors que tout le monde croyait qu'elle allait se marier avec Jaspar.

— Mon Dieu ! ne put s'empêcher de murmurer Freddy.

Elle n'était plus certaine de vouloir en apprendre davantage. L'idée que Jaspar ait eu des projets de mariage et que finalement il l'ait épousée, elle, Freddy, contre son gré, lui donnait presque la nausée.

— Son mari à peine enterré, Sabirah a voulu reconquérir Jaspar ! C'est une opportuniste, tout le monde la déteste dans ma famille.

La gorge de Freddy se noua. La belle séductrice dans le lit à baldaquin n'était pas n'importe quelle maîtresse.

— Nous craignions tous que Jaspar finisse par l'épouser, ajouta tranquillement Hasna. Même mon grand-père se faisait beaucoup de soucis à ce sujet, lui qui pourtant ne souhaitait qu'une chose : que Jaspar se marie. Il faut dire qu'autrefois, mon oncle était fou d'elle. On ne peut pas nier que c'est une femme très séduisante.

Bien inconsciemment, Hasna enfonçait un terrible poignard dans le cœur de Freddy. Jaspar, fou de Sabirah ? Elle en conçut une jalousie inexplicable...

Inexplicable, car étant donné les circonstances dans lesquelles ils s'étaient mariés, elle n'avait aucune légitimité à réagir comme une épouse normale !

— C'est un miracle qu'il vous ait rencontrée et qu'il soit tombée amoureux de vous, poursuivit Hasna, l'air ravi. Comme j'aimerais que ça m'arrive, à moi aussi ! Ce doit être merveilleux, le coup de foudre, non ?

— Effectivement, murmura Freddy, bouleversée.

— Puis-je vous demander quelque chose ? s'enquit soudain Hasna, les yeux pétillants. On raconte que le jour de votre arrivée à Anhara, Sabirah attendait Jaspar dans sa chambre. Est-ce vrai ?

— Qui vous a dit cela ? s'écria Freddy, effrayée.

— Donc, c'est faux ? dit Hasna, presque déçue.
— Oui, c'est faux.

Il lui était impossible d'admettre publiquement cet affront !

— Dommage, ça lui aurait fait une bonne leçon, observa Hasna, des regrets dans la voix. Pardonnez mon indiscrétion, mais nous mourions d'envie de connaître la vérité.

— « Nous » ?

— Mes sœurs aînées et moi. Medina, la fille d'un premier mariage, et Taruh et Nura que mon père a eues avec sa deuxième femme, une Anglaise. Ma mère, précisa-t-elle en souriant, comme pour s'excuser de la complexité de sa généalogie.

Voilà pourquoi Hasna maîtrisait l'anglais à la perfection, se dit Freddy.

Une fois sa charmante visiteuse repartie, elle réfléchit à leur conversation.

Ainsi, toute la famille al-Hasayn croyait à une romance entre elle et Jaspar. Tout devenait plus clair dans son esprit, désormais.

Jaspar était amoureux de Sabirah avant que cette dernière n'épouse finalement Adil. Evidemment, Hasna éprouvait du ressentiment envers sa belle-mère, mais il se pouvait fort bien que celle-ci n'ait pas eu le choix. Comment dire non à un prince héritier ? Peut-être Adil lui avait-il forcé la main et qu'elle était réellement amoureuse de Jaspar ! Par ailleurs, quel déchirement pour ce dernier de voir son frère épouser la femme qu'il aimait !

Surtout pour constater par la suite qu'Adil ne lui était absolument pas fidèle ! Tom en était la preuve vivante ! Jaspar avait-il continué à voir en secret la femme que son frère négligeait ?

Non, elle en doutait fort. Ça ne correspondait pas à la personnalité de Jaspar. Certes, il avait des défauts, mais c'était un homme droit. Et puis, découvrir Sabirah dans son lit avait été un réel choc pour lui.

A la lumière des confidences d'Hasna, elle comprenait mieux pourquoi le roi Zafir avait accepté sans le contester le mariage de Jaspar avec une étrangère de condition inférieure. Cela écartait la menace de Sabirah. Elle-même, toute nourrice qu'elle était, représentait un moindre mal.

Deux jours plus tard, Jaspar revint au palais d'Anhara.

Sans vouloir se l'avouer, Freddy s'était faite belle pour son retour. Elle s'était peint les ongles, avait soigné sa coiffure, et s'était même légèrement maquillée. Côté vestimentaire, de grands progrès étaient à noter puisqu'elle avait revêtu une robe fourreau couleur lilas, dans laquelle, réflexion faite, elle ne se sentait pas du tout mal à l'aise !

Par la fenêtre, elle aperçut l'hélicoptère sur le point de se poser. Enfilant de jolies mules de cuir bleu nuit, elle prit Tom par la main — il était déjà en pyjama — et se précipita dans le patio.

Au moment où elle franchissait la première marche, Jaspar apparut devant eux. A sa vue, sa bouche devint sèche. Chaque fois, elle éprouvait le même choc devant sa beauté.

Relevant la tête, Jaspar laissa pour sa part ses prunelles étincelantes courir sur sa silhouette, avant de tourner ses regards vers Tom.

Alors, avec la souplesse d'un félin, il gravit quatre à quatre l'escalier, ouvrit grand les bras... Le petit garçon se précipita vers lui. De toute évidence, il était fou de joie de revoir son oncle et l'enthousiasme semblait partagé.

Puis, sans qu'elle s'y attende, Jaspar lui adressa un sourire terriblement charmeur.

— Tom est redevenu lui-même, lui dit-il d'un air satisfait.

— Oui...
— Grâce à toi.

Elle se contenta de lui sourire à son tour. Son esprit lui semblait vide, tout à coup. Elle ne savait plus quoi dire.

— Tu es superbe dans cette robe, affirma-t-il d'un air de connaisseur.

— Merci, murmura-t-elle en se frottant les mains, gênée. C'est une robe qu'Erica m'avait donnée.

Et de se dire que cette tenue était plus appropriée dans une boîte de nuit que dans un palais perdu au milieu du désert.

— Je t'emmènerai faire du shopping pour que tu ne sois pas obligée de porter les habits de ta cousine.

— C'était un cadeau... Elle l'avait achetée pour moi, c'était une personne très généreuse. Je sais que tu n'as pas d'estime pour elle, mais moi, je savais l'apprécier à sa juste valeur.

— En un sens, tu as raison. Un jour ou l'autre, quand Tom sera en âge de comprendre, nous devrons lui parler de ses parents et il faudra que nous ayons une vision moins émotive du passé.

Il lui parlait comme s'ils allaient passer le reste de leur vie ensemble ! Mais quel autre avenir était envisageable ? se dit-elle, accablée. D'autant que toute sa famille pensait qu'ils étaient amoureux. Jaspar était un homme de devoir, il ne décevrait pas son père et entendait donner un héritier à la royauté.

Il avait été plus prompt qu'elle à accepter cette fatalité. Le bouquet de roses jaunes, les appels de l'étranger prouvaient qu'il voulait se conformer à l'image que sa famille se faisait de son couple. Oui, il voulait se comporter comme un mari normal.

Basmun leur servit le café dans le grand salon.

Jaspar avait ramené un train électrique de New York pour Tom et ce dernier était fasciné par son cadeau. Tout en grignotant une corne de gazelle saupoudrée de sucre glace, Freddy observait Jaspar disposer les rails sur le tapis. Basmun, raide comme la justice, lançait des regards à son maître à la dérobée. Comment Sa Seigneurie pouvait-elle s'abaisser à ce genre de choses? semblait-elle dire. Ce qui fit sourire intérieurement Freddy. Il était évident que Jaspar prenait un grand plaisir à jouer avec son neveu.

La ressemblance entre l'homme et le petit garçon était frappante, pensa-t-elle. Lorsque Tom aurait perdu les rondeurs de l'enfance, il aurait les pommettes saillantes de Jaspar. Il avait déjà exactement la même couleur d'yeux. Sans aucun doute, son oncle serait son modèle.

A cette pensée, sa gorge se serra.

Elle-même ne pouvait s'empêcher d'admirer celui qui était devenu, par la force des choses, son mari. Son intelligence, sa force, son intégrité. Son sens du devoir qui l'avait conduit à faire passer les besoins de l'enfant avant les siens.

Elle était torturée à l'idée de l'avoir empêché de choisir la femme qu'il aimait. De s'être imposée à lui.

Quelle ironie du sort! pensa-t-elle tristement. Au moment où elle réalisait qu'elle était tombée amoureuse de Jaspar, elle comprenait aussi qu'elle s'était d'elle-même enfermée dans un piège humiliant. Jamais elle ne pourrait croire que Jaspar la désirait réellement et éprouvait quoi que ce soit pour elle. Non, ce mariage n'était malheureusement pas placé sous le signe de l'amour!

Comme Tom avait fini par s'endormir sur le tapis, Jaspar le prit doucement dans ses bras et le porta jusqu'à sa chambre, sous l'œil bienveillant de Freddy. Une fois le petit garçon bordé, elle l'embrassa sur le front. Quand elle se retourna, elle vit que Jaspar la fixait intensément.

— Je suis certain que pendant mon absence tu as dormi dans cette chambre, toi aussi, dit-il sur un ton de reproche.

— Oui, avoua-t-elle, tendue.

— Je t'ai pourtant dit que tu ne peux pas partager la chambre de Tom comme si tu étais sa nurse. Nous payons Alula pour qu'elle s'occupe de lui.

— Sa présence n'est pas réellement nécessaire, je...

— Si, elle l'est! trancha-t-il. Tom doit apprendre l'arabe et l'anglais, langues qu'Alula maîtrise parfaitement. En outre, une femme doit dormir dans le lit de son mari, c'est la coutume dans mon pays.

— J'ai dormi dans la chambre de Tom pour qu'il se sente plus en confiance, plaida-t-elle.

— Avoue qu'à Londres, tu dormais aussi dans sa chambre.

— Cela m'arrivait quelquefois, dit-elle en rougissant.

— Eh bien, nous dirons à Alula de dormir dans la chambre de Tom jusqu'à ce qu'il se sente chez lui, au palais d'Anhara.

— Mais je ne savais même pas dans quelle chambre dormir, se défendit-elle encore.

— Dans la mienne, lui précisa-t-il d'un ton autoritaire. La nôtre, maintenant.

— Désolée, j'ai besoin de m'habituer à l'idée que nous sommes mariés.

— Viens par là, dit-il alors.

Et, lui prenant le bras, il l'entraîna dans la chambre conjugale. Avant qu'elle n'ait le temps de réagir, ses bras virils enserrèrent sa taille et sa bouche bâillonna la sienne avec une ardeur impérieuse.

Alors, ce fut comme s'il allumait des milliers de feux d'artifice en elle...

Oubliée la conversation qui l'avait tellement contrariée! A présent, elle n'avait plus qu'une envie : qu'il aille jusqu'au bout de cet élan passionné. Elle pencha la tête en arrière, et la langue de Jaspar courut le long de son cou. Une sensation délicieuse !

Puis il la souleva de terre pour la déposer sur le lit.

Là, il l'observa un long moment, sans rien faire. Immobile.

Elle était au supplice. Qu'est-ce qu'il attendait ?

Comme s'il lisait dans ses pensées, il déclara d'un ton amusé :

— Ne t'en fais pas, ma belle, même après une douche froide et un repas, mon désir sera toujours aussi ardent.

Comment pouvait-il se comporter avec autant de goujaterie ? Il allumait son désir, puis la laissait sur sa faim. Elle appréciait d'autant moins qu'elle avait tout de suite réagi à ses caresses. Elle s'en voulait et elle lui en voulait tout à la fois.

— Ne crois pas que tu puisses faire de moi ce que tu veux, quand tu le veux. Je...

— Je ne crois rien, j'attends simplement de toi un minimum de bon sens. Tu es ma femme et nous devons nous comporter dignement. Avec une maîtresse, les domestiques pardonnent les écarts au protocole. Pas avec une épouse légitime. Désormais, tes moindres faits et gestes seront observés.

— Vraiment ?

— Dois-je te répéter que je suis un prince héritier ? dit-il alors d'un air agacé. Et si nous voulons faire croire que c'est un mariage d'amour, nous devons...

— Un mariage d'amour ?

— Comment crois-tu que j'ai fait admettre ce mariage à mon père ? En lui disant la vérité, peut-être ?

Il avait prononcé ces dernières paroles avec dureté et amertume. L'amertume d'avoir été contraint de l'épouser et de mentir à son père.

— Je n'avais pas d'autre argument. J'ai ressenti une honte incroyable lorsqu'il m'a félicité pour mon bonheur.

A cette remarque, Freddy baissa les yeux. Oh, combien elle se sentait honteuse, elle aussi !

— Je suis désolée, je regrette...

— Je ne te jette pas la pierre, nous sommes tous deux coupables dans cette affaire, dit-il alors d'un ton adouci. A présent, nous devons assumer nos actes et garder la tête haute. Vivre ensemble et tâcher de réussir notre mariage. Est-ce impossible ?

Elle lui lança alors un regard étonné. Son assurance la déconcertait. Assurance ou arrogance ? Elle n'aurait su dire...

— Nous reparlerons de tout cela après le dîner, décréta-t-il.

Le dîner se déroula dans une salle si vaste qu'elle aurait pu accueillir une centaine d'invités. Il y avait pourtant dans ce palais des pièces moins imposantes, où ils n'auraient pas entendu l'écho de leur propre voix en se parlant, où les domestiques n'auraient pas dû parcourir trente mètres entre la porte et la table pour les servir...

Jaspar ne semblait pas le moins du monde déconcerté par le décorum. Il faut dire qu'il était habitué à ces pièces immenses et à tout ce protocole depuis toujours. C'était à elle de s'accoutumer à son nouvel environnement, se dit-elle.

On leur servit le café au petit salon, et Freddy put enfin se relaxer.

— Lorsque j'étais à New York, j'ai considéré notre situation sous un nouvel angle, déclara-t-il.

— C'est-à-dire ?

— Je suis arrivé à la conclusion que notre mariage s'apparentait à une sorte de contrat commercial.

— Comment peux-tu dire une chose pareille ?

— Cela te choque ? Pourquoi ? Normalement, un

homme et une femme tombent amoureux l'un de l'autre et se marient. Pour le meilleur et pour le pire. Dans notre couple, il ne s'agit pas d'amour et je sais déjà de quoi tu peux être capable. Ce qui en soi est un avantage.

Elle lui adressa un regard sombre.

— Nous avons fait un mariage de raison, poursuivit-il. Un mariage pratique. Toi, tu ne te sépares pas de Tom et tu es dégagée de tout souci financier. En retour...

— Tu attends que je te donne un fils, c'est cela ?

— Effectivement. Mais pas seulement. Je veux que tu sois une femme belle et attirante, dont je puisse être fier, dit-il d'un air narquois.

— Un bel objet à exhiber, n'est-ce pas ? rétorqua-t-elle, furieuse. Tu sais l'impression que j'ai ? Que tu veux te venger de moi en me contraignant à rester ton épouse. Sous prétexte que ton orgueil masculin a été une fois blessé, tu veux le faire payer à toutes les femmes.

— Pardon ?

— Mais je n'expierai pas la faute des autres.

— De quoi parles-tu, à la fin ? s'écria-t-il. De quel orgueil masculin s'agit-il ?

— Je croyais que c'était moi que tu n'aimais pas, mais ce sont les femmes en général que tu détestes.

— Qui as-tu rencontré ? demanda-t-il en lui saisissant brutalement le bras. Qui t'a parlé de moi ?

Freddy se mordit la lèvre.

En laissant libre cours à sa fureur, elle en avait trop dit. Elle ne voulait pas dénoncer Hasna.

— Je suis désolée, mes propos ont dépassé ma pensée.

— Au contraire, tu savais très bien ce que tu disais. C'est à Sabirah que tu faisais référence, n'est-ce pas ?

Traits tirés, Jaspar attendait de nouveau une réponse.

— Ce que je voulais dire, c'est que l'idée d'avoir un enfant avec un homme qui me parle de contrat, d'arrangement pratique me révolte. Cela heurte mes sentiments et...

— Moi aussi, j'en ai, des sentiments, lui dit-il sèchement. Respecte-les.

Là-dessus, il se leva et sortit du salon.

De toute évidence, il était furieux, mais contrairement à elle, il avait su se contenir.

Elle était blessée, déçue. Mais à bien y réfléchir, ne l'avait-elle pas cherché en mentionnant Sabirah? Il lui avait demandé de respecter ses sentiments. Elle comprit combien il avait dû souffrir à cause de sa belle-sœur.

Bien après le coucher du soleil, elle regagna sa chambre. Du moins la chambre conjugale. Et là, quelle surprise! Au beau milieu du lit, Jaspar avait déposé des cadeaux à son attention, comme l'indiquait la carte sur laquelle il avait écrit : « Pour Freddy »

Elle sentit son cœur flancher.

Le plus petit paquet contenait un flacon de son parfum préféré. Elle enleva délicatement le bouchon et en respira les effluves.

Le second renfermait une montre en or, piquée de diamants. Dans le troisième, elle trouva un vanity-case de chez Vuitton. Le quatrième était un sac de voyage de la même grande maison. Quant au cinquième, c'était un coffret rempli de caramels!

Quel homme étrange, pensa-t-elle.

Qui aurait cru qu'il était si observateur? Quelle attention, quelle générosité! Elle se sentit honteuse de l'avoir si mal jugé. D'avoir été si injuste envers lui.

Des larmes coulèrent sur ses joues.

L'appellerait-il un jour de nouveau « ma belle »? se demanda-t-elle douloureusement.

8.

Lorsque Jaspar entra dans la chambre, il s'arrêta net, saisi par le touchant tableau qui s'offrait à lui.

La lumière argentée de la lune éclairait doucement Freddy, endormie sur le tapis. Il constata que ses joues étaient rougies, et en déduisit immédiatement qu'elle avait pleuré.

Son cœur se serra.

Elle paraissait si vulnérable, si perdue. Sans faire de bruit, il se pencha vers elle, la souleva et la déposa délicatement sur le lit. Puis il entreprit de la déshabiller. Cette femme si spontanée, aux antipodes de la sournoise Sabirah, l'avait d'emblée fascinée.

Dès sa plus tendre enfance, on avait enseigné à Jaspar l'art de se maîtriser en toutes circonstances et de ne jamais céder à ses impulsions. Or, depuis que Freddy s'était présentée à lui enroulée dans sa serviette en éponge, à Londres, c'était comme si un barrage avait cédé dans sa vie jusque-là si bien organisée.

En général, les gens ne remettaient jamais en cause ses propos, et les femmes étaient plutôt enclines à assouvir ses moindres désirs.

Seule Freddy avait osé s'opposer à sa volonté et cet esprit de résistance, au fond, lui plaisait. Cette femme était décidément unique. Tout à l'heure, pendant le dîner, elle avait discuté avec lui de ce qui lui pesait sur le cœur, ignorante du protocole. Même Basmun avait eu l'air gêné et avait hâté le service pour ne pas entendre la conversation. Il faudrait qu'il apprenne à Freddy les règles élémentaires de bienséance qui régnaient au Quamar, pensa-t-il non sans tendresse.

Etait-il prudent de la présenter à son père ? Ce dernier souhaitait vivement la rencontrer, mais Jaspar se demandait si la nature tout feu tout flammes de Freddy n'allait pas se heurter à la conception rétrograde du rôle des femmes dans la société du vieux roi. Il craignait une conflagration.

Alors qu'il remuait ces pensées, Freddy soupira et ouvrit les paupières.

En l'apercevant, elle se redressa vivement sur un coude.

— Où étais-tu ?
— Dans mon bureau, je travaillais.
— Je croyais que tu étais sorti.
— Sorti ? dit-il en riant. Il n'y a pas grand-chose à faire dans les environs, à part marcher dans le désert.

Allongeant la main, il alluma une petite lampe. Une lumière tamisée baigna la pièce, éteignant celle de la lune.

Il lui adressa un sourire si sensuel qu'il lui sembla que son cœur s'arrêtait de battre durant quelques secondes. Elle était soulagée de constater qu'il ne lui tenait plus rigueur des reproches qu'elle avait formulés sous le coup de la colère, quelques heures plus tôt.

— Je regrette mes propos, lui dit-elle. Je n'ai pas l'habitude de m'énerver de la sorte, mais avec toi...
— C'est déjà oublié, la rassura-t-il en dardant sur elle ses prunelles dorées. Et puis, il faut dire que mon attitude était provocante.

Mon Dieu, quel regard ! pensa-t-elle alors. Un regard

d'autant plus pénétrant qu'il était animé d'un désir que Jaspar ne cherchait pas à dissimuler.

— Je suis soupe au lait, avoua-t-elle.

— Au moins cette fois, tu ne m'as pas envoyé de coup de pied comme à Londres, dit-il tout en la débarrassant de sa robe.

Puis il lui passa une main derrière le dos, à la recherche de l'agrafe de son soutien-gorge.

Lorsqu'il le lui retira, ses joues étaient en feu.

Et au creux de son ventre, le désir la brûlait, comme une fleur vénéneuse. Elle se cambra, offrant à sa vue ses seins couleur ivoire couronnés de rose...

— Tu es magnifique, lui dit-il alors de sa belle voix rauque.

Une voix qui suffisait à la faire chavirer. A lui donner confiance en son pouvoir de séduction. Alors elle s'étendit lascivement, pour mettre en valeur la plénitude des courbes qu'il convoitait.

Subjugué par sa sensualité, Jaspar posa la tête sur sa gorge, et captura un premier sein, puis l'autre, tel un éperdu. Au contact de ses lèvres sur ses bourgeons durcis, elle se mit à gémir de plaisir.

— Tu me rends fou, fou, murmura-t-il, fébrile.

Quant à elle, elle n'était plus que sensations. Seules existaient les mains de Jaspar. Ses mains qui caressaient, pétrissaient sa chair, ses seins. Sa langue qui les butinait l'un après l'autre.

— Quel volcan tu fais ! murmura-t-il.

A ces mots, une brume de plaisir voila ses sens.

Elle le vit alors retirer ses vêtements, avec une impatience fiévreuse. Une fois qu'il fut nu, elle ne put se repaître du spectacle de son corps si parfait. Lorsqu'elle dirigea son regard vers son bas-ventre, et qu'elle contempla sa virilité fièrement dressée, elle se sentit émue et troublée à la fois. Jamais elle n'aurait pensé exercer un tel effet sur un homme. Jamais elle n'aurait cru que cette certitude la rendrait capable de toutes les audaces.

Jaspar croisa son regard appréciateur et, à son sourire langoureux, elle conclut qu'il ne lui déplaisait pas d'être admiré. Bien au contraire. Il s'approcha du lit, revint sur elle, et lui retira prestement sa culotte.

— J'ai attendu ce moment depuis mon départ, confessa-t-il.

Dans un élan passionné, il emprisonna sa bouche, tandis qu'elle caressait sa peau satinée, tâtait la fermeté de ses muscles, excitée par le feu qu'elle sentait vibrer en lui.

C'est alors que, se redressant légèrement, il traça, de la pointe de la langue, un sillage de feu qui traversa son corps en son milieu. Il partit de sa gorge, glissa le long de son ventre, pour aller se perdre dans les replis tendres de sa chair.

— Jaspar! cria-t-elle soudain, soulevée par un flot de sensations si nouvelles qu'elles en étaient presque insupportables. Arrête, je...

— Tout doux, lui dit-il, je veux te rendre folle de plaisir.

Et c'était exactement ce qu'il était en train de faire!

Avec sa langue, il venait d'atteindre le point le plus sensible de son corps. Après un premier mouvement de réticence, elle s'abandonna aux caresses incroyablement érotiques auxquelles il l'initiait.

Elle n'était plus qu'un feu fluide entre ses bras, un oiseau ivre de bonheur... Sur la crête du plaisir, prête à s'envoler, elle le sentit plonger en elle. Un cri voluptueux lui échappa, et elle se mit à onduler au même rythme que lui. Elle tressaillait à chaque mouvement de cet homme qui allait et venait en elle, au-dessus d'elle. Gorgée de leurs désirs communs et de leur plaisir partagé, elle sombra alors dans une étourdissante extase.

Elle resta un long moment sur les rives embrumées de l'amour, encore parcourue de spasmes voluptueux...

Au-dessus d'elle, le plaisir arracha à Jaspar un ultime cri rauque. Alors, elle sourit, tout simplement heureuse du bonheur qu'elle lui procurait, et resserra plus étroitement ses cuisses autour des siennes, pour préserver le cocon de leur intimité.

Jaspar roula ensuite sur lui-même, l'entraînant avec elle dans ce mouvement, de sorte qu'elle se retrouva à califourchon sur lui. Repoussant délicatement les boucles de sa flamboyante chevelure dans son dos, il lui sourit, subjugué par la fièvre amoureuse qui renforçait l'éclat de ses yeux aigue-marine. Par ses lèvres couleur framboise, que ses baisers avaient gonflées... Du pouce, il les caressa avec douceur, puis déclara :

— La prochaine fois, je t'emmène avec moi à New York.

Pourquoi lui disait-il cela ? Etait-ce parce qu'il ne supporterait pas d'être de nouveau séparé d'elle ?

— A propos de New York, enchaîna-t-elle, merci pour les cadeaux. Merci mille fois.

— Tu m'as suffisamment remercié comme ça, lui dit-il en souriant d'un air entendu. Les caramels t'ont plu ?

— Hmm... Délicieux !

En riant, il l'attira à lui et l'embrassa rapidement sur le nez. Puis il la fit basculer à côté de lui, s'appuyant sur un coude pour se repaître du merveilleux spectacle de sa nudité...

Avec langueur, il avança ensuite sa bouche vers la sienne et lui donna un lent, très lent baiser, comme au ralenti. Un sublime baiser qui alluma en elle un désir que seul celui de Jaspar pouvait assouvir...

Lorsque, bien plus tard, ils pénétrèrent dans la cabine de douche, Freddy n'avait pas la moindre idée de l'heure qu'il pouvait être. L'eau fraîche qui coula sur sa peau encore chaude emporta avec elle les derniers restes de leur nuit d'amour.

Soudain dégrisée, elle se rappela ce qu'elle voulait lui demander. Ce qui torturait sa curiosité depuis son départ.

— Ce rapport, lui dit-elle alors, le rapport du détective sur Erica, j'aimerais le voir.

— Pourquoi ? demanda-t-il, brusquement tendu.

— Rassure-toi, je vivais avec Erica, je la connaissais bien : rien ne choquera ma sensibilité. J'aimerais simplement voir ce qui a été écrit sur sa mère, ou la mienne.

— Mais puisque tu connais déjà la cause du décès de ta mère, que veux-tu apprendre de plus ?

— Rien, dit-elle, hésitant à lui révéler qu'elle en savait bien peu en réalité car son père évitait toujours le sujet. J'aimerais lire ce qu'on a écrit sur ma famille, c'est tout.

Sortant de la douche, Jaspar attrapa un immense drap de bain qu'il lui tendit grand ouvert.

— Oublie cette histoire, Freddy, c'est préférable. Je regrette d'en avoir parlé. D'autant que j'ai détruit le rapport.

— Je ne te crois pas.

— Pourquoi te mentirais-je ? Je l'ai fait pour Tom, j'ai pensé que c'était dangereux de conserver ce document si accablant pour sa mère.

— J'aurais tellement aimé le consulter.

— Mais c'était une enquête imparfaite, qui comportait un certain nombre d'erreurs... Ecoute, si tu veux, on pourra engager un autre détective, pour qu'il établisse un deuxième rapport sur ta famille, mais je ne crois pas que...

— Oh oui, s'il te plaît, l'interrompit-elle. En fait, je soupçonne mon oncle d'avoir été marié avant d'épouser la mère d'Erica.

— A quoi bon ressasser le passé ? Il y a prescription, après tout ce temps.

— Pas pour moi.

— Bon, concéda-t-il, dans ces conditions, je louerai les services d'un autre détective. Et cette fois, je veillerai à faire appel à une agence sérieuse.

Elle lui adressa un sourire radieux et il ajouta, l'air rêveur :

— Tu sais, la première fois que je t'ai vue dans ta serviette en éponge, tu m'as fait penser à une sirène.

— Une sirène ? répéta-t-elle, intriguée et amusée.

— Pas loin d'ici, dans les montagnes, il y a un lac où j'allais nager quand j'étais enfant. Un jour, je t'y emmènerai.

— Et dans ce lac, tu as déjà vu des sirènes qui me ressemblaient ?

— Jamais ! Aucune ne pourrait rivaliser avec toi, répondit-il.

Un sourire irrésistible se dessina alors sur son visage. Immédiatement, elle alla se nicher contre lui tandis qu'il refermait sur elle ses bras virils et musclés.

Quatre semaines plus tard, Freddy était allongée sur un plaid en cachemire, au bord d'une rive verdoyante, à l'ombre d'un arbre centenaire.

L'endroit était féerique.

Très haut, dans l'azur sans nuages, un faucon fendait l'éther, déployant ses ailes majestueuses. Des collines en pente douce convergeaient vers un lac d'une incroyable limpidité. Une végétation luxuriante de fleurs et d'arbustes mêlés croissait alentour.

Freddy observait Jaspar émergeant de l'eau. Sa peau mouillée rutilait comme du bronze sous le soleil. Quelle énergie ! pensa-t-elle. Il était infatigable ! Il nageait depuis une heure au moins. Pour sa part, elle s'était modestement arrêtée au bout d'un quart d'heure !

Elle sourit, car Jaspar faisait preuve d'un dynamisme égal dans tous les domaines. Il remplissait ses tâches de prince du Quamar avec la même application, capable par exemple d'écouter des heures durant les complaintes de ses sujets sans manifester le moindre signe d'impatience.

Bien qu'elle fût à l'ombre, elle mourait de soif. Elle se releva pour ouvrir la glacière et se servir un verre d'eau minérale. Elle ressentit alors comme un petit vertige. C'était la deuxième fois, en l'espace d'une semaine, qu'elle avait l'impression que tout tournoyait autour d'elle.

Immédiatement, elle se rallongea et ferma les yeux.

Soudain, une éventualité lui traversa l'esprit. Une éventualité qu'elle n'avait jamais envisagée !

Devait-elle faire un test de grossesse ? Jusqu'à présent, le retard de son cycle ne l'avait pas beaucoup préoccupée. En règle générale, il n'était guère régulier et dès qu'un événement particulier la bouleversait, il avait tendance à être totalement perturbé. Or, depuis qu'elle avait rencontré Jaspar, c'était sa vie entière qui avait été chamboulée ! Et puis, les chances de concevoir un enfant dès le premier mois de leur mariage étaient minces...

Encore qu'au rythme où ils faisaient l'amour, cette probabilité avait dû sérieusement augmenter ! se dit-elle en lançant un regard rêveur en direction de Jaspar. Il l'avait révélée à l'amour et jamais de sa vie elle n'avait été si heureuse. Même s'il était extrêmement occupé, il trouvait toujours du temps à lui consacrer, ainsi qu'à Tom.

Il n'avait jamais reparlé du mariage en termes de contrat commercial, ainsi qu'il l'avait fait à son retour de New York. Ses gestes, son attitude — tout en lui démentait ses propos d'alors. Néanmoins, pour être attentif, il n'en était pas moins fort réservé dans ses paroles.

Bien sûr, une complicité érotique exceptionnelle s'était

instaurée entre eux. Pourtant, même s'il la désirait physiquement, elle savait qu'il ne l'aimait pas, qu'il ne pourrait jamais l'aimer étant donné les conditions dans lesquelles il l'avait épousée. Car si l'amour n'avait pas été le déclencheur d'un mariage, il était impossible qu'il naquît par la suite. Le respect, la tendresse, oui, mais pas l'amour authentique.

Soudain, quelques gouttes d'eau ricochèrent sur son corps. Elle ouvrit les yeux.

— Alors, belle sirène, la vie est-elle supportable hors de l'eau ? demanda-t-il, les yeux rieurs.

— Un bain par jour me suffit, lui dit-elle. Je suis une sirène d'un genre particulier, assez paresseuse...

Il s'agenouilla près d'elle.

Elle vit alors une goutte perler le long de son estomac. Jalouse, elle en suivit la course des yeux. Sur une impulsion, elle se releva et pressa ses lèvres contre sa peau, au-dessus de l'endroit où elle venait de disparaître.

Les mains de Jaspar s'enfouirent alors dans sa chevelure, puis il s'allongea près d'elle, pressant son corps presque nu contre le sien à peine plus vêtu.

— Ne t'arrête pas en si bonne route, ma belle, lui murmura-t-il à l'oreille.

Sur le chemin du retour, elle ressentait une réelle sérénité, assise près de lui, doucement bercée par le cahotement du 4x4. Son corps conservait toutes les sensations de l'extase qu'ils venaient de partager. Parallèlement, elle ressentait la puissance des sentiments qui la liaient à lui. Elle avait posé une main sur sa cuisse et, de temps à autre, il entremêtait ses doigts aux siens.

— Nous sommes bien, tous les deux, dit-elle doucement.

— Oui..., répondit-il en lui lançant un regard en biais.

— Etait-ce comme ça, entre toi et Sabirah ? s'entendit-elle soudain demander.

Pour aussitôt regretter ses paroles !

En effet, un silence assourdissant avait envahi l'habitacle.

— Non, bien sûr que non, répondit-il froidement. Nous ne nous rencontrions jamais en tête à tête. Ne m'oblige pas à me répéter.

Il s'était mépris sur le sens de ses propos.

Elle ne faisait pas référence à des rapports sexuels puisqu'il lui avait déjà dit qu'ils n'avaient pas été amants. Non, elle voulait simplement savoir si, entre Sabirah et lui, il avait jamais existé cette complicité qu'elle croyait partager avec lui. De toute évidence, cette idée ne lui avait pas même effleuré l'esprit. Il n'envisageait leurs relations que sous un aspect physique.

Sa belle humeur s'évapora d'un coup. Elle s'en voulait et lui en voulut également.

— Néanmoins, poursuivit-il, les mœurs évoluent, même dans notre royauté. De plus en plus de femmes travaillent et côtoient des hommes sans chaperon. Enfin, dans les villes. Dans les campagnes, les familles sont toujours très conservatrices.

— Ce n'est pas la peine de me faire un exposé sur la condition de la femme au Quamar, tout simplement parce que tu veux changer de sujet.

— Bon, quel est le problème, au juste ? demanda-t-il alors sur un ton énervé.

— Aucun, mentit-elle d'un air obstiné.

Et elle se mit à fixer la route, le pare-brise où scintillaient des paillettes de sable, le soleil qui n'allait pas tarder à incendier les étendues ocre et or qui se déroulaient à perte de vue devant eux. L'heure la plus chaude de la journée approchait, voilà pourquoi ils se hâtaient de rentrer, pour se réfugier dans la forteresse climatisée d'Anhara. Dans une heure, même à l'ombre, la température extérieure serait insupportable.

Freddy réalisa soudain combien elle était attachée à ce pays qu'elle connaissait pourtant depuis si peu de temps. Les paysages étaient réellement fascinants et les gens d'une gentillesse déconcertante. Tellement accueillants ! Elle accompagnait fréquemment son mari dans ses déplacements intérieurs et constatait chaque fois que ses sujets le vénéraient comme un dieu vivant.

Elle avait bu du lait de chèvre dans les tentes des nomades, applaudi des fantasias dans le désert, partagé le thé avec des amis de Jaspar. Et partout, que l'hôte soit riche ou humble, le prince avait offert le même visage — celui d'un homme détendu, courtois, charmant. Qui disait toujours ce qu'il fallait au moment adéquat.

— Tu es ma femme, tu n'as aucune raison d'être jalouse de mon passé, lui assena-t-il alors sèchement.

— Quand le passé se matérialise nu sur le lit conjugal, cela donne tout de même matière à inquiétude, rétorqua-t-elle avec vivacité.

Elle-même ne comprenait pas pourquoi elle s'énervait de cette façon.

— Il est indigne de ta part de me rappeler cet épisode, déclara-t-il. J'espère au moins que tu n'as pas épilogué avec Hasna là-dessus. Je déteste les commérages.

— Ce n'est pas non plus mon rayon, s'écria-t-elle, indignée, avant d'ajouter : Arrête cette maudite voiture et laisse-moi descendre !

— Ne sois pas stupide, nous sommes en plein milieu du désert.

Elle était profondément blessée de constater qu'il voulait à tout prix sauver l'honneur de Sabirah en taisant la scène sordide du premier soir.

Dommage pour lui !

Elle n'avait pas eu besoin de dire quoi que ce soit à

Hasna, celle-ci était déjà au courant. Les domestiques avaient dû se charger de faire passer le message.

— Je ne comprends pas pourquoi nous nous disputons. C'est ridicule.

— Parce que tu ne veux pas comprendre, répondit Freddy.

Puis elle se tut jusqu'à leur arrivée au palais.

Tom, qui durant leur absence avait passé la matinée chez son grand-père, les attendait impatiemment dans le patio. Il avait hâte de leur montrer le tambourin que le roi lui avait offert.

Il revenait toujours du palais royal les bras chargés de cadeaux et, qui plus est, extrêmement énervé et fatigué. Sans compter toutes les sucreries qu'il avait ingurgitées. Il était évident qu'avec le temps l'intérêt du grand-père pour son petit-fils ne s'émoussait pas, bien au contraire !

Non seulement elle s'était trompée, mais elle était vexée de voir qu'en revanche le roi ne manifestait aucune envie de la rencontrer.

Jaspar prit Tom dans ses bras et lui demanda en arabe, en détachant bien chaque mot, s'il avait passé une bonne matinée. Son neveu lui répondit tout naturellement dans la même langue.

Freddy, qui apprenait l'arabe au rythme lent d'un adulte, ne put pas suivre mot pour mot la conversation. Bien qu'elle ait prié les domestiques de corriger ses fautes d'expression, ils n'en faisaient rien. Jaspar lui avait alors expliqué qu'elle ne pouvait pas exiger d'eux un tel effort, car reprendre leur maîtresse aurait été pour le personnel le comble de l'impolitesse. Seul un professeur attitré pouvait se le permettre. L'indispensable Basmun lui recherchait actuellement quelqu'un de qualifié.

— J'ai une réunion, déclara Jaspar, je dois me changer.

Il se retira, la laissant seule avec Tom.

Elle était heureuse de retrouver de temps à autre l'intimité d'autrefois avec le petit garçon. Ils montèrent dans la nursery, jouèrent un bon moment ensemble, puis Freddy abandonna l'enfant aux soins d'Alula et regagna la pièce qui lui servait désormais de bureau.

Elle réexamina attentivement les plans que, sous la houlette d'un architecte, elle avait élaborés en vue de faire rénover les cuisines. A cette occasion, elle s'était familiarisée avec l'architecture du Quamar, ce qui avait été très enrichissant.

Soudain, elle entendit des pleurs dans le couloir et se précipita pour aller voir. C'était Tom qui avait perdu son nounours préféré ! Peut-être l'avait-il égaré dans les jardins, après sa descente de l'hélicoptère, songea-t-elle.

Elle consola l'enfant et, lui promettant de lui rapporter bientôt sa peluche préférée, elle sortit dans la fournaise. Dans les jardins, la végétation était si touffue qu'elle conservait un peu de fraîcheur, même au cœur de la canicule.

A l'ombre des arbres, elle repensa à sa dispute dans la voiture, avec Jaspar. C'était insensé de sa part de s'être énervée parce qu'il ne tenait pas à ce que l'incident au sujet de Sabirah s'ébruite. N'était-ce pas légitime ? Et n'était-ce pas davantage son honneur à elle que celui de sa belle-sœur qu'il voulait épargner ?

Soudain, les yeux de Freddy tombèrent sur la peluche. C'est Tom qui allait être content ! Elle s'apprêtait à faire demi-tour lorsque la silhouette d'un vieillard attira son attention. Drapé dans une djellaba claire comme le voulait la coutume, la tête enturbannée, il avançait dignement mais non sans difficulté, en s'appuyant sur une canne.

Quelle imprudence pour un homme de cet âge de sortir par cette chaleur ! se dit-elle. Elle courut spontanément au-devant de lui.

— Venez vous reposer un peu sur ce banc, lui dit-elle

en lui prenant le bras d'autorité tout en espérant qu'il comprenait l'anglais.

Le vieillard se mit alors à protester dans sa langue maternelle, ce qui l'essouffla encore plus.

— Ne craignez rien, je veux juste vous aider. Vous avez besoin de vous asseoir un peu. Respirez calmement, je vais aller chercher un rafraîchissement, à l'intérieur. Et surtout, ne bougez pas.

Il la regarda, perplexe, voulut ouvrir la bouche pour parler.

— Non, ne dites rien ! lui ordonna-t-elle. Tenez-vous tranquille jusqu'à mon retour. Promis ?

Il hocha la tête en signe d'assentiment.

Elle fut aussi rapide que l'éclair, demandant au passage à Basmun d'appeler le médecin royal car un vieil homme s'était trouvé mal dans les jardins.

Ouf ! Il était toujours là, quand elle revint. Avec son air hiératique, sa barbe blanche comme la neige, on aurait dit un personnage biblique, se dit-elle. Il émanait de lui une aura incontestable.

Il lui prit le verre des mains, se désaltéra puis, se tournant vers elle, il lui dit dans un anglais chantant :

— Merci beaucoup, c'est très aimable à vous.

— Ah, vous avez meilleure mine, répondit-elle. Vous parlez parfaitement l'anglais. Je suis désolée de ne pas maîtriser l'arabe, mais je suis en train de l'apprendre. Etes-vous seul ?

— Non, mes...

Il hésita et reprit :

— On m'attend au palais.

— Avant toute chose, vous devez voir le médecin.

— Oh, j'en ai consulté des dizaines, vous savez. J'en ai assez de les entendre me dire que je dois me reposer.

— Mais vous devez les écouter ! s'insurgea-t-elle. Il ne faut pas négliger votre santé.

— Est-ce une habitude chez vous, de donner des ordres à vos hôtes ?

— Seulement s'ils sont obstinés, dit-elle dans un sourire.

Il s'éteignit bien vite sur ses lèvres car voilà qu'elle se sentait toute chose.

— Je... je suis désolée, marmonna-t-elle, voulant se lever.

Hélas, ses jambes ne purent la porter, sa tête pesait soudain une tonne... Alors, pour la première fois de sa vie, elle s'évanouit.

9.

Lorsque Freddy revint à elle, elle était allongée sur son lit, dans la chambre climatisée. L'air inquiet, Jaspar était penché au-dessus d'elle. Se saisissant de sa main, il lui annonça :

— Le médecin personnel de mon père, le Dr Kasim, va t'examiner.

— Non, c'est inutile. C'est à cause de la chaleur. Je suis sortie dans la canicule pour...

— Pour apporter de l'eau fraîche à un vieil entêté, qui n'avait rien à faire dehors en plein après-midi, compléta Jaspar, peu charitable. Mon père se fait autant de souci que moi et insiste pour que tu voies son médecin.

Quel rapport entre le roi Zafir et son malaise ? se demanda alors Freddy.

Mais elle n'eut pas le temps de réfléchir davantage. Déjà Jaspar ouvrait la porte à un respectable vieillard, dont le menton s'ornait d'une barbichette taillée en pointe. Il lui céda la place et se retira, l'air soucieux. Bien sûr, elle était touchée par sa sollicitude, néanmoins elle aurait souhaité que l'incident se règle de façon plus discrète.

Le Dr Kasim l'assaillit d'abord de questions puis procéda à un court examen. Il s'assit ensuite pour prendre des notes avec un soin scrupuleux. Il était si âgé, avait le dos si voûté, qu'elle croyait entendre ses os craquer.

— Tout va bien, n'est-ce pas ? finit-elle par demander.
— Oui, oui, dit-il en relevant la tête et en lui adressant un sourire réconfortant. Vous êtes dans le premier mois de votre grossesse. Je suis très honoré de faire ce diagnostic et d'être le premier à vous annoncer la nouvelle.

Freddy ouvrit la bouche... Puis la referma lentement.
Elle allait avoir un bébé ?
Cette éventualité avait effleuré son esprit, mais elle n'avait pas envisagé que cela fût déjà possible. Elle y pensait de façon floue, comme un événement se situant dans un avenir lointain. Et voilà que le bébé s'annonçait bien plus tôt que prévu. Un magnifique sourire éclaira son visage.

— Il va falloir consulter un gynécologue, poursuivit le Dr Kasim. Il vous donnera tous les conseils nécessaires. Mais je peux d'ores et déjà vous recommander la plus grande prudence. Evitez les exercices ou tout ce qui est susceptible de vous fatiguer. Ne buvez que de l'eau minérale, supprimez les épices, ne veillez plus, faites une sieste le matin et l'après-midi...

Les recommandations ne s'arrêtaient pas là. Le docteur lui annonça dans la foulée qu'elle devait renoncer à toute activité conjugale. A cet instant, Freddy adressa un regard sceptique au vieillard. Elle se considérait comme une personne en très bonne santé et il était rare qu'elle attrape le moindre rhume. Pourquoi le médecin royal s'adressait-il à elle comme si elle était une fleur fragile ?

— On ne peut jamais être trop prudent lorsque l'on porte le futur héritier du trône, conclut le Dr Kasim, le visage grave. Mais vous pouvez compter sur ma discrétion, je n'ébruiterai pas votre grossesse, je vous laisse le soin de l'annoncer à vos proches.

Sur ces mots, il se retira.

Freddy resta perplexe. La joie d'être enceinte était quelque peu assombrie par tous les interdits que son état impliquait. Mais si le médecin l'avait dit... Ce devait être un savant homme puisqu'il était le praticien personnel du roi.

Elle repensa à Erica et à sa grossesse difficile. Sa cousine avait souffert de nausées du début à la fin. Bon, il valait mieux ne pas penser à cela, mais plutôt à l'enfant qui naîtrait dans quelques mois. Aurait-il le sourire de Jaspar ? Ses yeux ?

Elle imaginait la joie de ce dernier quand elle allait lui annoncer la nouvelle... Et puis, subitement, elle se ravisa. N'était-il pas préférable de consulter auparavant un gynécologue ? Toutes les recommandations du Dr Kasim avaient fini par l'alarmer. Pourquoi tant de précautions ? Sa grossesse présentait-elle des risques de fausse couche ?

Par ailleurs, Jaspar et elle vivaient en ce moment une véritable lune de miel. Allait-il falloir renoncer aux bains de minuit dans le lac au creux des collines, à l'amour l'après-midi ou sous la douche ? Bien sûr, elle désirait avoir un enfant, mais elle craignait que son état ne vienne mettre de sévères limites à sa relation avec Jaspar.

Une terrible inquiétude, doublée d'une inexplicable mélancolie, l'assaillit soudainement.

— Pourquoi as-tu l'air si tourmenté ? Le Dr Kasim m'a assuré que tout allait bien.

Elle n'avait pas entendu Jaspar entrer et tenta immédiatement de se ressaisir.

— Mais oui, tout va bien, affirma-t-elle en s'efforçant de sourire. Dis-moi, Jaspar, quel âge a-t-il, le Dr Kasim ?

— Je crois qu'il approche des quatre-vingts ans, mais mon père lui voue une véritable vénération. Il travaille en équipe avec deux autres jeunes confrères. J'ai pensé que tu préférerais un médecin plus âgé, dit-il en lui caressant gentiment le front. Ai-je eu tort ?

— Non, non, le Dr Kasim est très gentil.

— Eh bien, dans ces conditions, pourquoi fais-tu cette tête ? Tu devrais au contraire te réjouir. Avec un simple verre d'eau, tu as conquis mon père. Il est en bas, dans le salon, à raconter à tout le monde l'histoire du bon Samaritain en jupon qui lui a sauvé la vie. J'ai cru comprendre que tu l'avais forcé à s'asseoir et que tu lui avais fait la morale.

— Quoi ? Es-tu en train de me dire que ce vieil homme... c'était ton père ? Le roi Zafir ? s'écria-t-elle, abasourdie.

— Il déteste l'hélicoptère et il est venu en voiture. A l'entrée des jardins, il a donné l'ordre à ses gardes du corps de le laisser continuer seul et ils n'ont pas osé désobéir. J'imagine qu'il ne devait pas être au mieux de sa forme lorsque tu l'as aperçu.

— Jaspar, je suis réellement navrée, je ne savais pas que c'était ton père, il était habillé comme un berger, et...

— Tu apprendras bientôt de sa propre bouche qu'il ne se considère pas supérieur au plus humble de ses sujets, dit Jaspar d'un œil amusé. Il est tellement habitué à ce que tout le monde le reconnaisse, qu'il ne lui est jamais venu à l'idée qu'un tel malentendu pourrait survenir.

— Mon Dieu, j'ai dû lui faire une horrible impression !

— Bien au contraire. Au lieu d'appeler les domestiques, tu as personnellement pris soin de lui. Il n'a cessé de louer ta simplicité et ta compassion, deux qualités qu'il prise par-dessus tout. Il a également dit que tu étais aussi belle qu'un ange.

Elle rougit légèrement sous le compliment, et déclara :

— Je suis heureuse de ne pas l'avoir offensé. Mais je ne m'imaginais pas que le roi du Quamar pouvait errer seul dans les jardins d'Anhara, habillé comme l'un de ses sujets.

— Je lui demanderai de porter sa couronne, lors de sa prochaine visite, la taquina Jaspar avant d'éclater de rire.
— Tu ne ferais pas ça !
— Mon père a une affection toute particulière pour Anhara. Il y vivait autrefois, avec ma mère. Comme tu le sais, elle est morte lorsque j'avais dix-huit ans. Il adore venir ici et se promener seul dans les jardins. En souvenir d'elle.
— Il a dû l'aimer passionnément, observa Freddy, rêveuse.
— Je crois, oui. Il faut dire que ma mère était une femme d'une beauté et d'une intelligence hors du commun. Et puis ses origines françaises lui conféraient une aura exotique irrésistible, aux yeux de mon père. Mes parents formaient un couple admirablement assorti... Je suis désolé, ajouta-t-il, j'aurais dû te présenter à mon père depuis longtemps. Mais étant donné les circonstances, je craignais que...
— Que quoi ? Que je l'offense ?
— Je dois dire que je vous ai sous-estimés, tous les deux, et je m'en excuse. Bon, penses-tu que tu seras remise pour dîner avec nous ?

Elle hocha la tête, luttant contre la crise de larmes qui sourdait en elle. Elle se sentait à fleur de peau, extrêmement susceptible.

« Mes parents formaient un couple admirablement assorti. »

Oh ! Elle n'était pas dupe. Elle avait bien perçu le message qui se cachait derrière cette affirmation. Jaspar lui disait en termes à peine voilés que lui et elle étaient loin d'être si bien ensemble, et que c'était pour cette raison qu'il repoussait toujours les présentations.

Avec douleur, elle se dit alors que le comportement de Jaspar était parfaitement légitime. En tant que prince héritier, il aurait dû épouser une princesse, une aristocrate, ou du moins une Quamari, qui d'instinct aurait su quelle conduite adopter, dans toutes les situations. Cet après-midi, par exemple, si le roi Zafir n'avait pas été d'humeur à se laisser dorloter, elle aurait réellement pu commettre un crime de lèse-majesté.

Devant son silence, Jaspar lui prit la main et ajouta :

— Je suis heureux que mon père t'ait vue telle que tu es au naturel.

— Alors... tu ne vas pas m'abandonner ? demanda-t-elle sur une impulsion, tenaillée par un terrible sentiment d'infériorité.

— Pourquoi dis-tu cela ? Tu sembles bouleversée. Qu'est-ce que le Dr Kasim t'a raconté ?

— Rien, je t'assure...

— Alors, c'est moi qui t'ai offensée ?

— Mais non...

— J'ai manqué de tact, tout à l'heure, dans la voiture. Si tu veux parler de Sabirah, parlons-en.

Non, certainement pas ! Elle n'avait aucune envie de l'entendre parler de sa passion pour Sabirah. Elle ne voulait pas le pousser à établir des comparaisons entre leur vie amoureuse à eux et celle qu'il aurait pu avoir avec sa belle sultane.

— Non, je ne préfère pas, lui dit-elle, la moue boudeuse.

— Freddy, je ne te comprends plus...

— Garde tes secrets pour toi, c'est mieux pour tout le monde.

— Comme tu voudras, lui dit-il, étonné.

Alors qu'il était enfin décidé à soulager sa conscience, elle lui en refusait l'opportunité. Pourquoi cette volte-face ? Décidément, il avait parfois l'impression qu'il ne percerait jamais les mystères de la psychologie féminine. Freddy paraissait toujours sur le pied de guerre. Pourquoi ? se demandait-il non sans être attristé. Elle était pourtant si belle et si douce, dans le fond.

Désireux de détendre l'atmosphère, il lui adressa un sourire extrêmement sensuel. Son regard or foncé en disait long sur ses souvenirs érotiques.

— Bon, je crois qu'il est préférable d'écourter cette conversation... avant qu'elle ne nous mène trop loin, ajouta-t-il subitement, craignant de céder à la violence du désir qui montait en lui.

Il ne pouvait tout de même pas faire l'amour à sa femme alors que son père l'attendait en bas ! Il se précipita alors hors de la chambre plus qu'il n'en sortit.

Elle sursauta en entendant la porte se refermer derrière lui.

Et regretta immédiatement de ne pas lui avoir parlé du bébé. Elle aimait Jaspar avec une passion qui l'effrayait presque. Mais elle ne parvenait pas à oublier les conditions qui avaient provoqué leur mariage. Des conditions qui n'avaient rien à voir avec les sentiments. Et qui expliquaient pourquoi, au sein de leur couple, rien n'allait de soi, se disait-elle. Voilà pourquoi elle avait été incapable de dire à Jaspar qu'elle était enceinte.

Au dîner, le roi Zafir lui posa d'innombrables questions et, même s'il était manifestement bien disposé à son égard, elle fut tout d'abord incapable de se détendre. A une ou deux reprises, Jaspar voulut lui venir en aide, mais il se fit rabrouer par son père qui l'invita à être un mari moins autoritaire et à concéder plus de libertés à sa femme.

Elle finit par se relaxer et, comme les deux hommes entamaient une discussion plus personnelle, elle put les observer à loisir.

Le roi Zafir n'était pas si âgé que cela, pensa-t-elle. Il devait avoir dans les soixante-dix ans, tout au plus. C'était un homme qui imposait d'emblée le respect et chez qui l'on sentait vibrer une flamme permanente. Son fils était à son image.

A la fin du repas, elle comprit à un signe presque imperceptible de Jaspar qu'il souhaitait s'entretenir en tête à tête avec son père. Aussi alla-t-elle prendre le frais dans les jardins, au clair de lune, où elle médita un long moment. Puis elle dirigea ses pas vers la bibliothèque.

Une heure plus tard, Jaspar la trouva absorbée dans la lecture.

— Freddy...

Immédiatement, elle leva les yeux de son livre.

— Ton père est parti ?

— Oui, il était fatigué. Je suis fier de toi, tu sais. Tu ne t'es pas laissé impressionner, c'est remarquable.

Puis, changeant brusquement de sujet, il annonça :

— Il y a un mois, tu m'as demandé de diligenter une enquête sur ta famille. Cet après-midi, j'ai reçu le rapport du détective.

— Puis-je le voir ?

— J'ai pris la liberté de le lire avant, et je préfère te prévenir : il se pourrait que tu sois bouleversée par certaines révélations.

A ces mots, elle sourcilla. Bouleversée, disait-il ? Cela ne pouvait qu'attiser sa curiosité. Il lui tendit le document dont elle s'empara avec empressement.

Au bout de quelques minutes, elle murmura :

— C'est impossible...

Elle relut alors une fois, deux fois, dix fois le passage le plus troublant du rapport. Elle n'en revenait pas.

— Cette enquête prétend que ma mère est morte il y a seulement dix ans.

— Je sais, dit Jaspar d'un air contrit. Et je crains que ce ne soit indéniable. Le détective m'a fait parvenir un certificat de décès...

L'attitude de George Sutton échappait complètement à Jaspar. Comment avait-il pu faire croire à sa fille que sa mère était morte alors qu'elle n'était encore qu'un bébé ?

En outre, ce rapport lui confirmait que le premier détective avait bel et bien confondu les biographies des deux Frederica Sutton.

Se passant une main sur le front, Freddy déclara d'une voix blanche :

— Je suis atterrée d'apprendre que mon père m'a menti. Comme il changeait souvent de travail et que nous déménagions fréquemment, jamais je n'ai rencontré de personnes ayant connu ma mère. Il prétendait en outre qu'elle n'avait pas de famille. Quand je demandais à voir des photos, il disait qu'il avait égaré la boîte qui les contenait. Ruth, quant à elle, pensait qu'il les avait brûlées pour éviter de souffrir. Mon Dieu, c'est affreux !

Le visage blême, la lèvre tremblante, elle poursuivit sa lecture.

Pour apprendre que sa mère avait quitté son père afin de suivre un homme plus jeune qu'elle ! Quel choc ! Ce qui signifiait qu'elle l'avait abandonnée, elle, et qu'elle n'avait jamais tenté de reprendre contact.

— Oh ! s'écria-t-elle soudain, les yeux toujours rivés à ce terrible rapport, j'ai des sœurs jumelles... C'est incroyable !

Elle repoussa le document, abasourdie.

— Comment mon père a-t-il pu me cacher tout cela ? reprit-elle.

— Le détective poursuit son enquête pour retrouver tes sœurs. Mais il semblerait qu'elles aient été adoptées.

— Ma mère nous a tous abandonnés, constata-t-elle avec une infinie tristesse. Comme les coucous qui déposent leurs œufs dans le nid des autres. Je comprends pourquoi mon père est parti très loin de la ville où je suis née.

— De toute évidence, ta mère était une personne instable.

— N'essaie pas de me faire croire qu'elle souffrait de troubles psychiques ! Inutile de chercher à l'excuser pour m'épargner, Jaspar. Elle aimait sûrement trop les hommes et...

— Cesse de te faire du mal ! Laissons le détective poursuivre son enquête.

— C'est affreux, affreux, répétait-elle, bouleversée.

— Freddy, n'en veux pas à ton père de t'avoir caché la vérité. Il voulait te protéger.

— Peut-être.

— Allons, ma belle, le passé est le passé. Il n'a aucune influence sur ta vie présente.

Elle lui lança un regard presque hostile.

Evidemment, il ne pouvait pas comprendre, lui qui était issu d'une dynastie séculaire et dont les ancêtres s'étaient tous brillamment illustrés dans l'histoire du Quamar. Jamais il ne pourrait comprendre l'humiliation que lui valaient les révélations de ce rapport, puisque son arbre généalogique à lui était parfait.

— Je sais ce que tu penses, ajouta-t-il comme s'il lisait dans ses pensées. Qu'il m'est facile, à moi, de tenir de tels propos. Mais ce qui compte, Freddy, c'est ce que tu es, toi. Peu importe le reste.

Comme elle retenait ses larmes, il lui dit encore :

— Nous ferons notre possible pour retrouver tes sœurs, je te le promets.

— Merci...

Se sentant sur le point d'éclater en sanglots, elle se leva précipitamment afin d'éviter de se donner en spectacle. Elle trouva alors refuge dans la salle de bains, où elle s'enferma à double tour. Les yeux brouillés de larmes, elle se déshabilla, se mit sous la douche et pleura enfin tout son soûl ses illusions perdues.

Lorsque Jaspar vint se coucher, elle était déjà au lit, faisant semblant de dormir.

— Je m'absente demain pour trois jours, déclara-t-il en se déshabillant dans le noir, persuadé qu'elle était bel et bien réveillée. Je dois me rendre à Dubaï. J'aurais aimé que tu m'accompagnes mais je crois qu'après ce que tu viens d'apprendre, tu as besoin de te reposer. Là-bas, tu devrais assister à de nombreuses rencontres officielles et...

— Et tu estimes que je ne serais pas en mesure d'y faire face, répliqua-t-elle durement.

Elle était meurtrie et en voulait à la terre entière, cela, Jaspar le comprenait. Aussi, peu désireux de jeter de l'huile sur le feu, répondit-il avec douceur :

— Tu as conquis mon père, tu peux conquérir le monde, je n'ai aucune inquiétude de ce côté-là.

— Comment fais-tu pour garder ton calme, même quand on te provoque ? s'énerva-t-elle.

— Je sais que tu es blessée, Freddy, et que tu souffres. J'aurais peut-être dû détruire ce rapport. Mais j'estime que tu avais le droit de connaître la vérité.

— Ma parole, j'ai épousé un saint !

Elle entendit le matelas craquer sous son poids et, presque simultanément, il lui murmura à l'oreille :

— Cesse de me chercher querelle. Je ne tiens pas à me disputer avec toi.

Il plaqua sa poitrine musclée contre son dos, et sa chaleur s'immisça jusqu'au cœur endolori de Freddy. Lorsqu'il embrassa sa nuque, elle sentit son corps revenir à la vie. Elle regretta son agressivité envers ce prince réellement charmant.

— Tu es trop parfait, lui dit-elle dans un sourire tandis qu'elle se tournait vers lui.

— Je ne suis pas parfait, et tu le sais.

— Proche de la perfection alors..., répondit-elle tandis

qu'elle le laissait titiller les pointes de ses seins à travers le tissu de son déshabillé.

Brusquement elle se cambra...

Un désir fulgurant avait submergé son corps et balayé le stress de cette dure journée. Hélas ! Un éclair de lucidité lui traversa aussitôt l'esprit. Les recommandations du Dr Kasim ! Alors elle le repoussa vivement. Non sans une certaine brutalité, d'ailleurs.

— Non, Jaspar, nous ne pouvons pas...

Il refusa d'écouter ses explications et se mit à jurer en arabe. Trop, c'en était vraiment trop ! Freddy était impossible aujourd'hui !

— Jaspar...

— Non, j'en ai assez à la fin, marmonna-t-il entre ses dents.

Avec colère, il rejeta les draps et se leva. Dans le clair de lune, elle vit son ombre argentée se déplacer rapidement vers le fauteuil où il avait posé ses habits.

— Jaspar, je suis désolée, mais...

— C'est bon, répliqua-t-il, énervé, en enfilant son pantalon.

— Où vas-tu ? s'écria-t-elle, alarmée.

— Laisse-moi tranquille, à la fin. Tu ne sais pas ce que tu veux aujourd'hui. Il y a deux minutes, tu me rejetais, et maintenant, tu voudrais que je reste ?

— S'il te plaît, Jaspar, ne...

— Désolé, répliqua-t-il d'un ton glacial, mais je vais trouver un autre endroit pour dormir.

Et il fit claquer la porte derrière lui.

Comme elle pouvait se haïr ! Elle avait dépassé les bornes, elle en était bien consciente... Une heure plus tard, elle se morfondait toujours dans son lit. N'y tenant plus, elle se leva à son tour et partit à sa recherche.

Il dormait sur un sofa, deux chambres plus loin.

Les larmes aux yeux, elle observa son beau prince

endormi et décida finalement de ne pas le réveiller. Comme elle l'aimait ! Et combien elle aurait souffert de le perdre ! Elle se retira sur la pointe des pieds, pour ne pas troubler son sommeil.

Le lendemain, elle se leva de bonne heure afin de partager son petit déjeuner avec lui. Tom était déjà attablé, encore en pyjama et en grande discussion avec Jaspar. Elle s'arrêta sur le seuil, ne sachant pas trop sur quel pied danser. D'autant qu'en présence de l'enfant, elle ne souhaitait absolument pas qu'ils se querellent.

— Si ça peut te consoler, lui annonça-t-il d'emblée avec un beau sourire, j'ai très mal dormi.

— Moi aussi, dit-elle en se détendant, heureuse de constater que les disputes de la nuit étaient derrière eux.

Au moment de lui dire adieu, il l'attira tendrement à lui et captura lentement sa bouche, la laissant le cœur battant.

— A mon retour, nous reprendrons les choses là où nous les avons laissées, lui murmura-t-il à l'oreille.

Deux jours plus tard, Freddy ressortait le sourire aux lèvres de chez le gynécologue. Le praticien venait de lui dire qu'elle était en parfaite santé, et qu'elle n'avait rien à craindre quant à une éventuelle fausse couche. Les restrictions du Dr Kasim avaient par ailleurs été jugées bien trop sévères. Elle devait continuer à vivre tout à fait normalement.

Que la vie était belle ! pensa-t-elle, rassérénée, en franchissant les portes de l'hôpital ultramoderne devant lequel l'attendaient ses gardes du corps. Dans douze heures, Jaspar serait de retour et elle pourrait lui annoncer la bonne nouvelle. Oui, le bonheur frappait enfin à sa porte. Quant au rapport qui lui avait causé tant de peine, elle se disait que finalement il avait du bon, puisqu'il lui apprenait l'existence de deux sœurs. En un sens, il ne lui restait plus qu'à retrouver sa famille.

La limousine la conduisit à travers les rues rectilignes et ombragées de la capitale, en direction du palais royal, où le couple princier disposait d'un appartement. Elle n'y était encore jamais allée.

A l'entrée du palais, un certain Rashad l'attendait. Il s'inclina respectueusement devant elle et la guida avec un plaisir non dissimulé à travers les lieux chargés d'histoire, en lui faisant des commentaires éclairés sur la famille al-Husayn. C'était un homme charmant, mais un véritable moulin à paroles.

Désireuse de se reposer, elle lui demanda ensuite de la conduire à l'appartement princier. On y accédait par une cour intérieure où coulait une jolie fontaine, à l'ombre d'un oranger centenaire. Dans le vestibule, un parterre de roses embaumait l'atmosphère et la fraîcheur de la climatisation était la bienvenue. Une domestique s'avança alors à pas feutrés pour l'informer qu'on l'attendait dans le salon.

— Qui m'attend ? demanda Freddy, intriguée.

— La princesse Sabirah, lui répondit la jeune servante d'un ton timide.

Immédiatement, Freddy se raidit.

Ainsi elles se rencontraient de nouveau ! pensa-t-elle.

Depuis la visite d'Hasna, elle avait fait la connaissance de la mère de cette dernière et de ses deux jeunes sœurs, ainsi que de Medina, la fille aînée d'Adil. Toutes avaient été charmantes et adorables avec elle. Mais elle se sentait incapable de sympathiser avec Sabirah. Pourtant, elle aussi faisait partie de la famille al-Husayn, puisqu'elle était la troisième femme d'Adil. A ce titre, elle se devait de la recevoir.

Lorsqu'elle pénétra dans le salon où les rayons du soleil caressaient les meubles patinés par les ans, Sabirah se leva pour la saluer. De nouveau, Freddy fut frappée par la beauté de cette brune incendiaire, vêtue d'un tailleur bleu turquoise.

— Navrée de ne pas avoir été là pour vous accueillir, lui dit-elle en s'efforçant de respecter le protocole.

— Je suis soulagée de constater que vous consentez à me parler après les circonstances un peu particulières de notre première rencontre.

Cette allusion ne fit qu'accroître le malaise de Freddy.

— Mais je suis prête à renoncer à ma fierté pour le salut de Jaspar, continua-t-elle.

— Pardon ?

— Je suis venue ici pour vous demander de lui rendre sa liberté.

— C'est une démarche bien audacieuse de votre part, observa Freddy, résolue coûte que coûte à garder son sang-froid.

— Ecoutez, j'aime Jaspar et il m'aime, affirma Sabirah d'un ton péremptoire. Peut-être n'accordez-vous pas d'importance à l'amour, en Angleterre, mais ici, nous fonctionnons sur un autre mode. Jaspar ne doit pas laisser passer une seconde chance de bonheur sous prétexte qu'Adil a mis au monde un enfant illégitime.

Elle était au courant pour Tom ? Comment était-ce possible ?

— Allons, poursuivit Sabirah, inutile de me regarder avec ces yeux-là. Je n'ai rien contre l'enfant. Pourquoi lui en voudrais-je à lui ? De toute façon, je n'aimais pas mon mari, alors... Si je suis ici, c'est pour vous parler de Jaspar.

— Je ne souhaite pas évoquer mon mari avec vous, rétorqua sèchement Freddy.

— Je vous demande simplement de m'écouter.

— Je n'en ai pas davantage envie.

Que faire ? se demanda Freddy, au supplice. La mettre

à la porte ? Au fond d'elle-même, elle était partagée. Sa curiosité la poussait à laisser parler sa visiteuse, mais la crainte qu'elle ne lui révèle des secrets qu'elle ne voulait pas entendre la retenait.

— Jaspar et moi avons eu le coup de foudre l'un pour l'autre, il y a six ans, commença Sabirah. Nous sommes restés discrets sur nos sentiments, car ni l'un ni l'autre n'étions pressés de nous marier.

— Comme vous venez de le rappeler, c'était il y a six ans, observa finement Freddy.

Mais Sabirah ignora sa remarque.

— Hélas ! Adil a subitement décrété qu'il était amoureux de moi. Ma famille a alors exercé une énorme pression sur moi pour que j'épouse le prince héritier. Aux yeux des miens, il était inconcevable de refuser un tel honneur, et ils me voyaient déjà reine du Quamar. J'ai été obligée d'accepter, sans pour autant renoncer à mes sentiments pour Jaspar. Qui lui aussi, de son côté, a continué de m'aimer en silence. Cependant, par loyauté envers son frère, même après sa mort, il n'est pas revenu vers moi. C'est pourquoi j'ai décidé de prendre l'initiative et de me rendre au palais d'Anhara, le jour où vous m'y avez trouvée.

— Il ne sert à rien de vouloir imposer sa volonté à Jaspar, il...

— Qui parle de volonté ? Vous n'y êtes pas du tout ! Jaspar m'aime à la folie. Malheureusement, il est bien trop conscient de son devoir conjugal pour demander le divorce. En revanche, si vous le quittiez, il pourrait enfin m'épouser sans s'attirer la vindicte publique.

— Je ne t'épouserais pas même si tu étais la dernière femme sur terre !

Ni l'une ni l'autre n'avaient entendu Jaspar entrer. Elles virevoltèrent dans un même mouvement pour découvrir son imposante silhouette, sur le seuil de la porte.

— Je comprends que tu tiennes de tels propos en présence de ta femme, commença Sabirah. C'est bien normal, tu ne veux pas la blesser et...

— Cela fait plusieurs minutes que j'écoute cette petite conversation, déclara Jaspar, les yeux étincelants de colère. Tu me donnes la nausée, Sabirah !

S'interrogeant sur le retour prématuré de son mari, Freddy n'en fut pas moins extrêmement soulagée de cette intervention. Visiblement, la dernière réplique de Jaspar avait fait mouche, car la belle Sabirah ne sut quoi répondre. Et, de toute évidence, le prince pensait ce qu'il disait : le regard de mépris qu'il jetait sur sa belle-sœur était fort éloquent.

— Ton propre père t'a suppliée de ne pas épouser Adil. Il estimait que l'écart d'âge était trop important entre lui et toi. Devant ta détermination, à bouts d'arguments, il t'avait prévenue qu'Adil serait un mari infidèle. Mais ton ambition a triomphé de tous ces avertissements. Et aujourd'hui, que cherches-tu ? A détruire mon mariage, qui est bien plus heureux que le nôtre ne l'aurait jamais été ?

— Comment peux-tu me parler de cette façon après ce que nous avons été l'un pour l'autre ?

— Je serai éternellement reconnaissant à Adil de m'avoir évité de commettre la plus belle erreur de ma vie en t'épousant. Et maintenant, quitte ces lieux et retourne chez tes parents.

— Non, je ne reviendrai pas vivre chez eux.

— C'est le roi qui t'en donne l'ordre par ma bouche !

Sabirah comprit que sa manœuvre avait échoué. Sans ajouter un mot, elle prit congé, la tête haute.

— Je suis désolé, réellement désolé. Cette femme est impossible, elle n'aime qu'elle-même et le scandale. Mais cette fois, mon père est à bout, il ne veut plus la voir ni dans la capitale ni à Anhara. Et moi non plus ! Quand je pense à l'affront qu'elle nous a fait, le premier soir. J'étais aussi embarrassé qu'un adolescent, en la découvrant nue étendue sur notre lit. Pour moi, elle sera toujours ma belle-sœur.

— Pourquoi craignais-tu alors les médisances ?

— Parce que je veux absolument qu'elle trouve un deuxième mari et qu'elle s'éloigne enfin de ma famille, confessa Jaspar en éclatant de rire. C'est pourquoi je ne tiens pas à la calomnier.

Freddy le regarda, étonnée.

— C'est bien vrai ? Tu n'éprouves rien pour elle ? Je croyais que c'était l'amour de ta vie.

— Le fléau de ma vie, oui ! Il est vrai que j'ai cru l'aimer, autrefois, mais c'était plus du désir que de l'amour. J'étais alors trop jeune pour connaître la différence entre les deux. A présent, assez parlé de Sabirah ! Dis-moi sans attendre ce que tu as.

— De quoi parles-tu ? s'enquit-elle en observant son beau visage anxieux.

— Tu t'es rendue à l'hôpital ce matin. Pourquoi ?

— Me ferais-tu suivre ?

— Je veux juste savoir ce que tu as. Dès qu'on m'a informé de cette visite, j'ai annulé mon dernier rendez-vous à Dubaï pour rentrer immédiatement. Pendant tout le trajet, je me suis fait un sang d'encre et en arrivant ici, je trouve cette folle en train de débiter un tissu de mensonges. J'en ai assez d'attendre. Réponds !

— Rassure-toi, je ne suis pas malade, répondit-elle, touchée par sa sollicitude.

— Dans ces conditions, pourquoi être allée à l'hôpital ?

— Je suis enceinte.

— Mais tu n'es pas malade ?

— Oh, si j'en crois le Dr Kasim, je suis devenue une invalide, mais le gynécologue que j'ai consulté ce matin m'a assuré que j'étais une femme enceinte en parfaite santé.

— Tu attends donc un bébé ? Déjà ? On va avoir un enfant ?

— Oui, ça m'en a tout l'air, lui répondit-elle d'un air amusé.

Alors il s'approcha d'elle, la prit dans ses bras et déclara, une douce lueur dans le regard :

— Tu le sais depuis que le Dr Kasim t'a examinée à Anhara, n'est-ce pas ? Pourquoi ne m'avoir rien dit ?

— Je voulais un deuxième avis. Le médecin royal m'avait dit que nous ne devions plus dormir ensemble. C'est pourquoi je t'ai dit non, l'autre soir, et...

— Tu peux me dire non quand tu n'en as pas envie, c'est tout à fait légitime, lui dit alors Jaspar. C'est moi qui me suis comporté comme un idiot, mais je voulais te consoler... Oh, Freddy, j'ai passé une affreuse journée. Depuis cette nouvelle de ta visite à l'hôpital, je n'arrivais plus à me concentrer sur rien... Alors, excuse-moi si je n'ai pas exprimé plus explicitement ma joie quand tu m'as annoncé que tu étais enceinte, mais j'étais encore sous le choc, je voulais réellement m'assurer que tu allais bien.

Elle passa tendrement une main dans ses cheveux bruns et soyeux, et répondit :

— Je ne te savais pas d'une nature si anxieuse.

— Trois mois avant sa mort, ma mère est allée passer un examen de routine à l'hôpital. C'est alors qu'elle a appris qu'elle avait un cancer. Elle ne nous a rien dit jusqu'à ce qu'il lui soit impossible de nous cacher l'état avancé de sa maladie. J'en ai gardé un profond traumatisme. Depuis, une visite à l'hôpital éveille chez moi des peurs irrationnelles.

Fortement émue par cette confession, elle le serra à son tour très fort contre sa poitrine.

— Je t'aime tant, mon amour, murmura-t-il alors.

A ces mots, Freddy sentit son âme chavirer...

— Je ne peux plus me passer de toi, poursuivit-il. Au début, je t'ai traitée durement, car le désir que tu m'inspirais me perturbait. Et puis j'étais tellement furieux d'avoir été contraint au mariage que je ne voulais pas reconnaître mes sentiments.

— Je te comprends, il est inutile de t'excuser pour ta conduite passée.

— Tu m'attirais malgré moi, malgré toi. Ton amour pour Tom m'a d'abord fasciné, intrigué. Ensuite, je voulais que tu me désires pour moi, et non parce que j'étais un moyen qui te permettait de rester auprès de Tom.

— Je suis tombée sous ton charme dès notre première rencontre, avoua à son tour Freddy.

— A mon retour de New York, quand je t'ai trouvée dans la chambre de Tom, j'étais fou de rage et...

A cet instant, on frappa à la porte.

— Qui est-ce ? demanda Jaspar avec agacement.

— C'est Rashad, Votre Altesse... On demande votre épouse au téléphone. Un appel d'Angleterre.

Mon Dieu, pensa-t-elle, que se passait-il là-bas ? Immédiatement, Freddy pensa à Ruth.

Et de fait, c'était bien cette dernière qui lui annonça d'un ton triomphal qu'elle avait fouillé l'appartement d'Erica et trouvé un testament en sa faveur. En cas de malheur, sa cousine lui léguait tout ce qu'elle avait et lui confiait la tutelle de Tom.

— Tu peux rentrer à Londres, conclut Ruth. La famille al-Husayn ne pourra rien contre toi.

— Non, Ruth, je ne rentrerai pas en Angleterre. Tant de choses sont arrivées, si tu savais ! Je suis enceinte et follement amoureuse de Jaspar. C'est un homme merveilleux. Merci pour tes recherches, mais maintenant, ma vie est ici, auprès de mon mari.

Il y eut un silence au bout du fil, puis Ruth déclara :
— Il ne me reste plus qu'à aller passer mes vacances au Quamar, alors ?
— Oh, oui ! Avec grand plaisir.
— Allez, va, je te pardonne, lui dit encore son amie.
Jaspar, qui avait entendu la déclaration d'amour de sa femme, se précipita vers elle et l'embrassa avec fougue. Puis relevant enfin la tête, il lui dit en souriant :
— C'est vrai ? Tu es follement amoureuse de moi ?
Elle approuva vigoureusement de la tête et il ajouta :
— Je suis si heureux que tu aies exercé ce chantage sur moi. Jamais je ne te remercierai assez.
— Je t'aime.
— Redis-le-moi encore une fois, s'il te plaît.
— Je t'aime, lui murmura-t-elle dans le creux de l'oreille.
— Pardonne-moi de t'avoir si mal traitée jusque-là, mon amour.
— Oh, si tu appelles cela de la maltraitance, alors j'ai hâte de savoir comment tu te conduis quand tu estimes bien traiter une femme !
Freddy était sur un petit nuage. L'homme de ses rêves, le père de son enfant, l'oncle de Tom, son mari, la convoitait de ses yeux d'or comme si elle était une pierre précieuse. Pour la première fois depuis leur rencontre, elle saisit la profondeur de leur amour.

Un an plus tard, elle se promenait dans les jardins d'Anhara en compagnie de son jeune enfant, Karim, et de son fils adoptif, Tom. Ce dernier roulait gentiment à côté du landau sur un vélo flambant neuf.
Il s'appelait désormais al-Husayn, car Jaspar et Freddy l'avaient officiellement adopté. Ils le considéraient réellement comme l'aîné de la famille, même si ce n'était pas lui qui monterait sur le trône, mais Karim.

Celui-ci était un bébé adorable. Comme son père, avait affirmé l'une des tantes de Jaspar. Son entourage sécurisant devait contribuer à son calme, se disait Freddy.

Un mois après l'annonce de sa grossesse, Jaspar et elle s'étaient mariés à l'église et le roi Zafir avait organisé une splendide fête à laquelle il avait convié des centaines d'invités. Elle avait alors reçu officiellement le titre de princesse.

Six mois plus tard, Sabirah avait épousé un riche Libanais et quitté le pays, au grand soulagement de tous. Ruth, quant à elle, avait déjà effectué son premier séjour au Quamar.

— Oh, se lamenta soudain Tom qui était descendu de son vélo, Karim dort encore. Quand est-ce qu'il sera assez grand pour jouer avec moi ?
— Dans quelques mois, quand il marchera.
— Et il va parler bientôt ?
— Oui, si tu l'y encourages.

Après leur promenade, elle confia les deux enfants à la nourrice et regagna sa chambre afin de se changer pour le dîner.

Jaspar l'y avait devancée.

— L'enquête du détective avance. On a du nouveau sur une de tes sœurs, lui annonça-t-il.
— C'est vrai ?

Une lueur d'excitation brilla dans ses yeux.

— Du calme, Freddy. On connaît juste son nom, Melissa Carlton. L'endroit où elle réside, en revanche, reste à découvrir.
— Mais c'est un bon début, de connaître au moins son nom ?
— Oui, c'est une excellente chose, confirma-t-il en l'attirant à lui.

— Je t'aime si fort, Jaspar.
— Moi aussi, mon amour, et je ne voudrais pour rien au monde que tu sois déçue... Tu es divine, dans cette robe, ajouta-t-il en lui mordillant gentiment le lobe de l'oreille.

Elle se mit à rougir délicieusement, tandis qu'il resserrait son étreinte. Elle frissonna dans les bras si puissants, si protecteurs de Jaspar. Après tout, pourquoi ne pas profiter de cet instant merveilleux ?

Et ce soir-là, ce ne fut que tard, fort tard, qu'ils dînèrent au clair de lune.

HELEN BIANCHIN

La magie du désert

éditions Harlequin

*Cet ouvrage a été publié en langue anglaise
sous le titre :*
DESERT MISTRESS

Traduction française de
ANNE DAUTUN

Ce roman a déjà été publié dans la collection
AZUR N° 1725
en mai 1997

Toute représentation ou reproduction, par quelque procédé que ce soit, constituerait une contrefaçon sanctionnée par les articles 425 et suivants du Code pénal.
© 1996, Helen Bianchin. © 1997, 2007, Traduction française. Harlequin S.A.
83-85, boulevard Vincent-Auriol, 75013 PARIS — Tél. : 01 42 16 63 63
Service Lectrices — Tél. : 01 45 82 47 47

1.

Kristi mit la dernière touche à son maquillage avant de se reculer légèrement pour mieux examiner son reflet dans le miroir. Le résultat lui parut satisfaisant — mais cela suffirait-il ? Même si elle savait que sa toilette lui vaudrait de nombreux admirateurs, en effet, c'était pour attirer l'attention d'un homme en particulier qu'elle s'était parée. Les autres n'avaient pas d'importance.

Sa robe de soie sauvage couleur indigo, de coupe épurée, mettait en valeur sa poitrine généreuse et sa taille étroite, laissant entrevoir de façon troublante, à travers une fente du tissu, ses jambes fuselées gainées de soie. D'élégants escarpins à talons complétaient la tenue. Ses cheveux auburn et naturellement bouclés retombaient en cascade sur ses épaules et, par la grâce du maquillage, ses yeux noisette pailletés d'éclats ambrés paraissaient plus grands encore ; sa bouche plus sensuelle, l'ossature de son visage plus délicate. Elle avait parachevé son ouvrage en se parant d'une fine montre en or, d'un bracelet et de boucles d'oreilles.

Satisfaite, elle prit son manteau de soirée, sa

pochette, et quitta sa suite. Le portier de l'hôtel eut tôt fait de lui héler un taxi et, ayant donné au chauffeur une adresse dans Knightsbridge, elle se cala sur son siège, songeant en silence, tandis que la voiture se faufilait dans le trafic de la capitale.

Malgré l'avis défavorable des gouvernements britannique et australien, c'était elle qui avait pris la décision de venir à Londres. Elle était lasse d'attendre, lasse d'entendre chaque jour des personnes différentes lui faire les mêmes réponses stéréotypées. Ce qu'elle voulait, c'était agir. Et le cheikh Shalef bin Youssef Al-Sayed détenait sans doute le pouvoir d'enclencher une action décisive. Un an auparavant, et dans une situation similaire, n'avait-il pas en effet obtenu la libération d'un otage ?

Poussée par le fragile espoir de le persuader d'intervenir en faveur de son frère prisonnier, elle n'avait pas hésité à prendre une place sur le premier avion en partance pour Londres. Pourtant, quinze jours après son arrivée dans la capitale britannique, Kristi n'avait toujours rien obtenu. Ses coups de fil étaient restés lettre morte, ses fax avaient visiblement été dédaignés. Non sans culot, elle avait tenté de rencontrer le cheikh dans ses bureaux ; mais elle n'y était pas parvenue. C'était un homme bien protégé et inaccessible.

Heureusement, Kristi avait pour amie Georgina Harrington, fille d'un diplomate étranger qu'elle avait rencontrée en pension, et celle-ci lui avait fourni l'occasion d'approcher le cheikh en lui proposant d'assister à cette soirée huppée. Rien de tout cela n'aurait été possible, naturellement, sans l'intervention bienveillante de sir Alexander Harrington lui-même, qui lui avait obtenu une invitation.

Prétextant une indisposition de Georgina, qui devait l'accompagner à la soirée, sir Alexander avait demandé au secrétariat du cheikh s'il pouvait se présenter avec Kristi Dalton, âgée de vingt-sept ans, et amie d'enfance de sa fille. Après avoir fourni les informations nécessaires aux services de sécurité, il avait obtenu un carton pour Kristi. A présent, la jeune Australienne allait rejoindre son mentor.

Le taxi ne tarda guère à atteindre l'élégante demeure à trois étages de sir Alexander et, quelques instants plus tard, un verre de limonade à la main, Kristi se retrouvait face à Georgina et à son père. Elle écouta leurs compliments sur sa toilette d'une oreille distraite. Tant de choses dépendaient de la rencontre qui allait suivre ! Elle avait songé pendant des heures et des heures, jusque dans les moindres détails, à la façon dont elle agirait et aux mots qu'elle prononcerait.

— J'ai demandé à Ralph de tenir la Rolls prête pour 17 h 30, déclara sir Alexander. Nous partirons dès que vous aurez achevé votre boisson, ma chère enfant.

Une étrange émotion s'empara de Kristi, tandis qu'elle reposait son verre et que Georgina l'étreignait, en signe d'encouragement.

— Bonne chance, murmura son amie. Je te téléphonerai demain. Et n'oublie pas que nous déjeunons ensemble !

Un moment plus tard, la vieille Rolls conduite par Ralph, le chauffeur de la famille Harrington depuis des décennies, se mettait en route en direction du

Berkshire, où se trouvait le manoir du cheikh. Au bout d'une heure de trajet, la voiture franchit les grilles ouvragées d'une vaste propriété. Lorsque Ralph eut présenté les invitations aux gardes de sécurité tout en déclinant son identité et celle de ses passagers, le véhicule put se rapprocher de l'entrée principale.

Un second garde accueillit les visiteurs sur le perron, à leur descente de voiture. En apparence, il faisait partie du personnel de maison, dont il portait la livrée. Mais le téléphone portable qu'il tenait en main et le caractère athlétique de sa silhouette, étaient révélateurs. Kristi, qui s'était renseignée à fond sur leur hôte, savait que ce garde, comme tous les autres, portait vraisemblablement un revolver sous son veston d'uniforme, et qu'il devait exceller en arts martiaux et sports de combat.

Une fois le perron franchi, sir Alexander et sa compagne furent introduits auprès des invités déjà présents, dans un vaste salon où régnaient le luxe et l'élégance. Sur les murs tendus de soie, on pouvait admirer des miroirs ouvragés, des tableaux de maîtres savamment mis en valeur par un éclairage indirect tamisé. Les pièces de mobilier, de style français, étaient à l'évidence des antiquités de prix, et leur bois luisait doucement à la lueur des lustres en cristal qui illuminaient les lieux, en accentuant la splendeur.

Un buffet était dressé, à la disposition des convives, et des hôtesses en uniforme circulaient parmi les hôtes, leur présentant des plateaux de canapés et d'hors-d'œuvre. En arrière-fond, une musique assourdie faisait entendre ses accords, tandis que les invités devisaient. Poliment, Kristi salua l'épouse d'un comte anglais que lui présentait sir Alexander.

Puis elle survola la salle du regard avec une curiosité flottante. Le smoking était de rigueur pour les hommes et, en amateur averti, elle reconnut, en voyant les toilettes des femmes magnifiquement vêtues et coiffées, le style de plusieurs grands couturiers.

Soudain, elle fut frappée par la vision d'un homme grand et imposant, dont la silhouette altière se distinguait de toutes les autres. Elle le reconnut d'emblée : il s'agissait du cheikh Shalef bin Youssef Al-Sayed.

Les nombreuses photos des magazines ne lui rendaient certes pas justice ! Quand on le voyait ainsi, en chair et en os, on était saisi par la puissance presque animale qui se dégageait de lui, par son magnétisme envoûtant.

Il avait une ossature racée, des traits virils, comme sculptés au burin, des cheveux noirs et une peau bistrée qui proclamaient hardiment ses ascendances paternelles.

Dans les divers articles qu'elle avait compulsés, Kristi avait appris que le cheikh était le fils d'un prince saoudien et d'une Anglaise. Après s'être prêtée à un mariage selon le rite musulman et avoir effectué un bref séjour dans le palais de son époux, celle-ci s'était de nouveau envolée pour Londres et — bien qu'elle eût donné le jour à un fils très aimé —, elle avait ensuite obstinément refusé de retourner vivre dans un pays où les femmes étaient soumises aux hommes.

Pourtant, grâce aux fréquents séjours du prince à Londres, la romance avait continué de fleurir entre son épouse et lui, jusqu'à la mort de celle-ci. Le jeune Shalef, âgé de dix ans, avait alors été emmené en Arabie Saoudite par son père et intégré à sa famille arabe.

Aujourd'hui, il approchait la quarantaine. Il avait conquis l'estime internationale de ses pairs pour ses talents d'homme d'affaires et, depuis le décès de son père, son nom était devenu synonyme d'immense richesse. C'était un homme que l'on n'aurait guère voulu avoir pour ennemi, songea Kristi. Très racé, dans son élégant smoking, il laissait cependant percer, sous son apparente élégance, quelque chose d'impitoyable.

Comme mu par un instinct secret, il redressa la tête en direction de la jeune femme qui l'observait et, pendant un bref instant qui parut durer une éternité, leurs regards s'accrochèrent.

Kristi eut l'impression que la salle et ses occupants se dérobaient, disparaissaient tandis qu'elle se retrouvait seule, exposée, comme nue sous le regard cru et intense du cheikh. Elle éprouva sous cet examen une sensation de trouble intense, et des frissons la parcoururent. Aucun homme, jamais, ne lui avait donné le sentiment d'être vulnérable. C'était pourtant bien ce qui lui arrivait en cet instant! Cela ne manquait pas de la déconcerter.

Si un autre homme s'était permis de la détailler ainsi, elle lui aurait rendu la pareille, pour ensuite se montrer dédaigneuse. Mais elle ne pouvait s'autoriser un tel luxe avec Shalef bin Youssef Al-Sayed...

Pendant un instant fugitif, elle capta quelque

chose de cynique dans son expression. Puis il fut amené à reporter son attention sur un autre homme, qui le saluait avec une déférence marquée.

Kristi, qui avait débuté comme photographe-portraitiste dans le studio de ses parents, à Double Bay, était une observatrice aguerrie. Ce fut avec un intérêt tout professionnel, ou du moins voulut-elle s'en convaincre, qu'elle continua d'examiner le cheikh tandis qu'il bavardait avec son hôte — scrutant sa bouche mobile et sensuelle, enregistrant le caractère direct et perçant de son regard. En apparence, Shalef bin Youssef Al-Sayed semblait détendu. Pourtant, son port trahissait un tempérament d'acier, une puissance silencieuse et totalement primitive. Elle sut aussitôt que cet homme était l'incarnation du danger.

Une sensation de peur intense, irrationnelle l'envahit tout entière. Avoir cet homme pour ennemi, c'était côtoyer la mort, elle en aurait juré.

— Kristi, dit soudain sir Alexander en survenant près d'elle, permettez-moi de vous présenter Annabel et Lance Shrewsbury.

La jeune femme se détourna, adressant un sourire chaleureux à son mentor.

— Kristi Dalton, reprit celui-ci à l'adresse du couple qu'il escortait. Une excellente amie australienne.

— Vous venez d'*Australie*! s'exclama Annabel comme s'il était question de quelque obscure contrée primitive. C'est fascinant. Habitez-vous dans une ferme?

— A Sydney, rectifia Kristi, polie et... pince-sans-rire. Une ville de plus de cinq millions d'habitants ! Les fermes s'appellent des ranchs et leurs domaines s'étendent sur plusieurs millions d'arpents.

— Juste ciel ! Des *millions* ?

— Mais oui. On les survole en avion ou hélicoptère pour surveiller le bétail et vérifier les barrières d'enceinte.

— Brr ! fit son interlocutrice. Toute cette poussière, cette chaleur... sans compter les serpents ! Vraiment, je ne pourrais jamais vivre là-bas !

Kristi l'examina d'un œil ironique, captant la préciosité maniérée d'Annabel, sa tenue sophistiquée, son maquillage. Tandis qu'elle songeait sans indulgence : « trente ans avoués et quarante-cinq en réalité, mariée à un aristocrate mais fille de boutiquier », une voix nonchalante et grave énonça tout à coup dans son dos d'un ton de salutation :

— Sir Alexander.

La jeune femme frémit et, lentement, pivota sur elle-même pour saluer leur hôte. Il portait une chemise du coton le plus fin, un costume de soirée de coupe irréprochable et, de si près, elle pouvait percevoir l'odeur fraîche de son savon, mêlée aux senteurs boisées de son eau de toilette raffinée.

Comme malgré elle, elle fut irrésistiblement attirée par sa bouche, dont elle détailla les contours, se demandant soudain ce qu'elle éprouverait si ces lèvres-là s'emparaient des siennes. « Les délices du paradis ou les tourments de l'enfer, selon l'humeur où il se trouverait », lui souffla une voix mystérieuse. Il y avait en lui quelque chose de cruel qui était à la fois attirant et menaçant. C'était un homme qui aimait les femmes et les séduisait, elle en était certaine ; mais il était du genre à ne se laisser dompter par aucune d'elles.

Il parut presque deviner sa pensée, car elle aperçut une lueur moqueuse dans ses yeux gris ardoise — seul trait révélateur de son ascendance britannique.

— Mademoiselle Dalton, dit-il, la saluant courtoisement.

Elle répondit de même, avec déférence :
— Cheikh bin Al-Sayed.

Il la dévisagea, jaugeant nonchalamment son physique. A la fois furieuse de cet examen éhonté et mal à l'aise, elle dompta tant bien que mal un élan de colère. Mais déjà, le regard amusé de son hôte se tournait vers sir Alexander.

— Georgina est souffrante, si j'ai bien compris ?
— Elle m'a chargé de vous transmettre ses excuses, répondit le diplomate. Elle est très déçue de ne pouvoir assister à cette soirée.
— J'espère qu'elle se remettra vite, déclara le cheikh en inclinant la tête.

Puis il s'éloigna, se portant à la rencontre d'une femme qui l'accueillit avec une évidente affection. Kristi tenta de se ressaisir. Ce bref contact avec le cheikh avait été une véritable épreuve, pour elle.

Sir Alexander lui offrit une diversion bienvenue en l'entraînant vers le buffet, où se pressaient déjà plusieurs invités. La jeune femme n'avait guère faim, en réalité, et la variété des mets disposés en abondance n'était pas faite pour faciliter son choix. Il y avait tant de choses ! Diverses salades composées, des légumes tièdes, du saumon fumé, des fruits de mer, de l'agneau rôti et de la dinde, de minces tranches de bœuf, des desserts étourdissants et des glaces artistiquement présentées, comme des sculptures... Kristi prit du saumon, quelques cuillerées de salade, un soupçon de caviar et des toasts, puis elle alla se réfugier un peu à l'écart, dans un angle de la salle.

Combien d'invités y avait-il? Cinquante? Davantage encore? Elle aperçut non loin d'elle sir Alexander, aux prises avec une imposante matrone, qui lui parlait d'un air d'importance en lui tenant le bras.

Une silhouette masculine surgit soudain près de Kristi. L'inconnu, dont le visage affichait un air railleur, lui demanda :

— Vous êtes seule ? Quel dommage ! Puis-je vous tenir compagnie le temps du repas ?

— Pourquoi pas ? répondit-elle avec un haussement d'épaules.

— Merveilleux ! C'est que j'aimerais mieux vous connaître, voyez-vous. Beaucoup mieux... chérie, dit l'inconnu — un Français, à en juger par son léger accent.

Du même ton badin, Kristi, qui parlait excellemment français et italien, répliqua :

— Je suis très exigeante sur le choix d'un ami... et plus encore d'un amant, monsieur. Mais peut-être dois-je regretter de ne pas rester assez longtemps à Londres pour acquérir l'un ou l'autre ?

— Je suis moi-même grand voyageur, rétorqua son interlocuteur sans se laisser démonter. Nous pourrions nous retrouver sans peine, j'en suis sûr.

— Je suis d'un avis contraire.

— Vous ne savez pas qui je suis ?

— Nous n'avons pas été présentés, dit-elle d'un ton léger.

L'insistance de l'inconnu, son comportement mêlé d'humour et de hauteur ne laissaient pas de l'amuser. Il se présenta à elle sous le nom de Jean-Claude Longchamp d'Estève.

— J'ai peine à croire que vous ignorez l'importance de ma famille en France, observa-t-il d'un air vaguement vexé.

— Vraiment ?

— Et vous ? N'allez-vous pas me dire votre nom ? Est-ce une fin de non-recevoir ?

— Seriez-vous incapable de l'accepter ?

Il eut un petit rire.

— Je me trouve si rarement dans cette position ! A dire vrai, elle est plutôt inédite.

Ils continuèrent ainsi à échanger quelques répliques sur le même ton, et Kristi songea qu'en d'autres circonstances, cet aristocrate vaguement décadent aurait fait un compagnon drôle et agréable. Cependant, au bout de quelques instants, elle finit par l'éconduire, sous le prétexte de rejoindre sir Alexander.

Mais celui-ci était à présent en grande conversation avec un monsieur d'aspect très distingué ; elle n'osa les déranger. Sa conversation avec Jean-Claude d'Estève ne lui avait offert qu'une brève diversion, et sa nervosité reprenait le dessus. Guère en appétit, elle se débarrassa de son assiette, la déposant sur le plateau d'une hôtesse. Songeant qu'un café constituerait un remontant bienvenu, elle se dirigea vers le buffet, et s'en fit servir une tasse, qu'elle sirota à l'écart, sans vraiment apprécier l'excellent breuvage tant son estomac était noué. Le moment était venu de passer à l'action, comme elle l'avait prévu...

Quelques secondes plus tard, sa tasse gisait sur le tapis et le liquide brûlant s'était répandu sur sa robe, lui causant une douleur cuisante.

Une ou deux exclamations fusèrent et l'on se porta à son secours. Bientôt, l'hôtesse qui l'avait accueillie à son arrivée avec sir Alexander la guida hors du salon de réception, dans un vaste couloir. Elle la conduisit ensuite jusqu'à une salle de bains et y prit une trousse de soins de première urgence.

Sur ses directives, la jeune femme ôta sa robe mouillée puis se laissa faire, tandis que l'hôtesse nettoyait la brûlure, appliquait un pansement spécial sur la large zone rouge et un peu enflée qui s'étendait sur la taille et les premières côtes de Kristi. Celle-ci était surprise par l'ampleur de la brûlure, qu'elle n'avait pas du tout prévue. En dépit des soins attentifs de l'hôtesse, elle avait mal.

— Je vais vous trouver un peignoir et faire nettoyer votre robe, dit l'employée avant de s'éclipser.

Kristi se retrouva donc seule, attendant impatiemment le retour de l'hôtesse. Elle avait plutôt froid dans ses sous-vêtements de dentelle, bien que la pièce fût chauffée. Et puis, sa tenue n'était guère convenable...

Sourcils froncés, elle demeura pensive. Elle se sentait plutôt mal à l'aise, à présent qu'elle avait mis son plan à exécution. Pourtant, tout se déroulait à peu près comme prévu : il y avait désormais une chance — infime mais réelle — pour que le cheikh bin Al-Sayed vienne s'assurer par lui-même que sa brûlure était sans conséquence. Car elle était son invitée, et la courtoisie la plus élémentaire exigeait qu'il prît de ses nouvelles, n'est-ce pas ? Alors, elle saisirait l'occasion pour lui parler de son frère...

Un léger bruit attira l'attention de la jeune femme. La porte venait de s'ouvrir vers l'intérieur ; Shalef bin Youssef Al-Sayed surgit sur le seuil, un peignoir blanc à la main. Il s'avança dans la pièce, referma la porte. Son visage n'était qu'un masque impénétrable. Kristi ne put retenir un frisson d'appréhension et, instinctivement, se couvrit la poitrine avec les bras. Elle avait espéré qu'il viendrait la voir ; mais pas déjà, alors même qu'elle se trouvait plus vulnérable que jamais !

— Je vous suggère d'enfiler ceci, déclara le cheikh. Il serait regrettable que vous preniez froid, en plus de ce qui vous est arrivé.

Soudain, Kristi eut l'impression que la pièce était devenue minuscule. Elle avait une conscience aiguë du caractère impudique de sa tenue, de la présence virile du cheikh à son côté. Se saisissant du peignoir, elle l'enfila en hâte et en noua étroitement la ceinture.

— Rochelle m'assure que la brûlure, si elle est douloureuse, est cependant sans gravité. Il me semble donc inutile de faire appel à un médecin. Votre robe de soie est fragile et ne sera peut-être pas intacte, après nettoyage. Remplacez-la et envoyez-moi la facture.

Avec raideur, Kristi répondit :
— Ce ne sera pas nécessaire.
— J'y tiens, rétorqua-t-il, dardant sur elle un regard intense et direct qu'elle eut du mal à soutenir.
— Ce n'est qu'un petit accident, et j'en suis seule responsable, déclara-t-elle.

La réaction de son corps et de ses sens, en présence du cheikh, lui faisait horreur. Dans un vaste salon empli de monde, cela l'avait déjà perturbée ; dans ce lieu exigu, seule face à cet homme, elle n'en était que plus mal à l'aise.

— Vous refusez que je remplace une robe de prix ?

— Je ne cherche pas une querelle avec vous.

D'une voix traînante, empreinte de cynisme, son interlocuteur demanda alors :

— Que cherchez-vous donc précisément, mademoiselle Dalton ?

Le sous-entendu qui perçait dans ses paroles alerta Kristi, dont la tension s'accrut. Le cheikh eut un sourire dénué d'humour et laissa tomber :

— Je me suis demandé pendant toute la soirée quelle méthode vous alliez employer pour attirer mon attention. Mais aucun des scénarios que j'avais envisagés n'incluait l'automutilation...

2.

Kristi devint très pâle.

— Comment osez-vous suggérer...?

— Economisez votre salive, mademoiselle Dalton. Dès votre second coup de fil à mes bureaux, une enquête a été enclenchée, précisa le cheikh avec une douceur insidieuse plus effrayante encore que la pire des menaces.

Rivant son regard sur celui de son interlocutrice, il énuméra alors les écoles et collèges qu'elle avait fréquentés, les diplômes qu'elle y avait obtenus, les noms de ses parents et la cause de leur mort accidentelle, son adresse et son métier, après quoi il dressa une liste concise mais assez exhaustive des biens qu'elle possédait.

— Votre voyage à Londres a pour but la libération de votre frère Shane, actuellement détenu en otage dans une région montagneuse reculée, acheva-t-il.

Furieuse, elle s'exclama :

— Vous *saviez* pourquoi je cherchais à vous joindre et vous n'avez pas eu la courtoisie de prendre l'un de mes appels ?

— Cela semblait passablement inutile. Je ne peux pas vous aider, mademoiselle Dalton.

Se rebellant instinctivement contre cette fin de non-recevoir, Kristi déclara :

— Shane a eu le malheur de se trouver au mauvais endroit au mauvais moment...

— Votre frère est un photographe professionnel, qui a délibérément ignoré les conseils qu'on lui avait donnés et a bravé la loi pour pénétrer sans autorisation dans une zone interdite, coupa rudement le cheikh. Là, il a été enlevé par une faction d'opposition et emmené hors d'atteinte des autorités légales, qui de toute façon l'auraient sûrement arrêté et jeté en prison.

— Vous considérez que son sort est plus enviable aux mains des dissidents ?

— Cela se discute, mademoiselle Dalton, répondit le cheikh avec l'ombre d'un sourire.

Kristi pâlit d'angoisse. La vision de son frère captif la tenait éveillée presque toutes les nuits. Et lorsqu'elle finissait par s'endormir, de terribles cauchemars la hantaient.

— Je vous supplie de...

— Vous implorez très joliment, intervint son impitoyable interlocuteur — éveillant en elle un élan de haine. Mais vous perdez votre temps. Je vous suggère de présenter vos requêtes par les canaux autorisés. Des négociations comme celles que vous voudriez me voir entreprendre exigent du temps et du tact. Et de la patience de la part des parents des otages.

— Vous pourriez l'aider à s'en sortir, j'en suis certaine, assura Kristi.

Il la transperça du regard, l'examinant de haut en bas d'une façon qui atteignit la jeune femme jusqu'à l'âme. Dans la pièce silencieuse, elle ne percevait que son propre souffle, qui lui sembla haché, presque haletant. L'eût-elle voulu, elle n'aurait pu détacher son regard de l'homme fascinant qui lui faisait face.

— Nous voici à l'aube du XXIe siècle, mademoiselle Dalton. Vous ne vous imaginez tout de même pas que je vais revêtir une djellaba et m'élancer sur un pur-sang à travers le désert, à la tête d'une troupe de sauveteurs à cheval, pour ravir votre frère à ceux qui le retiennent prisonnier, comme dans quelque mauvais film d'aventures ?

Ignorant à grand-peine ses sarcasmes, Kristi déclara d'un ton résolu :

— Je possède des avoirs bancaires qui sont loin d'être négligeables, Votre Altesse. Ils suffiraient à payer des jeeps, des hommes, et un hélicoptère, s'il le faut.

— Non.

Confrontée à ce refus laconique, Kristi éprouva un fugitif élan de désespoir. Certes, elle détenait bien un ultime atout dans sa manche... mais le moment n'était pas venu d'abattre cette carte.

— Vous refusez de m'aider ?

— Rentrez chez vous, répondit le cheikh d'un ton glacial et dur. Retournez en Australie et laissez aux gouvernements impliqués le soin de régler ce malheureux incident.

Elle eut envie de le gifler de toutes ses forces, de le lacérer de ses ongles, tant cet homme à la froideur inhumaine lui faisait horreur. Il le sentit, sans doute, car pendant un instant, une étrange lueur flamba dans son regard. On eût dit qu'il n'attendait que cela... pour pouvoir répliquer à sa manière. Mais ce fut un éclair si passager, si fugitif, que Kristi se demanda si elle ne l'avait pas imaginé.

— Veuillez m'excuser, mais je me dois à mes invités, dit-il avec détachement. Rochelle va vous apporter un vêtement. Si vous désirez retourner à votre hôtel, un chauffeur sera à votre disposition. Sinon, je vous suggère de profiter au mieux du reste de la soirée.

— Je vous en prie..., murmura Kristi d'une voix chargée d'émotion.

Son interlocuteur l'examina une nouvelle fois, de haut en bas, avec une lenteur délibérée.

— Rien de ce que vous avez à offrir ne pourrait m'inciter à changer d'avis, lâcha-t-il.

Piquée dans son orgueil, soulevée de colère, elle répliqua avec force :

— Vous faites insulte à mon intelligence, Shalef bin Youssef Al-Sayed ! C'est à votre compassion que je faisais appel. Je n'ai jamais envisagé un quelconque marchandage sexuel !

— Vous êtes femme, mademoiselle Dalton. Et dans ces circonstances, un marchandage sexuel n'est jamais à exclure...

La jeune femme s'empourpra, tenta de refréner sa colère. Après avoir pris une profonde inspiration pour se dominer, elle répliqua d'un ton glacial :

— Je ne me servirais jamais de mon corps pour obtenir gain de cause, même pour la sauvegarde de mon frère.

Une lueur amusée et cynique dansa dans le regard du cheikh.

— Vraiment ?

— Vraiment, répondit-elle d'une voix égale — plus efficace qu'un éclat de fureur.

Mais c'était à grand-peine qu'elle avait réprimé son envie de hurler, d'insulter l'impudent.

Le cheikh se détourna vers la porte, tandis qu'elle vacillait, prise de vertige, perdant tout contrôle de la situation. Néanmoins, elle parvint à se maîtriser et, articulant chaque syllabe avec calme, elle demanda :

— Que demanderiez-vous pour intercéder auprès de Mehmet Hassan de ma part ?

Ces paroles eurent pour effet de stopper la marche du cheikh Shalef, et il pivota lentement pour lui faire face. Ses traits figés, impénétrables, avaient quelque chose d'effrayant.

— Et puis-je savoir qui est Mehmet Hassan ? demanda-t-il.

Kristi perçut fort bien sa colère sourde, sous la douceur trompeuse de son intonation. En dépit du frémissement intérieur qui l'avait saisie, elle énonça avec hauteur :

— Moi aussi, je suis capable de me renseigner sur les gens, figurez-vous, Votre Altesse ! Vous avez fréquenté la même université que Mehmet Hassan, et l'amitié qui vous lie à lui est toujours vivace aujourd'hui, en dépit des rapports — au demeurant fort peu connus — qu'il semble entretenir avec certains dissidents politiques en vue.

— Je connais beaucoup de gens, et certains d'entre eux sont en effet mes amis.

Kristi comprit qu'elle avait su capter l'attention du cheikh. Elle ne laissa pas échapper son avantage.

— Vous vous rendez plusieurs fois par an à

Riyad, pour affaires. Vous prolongez parfois vos séjours pour vous aventurer dans le désert avec des chasseurs, afin d'échapper au cérémonial fastidieux qui accompagne les grandes réunions financières internationales. Vous n'y allez jamais seul et on murmure que Mehmet Hassan a été votre invité en plus d'une occasion.

Le cheikh eut un silence prolongé.

— Comme les grains de sable, les murmures sont emportés par les vents du désert et ne laissent pas de trace.

— Vous niez votre amitié avec Mehmet Hassan ?

L'expression du cheikh Shalef se fit glaciale, et son regard gris prit l'éclat de l'obsidienne.

— Quel est le but de votre question ?

— Je veux que vous m'emmeniez avec vous à Riyad.

— Il faut être accrédité, pour pénétrer en Arabie Saoudite.

— Vous n'auriez aucune peine à m'obtenir une accréditation, j'en suis sûre.

— Encore faudrait-il que je consente à essayer.

— Il me semble que vous y consentez déjà, dit prudemment Kristi.

Il la toisa.

— Oseriez-vous me menacer ?

Réprimant un frisson, elle fit observer :

— Je suppose que les médias seraient très intéressés d'apprendre les liens qu'entretient cheikh Shalef bin Youssef Al-Sayed avec Mehmet Hassan. Cela soulèverait bien des interrogations, ne croyez-vous pas ? Sans parler des remous dans l'opinion publique... Ce serait à n'en pas douter pour vous une source d'embarras, et même davantage.

— Les tentatives de chantage se paient cher, mademoiselle Dalton.

— Je ne fais jamais qu'appliquer les règles de base d'une bonne négociation d'affaires, répliqua Kristi avec un sourire de défi. Un service en échange d'un silence... Ce que je demande, Votre Altesse, c'est un droit d'entrée à Riyad, sous votre protection et sous votre toit, afin de préserver ma sécurité. Ensuite, vous contacterez Mehmet Hassan par le moyen qu'il vous plaira et lui demanderez son aide pour négocier la libération de mon frère. En retour, je prendrai à ma charge toutes les dépenses occasionnées, quelles qu'elles soient. Et vous garantirai mon silence.

— Je pourrais nier connaître ce Mehmet Hassan dont vous parlez.

— Je saurais que c'est un mensonge.

Si le cheih avait pu la tuer, en cet instant, il l'aurait fait, Kristi le sentait. Elle ne pouvait se méprendre, en voyant la lueur meurtrière qui flambait dans son regard d'obsidienne...

— Ce que vous demandez relève de l'impossible.

L'ombre d'un sourire passa de nouveau sur le visage de la jeune femme.

— Que cela soit difficile, je n'en doute pas. Mais ce n'est pas impossible. Ne dit-on pas que rien ne l'est ?

On frappa discrètement à la porte, à cet instant précis, et Rochelle fit son entrée, un vêtement noir au bras.

— Peut-être pourrions-nous poursuivre cette discussion en un moment plus opportun ? suggéra Kristi avec une politesse affectée. Vous ne sauriez négliger vos hôtes plus longtemps.

— Certes, déclara son interlocuteur en inclinant la tête. Pouvons-nous convenir de dîner ensemble demain soir ? J'enverrai une voiture vous chercher à votre hôtel à 18 heures.

Une jubilation intense s'empara de Kristi.

— Merci, dit-elle.

Le cheikh la laissa alors en compagnie de Rochelle, quittant la pièce d'un air froid et impérial. L'hôtesse remit à la jeune femme un pantalon noir de soirée, et un élégant caraco brodé de perles. Elle avait eu du goût, pour effectuer son choix, observa Kristi : l'ensemble flattait sa silhouette élancée et faisait ressortir la délicatesse de ses traits.

— Etes-vous disposée à rejoindre les invités, à présent ? demanda Rochelle. Sir Alexander Harrington a manifesté de l'inquiétude à votre sujet.

— Je vous suis, merci, répondit Kristi en souriant poliment.

Un moment plus tard, tandis qu'elle savourait un punch aux fruits, elle s'avoua que cette réunion mondaine était réellement magnifique. Et pourtant... Accoutumée depuis dix ans à assister aux réceptions les plus somptueuses dans toutes les capitales du monde, Kristi n'avait cependant jamais participé à une soirée aussi éprouvante que celle-ci. Elle se sentait les nerfs à vif.

Le cheikh Shalef bin Youssef Al-Sayed n'était pas un homme que l'on contrait impunément, c'était évident. Au fond d'elle-même, elle savait qu'elle se montrait périlleusement téméraire, en prétendant faire jeu égal avec un homme de cette trempe. Et, plusieurs fois, elle se surprit à regarder avec angoisse du côté où il se trouvait.

Même lorsqu'il participait à une activité de détente, comme ce soir, il conservait quelque chose d'impitoyable. Cela la perturbait. Mais sa loyauté envers son frère, son inquiétude à son sujet, la poussaient à braver les circonstances, à refouler ses peurs.

Lorsque sir Alexander lui proposa de rentrer, elle acquiesça, percevant son inquiétude. Ils échangèrent avec leur hôte des paroles d'adieu cérémonieuses. Mais Kristi était consciente du regard sombre et intense que le cheikh posait sur elle, et ce fut presque en comptant les marches qui la séparaient de l'extérieur qu'elle franchit le perron en compagnie de son mentor.

Lorsqu'ils furent dans la Rolls, en route vers Londres sous la conduite de Ralph, sir Alexander demanda à sa compagne :

— Vous avez réussi dans votre entreprise, si je comprends bien ?

— Jusqu'à un certain point, oui, admit Kristi avec un faible sourire. Bien que le cheikh n'ait absolument pas été dupe du caractère accidentel de cette rencontre... Lui et moi devons dîner ensemble demain soir.

— Soyez prudente, mon petit, dit sir Alexander d'un air grave. Shalef bin Youssef Al-Sayed n'est pas de ceux que je choisirais de défier en duel.

Etait-ce un avertissement ? pensa Kristi, qui sentit un frisson lui parcourir l'épine dorsale.

— Le salut de Shane m'importe trop pour que je recule à présent, dit-elle avec une assurance qu'elle était loin d'éprouver.

— Je vous comprends, dit sir Alexander en plaçant une main conciliante sur la sienne. Toutefois, à titre de précaution, je vous suggère de me tenir au courant de l'évolution des choses. Jusqu'à un certain point, je me sens responsable de vous, vous comprenez ?

— Bien entendu, dit Kristi.

Il était minuit passé lorsque Ralph gara la Rolls devant l'entrée de l'hôtel de la jeune femme. Mais une heure plus tard, allongée dans le noir, elle ne dormait toujours pas. Elle demeurait en alerte, agitée à la fois par un sentiment de victoire et une anxiété qui la tenaient éveillée. Shalef bin Youssef Al-Sayed lui opposerait-il quelque habile argument pour ne pas la conduire à Riyad ? La mettrait-il au défi d'alerter la presse au sujet de son amitié avec Mehmet Hassan ? Dans un peu moins d'une vingtaine d'heures, elle en aurait le cœur net...

A 17 h 55 précises, Kristi pénétra dans le salon d'attente de son hôtel. Dehors, il pleuvait dru, le ciel était presque noir, et des rafales de vent balayaient les rues, les emplissant d'un mugissement sonore et sinistre qui se faisait entendre chaque fois que s'entrouvraient les hautes portes de l'immeuble.

Fallait-il y voir quelque mauvais présage ? Ce n'était certes pas un soir à s'aventurer au-dehors, songea Kristi en ajustant son long manteau autour d'elle et en s'enveloppant d'une écharpe.

Une Bentley noire vint se garer devant l'entrée et, après avoir échangé quelques mots avec le portier, le chauffeur pénétra dans les lieux et gagna la réception. Un bref instant plus tard, il se dirigeait vers Kristi, qui l'observait, intriguée.

— Mademoiselle Dalton ? s'enquit-il.

Tandis qu'elle acquiesçait, il lui tendit sa carte d'identité.

— Le cheikh bin Al-Sayed m'a demandé de vous emmener dans sa demeure du Berkshire, mademoiselle.

La jeune femme eut un léger coup au cœur. Elle avait espéré rencontrer son adversaire en terrain relativement sûr, c'est-à-dire dans un restaurant, pour mener à bien les négociations. Mais il la menait d'autorité sur son propre territoire...

Le succès de l'entreprise de Kristi ne reposait que sur un seul atout : sa connaissance d'un secret qui n'était partagé que par un nombre très restreint de personnes. Sa source d'information lui avait d'ailleurs fait jurer de ne jamais révéler son identité, quelles que fussent les menaces que le cheikh pût proférer à son encontre. Mon Dieu, que se passerait-il s'ils en arrivaient à de telles extrémités ?

Tandis que la Bentley s'éloignait rapidement de Londres et finissait par franchir les grilles de la propriété du cheikh, Kristi tenta de raisonner ses peurs. Que pouvait-elle craindre ici, dans une demeure pleine de domestiques ?

Ce fut pourtant de la peur et de la nervosité qu'elle éprouva, lorsque Rochelle l'accueillit sur le seuil et la conduisit dans le salon. Meublée d'agréables sofas, cette pièce était nettement plus petite que la grande salle de réception que Kristi connaissait déjà. Ayant accepté avec plaisir une tasse de thé bien chaud, la jeune femme ne tarda pas à se retrouver seule. Rochelle s'était éclipsée, non sans avoir précisé que le cheikh ne tarderait pas à rejoindre son invitée.

Etait-ce une tactique délibérée ? se demanda Kristi. Le cheik bin Al-Sayed avait une réputation d'habile stratège, d'homme d'une impitoyable exigence envers ceux qui travaillaient sous ses ordres. On le lui avait présenté comme quelqu'un qui recherchait l'excellence en tout, et l'obtenait.

Mais quel individu était-il vraiment, derrière cette façade ? L'opposition de ses deux cultures d'origine n'avait-elle pu créer en lui une sorte de conflit, qui lui interdisait d'appartenir pleinement à l'une ou à l'autre ? On ne savait que peu de chose sur son enfance, et personne n'avait su dire à Kristi si sa mère lui avait donné une éducation strictement britannique ou lui avait permis d'apprivoiser la religion et les coutumes de son père. Quoi qu'il en fût, il semblait avoir su triompher de ses déchirements intérieurs, s'il en avait eu. Sa brillante réussite était là pour en attester.

— Mademoiselle Dalton.

La jeune femme tressaillit, surprise par l'apparition de son hôte. Il était survenu dans la pièce sans crier gare, aussi preste et silencieux qu'un prédateur. En dépit de son trouble, elle parvint à le saluer calmement — mais elle tremblait un peu.

— Veuillez m'excuser de vous avoir fait attendre, dit-il.

Il ne jugea pas utile de lui donner des explications, et la regarda quelques instants avec une froideur polie et distante qui ne laissait présager rien de bon. Son pantalon noir et sa chemise en lin blanc — tenue informelle qui contrastait avec son smoking de cérémonie de la veille — soulignaient la puissance de sa silhouette athlétique.

Soudain, Kristi regretta le caractère trop « habillé » et spectaculaire de sa propre toilette : tailleur rouge, bas noirs et talons aiguilles noirs. Résolue cependant à afficher le même détachement que lui, elle refusa la seconde tasse de thé qu'il lui offrait. Quand il la questionna sur sa brûlure, elle répondit simplement :

— Je m'en remets très bien, je vous remercie.

Il se contenta de cette réponse, et ne fit aucun autre commentaire.

— Le souper sera servi dans une demi-heure, dit-il.

— Vous comptez réellement me nourrir ? lâcha Kristi avec une intonation légèrement railleuse.

Non sans cynisme, il rétorqua :

— Je vous avais invitée à dîner, non ?

Elle se contraignit à l'observer en silence, détaillant son large front, ses pommettes pleines de caractère, la forme sensuelle de sa bouche. Ses prunelles d'un gris d'ardoise, très sombres, avaient une intensité exceptionnelle, et elle ne put s'empêcher de se demander si ce regard-là était parfois capable d'exprimer de la tendresse.

Pour parvenir à percer sa cuirasse de froideur et d'impassibilité, il fallait qu'une femme fût d'une trempe bien particulière ! Cet homme abaissait-il parfois sa garde ? Lui arrivait-il de s'adonner aux joies simples de la vie ? Ses subordonnés et ses pairs lui vouaient une sorte de culte. En revanche, qu'en était-il de ses maîtresses ? Certes, il devait posséder un savoir-faire accompli pour transporter une femme au septième ciel. Mais lui, était-il capable de s'impliquer sur le plan affectif ? Etait-il, lui aussi, en proie à la passion ? Ou bien choisissait-il de conserver ses distances, dans le cadre d'une relation amoureuse ?

Kristi n'en saurait jamais rien, bien sûr. C'était d'ailleurs, au demeurant, une chose qu'elle ne désirait guère tirer au clair...

— Allons-nous définir les arrangements nécessaires ? demanda-t-elle hardiment — bien qu'elle n'en menât pas large.

Le cheikh haussa imperceptiblement les sourcils.

— Quelle impatience ! Dois-je vous rappeler que nous avons toute la soirée devant nous, mademoiselle Dalton ? Quelques civilités en guise d'entrée en matière ne pourraient nous faire de mal, il me semble.

— Avez-vous l'habitude de perdre votre temps dans vos entretiens d'affaires ?

— Je traite mes affaires dans mon bureau.

— Et votre demeure est réservée aux mondanités ?

— Notre discussion met en jeu un élément délicat sur le plan politique, qu'il vaudrait mieux éviter de soulever en présence d'oreilles indiscrètes, ne croyez-vous pas ? laissa tomber le cheikh d'une voix traînante.

Son regard se posa brièvement sur les mains de son interlocutrice, qu'elle tenait serrées l'une contre l'autre, avec nervosité.

Se dominant de son mieux, Kristi fit observer :
— Nous sommes seuls, en ce moment.

Il lui répondit par un sourire dénué d'humour.

— Je vous suggère vraiment de contenir votre impatience. Attendez d'avoir dîné.

— Puisque vous insistez.

La jeune femme ravala tant bien que mal un élan de colère. Observant sa pose raide, presque prude, il lui proposa un verre de vin coupé de soda, qu'elle accepta dans l'espoir de se détendre un peu.

Oh, pourquoi fallait-il que cet homme fût si séduisant, si viril? Elle aurait préféré avoir affaire à quelqu'un d'autre, et non à ce « mâle » débordant de sensualité qui, depuis la veille, n'avait cessé, au fond, de l'intimider et de lui mettre les nerfs à vif. Il exerçait sur elle une sorte de magnétisme purement physique contre lequel elle avait du mal à lutter. Elle s'efforça de se ressaisir tandis qu'elle prenait le verre qu'il lui tendait.

S'installant confortablement dans un fauteuil, face à elle, Shalef bin Youssef Al-Sayed demanda :

— Vous êtes photographe. Avez-vous choisi de suivre les traces de votre frère?

— Pas délibérément, répondit-elle. Cependant, il est vrai que Shane était mon grand frère, et que je l'admirais et l'adorais. Donc, tout ce qu'il faisait m'intéressait beaucoup. Il avait la passion de la photographie, il me l'a transmise.

— Et vous avez pratiqué cet art en Australie tout d'abord, puis dans plusieurs capitales du monde.

— Comme vous l'avez constaté en prenant connaissance de mon dossier de presse.

Il avala une gorgée de vin, puis posa sur sa compagne un regard aigu, scrutateur.

— Un résumé journalistique des plus concis. Et qui ne rend nullement compte de plusieurs reportages passablement singuliers que vous avez effectués.

— Les photographies ou les films vidéo n'expriment pas de façon adéquate l'horreur de la pauvreté, de la maladie, de la famine dans certains pays du tiers-monde. Ils ne peuvent traduire la colère anéantie par le désespoir, l'acceptation de la faim. Ou le sentiment d'impuissance des témoins, leur incapacité à maintenir une certaine distanciation avec une réalité aussi dure. Dans de tels pays, vous êtes terriblement conscient de n'être que de passage, en attente de l'avion ou du bateau qui vous ramènera vers la civilisation, où vous reprendrez votre ancienne vie en essayant de croire que ce que vous avez vécu n'était qu'un mauvais rêve.

— Jusqu'à la fois suivante.

— Jusqu'à la fois suivante, admit Kristi.

Le cheikh l'observa d'un air songeur pendant un instant.

— Vous êtes un très bon photographe, mademoiselle Dalton.

— Mais, ironisa Kristi, vous ne parvenez pas à comprendre pourquoi je n'ai pas cherché à me faire un nom en signant des photos de studio dans les magazines en vue, comme mes parents l'ont fait.

— Cela ne représentait pas un véritable défi, peut-être ?

Certes ! Cependant, les motivations de la jeune femme étaient autrement plus profondes. Elle avait bel et bien *choisi* de se consacrer aux reportages dans des pays en difficulté. C'était pour elle une façon de s'impliquer, de tenter, dans la mesure de ses faibles moyens, de faire pencher la balance en faveur des défavorisés en alertant l'attention sur leur situation.

Bien sûr, le studio de photo de ses parents était toujours en activité — c'était pour elle une façon de leur rendre hommage —, mais elle ne s'en occupait quasiment plus : une excellente photographe, Annie, le dirigeait, remplissant aussi, à l'occasion, les fonctions de secrétaire. Cet arrangement convenait très bien à Kristi, qui était libre, ainsi, d'effectuer ses reportages à l'étranger.

— Et vous désiriez devenir l'égale de votre frère, observa le cheikh.

Kristi réfléchit un instant, intriguée par la suggestion de son interlocuteur. Cette explication à ses choix ne lui était jamais venue à l'idée.

— A vous entendre, on dirait que j'ai cherché à concurrencer Shane, dit-elle lentement. Alors que cela n'a jamais été le cas.

— Pourtant, vous avez effectué des reportages dans des endroits dangereux, poursuivit Shalef sans quitter du regard le visage de Kristi.

— Je ne passe pas mon temps à courir le monde, objecta cette dernière. Il s'écoule parfois plusieurs mois entre un reportage à l'étranger et l'autre. Et pendant ce temps-là, je travaille au studio, je mène une existence ordinaire, en effectuant les mêmes travaux qu'Annie : portraits de famille, clichés de mariage... Lorsque j'accepte un travail à l'étranger, je tiens à ce qu'il compte, souligna-t-elle avec passion. Qu'il s'agisse de lutter pour la préservation de l'environnement ou de révéler les horreurs de la famine.

— Impose-t-on des restrictions aux femmes photographes ?

C'était en effet une réalité qui irritait Kristi, et même, la mettait hors d'elle.

— Malheureusement, admit-elle, l'égalité des sexes n'est pas encore partout admise sur le plan professionnel.

— Vous est-il arrivé de penser à ce qu'aurait pu être votre sort, si cela avait été vous, et non votre frère, qui aviez pris un risque inconsidéré et aviez été capturée par les dissidents ? demanda soudain Shalef bin Youssef Al-Sayed avec une douceur inquiétante.

La jeune femme lui décocha un regard farouche, empli de fureur.

— Shane a refusé que je l'accompagne.

— Vous devriez lui en être éternellement reconnaissante.

Kristi enregistra la légère crispation des traits de son interlocuteur.

— En dépit de son comportement irréfléchi, votre frère semble posséder un soupçon de jugeote, ajouta le cheikh.

— Je vous interdis de...

Kristi s'interrompit, laissant sa phrase en suspens. Rochelle venait de surgir dans la pièce, sans crier gare.

— Hilary est prête à servir le dîner, annonça-t-elle.

Shalef bin Youssef Al-Sayed eut un bref signe de tête et Rochelle disparut, aussi silencieusement qu'elle était venue.

— Vous disiez ? reprit-il.

— Vous n'avez aucun droit d'insulter mon frère !

Il sourit, bien que son regard demeurât glacial.

— L'amour fraternel est aveugle, commenta-t-il

froidement en se mettant debout. Venez-vous souper ?

Kristi se leva de mauvaise grâce.
— J'ai perdu l'appétit, lâcha-t-elle.
— Tâchez donc de le recouvrer...

3.

La salle à manger était vaste sans être immense, meublée d'une belle table ancienne pour huit personnes, d'un long buffet, de vitrines présentant cristaux et porcelaines. Miroirs anciens et tableaux ornaient les murs, et un lustre en cristal diffusait une agréable lumière.

Kristi s'installa sur la chaise que lui offrait Shalef bin Youssef Al-Sayed, devant la table somptueusement mise. Une femme d'âge mûr, au physique agréable, indiqua d'un geste un choix de desserts et fromages disposés sur le buffet, avant de soulever les dômes en argent qui recouvraient les plats.

— Dois-je servir le potage, Votre Altesse ?

— Merci, Hilary, nous nous débrouillerons sans vous, répondit le cheikh.

— Sonnez lorsque vous désirerez le café.

Hilary se retira alors et Shalef bin Youssef Al-Sayed procéda lui-même au service. Un délicieux potage fut suivi de bœuf Wellington. Kristi opta ensuite pour des fruits et une part de brie, tandis que son hôte choisissait une part d'*apple crumble* avec de la crème fraîche. Kristi n'avait cessé d'observer ses gestes, comme malgré elle, contemplant ses longues mains brunes et viriles, aux mouvements félins et sûrs... Elle les imaginait fort bien flattant l'encolure d'un cheval, ou glissant sur la peau douce d'une femme... La dérive de ses pensées la fit tressaillir. Décidément, elle perdait l'esprit ! La tension accumulée au cours des semaines écoulées avait raison d'elle.

— Voulez-vous que nous passions dans le salon pour le café ? suggéra le cheikh.

Il se leva et elle l'imita, tandis qu'il gagnait la porte et l'ouvrait, s'effaçant pour lui livrer passage. Kristi sentit sa gorge se nouer. Depuis deux heures, ils avaient sacrifié aux conventions. A présent, ils passaient aux affaires sérieuses. Et elle devait le convaincre à tout prix qu'elle n'hésiterait pas à révéler ses liens avec Mehmet Hassan, s'il refusait de l'aider à libérer son frère.

Lorsqu'ils furent de nouveau installés dans le salon, attendant qu'Hilary apporte le café, elle se décida à entamer le débat :

— Votre Altesse, dit-elle avec quelque effort, le dîner a été très agréable. Mais à présent...

— Vous voulez parler affaires, conclut-il avec un soupçon de raillerie.

— Oui.

— Eh bien, la balle est dans votre camp, mademoiselle Dalton. A vous de jouer.

Elle entama donc la partie :

— Quand comptez-vous partir pour Riyad ?

— La semaine prochaine.

Le cœur battant, elle enchaîna :

— Etant donné votre influence, j'imagine que

cela vous laisse amplement le temps d'effectuer les démarches nécessaires en ce qui me concerne.

— Certes.

— Dans ce cas, vous pourriez peut-être me donner dès à présent les informations dont j'ai besoin ? Sur le vol, les formalités...

Un moment, le cheikh garda le silence, lui opposant son masque impénétrable. Puis, en la regardant avec une intensité perturbante, il énonça :

— La procédure est simple, mademoiselle Dalton. Nous voyagerons sur un avion de ligne jusqu'à Bahreïn, et de là, mon jet privé nous conduira à Riyad. L'excuse que je pourrai fournir pour expliquer votre présence à mon coté est moins évidente à trouver, en revanche.

— Mais pourquoi ? s'étonna Kristi.

— La troisième épouse de mon père et ses deux filles habitent au palais, et elles seront extrêmement curieuses de savoir pourquoi j'ai amené une femme avec moi.

— Vous plaisantez ?

De sa voix nonchalante, teintée d'arrogance, le cheikh précisa :

— Bien que je puisse m'offrir n'importe quelle femme de mon choix, le fait que j'en amène une avec moi revêtira une importance considérable aux yeux de la famille de mon père, ainsi qu'à ceux de plusieurs de mes amis. Dites-moi, préféreriez-vous leur être présentée comme la femme de ma vie, ou comme... une amusette passagère ?

Ce fut à cet instant qu'Hilary entra dans la pièce, poussant une desserte où s'alignaient cafetière en argent, tasses et soucoupes, lait, crème, sucre et petits-fours.

— Merci, Hilary. Le repas était un délice, comme toujours, affirma le cheikh tandis que Kristi fulminait en silence.

Elle ne sut trop comment elle parvint à sourire et à joindre ses compliments à ceux de son hôte. Cependant, dès qu'Hilary eut quitté le salon, elle passa aussitôt à l'attaque.

— Qu'y a-t-il de mal à me présenter comme une invitée aux membres de votre famille ? demanda-t-elle avec véhémence.

Au bout d'un bref silence, Shalef répondit :

— J'accorde à Nashwa et à ses deux filles le respect qu'elles méritent. Chaque fois que je me rends à Riyad, je me plie aux coutumes du pays de mon père. Si je vous permets d'entrer en Arabie Saoudite, je dois me porter garant de votre bonne conduite tant que vous y séjournerez, assurer votre sécurité, et veiller à votre départ lorsque le moment sera venu.

Kristi ouvrit la bouche pour protester, mais renonça presque aussitôt. Sa colère était vaine. C'était à Shane qu'elle devait d'abord songer. Et à l'influence que Shalef bin Youssef Al-Sayed pourrait exercer sur Mehmet Hassan.

— Bon, très bien, concéda-t-elle. La perspective de passer pour votre maîtresse ne me réjouit guère, mais je le supporterai bien le temps qu'il faudra.

Le cheikh ne fit aucun commentaire. Il se leva et se mit en devoir de verser le café.

— Lait, crème ? Ou bien un alcool ?

— Non, du café noir, tout simplement. Merci.

Ils burent leur tasse et, dès qu'elle eut fini, Kristi se leva.

— Pourriez-vous me faire appeler un taxi, Votre Altesse ? J'aimerais rentrer à mon hôtel.

— Shalef, rectifia-t-il d'une voix doucereuse. Etant donné que nous allons devenir... liés, il vaut mieux que vous m'appeliez par mon prénom. On trouverait bizarre que vous vous adressiez à moi avec autant de cérémonie.

Il se leva avec la souplesse d'un félin et annonça :
— Je vais vous reconduire en ville moi-même.

La jeune femme sentit son estomac se contracter.
— Il serait moins compliqué de faire appel à un taxi, objecta-t-elle, dissimulant mal l'angoisse qui s'était emparée d'elle.
— Pour qui ?
— Pour vous, bien sûr. Pourquoi vous infliger une si longue route à une heure aussi tardive ?
— Il y a plusieurs chambres d'amis. Vous pouvez occuper celle que vous voulez.

L'intonation moqueuse de son interlocuteur enflamma Kristi.
— A condition que vous ne la confondiez pas avec la vôtre !
— Il ne me semblait pas avoir dit que je le ferais.
— Ecoutez, ces sous-entendus ne m'amusent pas !

Le cheikh réagit avec son impassibilité coutumière.
— Je vais chercher votre manteau, dit-il seulement.

Un instant plus tard, la jeune femme se retrouvait dans la voiture. Le cheikh alluma l'autoradio, et un air de Mozart s'éleva dans l'habitacle. Kristi en fut soulagée : cela lui évitait en effet d'entretenir la conversation avec son compagnon.

Shalef conduisait vite, beaucoup plus vite que son chauffeur, et la voiture semblait avaler les kilomètres. Dès qu'ils parvinrent devant l'hôtel de Kristi, cette dernière, soulagée, posa la main sur la poignée de la portière.

— Merci, dit-elle. Je suppose que vous me mettrez au courant, pour l'heure et le jour du départ ?

— J'ai été invité à un dîner d'apparat, samedi soir. J'aimerais que vous m'y accompagniez.

— Pourquoi ? s'enquit-elle étourdiment.

— Dans moins d'une semaine, vous ferez connaissance avec la famille de mon père. Il serait préférable que nous semblions avoir une relation *avant* cela.

— Est-ce important ?

— J'estime que oui. Soyez prête à 7 heures.

Irritée, elle répliqua :

— Je n'aime pas qu'on me donne des ordres.

— Etes-vous toujours aussi prompte à la querelle, ma chère ?

— Uniquement avec ceux qui ne me laissent pas libre d'accepter ou de refuser une invitation.

— Vous rejetez donc ma requête ? demanda le cheikh d'une voix qui ne présageait rien de bon.

Kristi sentit un frisson la parcourir.

— Non, dit-elle à voix basse. Je préfère qu'on me demande mon avis au lieu de me donner des ordres, c'est tout.

Elle ouvrit la portière, descendit de voiture, et marcha vers l'entrée de l'hôtel, qu'elle franchit sans se retourner une seule fois. Ce fut uniquement lorsqu'elle fut à l'abri dans sa suite qu'elle laissa échapper une exclamation de colère et de contrariété.

Décidément, le cheikh Shalef bin Youssef Al-Sayed la déstabilisait. Elle n'aimait pas cela. Et elle ne l'aimait pas, lui non plus. Elle n'avait pas la moindre envie de l'accompagner à une soirée ! Malheureusement, elle ne pouvait se payer le luxe de le mettre en colère. Enfin... pas encore !

« Dîner d'apparat » était bien le mot qui convenait, songea Kristi en survolant la table du regard. Vingt-quatre personnes y étaient assises, servies par des domestiques et des valets en uniforme, qui leur présentaient sans discontinuer mets de grande cuisine et vins de choix. Le couvert et le décor étaient luxueux, et les invités portaient des créations de grands couturiers.

Alors que Kristi, incapable d'avaler une bouchée de plus, déclinait l'un des desserts qu'on lui offrait, l'homme qui était assis à sa gauche murmura à son oreille d'un air appréciateur :

— Vous n'avez pourtant pas besoin de surveiller votre silhouette.

Et il pressa sa jambe contre la sienne. Discrètement, mais sans ménagement, la jeune femme lui décocha un coup de talon dans le tibia, déclarant avec un sourire de circonstance qui ne le trompa guère :

— A mon avis, Shalef n'apprécierait guère vos manifestations d'intérêt, cher monsieur.

— Touché, répondit l'homme, s'avouant vaincu.

Kristi lui adressa un nouveau sourire et fit mine de se concentrer sur les propos de son autre voisin, un monsieur d'âge mûr qui, depuis le début du repas, prenait plaisir à évoquer l'époque où il était ambassadeur en Amérique du Sud. Mais quand diable allaient-ils pouvoir se lever et passer dans le salon ? se demandait la jeune photographe. Alors même qu'elle s'impatientait ainsi en silence, Shalef, assis en face d'elle, lui proposa un morceau de fromage, qu'il lui tendit après l'avoir déposé sur un canapé. Elle accepta, notant avec un certain étonnement l'intimité de son manège.

— Excellent, dit-elle.
— Vous en voulez encore ?
— Non, merci.
— Que de politesse !
— Ne vous amusez pas à mes dépens, murmura-t-elle.
— Vous me prêtez de curieuses intentions, ma chère...

Kristi l'examina d'un air circonspect. Comme son voisin, ne voulant pas interrompre leur échange, s'était tourné de l'autre côté, elle dit de façon que seul Shalef l'entendît :

— Si je vous demande de me ramener à mon hôtel, vous allez sans doute me répondre qu'il est trop tôt ?
— Beaucoup trop.
— Dans ce cas, j'essaierai d'entreprendre une brillante conversation avec l'un des invités.
— Vous pourriez essayer de briller à mes yeux.
— Les femmes qui s'évertuent à conquérir votre attention ne vous excèdent donc pas ? répliqua-t-elle du tac au tac.
— Cela dépend..., dit-il d'un ton moqueur. D'elles. Et du degré d'intérêt qu'elles me portent.

Les convives furent alors invités à passer dans le salon et Kristi se leva avec soulagement, heureuse d'échapper à cette conversation qui menaçait de devenir pesante. Mais sa liberté fut de courte durée, car Shalef se porta aussitôt à son côté et la saisit par le coude pour l'escorter vers la pièce voisine, restaurant leur intimité un instant interrompue.

A son contact, la jeune femme ressentit un trouble aigu, sorte de prescience d'une alchimie sensuelle incompréhensible qui ne laissait pas de l'inquiéter. Elle s'efforça aussitôt de refouler ces sensations indésirables.

— Shalef, quel plaisir de te revoir ! chantonna soudain une voix féminine.

Et une brune élancée, à la silhouette de mannequin, passa son bras sous celui du cheikh.

La nouvelle venue était belle, merveilleusement maquillée et vêtue. Kristi la dévisagea non sans une pointe de jalousie ; elle semblait bien connaître Shalef, à en juger par sa familiarité.

— Fayza, dit le cheikh.

Kristi crut sentir de la contrainte, dans son intonation. Ou bien était-elle victime de son imagination ?

— Permettez-moi de vous présenter, poursuivit Shalef. Kristi Dalton. Fayza Al-Khaledi.

La splendide créature sourit à Kristi, mais son regard avait la froideur d'un iceberg. Prétextant le désir d'avaler une tasse de café, la jeune photographe préféra s'éloigner et les laisser seuls. Elle prit tout son temps pour siroter le breuvage, se mêlant aux invités et échangeant quelques propos courtois avec la maîtresse des lieux.

— Vous n'aviez nul besoin de me quitter, observa la voix chaude de Shalef dans son dos.

Il l'avait rejointe. Elle se détourna vers lui et répondit :

— Je ne voyais pas l'intérêt de soutenir la compétition.

Shalef se garda de tout commentaire. Quelques instants plus tard, il proposait à Kristi de la raccompagner à son hôtel ; et elle accepta avec empressement, heureuse de mettre fin à cette soirée, qui lui avait parue interminable.

— Le dîner vous a paru ennuyeux ?

Tandis que la voiture roulait rapidement, Kristi s'adossa plus confortablement au siège de la Bentley, dont le tableau de bord indiquait plus de minuit.

— Pas du tout, assura-t-elle poliment. La nourriture était délicieuse, et la compagnie de choix.

— Vous le pensez vraiment, en dépit des avances qu'il vous a fallu repousser au cours du repas ?

— Ainsi, vous avez remarqué le manège de cet homme ?

— Il a une certaine réputation. J'ai même failli intervenir pour qu'il vous laisse en paix.

— C'est très gentil à vous, mais je n'ai nul besoin d'un protecteur.

— A Londres, vous pouvez vous en remettre à l'amitié et au soutien de sir Alexander. Il en ira tout différemment à Riyad.

La jeune femme se détourna vers son compagnon et scruta son profil altier et dur.

— Est-ce un avertissement, Votre Altesse ?

— Shalef. Je vous suggère tout simplement d'accepter les impératifs politiques et religieux de mise au pays de mon père.

Railleuse, Kristi rétorqua :

— Je n'ai pas l'intention de me poser en virago féministe ou d'encourager les membres de votre famille à la rébellion, Votre Altesse.

— Shalef, rectifia-t-il de nouveau.

Les intonations de sa voix la firent frémir malgré elle, et elle reporta son attention sur le paysage qui défilait au-dehors. Il avait commencé à neiger, et une mince couche blanche recouvrait les branches des arbres et les haies, créant un décor un peu irréel. Lorsqu'ils pénétrèrent en ville, la plupart des maisons n'arboraient plus aucune lumière.

Kristi frissonna, en dépit de la chaleur agréable qui régnait dans la voiture. Dans quelques jours, elle s'envolerait pour l'Arabie Saoudite en compagnie d'un homme qu'elle connaissait à peine, et qui détenait entre ses mains le sort de son frère et le sien. Combien de temps faudrait-il à Shalef pour faire pression sur Mehmet Hassan et obtenir la libération de Shane ? Car Kristi ne voulait pas, n'osait pas songer à un échec...

Lorsque la Bentley s'arrêta devant son hôtel, elle se tourna vers Shalef et demanda :

— Quand dois-je vous retrouver à l'aéroport ?

— Mon chauffeur viendra vous chercher. Je vous avertirai en temps et en heure.

— Merci, dit-elle en descendant de voiture. Bonne nuit.

— Bonne nuit, Kristi.

La voix du cheikh n'était qu'un murmure grave et traînant, envoûtant, dont les intonations moqueuses la poursuivaient encore au moment où elle se mit au lit.

Elle eut beau essayer de chasser l'image de Shalef de son esprit, ce fut peine perdue : il lui fallut un temps infini pour s'endormir, et lorsque enfin elle céda au sommeil, le ténébreux regard gris du cheikh l'accompagna jusque dans ses rêves.

4.

Riyad se dressait au milieu du désert, telle une sculpture moderne de béton, acier et verre, avec ses gratte-ciel, ses autoroutes, ses hôtels, ses hôpitaux et, précisa Shalef à Kristi quand le jet privé atterrit sur la piste, son aéroport, le plus important du monde.

Quelques minutes plus tard, la jeune femme se retrouvait installée au côté du cheikh à l'arrière d'une Mercedes noire où un homme avait déjà pris place, sur le siège face au leur. Comme le véhicule démarrait, Shalef fit les présentations :

— Fouad est le fils de la fille de la première épouse de mon père, décédée d'un cancer il y a cinq ans, expliqua-t-il. Il dirige l'une de nos entreprises familiales.

Kristi salua courtoisement Fouad, d'une sobre inclinaison de tête.

— Combien de filles y a-t-il ? s'enquit-elle.

— Quatre. Deux issues du premier mariage de mon père, qui sont plus âgées que moi ; et deux autres plus jeunes, filles de sa troisième épouse.

— Les joies de la famille, commenta Kristi d'un

ton léger. J'imagine que les cousins et les oncles ne manquent pas ?

— En effet.

Là-dessus, Shalef s'engagea dans une conversation en arabe avec Fouad, et la jeune femme reporta son attention sur le paysage, qu'elle distinguait à travers les vitres fumées de la Mercedes. Elle se trouvait sur un territoire où le muezzin appelait les fidèles à la prière cinq fois par jour, où les hommes étaient révérés et les femmes soumises ; c'était une culture qui l'intriguait. Les femmes aspiraient-elles en silence à la liberté de parole et d'action, ici ? Rêvaient-elles de se libérer du port de l'*abaya* et du voile et d'adopter les vêtements occidentaux ? Et si c'était le cas, accepteraient-elles d'en parler à une étrangère, présentée, de surcroît, comme l'actuelle compagne du cheikh Shalef bin Youssef Al-Sayed ?

Lorsque la Mercedes ralentit pour franchir d'imposantes grilles et pénétrer dans une cour close après un contrôle de sécurité, Kristi sentit une certaine nervosité la gagner.

Elle découvrait à présent une architecture curieuse : murs épais et solides passés à la chaux blanche, fenêtres étonnamment étroites sous un climat aussi caniculaire, et lourdes portes de bois sculpté surmontées de moucharabiehs. Un vantail s'ouvrit, et un couple s'avança pour accueillir les nouveaux arrivants.

— Amani et Abdullah dirigent le personnel de maison, expliqua Shalef à Kristi lorsque les présentations furent faites.

A l'intérieur, les domestiques s'étaient réunis en rangs serrés pour saluer leur cheikh, et Shalef leur présenta la jeune femme comme une amie anglaise très proche. Kristi admira le grand hall, avec ses marbres de Carrare, ses tapis et tapisseries, ses œuvres d'art.

— J'ai préparé la suite ouest pour mademoiselle Dalton, comme vous l'avez demandé, déclara Amani. Des rafraîchissements seront servis dans le salon.

Ayant demandé à la gouvernante de procéder au service dans une demi-heure, Shalef la laissa mener Kristi à sa chambre sans autre forme de cérémonie. « Me voilà renvoyée dans mes quartiers ! » songea la jeune femme, qui ne s'était d'ailleurs pas attendue à autre chose.

Après l'avoir guidée à travers des salles et des couloirs magnifiquement ornés et meublés, où régnaient le bois et le marbre, le velours et la soie, Amani introduisit Kristi dans une suite somptueuse, composée d'un salon, d'une chambre et d'une salle de bains décorés dans des tons émeraude, blanc et or.

Kristi se changea et se prépara en quelques minutes. Soucieuse de ne choquer personne, elle enfila un pantalon et une tunique vert d'eau, élégants mais légèrement amples ; elle se maquilla peu et se parfuma avec discrétion.

Les membres de la famille allaient-ils se joindre à Shalef et elle pour les rafraîchissements ? Elle était curieuse de rencontrer la troisième épouse du cheikh défunt, cette femme qui avait accepté de ne venir qu'en second rang après une épouse déjà installée. Y avait-il de la rivalité, entre elles deux ? Et que penser, aussi, de la mère de Shalef, Anglaise exilée au milieu du désert ? Sans doute s'était-elle laissé conquérir par le charme du prince et avait-elle cru à son beau rêve... avant de reprendre contact avec une réalité bien plus rude !

Une domestique guida Kristi à travers le dédale des couloirs du palais jusqu'au salon où la collation serait servie. Une fois introduite dans la pièce, la jeune Australienne ne vit d'abord que la haute silhouette masculine qui s'y trouvait, vêtue à l'orientale et coiffée d'un keffieh. Ainsi paré, Shalef dégageait une sensation de pouvoir plus forte encore que lorsqu'il portait les vêtements occidentaux qu'elle lui avait toujours vus jusqu'alors.

— Kristi, je te présente Nashwa, dit-il.

L'interpellée eut un curieux frisson en s'entendant tutoyer ainsi. Mais elle se ressaisit rapidement et se tourna vers une femme mince et séduisante, vêtue de la tunique royale traditionnelle, de couleur bleue, et dont les cheveux sombres étaient presque entièrement masqués par le foulard bleu brodé d'or qui lui ceignait le front. Kristi la salua à l'orientale, en portant la paume de sa main droite à son cœur. Ce geste lui valut un sourire plein de chaleur.

— Je suis enchantée de vous connaître, mademoiselle Dalton. Puis-je vous appeler Kristi ?

— Mais oui, je vous en prie.

Le sourire de Nashwa s'accentua, et elle offrit un siège à Kristi, qui accepta une tasse de café. Shalef s'installa sur un siège proche du sien.

— J'ai cru comprendre que vous étiez photographe. C'est une profession intéressante, j'imagine.

— Mon père a fondé un studio que nous dirigeons encore, mon frère Shane et moi. Shane est photographe en free lance pour des agences de presse. Il aime s'aventurer dans les contrées reculées en quête de reportages inhabituels.

— Tu as emporté ton appareil ? demanda Shalef en la regardant bien en face.

Ne cherchant pas à biaiser, elle avoua franchement :

— Il fait toujours partie de mes bagages, où que j'aille.

— Je te suggère de t'en servir avec circonspection et de demander l'autorisation avant de le faire.

— Y compris dans le palais ?

— Je préférerais que tu ne photographies pas l'intérieur. Mais je ne vois aucune objection à ce que tu prennes des clichés de l'extérieur et des jardins.

Mesure de sécurité ? se demanda Kristi. Quoi qu'il en fût, elle n'avait nullement l'intention de contrarier les désirs de Shalef.

— Vous avez deux filles, je crois ? J'ai hâte de faire leur connaissance, dit-elle en se tournant de nouveau vers Nashwa.

— Aisha et Hanan. Aisha a vingt et un ans ; elle est étudiante, mais est en vacances, en ce moment. Nous ne tarderons d'ailleurs pas à rejoindre la Suisse pour la reprise des cours. Quant à Hanan, elle a dix-neuf ans et est moins portée sur les études que sa sœur... Vous les verrez ce soir au dîner.

Nashwa se révéla excellente hôtesse et, après avoir siroté le café, fort mais excellent, Kristi se surprit à accepter de faire un tour des jardins en sa compagnie tandis que Shalef se retirait dans son bureau pour traiter quelques affaires.

Le palais était très vaste, les salles splendides,

spacieuses et aérées, et toutes équipées de l'air conditionné. Il y avait une piscine olympique, des bains turcs, et des allées joliment pavées menant à un jardin exotique. La grand cour intérieure, entourée d'une véranda à colonnes, abritait un autre jardin. Nashwa indiqua à Kristi les trois ailes qui se rattachaient au corps de bâtiment principal : l'une lui était réservée, ainsi qu'à ses filles ; la seconde accueillait Shalef quand il venait à Riyad ; la dernière était pour les parents et visiteurs. Le personnel était logé séparément.

La jeune femme ne visita que le rez-de-chaussée et l'aile des invités ; Nashwa se garda de lui montrer le reste du palais. Par sécurité et souci d'intimité, sans doute...

Ensuite, elle proposa à Kristi de prendre un peu de repos, et celle-ci regagna sa suite. Elle était heureuse de pouvoir jouir d'une heure ou deux de solitude avant le souper, qui aurait lieu, lui avait-on dit, à 20 heures.

Elle rédigea des cartes postales destinées à Annie, sir Alexander et Georgina, puis prit un peu de repos. Sans doute somnola-t-elle sans s'en rendre compte, car lorsqu'on se présenta à sa porte pour la guider jusqu'à la salle à manger, elle dut se préparer en hâte, se douchant rapidement pour passer ensuite un pantalon de soie noire et un haut assorti, se maquillant à peine.

Un coup de brosse sur ses cheveux et elle fut fin prête. La domestique, qui avait patiemment attendu dans le couloir, la mena dans un salon adjacent à une salle à manger.

Shalef s'y trouvait déjà, impressionnant dans sa

tunique royale bleue brodée d'argent. Quand il s'avança vers elle pour la saluer, elle sentit son cœur battre plus vite.

— J'espère que je ne vous ai pas trop fait attendre...

— Pas du tout, assura-t-il avec une indulgence inattendue.

Et il porta la main de Kristi à ses lèvres tout en lui adressant un regard intense. Elle ne fut pas dupe de la comédie qu'il jouait, destinée à suggérer aux témoins de la scène une relation entre eux, afin de justifier sa venue au palais. Pourtant, elle eut le sentiment qu'il entendait tirer quelque malin plaisir de la situation, et elle regretta qu'ils ne fussent pas seuls — elle n'aurait pas, alors, hésité à le remettre à sa place !

Tout en lui décochant un grand sourire, elle lui adressa un avertissement du regard : « Ne jouez pas à ce jeu-là avec moi. » Elle le vit hausser un sourcil dans une mimique railleuse, et ce fut à grand-peine qu'elle maîtrisa un élan de colère.

Avec une décontraction impériale, Shalef la conduisit ensuite vers le centre de la pièce pour lui présenter Aisha et Hanan. Les deux jeunes filles étaient belles, avec de grands yeux bruns. L'une arborait une tunique de soie verte brodée d'or, l'autre un vêtement bleu doux. Leur mère était quant à elle parée de vert émeraude. Non sans amusement, Kristi songea qu'elle offrait elle-même un sacré contraste, avec son ensemble de soie noire.

Elle échangea quelques paroles avec Aisha et Hanan, puis on passa à table. Le repas, composé d'agneau rôti accompagné de riz et haricots, suivi par divers desserts et fruits frais, était excellent. Des serviteurs philippins, discrets et attentifs, veillaient au service.

Au moment du café, Shalef proposa à la jeune femme de lui montrer les jardins illuminés. Elle s'efforça de paraître enchantée par la proposition, mais elle était consciente du but réel de la promenade : il souhaitait poursuivre la mascarade et suggérer à Nashwa et à ses filles un désir d'intimité au clair de lune. Qu'il ne s'avise pas de se montrer entreprenant ! songea Kristi en envisageant un instant de décliner l'invitation. Mais elle surprit une lueur autoritaire dans le regard gris et comprit que Shalef devinait sa pensée. Alors, lorsqu'ils eurent fini leur boisson, elle se laissa guider à l'extérieur sans protester.

Elle fit mine de hâter le pas pour s'écarter de Shalef, mais il la rejoignit en deux enjambées, la prenant fermement par la main.

— Mais qu'est-ce qui vous prend ? lui souffla-t-elle à voix basse, d'un ton de colère.

Imperturbable, il répondit :

— Si nous nous comportons l'un envers l'autre en étrangers guindés, on s'interrogera sur notre relation.

— Je vous rappelle que nous n'en avons aucune !

— Oh, mais si, nous en avons une, étant donné le but de notre séjour ici.

Kristi se tourna vers lui et le scruta dans la lueur du jour déclinant. Mais son expression ne trahissait rien. Sans élever la voix, elle déclara :

— Je ne suis impressionnée ni par votre richesse ni par ce que vous êtes en tant qu'homme, Shalef.

La première partie de la proposition était vraie ; la seconde, un mensonge éhonté.

— Vraiment ? ironisa le cheikh.

— Si je n'avais pas besoin de votre aide, je partirais sur-le-champ et vous oublierais avec plaisir.

— Seulement voilà, vous avez besoin de moi, rétorqua-t-il d'une voix doucereuse. Alors, nous allons nous promener dans les jardins, les admirer, et faire semblant d'être captivés l'un par l'autre. D'accord ?

— Dans ce cas, vous pourriez peut-être suggérer un sujet de conversation possible ?

— Qui ne tourne pas en dispute, c'est ce que vous voulez dire ?

— Vous pourriez par exemple me raconter vos réactions, lorsque votre père vous a amené ici pour la première fois.

— Afin de combler les blancs des journaux à sensation ?

— Vous préférez garder cela pour vous ? Parfait. Dans ce cas, parlez-moi de Riyad, alors. De l'islam.

— La religion et la politique forment un ensemble détonant, dit Shalef.

— Ce sont des aspects importants de la vie. Surtout sur la terre du prophète Mohammed.

— Et si je vous révélais ma façon de voir, quelle garantie aurais-je de ne pas la retrouver imprimée dans les médias en échange d'une bonne somme d'argent ?

Kristi l'observa avec attention, songeant à la prudence qu'il se sentait contraint de manifester avec tous ses interlocuteurs. Un homme tel que lui devait avoir de très nombreuses relations privées ou d'affaires, mais bien peu d'amis en compagnie desquels se détendre et se laisser vraiment aller...

En contemplant les jardins ombreux ornés de fontaines jaillissantes, spectaculairement illuminés au crépuscule, elle pensa qu'ils formaient avec le palais une sorte de sanctuaire où Shalef aimait sans doute à se réfugier. Elle-même n'était pas insensible à leur splendeur, et surtout, à l'atmosphère mystérieuse, typiquement orientale, des lieux.

— C'est la terre de mon père, énonça lentement Shalef. Ici, la nature a le pouvoir de déplacer des tonnes de sable, sans autre raison apparente que de redonner forme à un terrain mouvant. L'homme a sondé ses profondeurs, et il en a retiré des richesses incalculables.

— Pourtant, vous avez choisi de vivre ailleurs, souligna Kristi.

Il eut un faible sourire.

— J'ai de nombreuses maisons dans plusieurs capitales du monde, où je réside tour à tour et jamais bien longtemps.

— Quand comptez-vous vous rendre à la chasse ? demanda soudain Kristi.

Se détournant pour la regarder, son compagnon répondit :

— Dans quelques jours, lorsque mes premiers invités seront arrivés. D'ici là, je veillerai à vous faire visiter Riyad. Fouad prendra ma relève pendant mon absence.

Pendant un bref instant, ses traits se durcirent.

— J'insiste sur le fait qu'en tant que femme, vous ne pouvez vous aventurer hors du palais sans être escortée par Fouad ou par moi-même. Ici, les femmes n'ont pas le droit de circuler seules, et les transports publics notamment leur sont interdits. Enfreindre la loi serait s'exposer à une arrestation. Nashwa vous prêtera un *abaya* chaque fois que vous sortirez du palais.

Kristi ne protesta pas. En dépit de son opinion personnelle sur de tels diktats, elle savait qu'elle ne gagnerait rien à violer les lois religieuses de ce pays.

— Notre promenade a duré assez longtemps, vous ne croyez pas ?

— Qu'y a-t-il ? Vous êtes lasse de ma compagnie ?

Que pouvait-elle répondre ? Qu'il la troublait et la déstabilisait plus qu'aucun homme qu'elle eût jamais rencontré ? Qu'elle se sentait en danger, en sa présence, et préférait se protéger de ses propres réactions ?

— Je crois que ce jeu vous plaît, risqua-t-elle en le regardant bien en face.

— Il a ses avantages, admit-il.

— Lesquels ?

— Ceci.

Avant qu'elle ait pu réagir, il l'avait saisie et l'embrassait. Son baiser hardi, profond, infiniment sensuel mit aussitôt les sens de la jeune femme en déroute, et elle eut le plus grand mal à ne pas répondre à sa caresse. Quand il la laissa aller, elle demeura un instant troublée et désorientée. Puis la colère reprit le dessus.

— Ce n'était nullement nécessaire ! s'exclama-t-elle.

— Mais bien agréable, non ?

Elle eut bonne envie de le gifler.
— Vous êtes méprisable, laissa-t-elle tomber d'un ton glacial.
— Allons, venez, lui dit-il sans se laisser démonter. Nous allons explorer plus avant les jardins. Cela vous donnera le temps de vous calmer avant de rentrer au palais.
— Ne comptez pas trop là-dessus !

Pendant les jours qui suivirent, Shalef joua son rôle d'hôte à la perfection et, en sa compagnie ainsi que celle de Nashwa, dans la Mercedes conduite par un chauffeur philippin, Kristi put découvrir Riyad sous ses divers aspects. Elle visita le Muséum, la forteresse Maslak et le palais Murrabba, le centre d'études islamiques du roi Faysal, les restes du souk Al-Bathaa...

Hélas, Shalef était une source de trouble constant, pour la jeune femme. Bien qu'il se comportât en parfait gentleman, elle était consciente des regards un peu trop prolongés qu'il posait sur elle, du léger contact de sa main sur son épaule lorsqu'il tenait à lui signaler quelque chose de particulièrement intéressant, de la façon dont il la retenait par le bras lorsqu'elle manquait trébucher sur les longs pans de son *abaya*.

Fréquemment, elle se surprenait à poser les yeux sur les lèvres sensuelles de son compagnon... et à se remémorer ce qu'elle avait ressenti lorsqu'il l'avait embrassée, dans les jardins du palais.

Lorsqu'il lui proposa un dîner en tête à tête en ville, un soir, elle ne sut trop si elle devait s'en réjouir ou s'en affoler ; hélas pour elle, en présence de Nashwa et de Fouad, elle ne pouvait guère se permettre de refuser...

Sous son *abaya*, Kristi portait un pantalon de soie et un caraco, et s'était très discrètement maquillée. Le maître d'hôtel du restaurant Al-Khozama accueillit Shalef avec révérence, et les mena à une table à l'écart, probablement réservée aux hôtes de marque.

La jeune femme fit son choix dans le menu en fonction des conseils de son compagnon, puis demanda :

— Quand partez-vous pour la chasse au faucon ?
— Demain.

« Enfin ! » pensa-t-elle avec un élan de soulagement. De nombreuses questions se bousculaient dans son esprit, mais elle refréna son désir de les formuler à voix haute, se contentant de se demander en silence quand Mehmet Hassan arriverait au rendez-vous de chasse et quand Shalef pourrait raisonnablement entamer avec lui les négociations pour la libération de Shane.

— Combien de temps serez-vous parti ?
— Une semaine.
— Je ne puis que vous souhaiter un séjour agréable et fructueux auprès de vos invités.
— Tandis que vous vous réjouirez d'être débarrassée de ma présence, railla-t-il.
— Certes. Ce sera un soulagement que de ne plus avoir à faire semblant d'être éprise de vous.

Le serveur apporta alors l'assortiment de hors-d'œuvre, très savoureux, puis le plat principal, disposé avec grand art.

Au moment où Kristi s'attaquait à l'agneau rôti, de nouveau, un serveur se rapprocha de leur table. Il s'adressa à Shalef en arabe avec déférence, écouta sa réponse, puis s'éclipsa sur un bref signe de tête.

— Fayza est de passage dans sa famille à Riyad, expliqua Shalef. Elle dîne ici en compagnie de ses frères et nous propose de nous joindre à eux pour le café. Cela ne vous ennuie pas ?

— Pourquoi cela m'ennuierait-il ? répondit vivement Kristi, avec un sourire un peu trop épanoui.

De sa voix nonchalante, Shalef laissa tomber :

— N'en faites pas trop.

— Oh, voyons, Shalef, ironisa-t-elle, qu'allez-vous chercher ?

— Je vous crois tout à fait capable de pousser assez loin la comédie, répliqua-t-il avec humour.

— Nous pourrions considérer cela comme une juste mesure de rétorsion à la suite de votre baiser du jardin — parfaitement injustifié.

— Vraiment ?

— Achevez donc votre plat. Nous ne voudrions pas faire attendre la ravissante Fayza, n'est-ce pas ? Dites-moi, est-elle l'une des innombrables femmes de votre vie, ou tient-elle une place à part dans votre cœur ?

— Je la connais depuis de très nombreuses années.

— Ah, je vois. « Bons amis depuis toujours. » Est-elle au courant de la nature précise de vos relations, au moins ? fit Kristi, qui enchaîna aussitôt :

Non, inutile de répondre. Elle vous désire, et pour elle, votre richesse est la cerise sur le gâteau. A moins que ce ne soit l'inverse ? Et moi ? Comment dois-je me comporter vis-à-vis d'elle ? Dois-je jouer à la maîtresse jalouse, ou bien à la mondaine blasée sûre de vous mener par le bout du nez ?

— Un beau jour, un homme vous mettra sous sa coupe, ma chère Kristi, répliqua calmement Shalef en reposant ses couverts.

— Soyez tranquille, ce ne sera pas vous. Eh bien, nous allons sur le champ de bataille ?

Une heure plus tard, Kristi s'avouait en son for intérieur que Fayza était habile. Avec un style bien à elle, elle parvenait à paraître bien éduquée et chaste, tout en sachant suggérer une passion intérieure, un feu couvant sous la cendre. Shalef était-il dupe du manège ? Probablement pas...

De toute évidence, Fayza n'était pas certaine de la véritable nature des liens qui rattachaient Kristi au cheikh — aussi, chaque fois qu'elle lui en donna l'occasion dans la conversation, la jeune Australienne prit-elle un malin plaisir à entretenir le doute et le mystère. Mais, pour finir, Shalef prit congé de leurs hôtes, et quand il saisit la main de Kristi au moment de partir, ce geste n'échappa pas à Fayza.

— Je suppose que vous allez pratiquer la chasse au faucon ? dit cette dernière, cherchant peut-être à le retenir encore.

— C'est un plaisir auquel je m'adonne chaque fois que je viens ici, répondit-il poliment.

Kristi enchaîna alors :

— Tu pourrais peut-être m'emmener au rendez-vous de chasse, chéri ? Ça doit être fascinant, d'admirer ton habileté à dompter le faucon.

La main de Shalef se resserra sur la sienne et elle ne put guère se libérer, lorsque Fayza et son frère les escortèrent jusqu'au seuil. Dès que Kristi et son compagnon furent dans la Mercedes, en route pour le palais, Shalef laissa tomber :

— Vous vous êtes surpassée, ce soir.
— Je n'étais pas seule à jouer la comédie.
— C'est juste, admit-il.

Une fois dans l'enceinte du palais, Kristi remercia poliment son hôte pour la soirée.

— Vous reverrai-je avant votre départ, demain ? s'enquit-elle.
— Le pilote de l'hélicoptère a reçu ordre de décoller à 7 heures.
— Dans ce cas, je vous souhaite bon voyage, et vous remercie d'avance de me tenir au courant des développements de votre séjour.

Alors qu'elle se détournait pour se séparer de Shalef, tout à coup, celui-ci la retint rudement par l'épaule et la fit pivoter face à lui.

— Ecoutez, dit-il d'un ton d'avertissement qui faisait froid dans le dos, ne vous avisez surtout pas de trouver un moyen pour aller au rendez-vous de chasse. C'est compris ?
— Pourquoi tenterais-je cela ?
— J'ai des raisons de me méfier de vous. Vous avez risqué pas mal de choses, dans votre carrière..., observa Shalef, tandis que ses mains remontaient vers le cou de la jeune femme et enserraient son visage. Le rendez-vous de chasse et l'identité de mes hôtes sont mon affaire personnelle. Compris ?
— Oui, assura Kristi.

Elle comprenait, en effet. Mais elle n'en renonçait

pas pour autant au plan qu'elle avait soigneusement ourdi depuis plusieurs jours...

Depuis son arrivée au palais, elle avait observé discrètement les allées et venues des serviteurs et leurs horaires, découvert où l'on dissimulait les clés des véhicules du garage, et comment déconnecter le système d'alarme du mur d'enceinte. Elle détenait même une carte de la région et, pendant les jours à venir, elle encouragerait Fouad à lui faire découvrir l'art de la fauconnerie, et ainsi trouverait bien un moyen de lui faire préciser la localisation exacte du rendez-vous de chasse.

Alors qu'elle se faisait ces réflexions, Shalef l'attira tout à coup à lui et l'embrassa, avec une sorte de violence presque primitive. Lorsqu'il la relâcha, elle porta une main à ses lèvres meurtries.

— Je crois bien que je vous déteste, murmura-t-elle.

Il se contenta de la regarder, posant sur elle son indéchiffrable regard d'obsidienne, et ne lui offrit pas d'excuses. Elle fit alors volte-face et gagna sa chambre, où elle s'apprêta pour la nuit. Puis elle se glissa entre les draps et, tandis qu'elle gisait allongée dans le noir, elle passa en revue toutes les informations qu'elle avait patiemment glanées pour son projet.

5.

Kristi enfila en hâte un pantalon de coton bleu et une chemise assortie, ramassa sa chevelure au sommet de sa tête et la fixa à l'aide d'épingles. Puis elle la dissimula sous une casquette, après quoi elle mit des chaussures de marche.

Elle scruta attentivement dans le miroir son visage net de tout maquillage et sa silhouette. Oui, ainsi vêtue, elle pouvait aisément passer pour un jeune homme très mince.

Elle se saisit alors du sac à dos où elle avait glissé quelques vêtements de rechange et objets de première nécessité, et se faufila subrepticement dans les couloirs déserts. Le calme régnait dans le palais. Dans une heure, Amani et Abdullah commenceraient leur journée, organisant les tâches du personnel, mais pour l'instant, rien ne bougeait.

La jeune femme se sentait un peu coupable d'avoir dû subtiliser la commande électronique et les clés d'un 4x4 sur le bureau d'Abdullah. Cela lui donnait l'impression d'être une voleuse... Mais ne disait-on pas que la fin justifiait les moyens ? Elle décida donc de ne pas s'attarder sur ses propres états d'âme. Elle se faufila jusqu'au rez-de-chaussée, gagna une porte dérobée à l'arrière, neutralisa le signal d'alarme et se faufila au-dehors, vers le garage. Grâce à la télécommande, elle put ouvrir les portes, qui glissèrent silencieusement sur leurs gonds. Un instant plus tard, elle était au volant du 4x4 qu'elle avait résolu d'emprunter.

Il lui était déjà arrivé, par le passé, de piloter une jeep ou des voitures tout-terrain. Mais ce véhicule-ci était une sorte de monstre, comparé à eux. Cela dit, il était ultramoderne et contenait tout ce qui était nécessaire à une expédition, y compris des réserves d'essence et d'eau, un téléphone et une radio C.B.

Kristi tourna la clé de contact et, toujours grâce à la télécommande, put franchir sans encombre les portes du palais. Un instant plus tard, elle roulait vers sa destination.

Les rues de Riyad étaient désertes, à cette heure, et elle put traverser la ville sans incident. Quand il ferait jour, elle serait déjà hors d'atteinte de ses poursuivants éventuels, engagée sur la longue route serpentant à travers le désert.

Elle estimait avoir deux heures devant elle, peut-être trois, avant qu'on découvre son absence, au palais. La seule inconnue, c'était la réaction de Nashwa lorsqu'elle prendrait connaissance du billet qu'elle avait laissé à son intention. Elle consulterait sûrement Abdullah et Fouad. Peut-être n'agirait-elle pas avec suffisamment de promptitude pour avertir Shalef à temps...

Kristi préférait ne pas songer à ce que serait la colère du cheikh. A vrai dire, à l'idée de l'affronter, elle tremblait d'avance... Elle continua néanmoins hardiment de rouler, et se retrouva bientôt sur la route poudreuse du désert.

Lorsque les premières lueurs du jour commencèrent à poindre, poudrant le ciel de bleu et les dunes de rose, Kristi fut impressionnée par la solitude et l'immensité du désert, par son âpre beauté. La pensée lui vint d'une tempête de sable, effaçant route et paysage, la livrant à la disparition... Elle refoula ces visions inquiétantes, poursuivant sa route sous un soleil de plus en plus ardent. Elle se désaltéra et se restaura sans cesser de rouler, désireuse de ne pas perdre un seul instant.

Bientôt, des brumes de chaleur dansèrent devant elle, sur la route, et en dépit des lunettes de soleil qu'elle avait chaussées, elle commença à se ressentir des effets de la forte luminosité et de la canicule. Une migraine persistante la faisait souffrir...

Ce fut presque avec soulagement qu'elle aperçut un véhicule dans son rétroviseur. Il la rattrapa, et elle vit que deux hommes étaient assis à l'avant. Le passager lui adressa un regard aigu avant de se tourner vers le conducteur. Puis, au lieu de la dépasser, le véhicule se maintint à sa hauteur tandis que l'homme gesticulait, lui faisant signe de s'arrêter.

Elle ignora ces directives absurdes et alla de l'avant; mais l'autre voiture ne tarda pas à la rattraper et elle comprit, à la manœuvre qu'esquissaient ses poursuivants, qu'ils avaient bel et bien l'intention de lui barrer la route. Ils heurtèrent rudement son 4x4; elle perçut avec effroi le bruit métallique des pare-chocs entrant en contact.

Aussitôt, elle prit la radio C.B. et déclina à mots rapides son identité, sa position, la nature de son problème. Alors même qu'elle parlait, ses agresseurs la heurtèrent de nouveau. Elle se cramponna au volant, parvint à les dépasser, mais vit dans le rétroviseur qu'ils étaient loin de lâcher prise. Cependant, comme elle était une conductrice aguerrie, elle espéra pouvoir les distancer.

Le véhicule la rejoignit en un rien de temps, et elle vit alors que le passager s'était armé d'un fusil, qu'il braquait dans sa direction avec des mouvements expressifs. Il était vain de discuter avec des gens armés ; aussi commença-t-elle à freiner.

Un coup retentit, suivi presque aussitôt du bruit révélateur de l'éclatement d'un pneu, et elle tenta de son mieux de garder la maîtrise de son 4x4, qui dérapait et tanguait dangereusement. Elle réussit à s'arrêter ; aussitôt, elle verrouilla les portières, saisit le téléphone de voiture et pressa un bouton.

Quand une voix masculine répondit au bout du fil, elle lui livra un bref message d'appel au secours, en espérant de toutes ses forces que l'homme comprenait l'anglais. Elle répéta son message en français, en désespoir de cause, puis reposa le récepteur.

Ce fut avec une appréhension grandissante qu'elle observa le manège de ses deux agresseurs, tandis que l'un venait se placer côté passager et que l'autre s'efforçait d'ouvrir la portière la plus proche d'elle, avec des gestes furieux. Ils lui hurlèrent des ordres en arabe, lui montrèrent le poing lorsqu'elle refusa d'obtempérer.

Celui qui était armé vint se planter devant la portière du côté passager, visa avec soin et fit exploser la serrure.

Les deux hommes lui enjoignirent ensuite de sortir. D'ailleurs, l'un d'eux l'avait déjà saisie et l'extirpait brutalement du 4x4, la faisant rudement rouler au sol. Puis ils la saisirent par les épaules, la remirent debout, et elle demeura immobile face à eux, les toisant avec une intense colère.

L'un des hommes lui ôta sa casquette, parut stupéfait, et entama aussitôt un dialogue véhément avec son acolyte.

— Cheikh Shalef bin Youssef Al-Sayed, dit-elle en désignant le 4x4 puis en plaçant une main sur son cœur. Shalef bin Youssef Al-Sayed.

Les hommes entamèrent de nouveau de longues palabres, puis la soumirent à une sorte d'examen qu'elle subit sans faiblir. Le téléphone du 4x4 retentit alors et, après un moment de flottement, ils l'autorisèrent d'un signe à décrocher. Elle se hissa tant bien que mal sur le siège avant, décrocha.

— Kristi? C'est Fouad. Shalef est en route. Est-ce que ça va?

— Oui. Mais je ne peux pas en dire autant du 4x4.

— Et les deux hommes?

Comme elle se tournait dans leur direction, elle vit que, sans demander leur reste, ils étaient remontés en voiture et s'enfuyaient.

— Ils... ils viennent juste de partir, annonça-t-elle dans le récepteur.

— Vous avez noté le numéro minéralogique du véhicule?

— J'avais autre chose à penser, répondit la jeune femme, pince-sans-rire.

Elle perçut une sorte de grondement et scruta le ciel. Un hélicoptère.

— La cavalerie arrive, dit-elle.

— La radio et le téléphone sont directement reliés au palais. Dès que vous nous avez contacté, j'ai averti Shalef.

— Je suppose que l'enfer est sur le point de se déchaîner.

— Pour moi, c'est déjà fait.

— Vous n'êtes fautif en rien.

— En l'absence de Shalef, c'est moi le responsable.

Le bruit des rotors couvrit presque ce dernier mot et Kristi dut raccrocher, toute conversation devenant impossible. L'hélicoptère s'était posé à peu de distance et, avec une sorte de fascination impuissante, la jeune femme regarda s'ouvrir la porte. Shalef sauta au sol, marcha vers le 4x4. En *throbe* noire et *gutra* à damier rouge et blanc, il avait quelque chose de formidable. Une fureur mal contenue émanait de sa silhouette et de ses traits tendus. Kristi abaissa sa vitre, attendit qu'il parle.

— Vous n'êtes pas blessée ?

Elle faillit presque éclater de rire. Réaction hystérique due à la tension nerveuse, pensa-t-elle en se dominant. Et elle parvint à dire d'un ton léger :

— Je suis saine et sauve, comme vous le voyez.

— Alors, je vous suggère de descendre de ce véhicule. Il ne peut plus aller nulle part.

Kristi s'exécuta. Se retrouva face à lui. Il était trop près... trop intimidant.

— Je suis désolée, commença-t-elle en désignant le 4x4 endommagé.

— Silence ! fit Shalef.

Sans nécessité aucune, elle laissa échapper :

— Vous êtes en colère.
— Vous vous attendiez à des félicitations ? Je vous avais ordonné de rester au palais, tonna-t-il, la faisant frémir. Vous me rendrez compte de ceci. Et Fouad aussi.
— Fouad n'a rien à v...
— Je vous ai déjà dit de vous taire !

Elle voulut protester, préféra n'en rien faire. Il prit le sac à dos qu'elle avait laissé dans le véhicule, et elle le suivit jusqu'à l'hélicoptère, protestant lorsqu'il la souleva par la taille pour la hisser dans l'habitacle.

Il lui fallut s'asseoir à l'arrière, tandis qu'il s'installait devant elle. Le pilote décolla, prenant la direction du nord-ouest. Le grondement des rotors interdisait toute conversation. La jeune femme se concentra donc sur le paysage en contrebas. Trois véhicules en bloquaient un quatrième : celui de ses assaillants. Des hommes armés de fusils les entouraient. Des membres de la police ? Ou les gardes personnels de Shalef ?

Celui-ci échangea quelques mots avec le pilote, qui s'éloigna aussitôt du théâtre des événements. Kristi se demandait où ils allaient — retournaient-ils vers le palais ? — mais n'osa pas poser la question.

Soudain, un corps de bâtiment apparut et l'appareil descendit vers l'héliport situé au cœur de la construction. Elle devina qu'il s'agissait du fameux rendez-vous de chasse. L'hélicoptère se posa, Shalef sauta à terre. Puis il se tourna vers Kristi, pour l'aider à descendre. Un instant, leurs regards se croisèrent, et elle frémit en voyant la dureté de ses prunelles.

Puis il la déposa au sol et, en la tenant par un bras, la mena à travers une étendue herbeuse, vers le corps du bâtiment. Une fois à l'intérieur, il lui fit traverser un couloir et l'entraîna dans une pièce, tout au bout de celui-ci.

— Et maintenant, dit-il d'une voix qui ne promettait rien de bon, dites-moi absolument tout ce qui s'est passé. Je ne parle pas de la façon dont vous vous êtes enfuie du palais ; mais de ce qui s'est produit dès l'instant où vous avez été prise en chasse par ces deux tueurs.

— Que va-t-il leur arriver ?

— Ils finiront probablement en prison.

Kristi eut un frisson de peur rétrospective, en songeant à la façon dont les choses auraient pu se terminer pour elle, si elle n'avait pas bénéficié de la protection de Shalef.

Il l'observa, et elle sentit son pouls s'accélérer, sous l'effet d'une émotion difficilement contrôlable.

— Je suis désolée, dit-elle d'une toute petite voix.

— Je ne sais pas ce qui me retient de vous faire regretter d'être née, souffla-t-il, d'un ton de menace sourde.

Elle s'efforça de soutenir son regard, en dépit de son appréhension.

— Me punir pour assouvir votre colère ne vous mènera à rien.

— C'est à moi d'en juger... Eh bien, j'attends, Kristi. Votre récit. Exhaustif.

Avec un détachement délibéré, la jeune femme lui conta ce qui s'était produit dès l'instant où elle avait aperçu le véhicule des deux hommes. Shalef l'écouta avec attention, sans cesser de la dévisager. Quand elle eut terminé, il se détourna et gagna la fenêtre.

Le moment était sans doute mal choisi, mais Kristi fut poussée par un irrésistible besoin de savoir.

— Mehmet Hassan est-il ici ? s'enquit-elle.
— Non.
— Alors, il n'est pas venu, murmura-t-elle d'une voix atone.

Son voyage à Riyad n'aurait donc servi à rien !
— Il s'est envolé hier.
— Il était là, alors ! reprit-elle, envahie par un soulagement intense. Lui avez-vous parlé de Shane ?

Shalef pivota vers elle.
— Il n'y a aucune garantie, déclara-t-il d'un ton d'avertissement. Aucune, vous comprenez ?

En dépit de cela, elle éprouva une jubilation irrépressible. Presque malgré elle, un large sourire s'épanouit sur son visage.

— C'est la meilleure chance que Shane puisse avoir, dit-elle.

Et, sans même réfléchir, elle se rapprocha de Shalef et déposa un baiser sur sa joue.
— Merci.

Quelque chose de particulier passa dans le regard de Shalef ; puis, d'un geste rapide, il glissa une main derrière la nuque de la jeune femme, tandis que son autre main venait lui caresser les reins. Il l'embrassa alors, avec une passion contenue qui lui laissa entrevoir les débordements auxquels il aurait pu se livrer et la fit frissonner. C'était un frisson de peur et d'excitation mêlées... Personne ne l'avait jamais embrassée ainsi.

Elle ne sut trop quand le baiser de Shalef se mua en caresse plus experte et plus tendre. A son corps défendant, elle répondait à son étreinte avec une passion insoupçonnée, en proie à des sensations qui avaient raison de son sang-froid, qui lui donnaient le vertige. En cet instant, elle désirait Shalef, éperdument.

Quand il se livra à des attouchements plus hardis, dégrafant son chemisier et son soutien-gorge sans qu'elle s'en rendît vraiment compte, pour poser les lèvres sur la pointe d'un de ses seins, elle se mit à gémir, appelant des caresses plus passionnées encore.

Mais lorsqu'il s'aventura en territoire plus intime, elle se figea, consciente d'avoir atteint un point de non-retour. Si elle se donnait à cet homme, elle ne serait plus jamais la même...

Il parut percevoir son indécision, car il la caressa doucement, éveillant en elle des émotions plus intenses encore. Puis, tout à coup, il rajusta ses vêtements et s'écarta d'elle.

— Je vais demander aux servantes de te préparer quelque chose à manger.

Déstabilisée, Kristi lutta pour chasser de son esprit la scène qui venait de se dérouler. Elle voulait dompter son trouble, se ressaisir. Si Shalef parvenait à se comporter comme si de rien n'était, alors, elle aussi y arriverait !

— Je n'ai pas faim, déclara-t-elle en le regardant en face, crânement.

— Si tu changes d'avis, tu peux toujours aller te préparer quelque chose dans la cuisine.

Il allait partir...

Les mots surgirent de sa bouche sans qu'elle pût les retenir :
— Quand reviendras-tu ?
— Avant la nuit.

Sur ce, sans un regard pour elle, il quitta la pièce, et elle écouta le bruit de ses pas s'éloigner dans le couloir. Un long moment, elle demeura figée ainsi. Puis elle regarda autour d'elle, enregistrant du regard le grand lit, les objets qui traînaient çà et là. Elle gagna la salle de bains adjacente et résolut de prendre une douche. Puis elle se changea, et se mit en devoir de trouver la cuisine.

Les lieux étaient plutôt spacieux, confortablement meublés, marqués d'une empreinte typiquement masculine. Kristi se demanda si Shalef amenait parfois des femmes dans ce rendez-vous de chasse, puis refoula ces pensées. A quoi bon recevoir ici des femmes, puisqu'il pouvait le faire en bien d'autres endroits, beaucoup plus luxueux et romantiques ?

Quand elle trouva la cuisine, ce fut pour être confrontée à une femme d'âge mûr et une jeune fille, apparemment occupées à préparer un odorant repas. La plus âgée l'accueillit aimablement et lui servit bientôt un en-cas savoureux dans la salle à manger proche.

Ensuite, Kristi tua le temps. Poursuivant son exploration, elle s'installa dans un salon et regarda la télévision. Il était 17 heures passées lorsqu'elle entendit un grondement de moteurs. Allant se poster près de la fenêtre, elle vit un groupe hommes descendre de deux jeeps. Shalef était aisément reconnaissable parmi eux.

A en juger par leurs éclats de voix et leurs rires,

leur journée de chasse semblait avoir été fructueuse. Kristi se demanda s'ils parlaient anglais. Sinon, songea-t-elle, le dîner risquait d'être pour elle un long moment d'embarras et d'ennui...

Elle entendit claquer des portes, des bruits de voix et de pas décroître dans la maison.

— Je pensais bien te trouver là.

Elle tressaillit, car elle n'avait pas entendu Shalef entrer dans la pièce. Elle se leva d'un mouvement instinctif, en sa présence. Elle éprouvait le besoin de tempérer l'effet dominateur qu'exerçait sur elle sa haute silhouette vêtue de brun sombre.

Silencieuse, elle le contempla un instant, frappée une fois de plus par son magnétisme, par ses traits volontaires, son intense virilité.

— Si tu préfères dîner seul avec tes invités, cela ne me dérange pas, dit-elle.

— Ils savent que tu es ici, répondit-il avec un geste impatienté. Et je n'ai pas l'intention de te dissimuler dans une pièce à l'écart.

Effectivement, les quatre compagnons de Shalef ne trahirent aucun déplaisir ou aucune réprobation, en se voyant amenés à dîner en compagnie d'une femme. La conversation se déroula en anglais, avec aisance; pourtant, Kristi se sentait une intruse parmi eux, et c'est pourquoi, après que le café eut été servi, elle se retira en s'excusant poliment, laissant les hommes entre eux.

Une fois dans sa chambre, elle s'apprêta pour la nuit, lava ses sous-vêtements et les suspendit dans la salle de bains afin qu'ils soient secs pour le lendemain, puis se glissa entre les draps.

Allongée dans les ténèbres, qui semblaient former

autour d'elle une ample cape protectrice, elle songea longuement, cherchant à évaluer l'influence de Mehmet Hassan dans les négociations. Combien de temps lui faudrait-il, pour obtenir la libération de Shane ? Des jours ? Des semaines ?

Réussirait-il seulement ?

Hantée par l'inquiétude, la jeune femme s'agita, se tourna et se retourna dans son lit sans pouvoir trouver le sommeil. Les heures s'écoulèrent.

Soudain, un éclat de lumière troua l'obscurité et disparut aussitôt. Elle entendit se refermer la porte, avec un déclic presque imperceptible. Surprise, interloquée, elle trouva à l'aveuglette l'interrupteur de la lampe posée sur la table de nuit, illumina la pièce et laissa échapper une exclamation.

Shalef était dans sa chambre, occupé à ôter sa longue tunique.

6.

— Mais qu'est-ce que tu fais ici ? s'écria Kristi avec indignation.

Shalef lui décocha un regard légèrement moqueur.

— Il se trouve qu'il s'agit de ma suite personnelle.

La jeune femme se redressa sur son séant, en ramenant le drap devant elle.

— Si tu ne t'en vas pas, alors ce sera moi, décréta-t-elle.

— Il y a quatre suites d'amis, précisa-t-il. Et j'ai déjà quatre invités.

— Tu ne pourrais pas en installer deux ensemble ?

— Chaque suite est identique à celle-ci. Si je suggérais à ces messieurs de partager une chambre, ce serait une grave insulte, tu t'en doutes. Toi, tu es ma...

Railleur, Shalef marqua une pause délibérée, avant d'achever :

— ... maîtresse. Où diable irais-tu dormir, si ce n'est avec moi ?

— Ne compte pas là-dessus !

— Je ne vois vraiment pas où est le problème. Le lit est très grand.

Cela ne le gênait peut-être pas, songea Kristi, mais pour sa part, elle ne pourrait jamais accepter de sang-froid de partager la même chambre que Shalef. Moins encore le même lit!

Elle voulut aller s'installer dans le salon de détente où elle avait regardé la télévision, mais son compagnon s'y opposa.

— Imagine que l'un de mes invités peine à trouver le sommeil et éprouve le besoin de se détendre un moment en écoutant de la musique ou en regardant la télévision : il ne manquerait pas de te découvrir. Que songerait-il ? Ici, tu es sous ma protection.

Tranquillement, il continua de se déshabiller. Malgré elle, Kristi ne pouvait détacher les yeux de son corps superbe et musclé. Cependant, quand Shalef se mit en devoir d'ôter son caleçon de soie, elle détourna le regard. Qu'il aille au diable! N'avait-il donc aucune pudeur?

— Je vais m'installer dans le fauteuil, dit-elle d'une voix coléreuse.

Le cheikh gagna l'autre côté du lit, sans hâte, et se glissa sous les draps.

— A ton aise.

Justement, elle n'était pas à l'aise du tout! pensa-t-elle avec fureur. Elle tira sur le drap, s'en enveloppant étroitement.

— Fais attention à ne pas tomber en marchant dessus, lui lança Shalef en étouffant un bâillement.

Elle lui décocha un regard noir et gagna le fauteuil. Il était vaste, d'aspect confortable. S'y installant et s'enveloppant du drap de façon à dissimuler soigneusement chaque pouce de son corps, la jeune femme posa la tête sur l'accoudoir et ferma les yeux.

Peu à peu, la fatigue et les émotions du jour eurent raison d'elle. Elle sombra dans un léger sommeil, pour s'éveiller quelques heures plus tard, à l'approche de l'aube. La température était tombée de plusieurs degrés, et le drap ne lui apportait plus guère de chaleur; elle grelottait.

Au bout d'un moment, elle n'y tint plus. Il fallait qu'elle trouve de quoi se couvrir. Comme elle ignorait où trouver une couverture, elle se résolut à aller chercher ses vêtements dans la salle de bains, pour les enfiler.

Se redressant sur son séant, elle réfléchit un instant, n'osant allumer la lumière de peur d'éveiller Shalef et cherchant à s'orienter. Renonçant à garder le drap autour d'elle, car elle risquerait de trébucher, elle se risqua dans le noir, à l'aveuglette, en s'efforçant de ne faire aucun bruit.

Mais lorsqu'elle se crut parvenue devant la porte de la salle de bains et tendit le bras, elle ne rencontra que le mur. Sans doute le battant était-il un peu plus loin, vers la gauche... Elle se déplaça donc latéralement, quêtant le bouton de porte à tâtons, avec la main. Soudain, son pied nu heurta un meuble, et elle serra les dents, réprimant un gémissement.

— Kristi?

Affolée par cette voix virile résonnant dans le noir, elle fit volte-face, s'exclamant avec vigueur et embarras :

— N'allume pas! Le drap est resté dans le fauteuil!

— Et tu as peur que je te surprenne au naturel?

De toute évidence, cela l'amusait, la crapule !

— Je cherchais mes vêtements, maugréa-t-elle.

— Tu ne risques pas de les trouver dans mon dressing.

— Ils sont dans la salle de bains.

— Ton sens de l'orientation laisse à désirer. Elle est à un bon mètre sur ta gauche.

— Merci, répondit-elle avec raideur.

Elle poussa aussitôt un cri angoissé, alors que la lumière venait de jaillir dans la pièce.

— Je t'avais dit de ne pas allumer !

Shalef avait à présent une vue des plus suggestives sur sa silhouette de dos, et cela ajoutait encore à la mortification de Kristi. Elle perçut un chuintement de draps froissés, et comprit qu'il se levait. Elle se mit aussitôt à trembler de colère et d'émotion.

— Aie au moins la décence de me donner une chemise... n'importe quoi ! dit-elle.

Il ne l'avait pas touchée, et pourtant, lorsqu'il sortit de la pièce, elle perçut sa disparition avec acuité, comme s'il venait de l'abandonner après l'avoir étreinte. Quelques instants plus tard, il était de retour.

— Lève les bras.

Elle obéit, sentit glisser le coton sur sa peau tandis qu'il enfilait les manches, puis passait la chemise sur ses épaules. D'un geste vif, elle remonta les manches trop longues, se hâta de ramener les pans autour d'elle. La chemise lui effleura les genoux.

— Tu as l'air d'une gamine qui a piqué des vêtements d'adulte, dit Shalef avec un rire doux. Bon, maintenant, mets-toi au lit avant que ce soit moi qui te force à t'y installer.

Faisant volte-face pour le regarder, elle sentit son cœur battre soudain la chamade.

— Tu tiens vraiment à perdre ta dignité ? insista-t-il, railleur, en ne la voyant pas obtempérer.

— Si j'étais toi, Shalef, je me garderais de dormir, menaça-t-elle. Je pourrais bien me venger pendant ton sommeil.

Il éleva la main et saisit le menton de la jeune femme entre ses doigts.

— Sache qu'une action de ce genre ne pourrait avoir qu'une seule conclusion, dit-il avec un regard expressif.

En entendant ces mots prononcés d'une voix dangereusement calme, Kristi éprouva une curieuse sensation, au plus profond d'elle-même. Faire l'amour avec cet homme — ne fût-ce que comme un exutoire à la colère — aurait eu raison d'elle, et elle détestait l'idée d'être soumise à ses émotions, l'idée de devoir capituler.

— Je n'aime pas qu'on me manipule, dit-elle.

— Lorsque tu as quitté l'abri du palais, tu as remis ton sort entre mes mains, observa Shalef en l'observant avec acuité.

Il esquissa une caresse, lui effleurant les lèvres du bout du pouce. Angoissée, elle répliqua :

— Tu aurais pu me renvoyer là-bas. Pourquoi n'en as-tu rien fait ?

L'ombre d'un sourire passa sur le visage de Shalef.

— Peut-être parce qu'il me plaît de t'avoir ici, près de moi, déclara-t-il en répétant sa caresse, en la prolongeant, tandis qu'elle luttait contre son trouble. Pour partager avec toi la beauté primitive de cette contrée, et sa cruauté.

Effrayée par les sensations qui s'éveillaient en elle, Kristi dit très vite :
— Il est tard, je suis fatiguée. Je voudrais dormir.
— Moi aussi.
Il la relâcha, regagna le lit et se glissa sous les couvertures, en énonçant d'une voix dont la douceur ne trompait pas :
— Viens te coucher, Kristi.

Sa hauteur la heurta. Mais, poussée par un instinct secret, elle comprit qu'elle ne devait pas céder à son élan de colère ou à sa peur. Elle franchit en hésitant les pas qui la séparaient du lit et s'y allongea, le plus près possible du bord du matelas. Quelques secondes plus tard, Shalef éteignait la lumière.

La nervosité et la tension de Kristi étaient à leur comble. Elle avait une conscience aiguë de la présence de l'homme allongé à son côté. Et il y avait pire : elle brûlait du désir de se rapprocher de lui, de le toucher.

L'amour avec Shalef, imaginait-elle, devait être une fête des sens, un tourbillon de passion inoubliable pour une femme. Et, tandis que des visions, des élans la hantaient, elle tenta vainement de dormir. Elle n'y réussit guère. La décontraction de son compagnon, son aisance à trouver le sommeil la mettaient en rage. Il reposait, lui, alors qu'elle était en proie aux tourments de la frustration...

Elle dut finir par sommeiller, pourtant, car lorsqu'elle s'éveilla de nouveau, les premières lueurs de l'aube filtraient dans la pièce. Lentement, elle se tourna vers Shalef, et s'aperçut que le lit était vide. Un long soupir de soulagement lui échappa, et elle s'étira, caressant déjà l'idée d'une bonne heure de sommeil paisible, en solitaire, avant de se lever pour de bon.

Mais déjà, une main se posait sur son épaule. Shalef était près du lit, habillé de pied en cap.

— Tu as un quart d'heure pour te préparer, pas plus, si tu veux m'accompagner dans le désert, dit-il.

— Je te croyais parti.

— Mes invités le sont. Je les rejoindrai plus tard.

Lorsque, comme pour ponctuer ces paroles, il ébouriffa les cheveux de la jeune femme avec douceur, elle se sentit chavirer. Pour un instant, elle ne fut même pas capable de parler. Puis elle finit par lâcher :

— Je t'en prie, arrête.

— On dirait presque que tu as peur.

« Mais *j'ai* peur ! » faillit-elle crier. Elle bondit hors du lit et se réfugia dans la salle de bains, où elle s'apprêta en hâte. Quand elle eut déjeuné, rejoint Shalef et noué autour de sa tête le long *shayla* qu'il lui recommandait de mettre, ils partirent, dans un 4x4 semblable en tout point à celui qu'elle avait emprunté la veille pour son escapade.

Une heure plus tard, ils faisaient halte auprès d'une vaste tente noire. Un homme de haute taille en surgit pour les accueillir.

— Mon père est issu des Bédouins, dit Shalef en le désignant. J'ai pensé que cela t'intéresserait de rencontrer certains d'entre eux. On va nous offrir du café, que nous ne refuserons pas, car refuser serait une insulte. N'oublie pas de saisir la tasse avec ta main droite et, en tout, suis mon exemple. Cet homme et sa famille ne parlent pas anglais. Ils considéreront ton silence comme une marque de respect envers moi.

Il se pencha pour ramener le pan du *shayla* de Kristi devant son visage, l'ajustant pour former un voile partiel.

— Laisse-le retomber lorsque nous serons dans la tente et que l'on servira les rafraîchissements.

La rencontre avec les Bédouins passionna la jeune femme. Elle suivit attentivement les brèves instructions de Shalef, non sans percevoir les regards jaugeurs et circonspects que leurs hôtes posaient sur elle.

Dans ce lieu perdu au milieu du désert, elle parvenait presque à sentir de façon palpable l'entente de Shalef avec ces gens, leur empathie. Il ne faisait qu'un avec eux, c'était manifeste.

S'il avait reçu l'éducation anglaise la plus raffinée, avait obtenu un doctorat, parlait plusieurs langues et s'était bâti la réputation d'un homme d'affaires à l'habileté légendaire, il s'exprimait aussi en arabe et dans la langue de ces Bédouins avec aisance ; leur vie simple, isolée, était celle qu'il choisissait de mener une ou deux fois par an. Etait-ce l'appel du sang ? Ou le respect du devoir envers son père et sa famille ?

La femme de sa vie devrait comprendre ces choses, en tout cas. Savoir que, si elle pouvait être son égale à Londres, New York, Paris, Lucerne ou Rome, il lui faudrait aussi l'accompagner parfois à Riyad, et se soumettre aux sévères restrictions qui s'appliquaient aux femmes dans ce pays. Elle devrait temporairement renoncer à son indépendance ; ne jamais questionner, contrer ou remettre en cause les opinions ou les actions de son mari devant autrui.

Lorsque le café fut servi, à Shalef d'abord, puis à leur hôte, Kristi attendit que Shalef eût goûté à son breuvage avant de toucher au sien, ainsi qu'il le lui avait indiqué. Elle aurait aimé connaître le sujet de la conversation, mais elle demeura silencieuse, acceptant instinctivement son rôle. Quand on lui offrit une seconde tasse de café, elle se garda de refuser.

Le campement était petit. Il y avait quelques chameaux, et une camionnette japonaise qui avait quelque chose d'incongru en ces lieux. Lorsque Shalef et son hôte se levèrent pour quitter la tente, la jeune Australienne les suivit avec obéissance.

Le Bédouin mena Shalef auprès des chameaux, et chaque bête fut solennellement inspectée et appréciée. Ensuite, ce furent les adieux. Dès qu'ils eurent repris place dans le 4x4, et qu'ils se furent mis à rouler rapidement sur la piste pour rejoindre la route asphaltée, Shalef demanda à Kristi si la rencontre l'avait intéressée.

— Cela m'a intriguée, dit-elle. Tu es comme chez toi parmi eux, et pourtant, la partie arabe de ta personnalité est très différente de ton image occidentale.

— Tu trouves cela étrange ?

— Non. Non, cela te va bien. Pourtant, je m'interroge. Tu dois être un tissu de contradictions, non ? Par exemple, cela ne te gêne pas qu'Hanan et Aisha ne puissent pas jouir de la liberté que tu as toi-même connue en Europe ?

— Personne ne choisit son lieu de naissance, Kristi. Chacun d'entre nous accepte les règles de son milieu, de sa culture, jusqu'au jour où il est suffisamment fort pour les remettre en cause. Hanan et Aisha ont la chance d'être assez fortunées pour faire des études à l'étranger. Elles seront libres de déterminer leur avenir, à condition de le faire sagement. Je suis là pour y veiller.

Kristi examina un instant son compagnon d'un air songeur, quêtant dans son expression une vérité plus profonde, plus personnelle.

— Et toi, Shalef ? Es-tu heureux de profiter des bons côtés de tes deux cultures, ou bien es-tu souvent tiraillé entre l'une et l'autre ?

— J'accepte mon héritage arabe, car c'était le désir de mon père.

— Et quand tu te marieras, tu suivras la tradition islamique en prenant plus d'une épouse ?

— Celle que je choisirai, j'espère, m'aimera d'un tel amour que je n'éprouverai pas le besoin d'en avoir une autre.

— Et qu'en sera-t-il de l'amour que tu lui porteras ?

— Doutes-tu de mes capacités à satisfaire une femme ? demanda Shalef, passablement amusé.

Agacée, elle observa :

— Dois-je te rappeler que la sexualité n'est qu'un aspect du mariage ? Il faut aussi du respect mutuel, un échange affectif... et beaucoup d'amour.

— La plupart des femmes sacrifieraient facilement ces trois choses en échange d'une position sociale enviable et d'une belle fortune.

Captant son ironie, Kristi ne put s'empêcher de répondre :

— Tu n'es qu'un cynique, Shalef bin Youssef Al-Sayed.

— J'ai des raisons de l'être.

C'était sans doute vrai, songea-t-elle. Les femmes papillonnaient autour de lui, telles des phalènes attirées par une flamme trop vive. Pourtant, peu d'entre elles s'intéressaient sans doute à l'homme qu'il était vraiment, ne s'attachant qu'à sa richesse et ne songeant qu'à ce qu'elles pourraient matériellement obtenir de lui en échange de leurs faveurs.

Tandis qu'elle méditait ainsi, le rendez-vous de chasse apparut à leur vue.

— Eh oui, déjà l'heure du repas! annonça Shalef en la voyant surprise. Le temps passe vite, quand on s'amuse. Tout à l'heure, tu pourras assister au dressage des faucons.

— Des oiseaux captifs et enchaînés, répliqua-t-elle avec un soupçon de raillerie.

— Pourtant, lorsqu'on leur rend leur liberté, ils reviennent vers leur maître, répliqua son compagnon en se garant dans le périmètre du pavillon de chasse. Ils sont bien traités, bien nourris, et mènent ici une vie bien meilleure que celle qui serait la leur dans la nature sauvage.

— Quelle chance qu'ils ne puissent parler! Ils ne peuvent ainsi démentir ta version des faits.

— Qui prouve qu'ils le feraient?

— Décidément, tu es un redoutable stratège, ironisa Kristi. Tu dois être diabolique, en affaires.

— Oh, pas seulement dans ce domaine, répliqua-t-il de sa voix nonchalante.

Et Kristi ne put réprimer un frisson. Oui, il disait vrai : peu d'hommes — ou de femmes — pouvaient faire jeu égal avec lui...

7.

Le pavillon de chasse et ses dépendances formaient un vaste ensemble, plus important que Kristi ne l'avait estimé depuis l'hélicoptère. Après le repas, Shalef la mena vers un bâtiment tout en longueur, à quelque distance.

— Attends-moi ici, dit-il alors qu'ils approchaient d'un vaste espace clos. Ta présence n'est pas familière aux faucons et les perturberait.

Quelques instants plus tard, il reparut. Sur son poing protégé d'un épais gantelet de cuir, un faucon gris bleu était perché ; il avait un ventre blanc, strié de raies brunes. Une courte laisse le maintenait attaché par une patte.

— C'est l'un de mes faucons les plus prisés, expliqua Shalef. Il est d'une race très rare, et sa puissance est exceptionnelle. On estime que sa vitesse, lorsqu'il fond sur sa proie, est de trois cents kilomètres/heure.

L'oiseau était impressionnant à voir, avec son bec courbé, ses serres puissantes, son regard acéré de prédateur.

— Tu aimes chasser de cette manière ? demanda Kristi.

— L'art de la fauconnerie est né en Perse il y a près de quatre mille ans. C'est le dressage qui en fait tout le prix, car pour cela, il faut beaucoup d'habileté, de temps et de patience, expliqua Shalef. D'abord, il faut accoutumer le faucon à la présence humaine. Puis au port du chaperon, qu'on ne lui ôte de la tête que lorsque la proie est en vue. Et enfin, il faut l'entraîner à feinter le gibier, pour qu'il ne l'emporte pas après la prise.

Kristi observa Shalef avec attention.

— Tu as la réputation de posséder les meilleurs faucons du pays. Est-ce pour cette raison que Mehmet Hassan est régulièrement ton invité ici ?

— Il fait partie des quelques rares élus, répondit évasivement Shalef.

Le faucon agita les ailes, et le cheikh le tranquillisa aussitôt, d'un mot bref en arabe. Puis il ramena l'animal à son abri coutumier. Quelques instants plus tard, Kristi et lui revenaient à pas lents vers le pavillon. D'un geste irréfléchi, Kristi posa une main sur le bras de Shalef.

— Merci, dit-elle doucement.

— De quoi donc ? De t'accorder quelques heures de mon temps ?

— Oui. Cela doit t'agacer, que je sois ici.

— L'ai-je nié ?

Cette réplique empreinte de cynisme blessa la jeune femme, si vivement que pendant quelques secondes elle fut hors d'état de dissimuler sa peine. Elle se détourna brusquement, mais la main de Shalef se posa sur son épaule, ferme et autoritaire, la contraignant à faire volte-face. Elle soutint crânement le regard de son compagnon ; mais en cet instant, elle lui en voulait de ce pouvoir qu'il avait de la rendre vulnérable.

Quand elle vit son visage s'incliner vers le sien, elle tenta d'éviter son baiser ; poussa un léger cri parce qu'il l'avait saisie par la nuque, pour l'empêcher d'esquiver la caresse.

Le baiser qu'il lui donna, exigeant et avide, semblait quêter une capitulation, et elle résista de toutes ses forces.

Mais à l'instant où elle pensait avoir remporté la partie, Shalef, changeant de stratégie, imprima un caractère plus insinuant et plus tendre à sa caresse ; et là où la force avait échoué, sa douceur sensuelle réussit. Incapable de résister au désir qui montait en elle, Kristi noua les bras autour du cou de Shalef et accueillit ses attouchements avec élan. Une flambée de sensualité et de passion les embrasa l'un et l'autre, d'une façon si troublante que Kristi en eut presque peur... Mais déjà, Shalef se séparait d'elle, mettant lentement fin à la caresse.

— Je dois partir, dit-il avec douceur.

Incapable de prononcer un mot, Kristi se contenta de hocher la tête et s'éloigna vers sa chambre. Elle allait prendre une douche, pour se débarrasser du sable qui collait à son corps et à ses vêtements. Puis elle prendrait le temps d'écrire à Georgina Harrington et à Annie, décida-t-elle.

A la pensée du studio de photographie, elle eut un curieux élan de nostalgie et, pendant un bref instant, elle regretta presque de ne pas être en Australie. Sans Shane, elle ne se serait pas trouvée aujourd'hui en plein désert, à plusieurs centaines de kilomètres de Riyad... Et elle n'aurait pas eu à lutter contre les tourments sensuels que Shalef éveillait en elle.

Shalef — un homme qui ne pourrait pas davantage faire partie de sa vie qu'elle ne pourrait, de son côté, être intégrée à la sienne...

Il était tard lorsque les hommes revinrent, et le dîner ne fut servi que bien après 20 heures.

Il ressortait des propos des invités du cheikh que la chasse avait été bonne, et Kristi fit de son mieux pour masquer son dégoût envers un « sport » aussi meurtrier. Comme la veille, lorsque les convives se retirèrent dans le salon pour savourer café et cigares, elle saisit l'occasion pour se retirer avec courtoisie. La fumée lui avait donné la migraine.

Une heure plus tard, bien qu'elle se fût glissée avec plaisir entre les draps frais, enveloppée dans la chemise que Shalef lui avait prêtée la veille, elle ne dormait toujours pas et son mal de tête demeurait persistant.

Pensant trouver des comprimés dans la salle de bains voisine, elle s'y rendit et entreprit de fouiller dans le premier tiroir venu.

— Que cherches-tu ? demanda soudain la voix nonchalante et grave de Shalef, derrière elle.

— Du paracétamol, répondit-elle sans se troubler.

— Dans le placard, à ta droite. Tu ne te sens pas bien ? s'enquit-il pendant qu'elle suivait ses instructions et avalait deux comprimés avec un peu d'eau.

— La fumée des cigares m'a donné la migraine.

Ses doigts tremblèrent légèrement, tandis qu'elle refermait la boîte de comprimés, et celle-ci lui échappa. Elle fit un mouvement brusque pour la rattraper, n'y parvint pas, et dut la ramasser au sol.

Sans qu'elle en eût conscience, l'encolure de la chemise trop grande pour elle révéla alors son corps nu à Shalef, debout près d'elle. Tout à coup, elle s'en rendit compte, et resserra fébrilement les pans contre elle. Cependant, il était trop tard.

— Je n'avais pas remarqué que tu avais des contusions, observa Shalef, et elle fut impuissante contre ses gestes rapides et précis.

Il défit un bouton, puis un autre, ignorant les efforts de la jeune femme pour le repousser. Bientôt, il dévoila ses épaules, où se voyaient clairement des meurtrissures violacées.

— Ce sont tes agresseurs... Ils t'ont traînée au sol, n'est-ce pas ? T'ont-ils battue ? T'ont-ils touchée ?

— Ils se sont arrêtés dès que j'ai prononcé ton nom.

Kristi s'était exprimée avec raideur, comme pour lutter contre la nervosité qui l'envahissait, tout en le regardant aussi crânement qu'elle le pouvait. Petit à petit, l'air sombre de Shalef se mua imperceptiblement en une expression plus ambiguë, et ce fut avec une sorte de fascination qu'elle le regarda élever une main vers elle — posant les doigts sur sa joue, effleurant le contour de ses lèvres, glissant lentement vers ses seins.

Soudain, il inclina la tête et posa ses lèvres sur chaque contusion, tour à tour, sensuellement, en écartant les pans de la chemise. Un élan fou souleva la jeune femme, bouleversée par l'érotisme de ces baisers. Aucun homme ne l'avait jamais troublée et excitée ainsi, ne lui avait jamais donné l'envie irrépressible de lui rendre ses baisers, et de quêter des caresses plus hardies...

Ce fut dans une sorte d'état second qu'elle se laissa entièrement dévêtir, et qu'elle regarda Shalef se dépouiller à son tour de ses vêtements. Nu, il la souleva dans ses bras et l'emporta sur le lit, pour entamer une exploration intime, grisante et passionnée de son corps offert.

Sous ses baisers, ses caresses, Kristi éprouvait un plaisir si intense qu'il en devenait presque douloureux. Quelque chose en elle appelait l'assouvissement des sens, elle gémissait de volupté... Lorsque son compagnon la pénétra avec une lenteur exquise, elle se figea un bref instant, et il s'interrompit dans son mouvement pour la regarder, étonné, incrédule et pourtant contraint de croire à la réalité.

— Pourquoi ne m'as-tu rien dit ? murmura-t-il.

Elle demeura silencieuse, en dépit des pensées qui se bousculaient dans son esprit. Comment aurait-elle pu lui dire qu'aucun homme ne lui avait fait ressentir ces choses, à part lui ? Et qu'il n'y en avait jamais eu d'autre que lui, auparavant, parce qu'il était le seul auquel elle eût voulu se donner ?

— Si je t'avais dit que je n'avais jamais partagé ce genre d'intimité avec un homme, tu ne m'aurais pas crue, dit-elle d'une voix rauque.

Après l'avoir regardée un instant, avec un curieux mélange de colère et de curiosité, il admit :

— Non. Les femmes font des coquetteries, ou feignent une innocence depuis longtemps perdue.

Il se sépara d'elle, alors, roulant sur le côté. Et elle demeura seule, en proie à une sensation de privation intense. Mais il l'attira contre lui, la caressant doucement, essuyant les larmes qui roulaient sur ses joues. Tiraillée entre la frustration et la colère, en proie à un étrange chagrin, elle eût voulu pouvoir s'enfuir à des milliers de kilomètres de là... Mais la force qui la poussait vers Shalef était la plus forte, et elle demeura contre lui, finissant peu à peu par s'apaiser et par sombrer dans le sommeil, tandis qu'au-dehors, la nuit enténébrait le désert.

8.

Kristi émergeait peu à peu d'un sommeil sans rêves. Elle était bien, au chaud, et ses sens semblaient s'accorder harmonieusement avec la sensation de caresse qui rôdait sur ses lèvres. Une odeur masculine, légèrement musquée, lui venait aux narines ; une main lui effleurait savamment le dos, s'aventurant vers le creux de ses reins, se risquant dans des régions plus intimes...

Elle se cambra instinctivement vers Shalef, bien éveillée, cette fois. Son corps tout entier s'embrasait sous ses caresses et, grisée par le baiser ardent de sa bouche, qui s'emparait de la sienne, elle se mit à gémir, à bouger en cadence contre lui. Leurs échanges, si sensuels, si érotiques, se muèrent en explosion de passion, et quand son compagnon la prit, la jeune femme atteignit le plaisir ultime dans un abandon total.

Puis, peu à peu, dans la langueur d'après l'amour, la réalité reprit ses droits. Mais elle n'était plus tout à fait la même. Pour Kristi, plus rien ne serait pareil, désormais.

D'instinct, elle sentait que Shalef avait d'abord

songé à elle, à son plaisir. Pourtant, ce qu'ils venaient de partager n'était pas un simple échange sensuel. Ils n'avaient pas « couché ensemble », ils avaient fait l'amour, pensa-t-elle tandis que les premiers rayons du soleil filtraient dans la chambre, y créant un halo lumineux et doré.

— As-tu envie de galoper dans le désert ? demanda Shalef.

— Oui, répondit-elle avec bonheur, sans même réfléchir.

Il lui donna un baiser bref, mais intense, puis se leva aussitôt.

Quelques minutes plus tard, ils s'élançaient de concert, s'éloignant rapidement du pavillon de chasse et de ses dépendances. Kristi, qui était excellente cavalière, était ravie de galoper côte à côte avec Shalef, magnifique dans sa *throbe* et sa *gutra* traditionnelles. Elle aimait cette sensation de liberté et de pouvoir que procuraient la course et la solitude du désert, où le temps semblait aboli. Avec un peu d'imagination, on pouvait presque s'attendre à y voir surgir, au détour d'une dune, l'une de ces antiques caravanes qui sillonnaient autrefois les immensités sablonneuses, ou encore une tribu de brigands à cheval, prêts à quelque expédition périlleuse...

Un long moment, Shalef et sa compagne chevauchèrent ainsi, se laissant griser par la course. Puis Kristi ralentit l'allure, mit sa jument au pas. Le regard brillant, les joues rosies, les cheveux emmêlés par le vent, elle se tourna vers celui qui cheminait tout près d'elle, et dont la cuisse effleurait presque la sienne.

— C'était inouï ! souffla-t-elle.

— Tu l'es aussi, murmura Shalef en plantant son regard dans les prunelles brun-doré de sa compagne.

Puis il se pencha vers elle et lui donna un long baiser avide et passionné.

Il était 7 heures passées quand ils revinrent au pavillon. La cuisinière leva la tête, à leur entrée dans la cuisine, et se mit aussitôt en devoir de préparer un petit déjeuner pour deux.

Kristi avait une conscience aiguë de la présence de Shalef à son côté, de sa virilité. Ses sens semblaient exacerbés, son cœur battait, et cela la contrariait plus qu'elle ne voulait l'admettre. Ce fut rapidement qu'elle avala son café, pressée de fuir un instant la troublante présence de son amant.

Dans la chambre, elle trouva des vêtements de rechange. Elle se rendit dans la salle de bains pour prendre une douche ; tandis qu'elle s'attardait avec délice sous le jet tiède, quelques instants plus tard, elle perçut un bruit et se figea. La porte de la cabine venait de s'ouvrir. Shalef était là.

— Non, tu ne peux pas faire ça, dit-elle d'un air effaré en le voyant la rejoindre et refermer la porte.

— Oh, si, je peux.

Et, d'un geste assuré, il prit la savonnette que Kristi tenait en main pour la remplacer dans sa tâche. Alors que ses doigts effleuraient les seins de la jeune femme, elle frémit et murmura :

— Non...

— Tu es gênée ? fit Shalef avec un rive grave et bas. Après ce que nous avons partagé ce matin ?

Ses mains s'aventurèrent vers les reins de Kristi, à la fois étrangement apaisantes et excitantes.

— Shalef, je t'en prie...

Elle n'eut pas le loisir d'achever. Il venait de s'emparer de sa bouche, et l'embrassait avec une passion sensuelle à laquelle elle n'était guère capable de résister. Elle le caressa à son tour, tandis qu'il laissait échapper un grognement sourd et, à regret, mettait fin à leur baiser.

— Assez, dit-il d'une voix rauque. Sinon, nous ne sortirons jamais d'ici... Mes invités m'attendent pour le petit déjeuner dans moins de quinze minutes.

Il s'écarta légèrement d'elle, murmurant :

— Va-t'en.

Kristi s'esquiva en prenant tout juste le temps de réunir ses affaires de toilette et ses vêtements.

Lorsque Shalef la rejoignit dans la chambre, elle était habillée et tentait de discipliner ses cheveux encore humides. Involontairement attentive aux moindres mouvements de son compagnon, elle le regarda s'habiller du coin de l'œil.

— Prête ? demanda-t-il lorsqu'il eut enfin revêtu une *throbe* fraîchement repassée sur ses vêtements.

Prête, Kristi l'était, oui, en dépit des émotions qui l'agitaient... Le petit déjeuner, cependant, lui parut durer une éternité : les hommes avalaient tasse de café sur tasse de café tout en bavardant, et il n'était pas loin de 10 heures lorsque Shalef raccompagna ses invités jusqu'à l'hélicoptère qui devait les emporter.

Enfin, le grondement des rotors se fit entendre, la machine décolla, et le bruit du moteur décrut lentement vers l'est. Dès que Shalef fut de retour dans la cuisine, Kristi, tentant de masquer son sentiment d'incertitude, demanda :

— Et nous, quand repartirons-nous au palais ?

Il lui répondit d'un air impassible :

— Rien ne nous force à quitter ce pavillon avant plusieurs jours.

Cela la rendit muette de saisissement. Elle ne savait que dire.

— Sauf si tu tiens à t'en aller, ajouta-t-il doucement.

Kristi sentait qu'il aurait fallu partir. Que c'était une folie — délicieuse, mais une folie tout de même — de rester là, avec Shalef. Pourtant, la partie d'elle-même la plus raisonnable et la plus lucide était aux prises avec les élans impérieux de son cœur, la poussant, en dépit de tout, à s'embarquer pour une traversée affective et sensuelle qui ne pouvait aboutir qu'à du chagrin... si inoubliable que fût le voyage.

— Je reste, dit-elle.

Sans mot dire, Shalef franchit les quelques pas qui les séparaient et la prit dans ses bras.

— Mais qu'est-ce que tu fais ? murmura-t-elle.

— Je t'emmène au lit.

Il la souleva, l'emporta jusque dans la chambre et la reposa au sol. Un instant, ils se regardèrent. Puis, inexorablement, les lèvres de Shalef s'inclinèrent vers celles de sa compagne, y imprimant une caresse légère et sensuelle d'abord, puis de plus en plus possessive.

Quelques instants plus tard, il l'avait dévêtue, et s'était mis nu lui aussi. Il fit reculer Kristi vers le lit et l'y renversa, tandis qu'elle lui cédait — captive de son propre trouble et de la passion visible qui flambait dans le regard du cheikh.

L'intensité de leurs échanges prit ce jour-là une

couleur érotique, violemment paienne, et lorsque Shalef pénétra la jeune femme, elle se cramponna à lui en gémissant, ondulant avec lui en cadence, transportée presque aussitôt jusqu'à l'acmé du plaisir.

L'amour succéda encore à l'amour, puis ils paressèrent ensemble. Vers le milieu de la journée, Shalef fit venir des cuisines un plateau avec poulet, salade, fruits frais. Quand ils eurent ainsi déjeuné, ils bavardèrent, échangeant leurs souvenirs d'enfance, discutant politique, art, littérature, cinéma... Ensuite, ils firent de nouveau l'amour. Et lorsque le soleil commença de décliner à l'horizon, ils quittèrent leur couche pour prendre ensemble un bon bain bouillonnant.

Ensuite, ils se vêtirent et dînèrent dans la vaste salle à manger. Plus tard, alors que les étoiles brillaient dans un ciel d'encre, ils formèrent encore un duo passionné, jusqu'à ce que le sommeil triomphe de leur inextinguible désir.

Cela devint leur canevas pendant trois jours d'affilée. Des jours pleins de sensualité et de rires... A chaque heure qui s'écoulait, Kristi prenait conscience du chagrin immense que lui vaudrait sa séparation d'avec Shalef.

« Savoure chaque minute, pleinement, lui soufflait une petite voix. Fais-toi une brassée de souvenirs à chérir. » Pourtant, un sentiment grandissant de désespoir s'emparait d'elle au fur et à mesure que le temps passait. Elle savait qu'ils ne pouvaient rester là éternellement. Tôt ou tard, un fax, ou un coup de téléphone, rappellerait Shalef au palais.

Et en effet, à l'aube du quatrième jour, alors qu'ils

rentraient de leur chevauchée matinale, l'une des servantes remit à Shalef un fax arrivé en son absence, dont il prit connaissance avant de le plier en quatre pour le glisser dans sa poche.

— Nous devons retourner à Riyad, annonça-t-il d'un ton étrangement neutre. Les négociations pour la libération de ton frère ont réussi.

Kristi n'osa en croire ses oreilles.

— Shane va être libéré ? s'exclama-t-elle sans pouvoir réprimer un élan de joie insensée. Comment ? Quand ? Où ?

— Plus tard dans la journée. Il sera transféré hors du pays et mis dans un avion pour Londres.

— Quand pourrai-je le voir ?

— Le cirque médiatique commencera dès son arrivée en Angleterre, j'imagine, observa Shalef tandis qu'ils gagnaient le pavillon.

Lui ayant décoché un regard sombre, scrutateur, il ajouta :

— Tu serais sans doute bien avisée d'arriver là-bas avant lui.

Kristi eut un coup au cœur. D'ici peu, un hélicoptère les déposerait au palais ; et dans moins de vingt-quatre heures, elle serait en route pour Londres... En ayant accompli la mission qu'elle s'était fixée.

— J'ai accepté dès le départ de payer tous les frais, rappela-t-elle.

— Tu m'insultes, lui dit Shalef avec colère.

— Pourquoi ?

— J'ai demandé un service à un ami, sans pression, et sans garantie de succès non plus... Par ailleurs, quelles qu'aient été les dépenses, tu me les as revalues au centuple, reprit-il.

Kristi absorba peu à peu le sens de ses paroles, tandis qu'une part d'elle-même se sentait mourir. Ce fut au prix d'un effort surhumain qu'elle parvint à sourire.

— Merci, dit-elle.

Shalef inclina la tête, en silence, paupières baissées, le visage impénétrable.

C'était fini. Sans un mot, la jeune femme le suivit à l'intérieur du pavillon, fit sa toilette et changea de tenue. Quand l'hélicoptère arriva, moins d'une heure plus tard, elle était prête à monter à bord.

9.

Un petit bruit sourd se fit entendre, tandis que le train d'atterrissage du Boeing entrait en contact avec la piste et que le jet ralentissait sa course, pour prendre place en bout de piste, sur l'aéroport d'Heathrow.

Quelques instants plus tard, Kristi montait dans un taxi et le chauffeur s'engageait prestement dans la file de voitures qui s'élançait vers Londres. Le temps gris et maussade contrastait étrangement avec la canicule de Riyad, et la jeune femme regarda pensivement défiler devant elle ce paysage mélancolique.

Des émotions complexes l'agitaient. Et en premier lieu un intense soulagement, à la pensée que Shane était libre.

C'étaient les adieux qui avaient été les plus difficiles. Quand elle avait quitté le jet de Shalef à Bahreïn pour monter à bord d'un avion de ligne, elle avait voulu rester sobre et dominer ses sentiments. Mais le bref et impérieux baiser qu'il lui avait donné semblait encore lui brûler les lèvres, et elle avait été blessée par la courtoisie extrême de ses paroles d'adieu, plus proches de celles d'un homme d'affaires quittant un client que de l'intense émotion d'un amant.

A quoi pouvais-tu t'attendre ? se demanda-t-elle non sans cynisme. Tu étais attirée par cet homme, tu as succombé à son charme et à son sex-appeal, partagé avec lui une brève passion. Il ne s'est agi de rien d'autre. Défais-toi de tes illusions. Dans moins d'une semaine, tu seras de retour en Australie, et cet intermède avec un cheikh saoudien d'origine anglaise ne sera plus qu'un lointain souvenir.

Mais déjà, elle savait qu'elle ne pourrait pas oublier Shalef, et qu'aucun autre homme ne pourrait jamais prendre sa place...

Amour, désir, passion. Ces trois éléments étaient-ils intimement liés, ou pouvait-on les dissocier, les analyser séparément ? Une chose était certaine : les femmes étaient plus sujettes que les hommes aux émotions intenses...

Machinalement, Kristi regarda défiler les rues de la capitale et enregistra le ralentissement du taxi, qui se garait devant son hôtel. Un instant plus tard, elle était dans sa chambre et cédait au sommeil car, bien qu'il fût à peine midi, elle se ressentait du décalage horaire et n'avait pu dormir durant le long voyage en avion.

Quand elle s'éveilla, le soir était déjà là. Après s'être un peu restaurée, elle téléphona à sir Alexander Harrington pour lui annoncer la libération imminente de Shane et le remercier de son aide. Puis elle passa une heure ou deux devant la télévision et se coucha.

Le lendemain, à la suite d'un petit déjeuner matinal, elle trouva un message de Georgina dans son casier, ayant trait à la proche arrivée de Shane. Son amie lui donnait rendez-vous dans l'un des excellents restaurants de l'hôtel, où elles se retrouvèrent pour un repas prolongé.

— Alors, raconte, lui dit Georgina d'un ton évocateur et persuasif, tandis qu'elles avalaient un délicieux dessert de fruits frais et de crème glacée.

Kristi releva la tête et vit le regard taquin de son amie.

— Quoi donc ? demanda-t-elle d'un air faussement innocent.

Se penchant en avant avec une curiosité dissimulée, Georgina expliqua :

— La libération de Shane est une merveilleuse nouvelle. Cela prouve que notre subterfuge initial en valait la peine. Mais tu ne m'as pas parlé du cheikh Shalef. Je veux savoir absolument tous les détails !

— Mais... lesquels ?

— Ne me dis pas que tu es restée insensible à son charme !

Il était tentant de se confier à une amie éprouvée ; mais, en parlant, Kristi redoutait de raviver son chagrin, d'éveiller des regrets. Alors, elle se contenta de déclarer avec circonspection :

— Il s'est montré d'une très grande courtoisie.

— Kristi, voyons ! Tu tournes autour du pot ! protesta Georgina.

— Bon, très bien ! Que veux-tu que je te dise ? Que c'est un homme très sensuel et que les femmes s'évanouissent littéralement sur son passage ?

« C'est peu ou prou ce que j'ai fait, en tout cas ! » pensa en même temps Kristi, avec une légère ironie.

Il y avait deux jours qu'elle avait quitté Riyad. Pendant ce temps, Shalef avait-il repris contact avec les nombreuses amies femmes qu'il avait là-bas ? Avec Fayza, peut-être ? Et peut-être avait-il satisfait auprès d'elle son appétit sensuel ? Seigneur ! Rien que de songer à cela, elle se sentait mal.

— Tu ne finis pas ton dessert ? s'étonna Georgina.

La jeune femme se ressaisit.

— Non. On commande un café ?

Ce soir-là, elle dîna chez Georgina et sir Alexander. Quand elle rentra à son hôtel, elle trouva à la réception un message codé, lui indiquant que Shane serait à Londres le jour suivant.

Elle ne dormit guère cette nuit-là. Et le lendemain, ne sachant quel vol il prendrait, ni d'où il viendrait, elle attendit des nouvelles de Shane dans sa chambre.

Ce fut peu avant midi qu'elle reçut le coup de téléphone. Le son de la voix de son frère provoqua en elle un déferlement d'émotion et de larmes.

— Tu... tu es dans mon hôtel ? balbutia-t-elle en l'écoutant, presque incapable de croire à la nouvelle. Mais où ? Dans quelle chambre ?

— Commande un bon repas pour deux, un magnum de champagne, et accorde-moi vingt minutes pour me doucher, déclara Shane. Après, je suis à toi.

Un quart d'heure plus tard, il avait rejoint sa sœur et l'étreignait avec affection, la faisant voltiger un instant au-dessus du sol avant de la reposer à terre, dans sa joie de la retrouver.

— Salut, toi, fit-il.

Son sourire n'avait pas changé, son rire était toujours aussi communicatif. Mais il semblait las et avait beaucoup maigri. Contemplant un instant sa haute silhouette hâlée par le soleil et sa chevelure brune où se jouaient à présent des reflets auburn, Kristi répondit doucement :

— Salut.

Ils gagnèrent la table, où le repas était servi depuis quelques minutes à peine, et elle le regarda prendre place, ouvrir la bouteille de champagne, leur en verser un verre à chacun.

— Buvons à mon retour !

— Totalement sain et sauf ?

— Comme tu le constates.

D'une voix mal assurée, la jeune femme reprit :

— A l'avenir, je crois que tu feras bien d'effectuer des reportages dans des pays moins instables, tu sais. Je ne suis pas pressée de revivre de telles angoisses.

Les yeux bruns de Shane — piquetés, comme les siens, de paillettes topaze — se rivèrent à ceux de Kristi.

— Touché ! fit-il. Tout à fait entre nous, à qui as-tu fait appel pour obtenir ma libération ?

— Au cheikh Shalef bin Youssef Al-Sayed, répondit-elle avec sincérité.

Un long sifflement expressif échappa à Shane.

— Je peux te demander comment tu es entrée en contact avec lui ?

— Grâce à sir Alexander.

— Et ?

Kristi haussa les épaules.

— J'ai donné ma parole, dit-elle.

Inutile de dire à qui, ou pourquoi. Shane comprenait.

— Est-il prévu que je voie Al-Sayed ? s'enquit-il.

— C'est possible. Je n'en suis pas sûre.

Changeant de sujet, la jeune femme encouragea alors son frère à lui raconter sa captivité, ce qu'il fit. Si elle sentit des ellipses, des omissions à certains moments de son récit, elle se garda de l'interroger. Elle comprenait, elle aussi.

— Il va y avoir une déclaration face à la presse, cet après-midi, ajouta Shane avec un mélange de réticence et de résignation. On risque de me demander toute une une série d'interviews. Ensuite, je repartirai pour Sydney demain après-midi.

— Si vite ?

— Les médias australiens ne sont pas moins goulus que les médias anglais, commenta Shane, ironique et désabusé. Après cela, je crois que je vais la mettre en veilleuse pendant un bon moment.

— Je pourrais peut-être prendre le même avion que toi, énonça Kristi, réfléchissant tout haut.

Il lui semblait avoir quitté son pays depuis des siècles, et elle éprouvait le besoin de reprendre son ancienne vie au plus vite. Mais Shane lui déconseilla d'agir avec précipitation, lui suggérant plutôt de patienter quelques jours avant de le rejoindre en Australie. Elle lui adressa un regard scrutateur, et fut une nouvelle fois frappée par son air las et sa fatigue.

— Tu devrais dormir un peu, dit-elle avec inquiétude.

— C'est bien ce que je compte faire. Je te rappellerai demain matin, d'accord, sœurette ?

Ils se séparèrent, alors, et Kristi referma pensivement la porte derrière lui.

La jeune femme ne tarda pas à réserver une place en avion pour Sydney, et occupa sans difficulté les quelques jours qui la séparaient du départ, grâce à Georgina. Celle-ci l'emmena faire des emplettes chez Harrods, puis l'invita à un grand dîner et à divers spectacles. Mais, la veille du départ, alors qu'elles sortaient d'un cinéma en fin d'après-midi, Kristi décréta fermement :

— Je me réserve cette soirée, Georgina. Je vais rentrer à mon hôtel et me coucher tôt. Ne discute surtout pas, je t'en prie. Un long voyage m'attend, demain.

Georgina s'insurgea à l'idée que son amie passât une soirée en solitaire.

— C'est ta dernière journée à Londres avant longtemps, voyons ! protesta-t-elle.

Mais Kristi demeura gentiment inflexible, et son amie se résigna à téléphoner à Jeremy, son chevalier servant, afin qu'il lui tienne compagnie ce soir-là. Puis elle s'en fut, non sans avoir donné rendez-vous à Kristi à l'aéroport, le lendemain matin.

En dépit de ses bonnes résolutions, lorsqu'elle se mit au lit, moins d'une heure plus tard, Kristi eut bien du mal à trouver le sommeil, et elle se surprit à regretter de n'avoir pas accompagné Georgina, pour se changer les idées. Cela l'aurait aidée à lutter contre la profonde sensation de déprime qui la minait depuis qu'elle avait quitté Riyad...

**

Sans doute dut-elle s'endormir, pourtant. Lorsqu'elle s'éveilla, le lendemain, il était déjà tard. S'étant douchée et ayant déjeuné, elle préparait ses bagages lorsqu'un coup fut frappé à la porte, annonçant quelque garçon d'étage ou femme de chambre.

Agacée par ce qui risquait de se révéler une perte de temps, elle alla ouvrir en fronçant les sourcils ; mais la haute silhouette masculine qu'elle découvrit sur le seuil n'avait pas une once de ressemblance avec celle d'un quelconque employé de l'hôtel...

10.

— Shalef ! murmura Kristi, et jamais elle n'aurait cru éprouver tant de peine en prononçant son nom.

Un instant, il la regarda, posant sur elle ses yeux gris et impénétrables, s'attardant légèrement sur le renflement de ses lèvres.

— Tu ne me fais pas entrer ? demanda-t-il.

Au prix d'un immense effort, elle parvint à reprendre contenance.

— Cela ferait-il une différence, si je refusais ? demanda-t-elle avec une relative aisance.

— Aucune.

Il pénétra dans la pièce tandis qu'elle s'effaçait pour lui livrer passage. Son expression se fit plus dure lorsqu'il vit la valise ouverte et à demi pleine sur le lit.

— Tu pars ?

Elle l'examina avec circonspection, prenant mesure de la puissance qui émanait de lui, de son côté indomptable.

— Oui, dit-elle simplement.

Il y eut un silence, si net et prolongé qu'il en parut presque palpable. Peu à peu, Kristi sentit la tension monter en elle, lui mettant les nerfs à vif. Furieuse, elle maudit Shalef en silence d'avoir sur elle un tel pouvoir ; d'être capable, par sa seule présence, de la plonger dans ce maelström d'émotions à peine tolérables.

Shalef la contempla longtemps, l'air sombre. Lorsqu'il s'exprima enfin, il parut choisir ses mots avec circonspection :

— Nous avons à parler, toi et moi, Kristi.

Comme elle ne trouvait rien à répondre de sensé, elle demeura silencieuse, attendant qu'il poursuive.

— Je passe un mois à Londres, et ensuite, je m'envolerai pour Paris. Je veux que tu sois avec moi.

Elle en eut le souffle coupé.

— Eh bien, Kristi, pas de commentaires ? lança-t-il aussitôt, cynique et railleur.

— A quel titre ? énonça-t-elle d'une voix si rauque et si étranglée qu'elle eut peine à la reconnaître. Comme ta maîtresse ?

Pendant un moment, il resta muet. Puis il finit par dire :

— Cela a ses avantages.

Un déclic parut se faire, chez la jeune femme. Elle le regarda franchement, bien en face, sans fausse honte.

— Je ne me satisferai jamais d'être la cinquième roue du carrosse, Shalef. D'attendre ton bon vouloir et de me contenter des rares nuits que tu pourras m'offrir.

Un instant, elle s'interrompit, terrassée par sa douleur intérieure. Sûre qu'il percevait sa souffrance, elle tenta de juguler les sensations qui lui nouaient la gorge. Avec effort, elle ajouta :

— J'aimerais mieux ne pas t'avoir du tout.
— Alors, épouse-moi.

Cela la rendit incapable de parler pendant plusieurs secondes. Enfin, elle balbutia :

— P-pourquoi ?

Elle le scruta, quêtant dans son regard une lueur de passion, quelque émotion, quelle qu'elle fût, et qui l'aurait un peu rassurée. Tranquillement, il souligna :

— Tu es différente de toutes les femmes que je connais. Tu es intelligente, courageuse, aussi à l'aise dans le grand monde que parmi mes amis bédouins du désert.

Kristi ferma les yeux, comme pour se protéger de la souffrance qui l'assaillait.

— Ce n'est guère une raison pour se marier.
— Tu refuses ?

Attentive, passionnément attentive, elle le scruta de nouveau — tourmentée par le désir éperdu d'accepter et sachant pourtant que l'entente sensuelle et l'affection ne seraient jamais, pour elle, un substitut possible de l'amour.

Il était si facile de dire oui, en un sens. D'accepter ce qu'il avait à offrir et de tâcher de s'en contenter. Mais elle voulait bien autre chose que cela — et ce qu'elle voulait, il n'était pas prêt à le lui donner.

— Je pars en Australie au début de l'après-midi, dit-elle. Shane est déjà à Sydney, et il est grand temps que nous nous remettions au travail, tous les deux.

— Tu sais très bien que je t'y suivrai.
— Je t'en prie, n'en fais rien.

« Sauf si tu m'aimes », acheva-t-elle dans le secret de son cœur.

— Tu es prête à rejeter ce que nous partageons tous les deux ?

« Et j'en mourrai », pensa-t-elle. A voix haute, elle déclara :

— Quand il n'y a pas d'amour, il n'y a rien à rejeter.

C'était une folie, une absurdité, de lui opposer une rebuffade, se dit-elle encore, proche de la crise de nerfs. Elle était sûrement la seule femme au monde qui songeât à dédaigner une offre de mariage du cheikh Shalef Youssef bin Al-Sayed !

Et pourtant, accepter maintenant sa proposition ne revenait qu'à entériner une sorte de compromis. Tant de femmes se seraient contentées, joyeusement contentées, de beaucoup moins ! Accueillir Shalef dans leur lit, avoir accès à son immense fortune et aux récompenses qui en découlaient leur aurait suffi...

Lentement, sans pouvoir dompter les accents rauques de sa voix, sans pouvoir dominer un incoercible sentiment de tristesse, Kristi reprit :

— Tu m'offres tout ce qu'il y a à offrir, Shalef.

Elle avait espéré tant de choses ! Elle avait prié de toutes ses forces pour qu'il prononçât les mots qu'elle désirait éperdument entendre... Mais il ne l'avait pas fait.

— Tu m'offres tout. Sauf ton amour.

De nouveau, elle scruta son regard impénétrable et froid, dans l'espoir de parvenir à franchir la barrière qu'il lui opposait et de découvrir en lui une émotion plus profonde, qui ne fût pas exclusivement basée sur l'attirance physique.

— Ce que je désire, ce dont j'ai besoin, reprit-elle avec passion, c'est d'être bien autre chose et bien plus qu'une jolie femme à ton bras, une hôtesse dans ta maison... une maîtresse dans ton lit.

Elle ne vit rien passer sur son visage. Pas l'ombre d'un sentiment, pas l'ombre d'une indication sur ce qu'il éprouvait en réalité. Cela la mit en colère ; elle eut envie de crier, de lui hurler à la face, de le frapper, même, pour obtenir quelque réaction de sa part.

— Je t'ai demandé d'être ma femme, répéta-t-il.

Il avait parlé d'une voix douce, et pourtant, elle sentit passer quelque chose de mortel, dans son intonation. Intérieurement, elle frémit, comme si un courant glacé venait de balayer la pièce, figeant les choses entre eux à l'instar d'un coup de gel.

Elle releva la tête, le regardant en silence, d'un air de défi.

— Pourquoi ? Pour te donner des fils ? Et si ta semence n'engendre en moi que des filles, me répudieras-tu pour donner la préférence à une autre femme qui t'apportera peut-être le fils que tu désires, ou plutôt, dont tu as besoin pour perpétuer la lignée princière des Al-Sayed ?

Une rage froide passa dans le regard de Shalef, mais elle fut vite masquée.

— Tu aurais un style et un train de vie enviables, observa-t-il.

Elle songea à Nashwa et à ses filles, et sut qu'elle ne pourrait jamais accepter de bonne grâce la sujétion qui était la leur. Avec une tristesse infinie, car elle savait que l'existence sans Shalef ne serait qu'une lente et interminable façon de mourir, elle secoua la tête.

— Cela ne suffit pas, Shalef. Quand je me marierai, ce sera pour toujours. Parce que je serai aussi importante aux yeux de mon futur mari qu'il le sera pour moi. C'est ce qui compte plus que tout le reste. Les possessions matérielles ne signifient rien.

La gorge serrée, se sentant sur le point de défaillir, elle acheva :

— J'ai besoin de savoir que je suis tout pour toi. Que tu n'en voudras jamais une autre.

— Tu as ces exigences, alors que le propre des sentiments humains est de n'apporter aucune garantie ? lâcha Shalef. Les promesses ne sont que des mots, prononcés dans l'instant où le cœur l'emporte sur la raison. Il n'est rien de plus vain que les serments éternels.

— J'éprouve presque de la pitié pour toi, Shalef. Tu songes à marchander. Mais le véritable amour n'a pas de prix. Pour moi, c'est la valeur la plus haute.

Cynique, il répliqua :

— Je n'exige pas ta sympathie, moi.

Crânement, la jeune femme acquiesça, admettant cette vérité qui la torturait.

— C'est juste. A dire vrai, tu pourrais tout aussi bien te passer de ma personne. Une autre me remplacerait aisément dans ta vie et dans ton lit.

Imperceptiblement, les pupilles de Shalef se contractèrent, et il eut soudain l'air si sombre et si impénétrable qu'elle éprouva une peur infinie, irraisonnée.

— Tu places tes enjeux très haut, dit-il.

— Je mise tout ce que j'ai.

— Et si tu perds ?

Jusque-là, Kristi avait fait front. Cependant, elle

sentait qu'elle ne possédait qu'un faible empire sur ses émotions et sur ses sentiments. Puisant dans son orgueil d'ultimes ressources, elle lutta pour ne pas s'effondrer. Plus tard, sans doute, elle pleurerait. A chaudes larmes. Mais pas maintenant. Doucement, simplement, elle répondit :

— *Inch Allah.*

Pendant un bref instant, une lueur de colère flamba dans le regard de Shalef — vite éteinte, tant son empire sur lui-même était grand. Mais, l'espace de quelques secondes fugitives, Kristi eut vraiment l'impression qu'il allait la frapper.

Puis elle se reprocha son imagination excessive. S'il voulait la punir, il n'avait nul besoin de recourir à la violence physique.

— Tu mets ma patience à rude épreuve, dit-il.

Elle songea qu'elle aurait pu lui renvoyer la réplique. Mais cela en aurait-il valu la peine ? Les mots n'étaient-ils pas vains, face à cet homme cynique et froid ?

— Je dois finir de faire ma valise.

Shalef fourra brusquement les mains dans ses poches, d'un geste nerveux qui exprimait une fureur mal contenue.

— Tu veux que je m'en aille ?
— Oui.

Elle vit passer une crispation sur sa mâchoire.

— Comme tu voudras. Mais d'abord...

Il la rejoignit et elle se figea, envahie par une appréhension bien particulière pendant qu'il inclinait la tête vers elle. Le contact des lèvres de Shalef fut doux, et elle n'eut même pas conscience du petit gémissement étranglé qui monta du fond de sa gorge lorsqu'il effleura sa bouche du bout de la langue, en redessinant les contours d'une caresse sensuelle, infiniment excitante.

« Non, pas ça ! » faillit-elle crier. Mais déjà, elle s'embrasait tout entière, en proie à l'une de ces flambées de passion que Shalef était seul à pouvoir faire naître en elle.

Jamais, elle le savait, elle n'éprouverait rien de tel avec un autre homme. C'était un peu comme si elle sombrait lentement, avec une volupté exquise, dans un bienheureux abandon où se fondait le réel ; seul comptait l'instant présent, et les sensations dont elle était la proie.

Elle trembla légèrement, luttant pour ne pas se montrer réceptive ; des larmes lui picotèrent les paupières tandis qu'il persistait savamment dans sa caresse, gagnant peu à peu du terrain dans leur petite guerre sensuelle et l'amenant à capituler en dépit d'elle-même.

Lorsqu'il prit pleinement possession de sa bouche, dans un baiser exigeant et profond, avide, dominateur, elle laissa échapper un nouveau gémissement, où se mêlaient désespoir et volupté ; et, avec un frisson éperdu, elle se cramponna à lui comme un noyé tente de s'agripper à la terre ferme, avant d'être emporté dans le tourbillon dont il n'émergera peut-être plus.

La passion et l'intensité de Shalef, en cet instant, avaient quelque chose de violent et de farouche qui tenait presque de la violation. Quand il la relâcha, elle demeura figée dans une immobilité de statue.

Une part d'elle-même avait envie de lui hurler : « Va-t'en ! Sors de ma vie avant qu'elle ne soit plus que cendres. » Mais l'autre désirait le supplier de prononcer, enfin, les mots nécessaires qui la lieraient à lui à jamais.

Le regard de Shalef était sombre, à demi voilé par ses paupières, et son expression demeurait indéchiffrable. Elevant une main, il effleura doucement les lèvres de la jeune femme, puis laissa glisser ses doigts vers l'arête de sa mâchoire... avant de reprendre le même manège en sens inverse.

Pendant un instant qui parut durer une éternité, il se contenta de la regarder, comme pour graver dans son esprit les traits délicats de Kristi, sa peau fine et pâle, ses grands yeux d'un brun intense où brillaient des paillettes dorées, et sa bouche pleine, encore sensuellement meurtrie par le baiser.

Puis, soudain, son bras retomba contre son flanc. Il se tourna vers la porte, gagna le seuil et le franchit sans même se retourner. Le déclic du pêne, se remettant en place dans la serrure, déclencha tel un signal les larmes de la jeune femme, qui roulèrent sur ses joues en silence.

Longtemps, Kristi demeura ainsi, immobile. Enfin, comme sous l'effet d'un second signal, intérieur et confus, elle trouva assez de force pour se rapprocher de son lit et achever de faire sa valise.

Elle parvint même à se rafraîchir le visage et à renouveler son maquillage avant de prévenir la réception qu'elle était prête et qu'on pouvait emporter ses bagages.

Ayant jeté un dernier coup d'œil autour d'elle pour s'assurer qu'elle n'oubliait rien, elle prit son sac et descendit jusqu'à la réception pour régler sa note.

Shalef... Sa main tremblait lorsqu'elle inséra sa carte de crédit dans la machine et pianota sur les touches pour composer le code. Ce geste ultime, à l'instar de la présence de la Bentley qui attendait devant l'entrée et dont le coffre béant accueillerait dans un instant ses bagages, semblait souligner avec une ironie amère l'acte de renonciation qu'elle venait d'accomplir.

Elle franchit la porte à tambour et s'avança fermement vers le chauffeur, qui lui ouvrait la portière arrière du véhicule.

— Veuillez remercier le cheikh bin Youssef Al-Sayed de son amabilité, déclara-t-elle, et dites-lui que j'ai préféré appeler un taxi.

Le chauffeur pâlit, visiblement inquiet.

— Mademoiselle Dalton, j'ai reçu l'ordre de vous conduire à l'aéroport et de vous aider à franchir les douanes.

— Cela ne sera pas nécessaire.

— Le cheikh sera furieux.

— Contre moi, précisa-t-elle avec une ironie désabusée. Il n'a tout de même pas ordonné de me contraindre à monter dans cette voiture ?

— Non, mademoiselle Dalton.

— Dans ce cas, vous êtes exempt de tout blâme.

Déjà, elle se détournait, hélait un taxi. Quelques secondes plus tard, elle se carra sur le siège arrière, s'abandonnant contre le dossier et regardant distraitement au-dehors. Des gens emmitouflés passaient d'un pas rapide, resserrant les pans de leur manteau autour d'eux pour mieux lutter contre le froid. La pluie se mit à tomber dru, isolant l'habitacle du monde extérieur, et le chauffeur mit en route les essuie-glaces, qui firent entendre leur va-et-vient régulier.

Dans moins de vingt-quatre heures, songea Kristi, elle se retrouverait sous les cieux infiniment plus cléments de son pays natal.

A la pensée de revoir bientôt Shane et ses amis les plus proches, elle aurait dû éprouver un élan d'impatience et de plaisir ; mais au lieu de cela, elle était la proie d'un sentiment de désolation si intense qu'elle en était déchirée jusqu'au plus profond de son âme.

11.

— Quelque chose d'intéressant dans le programme de la semaine prochaine ? demanda Kristi en déposant l'étui de son appareil photo sur une chaise proche.

— Rien d'exceptionnel, répondit Shane, qui passait en revue leur agenda de rendez-vous.

Il était tard. Annie était déjà partie, et un peu partout, les banlieusards se hâtaient vers leurs foyers, à travers les rues où se formaient des embouteillages. Bientôt, il ferait nuit, et les enseignes au néon clignoteraient pour attirer l'attention des passants, tandis que les restaurants et les cinémas engloutiraient des foules en quête de bonne chère, de rire et de joie de vivre.

Il y avait plus d'un mois que Kristi était de retour à Sydney. « Six semaines et trois jours, pour être précise... », pensa-t-elle en s'avançant vers la devanture pour regarder, au-dehors, le paysage urbain.

Les eaux du port étaient d'un bleu étincelant, sous le soleil déclinant et, à leur surface, bateaux de plaisance et ferries croisaient en diverses directions, tandis qu'un imposant cargo se hâtait vers le quai.

Dès son retour de Londres, Kristi s'était immergée dans le travail, acceptant chaque tâche qui se présentait pour demeurée occupée, pour ne pas avoir le temps de penser. Elle avait même fait savoir qu'elle était disposée à accepter des commandes « mondaines » et, par voie de conséquence, avait passé presque toutes ses soirées à photographier les célébrités de la ville. Elle avait « couvert » trois noces, deux baptêmes... bref, une incroyable quantité d'événements, sur un rythme beaucoup trop soutenu pour une seule personne.

Si le soleil lui avait donné un joli hâle, elle avait pourtant le regard triste et les yeux cernés. Elle ne souriait que rarement, et sans réelle chaleur ou enthousiasme. Sa silhouette s'était amenuisée, jusqu'à acquérir quelque chose d'éthéré.

« Je tiendrai le coup, songea-t-elle en silence. Il le faut. » Mais les nuits étaient bien plus dures que les jours. Oui, c'était la nuit, surtout, qu'elle souffrait lorsque, allongée dans le noir, elle était la proie de ses souvenirs — de visions si précises, si explicites, qu'elles étaient un tourment sans cesse renouvelé pour son corps et son cœur.

— On m'a fait une offre que j'ai été tenté d'accepter, énonça lentement Shane.

— Pas au Rwanda ou en Bosnie, j'espère ? demanda-t-elle d'une voix qui se voulait légère, mais qui dissimulait mal son inquiétude.

— Non, je te rassure. En Nouvelle-Zélande. Un reportage photo pour des industriels du tourisme. Cela contrastera avec mon dernier point de chute ! observa Shane, pince-sans-rire. En prime, je pourrai faire du ski à Milford Sound.

Pivotant sur elle-même, Kristi demanda :
— Quand pars-tu ?
— Décidément, je ne pourrai jamais te surprendre. Demain. Pourquoi ? Ça pose un problème ?
— Quand seras-tu de retour ?
— A la fin de la semaine prochaine, s'il n'y a pas de problèmes météo et de contretemps. Et toi, si tu annulais quelques rendez-vous pour passer quelques jours au vert ? Tu as l'air épuisée.
— Merci, ça fait plaisir à entendre ! tenta de plaisanter Kristi.
— Hé ! fit Shane, élevant la main pour taquiner doucement, du bout des doigts, le menton de sa sœur. Je me fais du souci pour toi, moi.
Un sourire tremblé incurva les lèvres de la jeune femme.
— Je sais.
— Shalef bin Youssef Al-Sayed a peut-être été l'instrument de ma délivrance, reprit doucement Shane, mais si je le tenais, en ce moment, je l'étranglerais avec plaisir pour lui faire payer ce qu'il t'a fait.
Ce fut d'un regard étrangement ferme que Kristi affronta celui de son frère.
— Il voulait m'épouser, dit-elle d'une voix égale. Pour les plus mauvaises raisons qui soient.
— Tu l'aimes.
C'était une affirmation, que Kristi ne prit même pas la peine de dénier. Depuis toujours, il existait, entre Shane et elle, une affinité mystérieuse, une prescience aiguë de ce que ressentait l'autre, qui n'avait rien d'ordinaire. Cela avait établi entre eux un lien particulièrement fort — celui de deux esprits

et de deux cœurs qui savaient si bien se déchiffrer mutuellement qu'ils avaient rarement besoin de paroles et d'explications.

— Cela n'est pas suffisant, dit Kristi.

Doucement, Shane laissa tomber :

— Cet homme est insensé.

Il n'y avait eu ni coup de téléphone ni fax pour Kristi, depuis qu'elle était rentrée. Mais elle n'en avait attendu aucun. « Tu mens, lui souffla une petite voix. Tu espérais qu'il tenterait d'entrer en contact avec toi d'une façon ou d'une autre, avoue-le. »

Enclenchant le répondeur et jetant son sac en bandoulière sur son épaule, elle lança :

— Fermons boutique et partons d'ici.

— Allons faire un bon repas au restaurant, suggéra Shane en lui emboîtant le pas.

— J'aimerais mieux rentrer à la maison.

Shane s'assura qu'il avait bien verrouillé la porte du studio et devança sa sœur, franchissant avant elle les cinq ou six marches du perron.

— Ce sera le restaurant. C'est moi qui paie. Et pas de discussion, décréta-t-il.

« De la cuisine française comme je l'aime », songeait Kristi, deux heures plus tard. En dépit de son manque d'appétit proclamé, elle avait tout de même fait honneur au consommé de volaille, au poisson à la vapeur accompagné de sauce crémeuse au citron et au panaché de petits légumes. Et à présent, elle achevait tout juste une délicieuse compote de fruits au cognac, flambée et arrosée de crème.

— Café ? demanda le serveur.
— Oui, bien corsé, s'il vous plaît.

On leur eut bientôt apporté deux tasses de breuvage odorant et revigorant. Après en avoir savouré quelques gorgées, Kristi se laissa aller en arrière sur son siège. Elle se sentait plus détendue, et peut-être le vin qui avait accompagné leur repas n'y était-il pas pour rien.

— Merci, dit-elle.
— Pour le dîner ?
Elle sourit.
— D'avoir insisté pour m'emmener ici.
— Tu m'en vois ravi.

Il se faisait tard, il aurait fallu rentrer. Mais Kristi n'était guère pressée, à présent, de retrouver son appartement vide, où l'attendaient d'obsédants souvenirs. Aussi, se saisissant de la cafetière que le serveur avait laissée sur leur table, versa-t-elle une seconde tasse à son frère et à elle-même.

— Tu veux en parler ? demanda brusquement Shane, à la fois chaleureux et léger.

Elle fit non de la tête.

— Alors, revenons aux affaires. Serais-tu d'accord pour qu'Annie acquière une petite part dans le studio ?
— Tu parles sérieusement ?
— Oui. Tu vois des objections ?
— Ça s'est toujours appelé Dalton Photographics, protesta Kristi. Pourquoi changer ?
— Ça resterait toujours Dalton Photographics.

Un éclair de compréhension traversa la jeune femme, tandis que l'expression rêveuse qu'Annie portait fréquemment vers Shane se présentait à son esprit.

— Oh, je vois. Annie..., fit-elle.
— C'est si voyant que ça ?
— Pour personne d'autre que pour moi, répondit Kristi tandis qu'un sourire illuminait lentement ses traits. Si je devais me choisir une belle-sœur, ce serait elle.
— Je l'ai demandée en mariage hier soir. Quand je serai rentré de Nouvelle-Zélande, nous publierons les bans. Encore un peu de café ?

Cette fois, Kristi refusa, et Shane demanda l'addition. Puis, lorsqu'il eut payé et qu'ils eurent quitté le restaurant, il tint à accompagner sa sœur jusqu'à sa voiture et veilla à ce qu'elle boucle sa ceinture de sécurité après s'être installée au volant.

— Sois prudente, dit-il.

Elle lui décocha un regard amusé et railleur.

— Je suis une conductrice modèle. Et toi, tâche de ne pas dégringoler de ta montagne !
— Je suis un skieur émérite ! répliqua Shane.

Il effleura affectueusement la joue de sa sœur, et ajouta :

— Je te téléphonerai.

Elle mit le moteur en route et démarra. Il ne lui fallut que quinze minutes pour regagner son appartement, et quinze autres pour s'apprêter et se mettre au lit. Fut-ce l'effet du vin ? Ou des nombreuses nuits sans sommeil qui avaient précédé celle-là ? Toujours est-il qu'elle sombra aussitôt dans les bras de Morphée, pourvoyeur d'oubli.

Annie était occupée au téléphone, lorsque Kristi pénétra dans le studio un peu après 8 heures, le lendemain matin. Avec une mimique comiquement expressive, elle indiqua à la jeune femme qu'il y avait du café chaud dans le percolateur et l'invita à leur en servir une tasse.

« Elle aurait dû faire du théâtre », pensa Kristi en s'exécutant et en déposant une tasse de breuvage odorant sur le bureau de son amie. Celle-ci possédait, entre autres, le don de mimer les expressions et les intonations de qui bon lui semblait.

D'une voix basse et rauque, avec un regard pétillant d'humour, elle énonça justement après avoir raccroché :

— Mademoiselle Dalton est conviée à effectuer un reportage dans l'une des demeures les plus fabuleuses du quartier ultrachic de Point Piper. Ses clichés sont destinés au célébrissime décorateur d'intérieur londonien qui se rendra sur place après avoir admiré chaque pièce, chaque élément d'architecture et chaque carré de paysage dans leurs moindres recoins photographiques.

— Quand ?

— A en juger par l'attitude et le ton de notre inestimable client, c'était pour avant-hier. Je lui ai dit que tu ne pourrais pas être disponible avant cet après-midi.

— Et ?

— Il a demandé à ce que tu y ailles ce matin.

— Que lui as-tu répondu ?

— Eh bien, j'ai failli accepter de reporter le rendez-vous. Mais il semblait tellement... despotique que j'ai décidé de lui donner une leçon d'humilité.

— Tu es incorrigible.

— Je sais. J'ai grand besoin qu'on me prenne en main, admit humoristiquement Annie.

Kristi laissa échapper un léger rire.

— Shane m'assure qu'il s'apprête justement à le faire, dit-elle — et une expression d'affection sincère adoucit son visage. Je suis vraiment ravie pour vous deux.

— Merci. Ce sera un petit mariage, dans l'intimité, dit Annie.

Tout à coup, Kristi éprouva un élan de souffrance coupable, en étant confrontée au bonheur de son amie. Si elle parvint à le dompter et le masquer, ce ne fut pas sans effort.

La sonnerie du téléphone retentit de nouveau, et Annie traita quelques instants avec un nouvel interlocuteur, griffonnant quelques notes sur son agenda. Quand elle eut raccroché, elle lança :

— On en était où, déjà ?

— A notre client despotique. A quelle heure suis-je censée me présenter chez lui ?

— 13 h 30. Il n'a même pas demandé combien tu prenais.

Kristi décocha un regard aigu à son amie.

— Tu n'as pas pipé les dés, j'espère ?

— Moi ? fit Annie avec une mimique d'autodérision. Je l'ai simplement informé que le tarif était plus élevé pour un travail d'urgence.

— Ah, que ferais-je sans toi ?

— Tu survivrais, répliqua plaisamment la pétulante brunette.

Avalant en hâte son café, Kristi consulta le planning. On l'attendait à Bickersby dans moins d'un quart d'heure, pour des clichés en studio ; et à 10 h 30, chez un autre client, pour des portraits d'enfants. Ensuite, elle aurait tout juste le temps de revenir chez Dalton Photographics afin d'y déjeuner sur le pouce, et de repartir ensuite vers Point Piper, chez le « despote » du jour...

Annie n'avait pas menti, pensa Kristi quelques heures plus tard alors qu'elle se garait dans une rue résidentielle : la maison était une merveille. Dans ce quartier chic, quelques immeubles ultramodernes rebâtis sur les fondations d'anciens édifices côtoyaient les demeures chargées d'histoire. Adossés à flanc de falaise, ils disposaient tous d'une vue imprenable et magnifique sur le port de Sydney. Ici, une résidence valait plusieurs millions de dollars.

Sortant de voiture et prenant son matériel, la jeune femme se dirigea vers la grille en fer forgé et appuya sur le bouton de l'Interphone. Quelques instants plus tard, une gouvernante l'accueillait dans un vaste vestibule, donnant dans un salon plutôt « informel ».

C'était un intérieur un peu trop ascétique, pour le goût de Kristi. Elle aurait aimé y voir des toiles de maîtres, des vases de fleurs fraîchement coupées. Et les murs couleur primevère auraient gagné à être repeints en blanc cassé, afin de mettre en valeur la légèreté aérienne du design d'ensemble.

— Mon employeur m'a demandé de vous transmettre ses excuses, dit la gouvernante. Il a reçu un appel professionnel qui le retardera d'une dizaine de minutes. Aimeriez-vous une boisson fraîche ou du thé, pendant que vous patientez ?

— Une tasse de thé sera la bienvenue, merci, répondit Kristi.

Elle n'avait même pas eu le temps de prendre le

déjeuner sur le pouce qu'elle avait prévu, et avait dû se contenter de croquer une pomme pendant le trajet en voiture qui l'avait menée jusqu'ici. Lorsqu'on photographiait des enfants, en effet, on était soumis aux lois du hasard : face à une étrangère munie d'une caméra, ils avaient toujours des réactions imprévisibles. La séance s'était prolongée plus que de raison sous la houlette d'une jeune mère impuissante à discipliner ses bambins, « pourtant si adorables, d'habitude ! » En dépit des efforts de Kristi, qui avait tenté de les détendre à l'aide d'une marionnette, les trois petits, âgés de dix-huit mois à quatre ans, s'étaient montrés tour à tour timides, rétifs et pleurnichards, pour finir par se rebeller tout à fait.

« Quel soulagement, songeait à présent la jeune femme, que d'avoir à opérer face à des objets inanimés ! » S'avançant vers la vaste baie, elle fit volte-face pour embrasser les lieux du regard, évaluant mentalement la lumière, les angles de prise de vue.

La gouvernante ne tarda pas à reparaître. Elle déposa un plateau sur une table basse, où à côté de la théière une assiette de canapés était disposée.

— Pour le cas où vous auriez faim, dit-elle aimablement. Je vous laisse vous servir à votre guise.

— Merci, dit Kristi, appréciant l'attention. Je n'ai pas eu le temps de déjeuner.

Elle goûta au thé — un Earl Grey parfait —, et aux minuscules sandwichs au saumon et à la crème de fromage, qui étaient délicieux. Tout en savourant cet en-cas, elle songea qu'elle aurait aimé pouvoir errer à travers la maison, pendant l'attente, pour observer les diverses pièces. Cela aurait permis de gagner du temps.

Qui pouvait être le nouveau propriétaire de ce joyau ? C'était une demeure moderne, œuvre de l'un des plus brillants architectes de Sydney — et l'un des plus effroyablement chers, aussi. Si la couleur des murs n'était pas du goût de Kristi, la conception des lieux était réellement superbe. Et le fait que son client fît appel à un décorateur étranger, londonien, indiquait qu'il n'épargnerait aucune dépense pour marquer l'endroit de son empreinte personnelle.

— Mademoiselle Dalton ?

Kristi tressaillit en entendant de nouveau la voix de la gouvernante.

— Je vais vous conduire jusqu'au bureau.

Les deux femmes gagnèrent le palier inférieur, par un vaste escalier en courbe donnant sur une sorte de patio couvert où brillaient des lustres de cristal. Spacieux et dallé de marbre, il était orné d'une fontaine ouvragée. La gouvernante indiqua un couloir.

— Le bureau se trouve tout au bout du corridor, dit-elle. Dernière porte à droite.

De façon tout à fait irraisonnée, Kristi fut soudain la proie d'une nervosité incontrôlable. Son appréhension grandissante la surprit. « Tu dérailles », se dit-elle.

Lorsque la gouvernante se fut effacée pour la faire entrer dans le bureau, elle découvrit au premier coup d'œil une très vaste pièce, équipée d'instruments informatiques professionnels. Des étagères chargées de livres couraient sur un pan de mur, et le bureau était un meuble antique et coûteux.

Au-delà, le fauteuil pivotant du maître des lieux était vide. Le regard de Kristi balaya la pièce et se porta vers une haute silhouette, qui se profilait en contre-jour devant la large baie vitrée.

C'était là une silhouette masculine, dont les contours lui semblaient étrangement et douloureusement familiers. La gorge serrée, Kristi guetta l'instant où l'inconnu se tournerait vers elle.

Comme s'il avait pressenti son appréhension irrationnelle, il bougea avec une lenteur délibérée, s'écartant de la baie.

Shalef !

Elle perçut aussitôt quelque chose d'intensément primitif dans son expression, et son instinct en alerte lui souffla de se tenir sur ses gardes. Mais à la voix de son instinct se mêlait aussi un sentiment de colère, qui la poussait à exiger des explications, à lui demander ce qu'il faisait à Sydney et surtout, *pourquoi* il l'avait fait venir chez lui.

S'efforçant à grand-peine d'adopter un ton impersonnel et poli, elle déclara :

— Bon nombre de photographes compétents, tout à fait capables de remplir la tâche que tu demandes, figurent dans l'annuaire. Je crois qu'il vaudrait mieux que tu contactes l'un d'entre eux.

Shalef haussa le sourcil et son léger sourire se teinta de cynisme.

— Cela vaudrait mieux pour qui ? fit-il.

Ainsi, il voulait jouer au plus fin ? Eh bien, elle allait mettre un terme à ce jeu sans tarder, en partant séance tenante, songea-t-elle. Elle allait ouvrir la bouche lorsqu'il reprit d'une voix doucereuse :

— Ta secrétaire m'a affirmé que les photos seraient prêtes dès ce soir. Aurais-tu l'intention de renier un engagement professionnel ?

L'orgueil de son métier, l'orgueil tout court amenèrent Kristi à réagir. Ah, il le prenait sur ce ton ! Eh bien, elle le ferait, ce satané « reportage » ! Il les aurait, ses photos, ne fût-ce que pour lui prouver qu'il avait perdu le pouvoir de l'affecter, de la bouleverser.

— Tu pourrais peut-être commencer par m'expliquer ce que tu désires, pour que je puisse me mettre au travail sans tarder.

Il ne fit pas un geste, mais elle sentit qu'il s'était crispé sous l'effet d'une colère rentrée.

— Je rentre à Londres demain. Je préférerais emporter les clichés avec moi.

— Pourquoi fais-tu appel à un décorateur londonien ? lança-t-elle en le toisant. Tu crois qu'il n'y a pas de bonnes entreprises, en Australie ?

— Il y a des années que je fais appel aux services de celle que j'ai contactée, déclara Shalef.

Puis, ayant marqué une pause, il acheva avec calme :

— J'ai confiance en leur jugement et je les sais capables de mener à bien les travaux pendant mon absence.

Une douleur sourde laboura le cœur de la jeune femme. Ainsi, après ce soir, elle ne le reverrait plus...

— Bien, fit-elle.

Shalef s'écarta du bureau pour gagner le seuil.

— Nous allons commencer par l'extérieur, dit-il, pendant que la lumière est encore bonne.

Au lieu d'emprunter l'escalier, il la mena jusqu'à un ascenseur habilement dissimulé, et dans l'habitacle étroit, la jeune femme eut l'impression qu'on entendait distinctement les battements sourds et précipités de son propre cœur.

« Du calme, concentre-toi », s'admonesta-t-elle lorsqu'ils sortirent dans une vaste pièce de nature indéfinie, dont les larges baies donnaient sur un patio recouvert de tomettes et une piscine aux contours peu traditionnels.

Pendant les minutes qui suivirent, la jeune femme prit divers clichés du bassin, selon divers angles, englobant parfois dans son cadrage la vue spectaculaire sur le port. Shalef ne se tenait jamais bien loin d'elle, intervenant pour suggérer, ordonner, ou même quêter son opinion lorsqu'elle marquait une pause pour réinsérer une pellicule vierge dans son appareil.

« C'est un jeu », pensa-t-elle avec désespoir. Un jeu délibérément orchestré par un homme qui se moquait pas mal de la tempête affective qu'il avait déclenchée en elle et qui lui mettait les sens à vif.

Une ou deux fois, le bras de Shalef effleura le sien ; l'odeur de son eau de toilette combinée à la senteur légèrement musquée de sa peau mâle n'était pas loin de la rendre tout à fait folle.

Quand elle eut achevé de prendre des clichés de l'intérieur de la maison, il lui semblait qu'elle était enfermée là depuis une éternité, et ce fut avec un soulagement intense qu'elle accueillit la fraîcheur du dehors, alors qu'elle sortait pour photographier la demeure depuis la rue, les jardins, l'allée d'accès.

— Voilà, c'est fini, annonça-t-elle enfin, consciente d'avoir accumulé plus de clichés qu'il n'était nécessaire.

Elle referma avec soin le boîtier de l'objectif et se défit de l'appareil qu'elle portait en bandoulière. Elle se sentait les épaules raides, ankylosées. Un début de migraine la faisait souffrir. Effet de la tension provoquée par la présence de Shalef...

— Je vais reprendre mes affaires dans le vestibule et regagner le studio sans tarder, dit-elle.

Plus tôt elle commencerait le développement, plus vite elle aurait fini.

Quelques instants plus tard, elle avait regagné le seuil. Ce fut en affichant un sourire qui n'était qu'une caricature qu'elle se tourna vers Shalef.

— Je ne peux pas t'indiquer une heure précise. Entre 19 et 20 heures, ça te convient ?

Il se contenta d'incliner la tête et l'escorta jusqu'à sa voiture, la laissant ouvrir la portière et prendre place au volant. Puis ce fut lui qui referma la porte. Elle mit aussitôt le moteur en route et engagea la BMW sur la chaussée. Ce fut seulement quelques rues plus loin qu'elle put se détendre un peu.

— Alors, comment était le « despote » ? demanda Annie dès qu'elle pénétra dans le studio. Allons, fais-moi plaisir, dis-moi qu'il est grand, ténébreux et beau comme un dieu.

— Il y a des messages pour moi ? répondit Kristi en allant aussitôt consulter le calepin ou Annie griffonnait ceux qu'on laissait à son intention.

Son amie plissa le front, l'enveloppant d'un regard aigu.

— Tu parais fatiguée. Et si tu rentrais chez toi pour pouvoir venir très tôt demain matin ?

— Impossible, ma chère Annie. Il veut les clichés dès ce soir.

— Dis-lui que tu ne peux pas.

— Trop tard. Je l'ai déjà assuré du contraire.

— Bon. Il ne me reste plus qu'à te faire du café !

Kristi eut enfin un sourire.
— Merci, tu es un ange, dit-elle.

Il était 19 heures passées lorsque Kristi put enfin contempler le dernier cliché. Avec un soin tout professionnel, elle rassembla et étiqueta les photos par catégories, avant de les glisser dans une grande enveloppe.

Elle était lasse, affamée ; elle aurait donné n'importe quoi pour pouvoir rentrer chez elle et prendre un bon bain bouillonnant.

Et pourtant, un quart d'heure plus tard, elle se trouvait de nouveau devant la grille de fer forgé, appuyant sur le bouton qui signalerait sa présence et déclencherait l'ouverture des battants, lui donnant accès à la propriété de Shalef.

Ce fut la gouvernante qui l'accueillit sur le seuil.

— Voudriez-vous remettre ceci au cheikh bin Al-Sayed ? dit-elle en tendant son paquet. La facture est dedans.

— Le cheikh bin Al-Sayed désire vous payer tout de suite. Voudriez-vous entrer et patienter un moment ?

— Non, je ne veux pas attendre, répliqua Kristi, soudain au bord de la crise de nerfs. Et je ne veux pas voir Shalef bin Youssef Al-Sayed !

— Merci, Emily. Je vais m'occuper de Mlle Dalton.

Elle aurait bien dû se douter qu'il ne lui permettrait pas de s'esquiver aussi aisément ! se dit-elle avec désespoir. Affichant un calme qui n'était qu'apparent, elle énonça :

— Voici les clichés, comme tu l'as demandé.

Avec une aisance paisible, il déclara :

— Emily a préparé le dîner. Nous examinerons les photos ensuite.

— Non !

Ce mot laconique et bref était sorti à la place du cri silencieux, éperdu et primitif qui montait en elle. D'une voix brève, hachée, dont le désespoir semblait perceptible même à ses propres oreilles, elle ajouta :

— Je ne peux pas. J'attends un coup de fil.

— Je suppose que l'interlocuteur, quel qu'il soit, saura laisser un message sur ton répondeur, rétorqua Shalef avec un regard dur.

— Que le diable t'emporte ! s'écria-t-elle, vibrante de colère, tandis qu'il la saisissait par un bras et l'entraînait jusque dans un salon.

Des plats chargés de mets appétissants étaient déjà placés au centre de la table et, en dépit d'elle-même, la jeune femme affamée se sentit faiblir tandis que de délicieux et tentateurs arômes lui parvenaient aux narines.

— Assieds-toi, ordonna Shalef.

Elle capitula, acceptant sans protester de le voir ouvrir une bouteille de cabernet pour lui en verser un verre. Il se mit ensuite en devoir de la servir généreusement après avoir soulevé le couvercle des plats.

— Emily est une cuisinière hors pair, dit-il. Mange donc, Kristi.

Tandis qu'il élevait son verre vers elle, dans une sorte de toast silencieux, Kristi se résolut à goûter au coq au vin qu'il lui avait servi, accompagné de riz parfumé et de champignons. C'était divin. Le cabernet aussi était un délice. Alors, peu à peu, à mesure qu'elle mangeait, Kristi sentit sa tension l'abandonner.

— Pourquoi as-tu acheté cette maison ? demanda-t-elle, ajoutant aussitôt : ce n'est pas un sujet tabou, je suppose ?

Le regard de Shalef se posa sur sa bouche, remonta lentement pour se vriller dans le sien.

— Je voulais avoir un pied-à-terre australien.
— Tu élargis le champ de tes affaires ?
— C'est une façon de voir les choses.

Au fond d'elle-même, Kristi se sentait écartelée, déchirée, prête à s'effondrer comme une porcelaine se brisant en mille morceaux. Ressaisis-toi, pensa-t-elle, inquiète à l'idée de ne pouvoir quitter la table pour faire une sortie digne, une fois le moment venu.

Elle posa sa fourchette, puis le verre qu'elle tenait en main. Mais, si délicat qu'avait pu être son geste, sans doute ses nerfs la trahirent-elles, car la base du cristal heurta le rebord de l'assiette et le verre lui échappa des doigts. Dans un mélange d'effarement et de fascination, elle regarda s'élargir une tache écarlate sur la nappe de damas immaculé.

— Je suis désolée, murmura-t-elle dans un souffle.

Troublée, ne sachant trop ce qu'elle faisait, elle se mit en devoir d'essuyer les dégâts à l'aide de sa serviette, ajoutant d'une voix tremblante :

— Il faudrait rincer cette nappe tout de suite, sinon, la tache ne partira pas...

— Laisse tomber, dit Shalef. Ça n'a aucune importance.

— Je la remplacerai.

— Ne sois pas ridicule.

La jeune femme ferma fugitivement les yeux, les rouvrit. L'enfer ne pouvait être pire que ce qu'elle endurait en cet instant, songea-t-elle.

— Pardonne-moi, dit-elle en se levant, j'aimerais mieux partir. Merci pour ce dîner.

Dire qu'en un tel moment, elle trouvait encore moyen de réagir en femme bien élevée ! Enregistrant confusément le côté absurde de son comportement presque trop policé, elle se détourna à demi pour s'éloigner — aussitôt retenue par une main de fer, abattue sur son bras.

Le regard de Shalef était sombre, et elle ne parvint pas à cerner, dans les profondeurs insondables de ses pupilles, les sentiments qui l'agitaient. Pendant un instant qui parut durer une éternité, il se contenta de la regarder sans mot dire, tandis que le silence régnant semblait exaspérer le calme figé des lieux.

Pour rien au monde, Kristi n'aurait voulu pleurer. Elle se refusait à montrer une telle faiblesse. Elle voulait être forte. Et elle faillit bel et bien se dominer tout à fait, malgré les picotements qui lui brûlaient les paupières. Une larme, une seule, surgit pourtant et roula lentement sur sa joue. Telle une perle, elle resta un instant suspendue au bord de ses lèvres et enfin, honteuse de sa réaction, elle la lapa du bout de la langue, la faisant disparaître.

Elle laissa échapper un soupir de mépris pour elle-même ; demeura figée dans une immobilité de statue alors que Shalef, lui saisissant la main, la portait à ses lèvres.

— Seigneur ! gémit-il d'une voix grave et rauque. Ne pleure pas.

Et sa main glissa vers les épaules de la jeune femme, vers ses cheveux, esquissant une caresse.

— Des années durant, dit-il, j'ai pris plaisir à la compagnie des femmes sans jamais avoir à bâtir une relation. Mais *toi*, tu m'as dépouillé de toutes mes possessions matérielles pour me juger tel que je suis sans elles. Pour la première fois de ma vie, je ne pouvais plus me reposer que sur moi-même. Ce n'est pas une situation enviable.

Il avait prononcé ces derniers mots avec une bonne dose d'autodérision, et Kristi le regarda, sans même oser faire un infime mouvement.

— Tu n'étais pas comme les autres, et cela m'a intrigué. Je croyais connaître les femmes sous toutes leurs facettes. Tu m'as prouvé que je me trompais.

Shalef s'interrompit, saisissant le visage de Kristi à deux mains pour le renverser légèrement en arrière, la contraignant à le regarder bien en face.

— Tu n'as cessé de t'opposer à moi, sans une once de timidité, sans me faire de cadeau. Pourtant, tu t'es montrée douce et pleine de sympathie envers Nashwa, Aisha et Hanan. J'ai su, sans l'ombre d'un doute, que je te voulais pour femme.

Avec une certaine ironie, qui n'était destinée qu'à lui-même, il ajouta :

— J'ai cru que je n'avais qu'à te le demander, et que tu serais d'accord.

Il sourit alors et les premiers frémissements de l'espoir émurent soudain la jeune femme.

— Au lieu de ça, tu as refusé et tu m'as planté là. Mon premier mouvement a été de te suivre. Et pourtant, même si je l'avais fait alors, même si j'avais prononcé les mots que tu désirais entendre, tu aurais été encline à les mettre en doute. Alors, j'ai résolu de te laisser du temps. Pas trop, mais suffisamment. Assez de temps pour dénicher cette maison et trouver le moyen de t'y faire venir.

Cette fois, Kristi ouvrit la bouche pour émettre des protestations. Mais celles-ci n'eurent pas le temps de sortir de sa gorge car, déjà, les lèvres de Shalef s'étaient emparées des siennes. Quand il releva enfin la tête, la passion souveraine qu'il avait toujours su éveiller en elle soulevait Kristi à l'instar d'une lame de fond.

Ses lèvres s'attardèrent sur la joue de la jeune femme, revinrent vers le coin de ses lèvres.

— J'ai quelque chose pour toi, dit-il doucement.

Il tira de sa poche un anneau et le plaça au creux de la paume de Kristi.

— Il appartenait à ma mère, qui le tenait de mon père.

Elle regarda l'alliance d'or sertie de diamants.

— Elle ne la portait jamais, préférant un simple anneau d'or, mais elle l'acceptait pour ce qu'elle était... un symbole de l'amour de mon père.

La jeune femme osa enfin lever vraiment les yeux vers Shalef, et y lut une passion visible, qui la retint captive et fascinée.

— On me l'a remise lors de mon trente-cinquième anniversaire, en me demandant de l'offrir à la femme que je choisirais pour épouse.

— Elle est très belle.

Les doigts de Shalef effleurèrent la joue de Kristi ; une bouffée de fièvre la traversa, se diffusant en elle, animant son désir, appelant la magie des caresses.

— Pour moi, reprit-il, le mariage était une sorte

de nécessité commode, et j'imaginais épouser une femme qui saurait conquérir mon affection... qui pourrait être une hôtesse à ma table et dans ma maison, être la mère de mes enfants, et me combler au lit.

Il sourit avec humour.

— Et puis, je t'ai rencontrée. Et toutes les femmes que je connaissais m'ont paru bien fades, par comparaison. Je t'aime. Je t'aime !

Les yeux de Shalef étaient sombres, presque noirs, et Kristi perçut, à son contact, son incertitude masquée — vulnérabilité qu'elle n'aurait jamais cru percevoir un jour en lui. Cela l'émut jusqu'au plus profond d'elle-même.

— Je sais que le seul don que je puisse te faire, c'est celui de mon cœur. Eh bien, il t'appartient, dit-il encore avec une grande intensité de sentiment. Aussi longtemps qu'il battra dans ma poitrine.

Un élan de joie, jubilatoire et enivrant, souleva la jeune femme. Sans une once d'hésitation, elle leva les bras, les nouant autour du cou de l'homme qu'elle aimait.

— J'accepte le cadeau, comme on accepte un précieux trésor, dit-elle.

— Et tu m'épouseras ?

Kristi sourit — d'un merveilleux sourire libre et heureux qui balayait tous les doutes. Mais elle ne résista cependant pas au désir de se montrer taquine.

— Parce que tu me le demandes ?

Shalef laissa couler un petit rire, grave et bas.

— Tu veux que je me mette à genoux ?

— Je ne te reverrai sans doute jamais aussi humble, commenta-t-elle avec gravité.

— Tu te trompes. Chaque jour, je remercierai le ciel de m'avoir donné le bonheur de partager ta vie.

Cette fois, Kristi sentit les larmes lui monter aux yeux.

— Tu n'as toujours pas répondu, dit Shalef.
— C'est oui, dit-elle d'une voix émue.

Il l'embrassa, alors, avec une passion si intense qu'elle se sentit tout étourdie.

— Cela te dérangerait, si la cérémonie civile à Londres était suivie d'une autre à Riyad ?
— Pas du tout, assura Kristi.
— Nous passerons le premier week-end de notre lune de miel à Taif, et puis nous ferons une croisière d'un mois dans les îles grecques.
— Juin est un mois de rêve, pour les mariages, murmura Kristi, nostalgique.
— La semaine prochaine, décréta Shalef. Tu pars à Londres avec moi demain. Inutile de discuter.

Elle ouvrit la bouche pour protester, se ravisa, demandant avec une étincelle de malice dans le regard :

— Ça pourrait attendre quelques jours, non ?
— J'ai dit demain, répéta-t-il.
— Alors, je ferais mieux de rentrer faire mes bagages.
— Tu n'as besoin que d'un passeport et d'une tenue de rechange, et nous aurons tout le temps de nous occuper de ça demain matin, juste avant de partir à l'aéroport, affirma Shalef.

D'un nouveau baiser, ardent et impérieux, il fit taire les protestations de sa compagne.

— J'ai d'excellents projets pour la nuit à venir, reprit-il. Tu dormiras pendant le voyage en avion...

Une fois dans l'intimité de la chambre, les deux amants ébauchèrent les premiers échanges de leur duo amoureux, s'aidant l'un l'autre à se défaire de leurs vêtements.

— Ma chérie, murmura Shalef en s'interrompant un instant pour contempler le corps à la fois voluptueux et délicat de sa partenaire.

Il ébaucha une caresse, tendre et excitante à la fois, et elle s'y abandonna un instant, anticipant déjà les voluptés qui allaient suivre. Sa passion trop longtemps niée brisait soudain les barrières qui l'endiguaient et elle attira Shalef à elle.

— Je te veux, tout de suite, murmura-t-elle avec des intonations emportées et farouches.

Un instant plus tard, ils s'envolaient ensemble vers les sommets du plaisir sur un rythme intense, pris dans un vertige où il n'y avait plus que deux êtres humains liés par une harmonie complice, consumés par un amour total.

SOPHIE WESTON

Romance orientale

éditions Harlequin

*Cet ouvrage a été publié en langue anglaise
sous le titre :*
THE SHEIKH'S BRIDE

Traduction française de
MARIE-PIERRE MALFAIT

Ce roman a déjà été publié dans la collection
AZUR N° 2210
sous le titre
ROMANCE À L'ORIENTALE
en juin 2002

Toute représentation ou reproduction, par quelque procédé que ce soit, constituerait une contrefaçon sanctionnée par les articles 425 et suivants du Code pénal.
© 2000, Sophie Weston. © 2002, 2007, Traduction française : Harlequin S.A.
83-85, boulevard Vincent-Auriol, 75013 PARIS — Tél. : 01 42 16 63 63
Service Lectrices — Tél. : 01 45 82 47 47

Prologue

— Qu'attendons-nous ? demanda le copilote, posté au bas de la passerelle.

A ses côtés, le commandant de bord contemplait la ville du Caire qui s'étendait au loin, dans le voile argenté de l'aube tandis que scintillaient les toits de l'aéroport tout proche. Un groupe d'hommes en costumes sombres était en train d'inspecter l'aire de stationnement sur laquelle s'était immobilisé leur appareil.

— Que la Sécurité ait terminé son travail, répondit-il brièvement.

Son collègue, qui venait de piloter le jet privé du cheik du Dalmun, ignorait encore les règles qui présidaient à ses déplacements.

— Ça se passe toujours comme ça ?

Le pilote haussa les épaules.

— C'est un homme important.

— Dois-je comprendre qu'à ce titre, sa vie est menacée ?

— Il est multimilliardaire, en plus d'être héritier présomptif du Dalmun, expliqua-t-il avec une pointe d'ironie dans la voix. Une cible de choix, pour certains.

Le copilote esquissa un sourire.

— Le veinard, toutes les femmes doivent tomber à ses pieds ! Qu'est-il venu faire, ici ? poursuivit-il. C'est un voyage d'affaires ou d'agrément ?

— Les deux, je crois. Cela faisait des mois qu'il n'avait pas quitté le Dalmun.
— Pourquoi ?
Le pilote ne répondit pas.
— J'ai entendu parler d'un petit scandale. Son père le pousse à se remarier, c'est ça ?
— Peut-être, répondit vaguement son compagnon.
— Que se passe-t-il, à votre avis ? insista l'autre. A-t-il quitté son pays pour tenter de trouver une épouse ?
Cette fois, le pilote ne put s'empêcher de réagir.
— Ali el-Barvany ? Marié ? Quand les poules auront des dents, oui !

Les agents de sécurité eurent bientôt terminé leur inspection. Casquette sous le bras, le pilote alla saluer leur passager et lui annoncer que la voie était libre.
Le cheik sortit de l'appareil, tandis qu'une légère brise gonflait sa djellaba blanche comme il se dirigeait vers la voiture qui l'attendait. Entouré de son équipe, il semblait étrangement seul.

1.

Leonora passa une main poisseuse dans ses cheveux. Le hall de l'hôtel Hilton était plein à craquer. Trois de ses clients manquaient à l'appel pour la prochaine visite guidée, elle n'avait pas réussi à se libérer pour sa mère qui était folle de rage et, pour couronner le tout, la touriste à problèmes de la semaine venait de lui poser une de ses questions dont elle avait le secret.

— Pardon ?
— La voiture, là-bas, répéta Mme Silver en pointant son menton vers la porte d'entrée, qui est-ce ?

Une longue limousine blanche aux vitres teintées venait de se garer dans la cour, escortée de deux Mercedes noires. Des hommes en noir émergèrent pour se placer aussitôt à des endroits stratégiques tandis qu'une flopée de porteurs affluait en direction du véhicule. Les portières de la limousine restèrent résolument fermées. Leo connaissait déjà le cérémonial.

— C'est probablement un membre de la famille royale, répondit-elle d'un ton laconique.

Ces histoires lui importaient peu. L'agence de voyages que son père avait acquise récemment ne comptait pas encore de clients royaux.

— Dieu merci, ça ne me concerne pas, ajouta-t-elle. Avez-vous vu les Harris ?

— La famille royale, répéta Mme Silver avec un temps de retard.

Leo ne put s'empêcher de sourire : Mme Silver, toute curieuse qu'elle était, lui plaisait de plus en plus.

— Un souverain du désert..., poursuivit la vieille dame d'un ton rêveur.

— C'est bien possible.

Leo s'abstint de lui briser ses illusions en ajoutant que le souverain en question avait probablement suivi ses études à Harvard, qu'il parlait plusieurs langues et qu'il avait troqué le traditionnel chameau contre un luxueux 4x4 climatisé. Mme Silver était une incorrigible romantique. Contrairement à Leo.

— Je me demande bien qui cela peut être..., reprit Mme Silver.

— Je n'en ai pas la moindre idée.

A ces mots, la vieille dame lui coula un regard espiègle.

— Vous pourriez peut-être aller demander.

Cette fois, Leo éclata de rire. Combien de fois avait-elle entendu cette phrase dans la bouche de Mme Silver, au cours des trois dernières semaines ?

— Ecoutez, je suis votre guide, c'est un fait, et je me démène pour répondre à toutes vos questions. Je n'hésite pas à interroger les femmes sur leur âge ni à me renseigner auprès des hommes pour savoir combien coûte l'entretien d'un âne. Mais je refuse d'aller demander à une bande de colosses armés le nom de leur protégé. Ces gens-là sont capables de tout.

Mme Silver pouffa. En trois semaines, les deux femmes avaient beaucoup sympathisé.

— Poule mouillée !

— Dans l'immédiat, je dois absolument mettre la main sur la famille Harris.

Leo se fraya un chemin à travers la foule jusqu'à une table en marbre où un téléphone se dissimulait derrière une composition florale. Elle composa le numéro des Harris, balayant le hall du regard.

Les passagers de la limousine étaient enfin sortis du véhicule. Téléphones mobiles à l'oreille, des hommes se chargeaient d'ouvrir la voie. A leur suite avançait une haute silhouette, vêtue d'une ample djellaba qui mettait en valeur sa carrure athlétique. Mme Silver avait raison, songea Leo malgré elle. Il était superbe.

Au même instant, il tourna le tête dans sa direction et la regarda. A sa grande surprise, Leo se pétrifia, comme hypnotisée.

— Allô ?

La voix de Mary Harris retentit à l'autre bout du fil.

— Allô... ?

Elle n'avait jamais vu cet homme et pourtant, quelque chose en lui la troubla profondément. Comme si, aussi étrange que cela puisse être, elle le *reconnaissait*.

— Allô ? Allô ?

Il portait la tenue d'un homme du désert : une djellaba d'une blancheur immaculée assortie à la traditionnelle chéchia. La sobriété de son accoutrement contrastait violemment avec les fastes du lobby. L'impression de puissance qui se dégageait de lui s'en trouvait encore accentuée. Des lunettes noires dissimulaient ses yeux mais son visage trahissait une grande lassitude.

— Allô ? Qui est à l'appareil ?

Aux yeux de Leo, cet homme était l'incarnation parfaite de l'arrogance. Une attitude qu'elle détestait, bien sûr, et pourtant, elle ne pouvait détacher son regard de la haute silhouette blanche.

Mme Silver s'approcha d'elle et lui ôta le combiné des mains. Leo remarqua à peine sa présence, perdue dans la contemplation du nouvel arrivant qui poursuivait son chemin.

Comme aimanté, son regard continua à suivre sa progression. Leo se faisait l'effet d'une statue parfaitement immobile, dans l'attente d'un coup de baguette qui romprait l'enchantement...

Le directeur de l'hôtel s'était précipité à la rencontre du petit groupe. Indifférent aux autres clients, il s'inclinait cérémonieusement devant ses visiteurs prestigieux. Il passa si près de Leo qu'elle recula pour l'éviter. Ce faisant, elle heurta violemment le coin de la table ; chancelant sous le coup de la douleur, elle s'agrippa à une colonne pour ne pas perdre l'équilibre. D'habitude courtois et attentionné, le directeur ne remarqua absolument rien.

La haute silhouette blanche s'arrêta net. Voilé par les lunettes de soleil, son regard se tourna de nouveau vers Leo.

Celle-ci retint son souffle, comme frappée par la foudre.

— Doux Jésus ! chuchota Mme Silver.

Les mains de Leo se resserrèrent autour du pilier. Un froid glacial l'envahit, aussitôt balayé par une chaleur torride... puis elle eut l'étrange impression de s'envoler en fumée.

L'homme détourna enfin la tête. Le charme fut rompu, Leo était libre.

Ses épaules s'affaissèrent. Elle n'avait toujours pas repris sa respiration. Vidée de ses forces, elle porta à sa gorge une main tremblante.

— Doux Jésus ! répéta Mme Silver.

Elle gratifia Leo d'un regard perçant avant de reposer le téléphone sur la table.

De l'autre côté du hall, l'homme en blanc esquissa un geste impérieux. L'un de ses compagnons s'approcha de lui et braqua un regard surpris en direction des deux femmes.

Pour l'avoir déjà croisé à de nombreuses occasions, Leo connaissait ce regard. Elle n'était pas le genre de femme qu'on remarquait dans une foule. L'homme en costume sombre le savait.

Elle était trop grande, trop pâle, trop raide. Elle avait

hérité des épais sourcils de son père qui lui donnaient un air sévère si elle n'y prenait pas garde. Pour couronner le tout, son épaisse chevelure auburn était maculée de poussière et son uniforme tout froissé.

Pas très attrayant, tout ça, convint Leo avec ironie. Elle était habituée à passer partout sans attirer l'attention et pourtant, la mine étonnée de cet homme la vexa profondément.

L'homme en blanc prononça quelques mots. Une expression d'incrédulité se lut sur le visage de son compagnon. Finalement, ce dernier hocha la tête avant de se diriger vers elles.

— Excusez-moi, commença-t-il dans un anglais irréprochable. Son Excellence demande si vous êtes blessée.

Leo secoua la tête, incapable d'articuler le moindre mot. Pourquoi perdait-elle ainsi tous ses moyens ? Bien caché derrière ses lunettes noires, l'homme en djellaba ne la regardait peut-être même pas. Mais son intuition lui disait qu'il avait ses yeux posés sur elle.

Mme Silver ne se laissa pas démonter.

— C'est très gentil de la part de... Son Excellence, dit-elle en gratifiant le messager d'un sourire rayonnant.

Puis, se tournant vers Leo :

— Cet homme ne vous a pas fait mal, mon petit ?

— *Mal* ? répéta Leo, hébétée.

— Quand il vous a bousculée, précisa Mme Silver.

Sa collision avec le directeur lui revint tout à coup à l'esprit.

— Oh... ! vous voulez parler de M. Ahmed !

Au prix d'un effort, elle se ressaisit. Le cheik avait détourné la tête, elle le savait sans même avoir besoin de le regarder. Elle était étrangement sensible à sa présence, comme si un lien invisible les unissait.

Jamais encore elle n'avait ressenti cela. *Jamais*. Pour la première fois de sa vie, elle vibrait sous le regard d'un parfait inconnu dont elle ne voyait même pas les yeux.

Quel choc ! Elle avala sa salive avant de prendre la parole le plus calmement possible.

— Non, bien sûr que non. Ce n'est rien.

Mme Silver la scruta avec attention.

— Vous êtes sûre ? Vous êtes toute pâle...

Son teint blême ne sembla pas émouvoir le garde du corps. Leo devina que ce n'était pas la première fois qu'il jouait les messagers auprès d'une inconnue. D'ordinaire, les messages devaient être plus piquants et les femmes plus sophistiquées — en tout cas, mille fois plus séduisantes.

— Puis-je vous aider, madame, si vous le permettez ?

Leo passa la langue sur ses lèvres soudain sèches.

— Non, merci. Ce n'est rien, vraiment. Je n'ai pas besoin d'aide, affirma-t-elle avant d'ajouter, par souci de politesse :

— Veuillez remercier Son Excellence de ma part. Dites-lui que je vais bien, merci.

Sur ce, elle tourna les talons. C'était sans compter Mme Silver, sa curiosité débridée et son âme romantique. D'un geste résolu, elle donna une petite tape sur l'épaule du garde du corps.

— De quelle Excellence s'agit-il ?

Pris de court, l'homme répondit sans réfléchir.

— Il s'agit du cheik Ali el-Barvany.

Le visage de Mme Silver s'illumina.

— Un *cheik*, répéta-t-elle d'un ton ravi.

A quelques pas de là, une paire de lunettes noires se tourna de nouveau dans leur direction et Leo sentit ses joues s'empourprer.

Parcourue d'un long frisson, elle releva le menton. Elle n'était pas d'une nature belliqueuse, mais, cette fois, c'était différent : elle n'aimait pas se sentir dévisagée. Elle planta donc son regard celui du cheik, persuadée qu'il l'observait.

Etait-ce un effet de son imagination, ou bien la haute

silhouette blanche se figea-t-elle réellement ? Leo eut soudain l'impression d'avoir capté toute son attention. Une attention guère avenante.

Au secours ! implora-t-elle intérieurement comme l'homme esquissait un pas vers elle. *Que quelqu'un me vienne en aide, par pitié...*

Sa prière fut exaucée, de manière tout à fait inattendue.

— Chérie ! s'écria une voix cristalline.

Leo sursauta. Un brouhaha assourdissant régnait dans le lobby de l'hôtel, mais sa mère s'en moquait. A la fois sonore et flûtée, sa voix était reconnaissable entre mille.

— Chérie ! appela-t-elle de nouveau. Je suis là !

Retenant son souffle, Leo balaya le vaste salon du regard et aperçut une main couverte de bagues s'élever au-dessus de la foule. Ça alors ! Elle avait pourtant tout fait pour dissuader sa mère de venir au Caire à cette époque de l'année, la semaine la plus chargée de la saison. Mais, comme d'habitude, Deborah n'en avait fait qu'à sa tête.

Leo se ressaisit rapidement.

— Merci beaucoup, mais je vais tout à fait bien, assura-t-elle à l'intention du garde du corps qui se tenait toujours auprès d'elle, hésitant. Veuillez remercier Son Excellence de ma part, ajouta-t-elle avec un soupçon d'ironie dans la voix.

Puis, d'un ton plus aimable, à l'adresse de Mme Silver :

— Accordez-moi dix minutes. J'ai quelques affaires urgentes à régler. Ensuite, si cela vous fait toujours envie, je vous accompagnerai aux pyramides de Gizeh.

— Allez-y, je vous en prie, murmura sa cliente, encore subjuguée par l'interlude royal qu'elle venait de vivre. Je vais vous attendre au café, devant un bon cappuccino. Vous n'aurez qu'à venir me chercher quand vous serez prête.

Leo la remercia d'un sourire. Puis, glissant les prospectus de voyage sous son bras, elle fendit la foule d'un pas assuré.

— Bonjour, maman.

Une bouffée de parfum capiteux enveloppa Leo tandis que sa mère l'embrassait sur la joue.

— Tu profites bien de ton séjour ?

— Ce serait mille fois mieux si je voyais davantage ma fille unique, répondit Deborah du tac au tac.

Au prix d'un effort, Leo conserva son sourire.

— Je t'avais prévenue que j'aurais énormément de travail.

— Ne me dis pas que tu ne peux pas t'accorder une petite pause...

— Maman, j'ai une tonne de choses à régler.

Leo venait d'apercevoir Andy Francis devant l'entrée de l'hôtel : il essayait, sans grand succès, d'entraîner un groupe de touristes vers un car qui les attendait. Pourquoi était-il seul ? Roy Ormerod, le directeur de « Circuits d'aventure », aurait dû se joindre à lui.

Deborah fronça les sourcils.

— Ton chef sait-il qui tu es ?

Leo partit d'un éclat de rire.

— Tu veux dire : est-ce qu'il sait que je suis la fille du grand patron ? Bien sûr que non, l'expérience perdrait tout son intérêt. Je m'appelle Leo Roberts, ici.

Deborah soupira.

— J'avoue que j'ai du mal à comprendre ton père, parfois.

Ce n'était pas nouveau. Cela faisait quatorze ans qu'elle avait quitté Gordon Groom sous le même prétexte, lui confiant le soin d'élever Leo, alors âgée de dix ans.

— Il estime qu'il est important de découvrir tous les aspects d'un métier, comme il l'a fait avant moi, répondit-elle en s'efforçant de rester patiente. Ecoute, maman...

— Il s'imagine surtout pouvoir te changer en garçon

en t'envoyant ainsi aux quatre coins de la planète, rétorqua Deborah.

Le regard de Leo étincela dangereusement. Hélas! sa mère n'avait pas complètement tort. Toutes deux savaient pertinemment que Gordon aurait préféré avoir un fils. Superviser la formation de Leo afin de pouvoir lui léguer son affaire était tout ce qu'il avait trouvé pour se consoler.

Deborah se mordit la lèvre.

— Oh! chérie, je suis désolée! Je m'étais pourtant promis de ne plus aborder le sujet... mais quand je te vois pâle comme un linge, en train de te démener comme un beau diable, c'est plus fort que moi. Excuse-moi...

— Oublions ça, d'accord?

Leo consulta discrètement sa feuille de bord. Où diable était passé Roy? Il était censé régler le chauffeur de bus pour le groupe de Japonais. S'il n'arrivait pas à temps, elle serait obligée de s'en occuper. Et qu'en était-il de la famille Harris? Elle les avait complètement oubliés, et le car qui devait les conduire au musée était sur le point de s'en aller.

Sa mère exhala un autre soupir.

— Je suppose que je ne te verrai pas aujourd'hui...?

Une bouffée de culpabilité envahit Leo.

— C'est-à-dire que...

Mary Harris fondit sur elle, tout essoufflée.

— Oh! Leo, je suis désolée! Timothy avait coincé le verrou de la salle de bains; j'ai dû appeler quelqu'un de l'hôtel pour le faire sortir. Avons-nous raté le départ?

Leo la rassura brièvement avant de l'orienter vers son groupe. Puis elle rejoignit sa mère, déroulant mentalement le fil de son emploi du temps.

— Ecoute, maman, il me reste un groupe à faire partir et ensuite, je dois conduire une cliente aux pyramides. Si nous prenions le thé ensemble, en fin d'après-midi?

Le visage de sa mère s'illumina.

— Pourquoi n'irions-nous pas dîner au restaurant ? Je t'invite...

Leo hésita.

— Nous avons programmé un dîner-conférence, ce soir. La réception se déroule dans une ancienne demeure de marchand et nous attendons des personnes importantes. Je dois vraiment y assister.

— Si ces personnes sont si importantes que ça, pourquoi ton patron n'y va pas à ta place ? demanda Deborah.

Leo pouffa.

— Roy ? Il ne...

Elle s'interrompit brusquement. Sur la liste des invités figuraient les organisations humanitaires les plus prestigieuses ainsi qu'un nombre important de têtes couronnées. Roy adorait participer à ces événements médiatiques.

— Maman, tu es géniale ! Il va adorer ça, déclara-t-elle en s'emparant de son téléphone mobile.

Elle tomba sur son répondeur et laissa un message avant de raccrocher.

— Parfait, c'est réglé. Je te retrouve ce soir. Il me reste encore à conduire mon octogénaire américaine à Gizeh.

Deborah marmonna quelques paroles inintelligibles.

— Que dis-tu, maman ?

— Je suis sûre qu'un employé subalterne pourrait s'en charger à ta place.

Leo esquissa un sourire. Fille d'un milliardaire puis épouse d'un magnat des affaires, sa mère avait toujours eu l'habitude de déléguer les menues corvées au « petit personnel ». C'était en partie pour cette raison que Gordon s'était battu pour obtenir la garde de sa fille unique.

— Tant que je ferai partie de l'équipe, j'accomplirai les tâches qui me sont imparties, répondit Leo.

— Tu me rappelles tellement ton père, parfois, maugréa Deborah.

— Merci, fit la jeune femme en riant.
Deborah ignora la boutade.
— Je me demande bien pourquoi il a racheté cette agence de voyages. Ne pouvait-il pas se cantonner aux hôtels ? Aux pays civilisés ? Que cherche-t-il, au juste ?
— « La diversification pour éviter l'extinction » ! lança Leo avec entrain. Tu connais papa...

Elle s'interrompit brusquement. Au Café Viennois, Mme Silver parlait joyeusement à un homme vêtu de noir. A son air consterné, Leo devina qu'il devait faire partie de l'équipage du cheik el-Barvany.

— Oh ! oh ! on dirait que ma cliente commence à s'ennuyer. Je passerai te chercher à 20 heures, maman.

Sans attendre de réponse, elle s'éloigna, gagnée par un vif sentiment de soulagement.

Le divorce de ses parents s'était relativement bien passé, et Deborah percevait une pension alimentaire plus que confortable, mais elle ne pouvait s'empêcher de critiquer son ex-mari dès que l'occasion se présentait. C'était un sujet épineux entre la mère et la fille.

Ce soir, songea Leo, elle ne laisserait pas Deborah mentionner une seule fois le nom de Gordon. Elle commençait pourtant à nourrir de sérieuses réserves sur les projets de son père, mais elle se garderait bien d'en parler à sa mère. Elles discuteraient plutôt chiffons, maquillage et conquêtes masculines — en clair, tout ce qui n'intéressait pas Leo, au grand dam de sa mère.

Encore une soirée follement amusante en perspective, pensa la jeune femme... après une journée idyllique. D'un pas décidé, elle vola au secours du garde du corps.

L'escadrille du cheik investit la suite à la manière d'une armée conquérante. Un agent de sécurité fonça directement sur la terrasse tandis que l'autre disparaissait dans la chambre à coucher. Pendant ce temps, le directeur décrivait cérémonieusement les luxueux équipements qui paraient le salon. Mais le cheik n'écoutait pas.

Un de ses assistants, attaché-case à la main et ordinateur portable sous le bras, hocha la tête avant d'entraîner le directeur vers la porte.

— Merci. Et qu'en est-il des autres pièces ?

Sur une nouvelle révérence, l'homme ouvrit la voie, talonné par les deux gardes du corps.

Le cheik se retrouva enfin seul. Il sortit sur la terrasse et baissa les yeux vers le Nil. Sous le soleil, le fleuve décrivait des boucles scintillantes, tel un serpent au repos. Une felouque flottait tranquillement, portée par la brise qui gonflait sa voile triangulaire. Du balcon, elle ressemblait à un jouet miniature.

Il ferma brièvement les yeux. Pourquoi tout ce qu'il voyait lui faisait-il cette impression, ces temps-ci ?

Même les gens... Moustafa, par exemple, le chef de l'équipe de sécurité, qui ressemblait à un robot impeccablement programmé. Et la femme qu'il devait retrouver ce soir... Il avait prévu de quitter la conférence sous un faux prétexte — peu importe qu'on le crût ou non —, pour aller la rejoindre. Mais, en cet instant précis, elle lui fit penser à une poupée parée de luxueux atours. En fait, toutes les femmes qu'il côtoyait depuis quelque temps ne ressemblaient plus qu'à ça, à ses yeux.

Toutes sauf... cette femme qu'il avait aperçue dans le lobby et dont la vision précise lui traversait l'esprit. Elle était trop grande, bien sûr. Et très mal fagotée, avec ses cheveux couverts de poussière et son tailleur sombre qui ressemblait davantage à un uniforme. Toujours est-il qu'*elle* ne ressemblait pas à une poupée. Pas avec ses grands yeux étonnés. La confusion qu'il avait lue dans son regard était immense — et authentique.

Le cheik fronça les sourcils. Pourquoi avait-elle eu l'air aussi stupéfaite ? Hélas ! il était probable qu'il ne la reverrait jamais et que sa question demeurerait sans réponse. A cette pensée, un grognement mécontent lui échappa.

Son secrétaire particulier fit son apparition, hésitant. Au prix d'un effort, le cheik se ressaisit.

— Par ici, Hari, appela-t-il.

Le secrétaire le rejoignit sur le balcon.

— Tout est en ordre, l'informa-t-il.

Le cheik ôta ses lunettes de soleil. Dans ses yeux brillait une lueur d'amusement mâtinée de lassitude.

— Vraiment ? Ils ont tout vérifié ? Il n'y a pas de micro caché dans le téléphone ? Pas de cyanure dans les gâteaux au miel ?

Un sourire se dessina sur les lèvres du secrétaire.

— Moustafa prend peut-être sa mission un peu trop au sérieux, concéda-t-il. Mais comme dit le proverbe : « Mieux vaut prévenir que guérir ».

— C'est de la foutaise, tu le sais aussi bien que moi.

— Pas tant que ça : le nombre d'enlèvements a considérablement augmenté ces derniers temps, souligna Hari.

— Au pays, peut-être, répliqua le cheik d'un ton impatient. Mais ces pauvres diables n'ont pas les moyens de me poursuivre aux quatre coins de la planète. De toute façon, ils préfèrent kidnapper de riches touristes qui accepteront de verser une rançon en échange de leur libération. Si tu veux mon avis, mon père ne donnerait pas un kopeck pour me récupérer...

Il marqua une pause avant d'ajouter :

— Il serait plutôt prêt à les payer pour qu'ils me gardent avec eux.

Hari réprima un sourire. Il n'avait pas assisté à l'entretien privé qu'Ali avait eu avec son père avant de quitter le Dalmun, mais des rumeurs avaient couru dans toute la ville.

« L'ultime combat », avait-on commenté au palais, où l'on prétendait que le père n'adresserait plus jamais la parole au fils. « Un ultimatum », disait-on du côté d'Ali.

Celui-ci avait clairement fait comprendre au vieux cheik qu'il n'admettrait plus aucune intrusion dans sa vie privée et qu'il ne reviendrait pas au Dalmun tant qu'il n'accepterait pas ses conditions.

Ali dévisagea Hari.

— Arrête de prendre cet air guindé. Je sais parfaitement que tu es au courant.

— J'ai juste entendu les commérages qui circulent dans les bazars, comme tout le monde, se défendit Hari.

Ali esquissa un sourire sarcastique.

— C'est bon pour le commerce, n'est-ce pas ?

— La rumeur attire de nombreux clients, semble-t-il, convint Hari.

— Tu pars acheter un kilo de riz et tu reviens avec les derniers potins du palais en prime, railla Ali. Alors, que raconte-t-on ?

Hari se mit à compter sur ses doigts.

— Ton père veut te tuer. Tu veux tuer ton père. Tu as refusé de te remarier. Tu insistes pour te remarier.

Il s'interrompit. Son air grave contrastait avec la lueur amusée qui dansait dans ses yeux.

— Tu veux partir à Hollywood pour devenir acteur.

— Grand Dieu ! murmura Ali, abasourdi. D'où vient cette idée ?

Hari était bien plus que son secrétaire particulier, il était aussi, et surtout, son ami.

— De Cannes, l'an dernier, si tu veux mon avis.

— Ah ! Cela n'est pas sans rapport avec la délicieuse Catherine.

— Ou la merveilleuse Julie, Kim ou Michelle, rectifia Hari.

Ali partit d'un éclat de rire.

— J'adore Cannes.

— Ça se voit sur les photos.

— Serait-ce un reproche, Hari ?

— Ce n'est pas à moi d'approuver ou de reprocher, répondit ce dernier. Simplement, je me...

— J'aime les femmes.

Pourtant, Ali refusait catégoriquement de se remarier après le décès tragique de son épouse, à la suite d'une chute de cheval.

— J'aime leurs réactions inattendues qui m'amusent beaucoup, reprit-il. J'aime leur indifférence feinte quand on les regarde, j'aime leur parfum.

— Toutes ne sentent pas la soie et les parfums parisiens comme tes Julie et autres Catherine, intervint Hari.

— De simples poupées, lâcha sombrement Ali.

— Pardon ?

— As-tu jamais remarqué que je fréquentais un nombre impressionnant de marionnettes ? Oh ! elles ressemblent à des êtres humains, mais, quand tu leur parles, elles ne te disent que des choses prévisibles, comme si elles étaient déjà programmées.

— Elles te disent ce que tu souhaites entendre, je suppose, souligna Hari.

Ali haussa les épaules.

— Peut-être. Mais je n'ai pas envie de...

— Sortir avec des femmes qui te tiendront tête, c'est ça ? compléta Hari sur un ton de défi. Pourquoi n'essaierais-tu pas, justement ?

Ali ne s'offusqua pas du reproche à peine voilé que lui adressait son ami.

— Je suis très sérieux, Ali, continua Hari, séduit par l'idée qui venait de germer dans son esprit. Tiens, prends par exemple la fille qui s'est cognée contre le pilier dans le lobby, tout à l'heure.

Ali tressaillit.

— Tu lis dans mes pensées, maintenant, Hari ?

— J'ai bien vu que tu la regardais, expliqua simplement son ami. D'ailleurs, j'ai été très étonné, je l'avoue. Ce n'est pas du tout ton genre de femme.

Ali fit la grimace.

— Avec elle, pas de parfum français, je sais. Plutôt une senteur d'embruns et de crème solaire.

Un sourire joua soudain sur ses lèvres comme il se remémorait la jeune femme.

— Pourtant, elle connaissait toutes les subtilités de la séduction féminine. L'as-tu vue faire semblant de ne rien remarquer lorsque je l'observais ?

— Mais pourquoi la regardais-tu, au juste ? s'enquit Hari, intrigué.

Ali hésita quelques instants. Son visage ne trahissait aucune émotion. Finalement, il haussa les épaules.

— Sans doute à cause de ces trois mois passés au Dalmun, répondit-il d'un ton dur. Tends un morceau de pain rassis à un affamé et il oubliera à jamais le goût du caviar.

— Un morceau de pain rassis ? La pauvre ! Si elle t'entendait parler d'elle comme ça !

— La saveur du caviar me reviendra à l'esprit dès que j'en aurai à me mettre sous la dent, murmura Ali avec une pointe d'espièglerie.

Hari connaissait bien son ami.

— Je vais réserver une suite à Cannes.

La visite des pyramides s'avéra longue et pénible. Comme prévu, Mme Silver insista pour faire le tour de chaque monument et tint absolument ensuite à faire le tour du site à dos de chameau. Lorsque l'expédition toucha à sa fin, la vieille dame souffrait considérablement.

Depuis son arrivée en Egypte, Mme Silver avait participé à toutes les visites guidées avec un entrain surprenant, compte tenu de son âge et de ses douleurs articulaires.

— Elle n'arrête *jamais*, avait gémi Roy Ormerod en parcourant les rapports des guides. Si ça continue, elle va faire un malaise et nous serons tenus pour responsables. Pour l'amour du ciel, efforcez-vous de tempérer ses ardeurs !

Mais Leo s'était vite liée d'amitié avec Mme Silver. Dynamique et cultivée, cette dernière était avide d'expériences nouvelles, ayant consacré toute sa vie à l'éducation de ses enfants. Un soir, alors que le guide local l'avait raccompagnée à l'hôtel avec un soulagement non dissimulé, Leo avait découvert cette femme d'un courage extraordinaire.

— Vous comprenez, c'est un peu plus grave que de simples douleurs rhumatismales, lui avait confié Mme Silver, sous l'effet du thé à la menthe et des gâteaux au miel. Et ça risque d'empirer avec le temps. C'est pour cette raison que je tiens à voir toutes ces merveilles. Ça me fera des souvenirs quand je ne pourrai plus bouger de chez moi, avait-elle conclu dans un soupir.

Leo éprouva dès lors une profonde admiration pour cette femme. Au lieu de suivre les instructions de Roy, elle s'assura au contraire que tous les souhaits de Mme Silver fussent exaucés, moyennant une surveillance rapprochée. Ce qui ne s'avéra pas chose aisée.

Lorsque Leo la ramena à l'hôtel, ce soir-là, elle respirait avec difficulté et son teint rubicond n'augurait rien de bon. Leo l'accompagna jusqu'à sa chambre, où, s'étant allongée sur son lit, la vieille dame s'efforçait de reprendre son souffle. Leo commanda une boisson fraîche puis appliqua des serviettes humides sur son front.

— Je ferais mieux d'appeler un médecin, annonça-t-elle d'un ton inquiet.

Mme Silver secoua la tête.

— Mes gélules... dans mon sac.

Leo lui apporta la boîte. Mme Silver en avala trois d'un coup, puis elle se rallongea et ferma les yeux. Peu à peu, son teint retrouva une couleur normale.

Le téléphone sonna, Leo décrocha.

— Madame Silver ? fit une voix sèche qu'elle reconnut sur-le-champ.

Même lorsque Roy Ormerod essayait de se montrer avenant, il paraissait furieux.

— Savez-vous où Mlle Roberts est allée après vous avoir raccompagnée ?

Leo força son courage.

— C'est moi, Roy. Mme Silver ne se sentait pas très bien, alors je...

Elle n'eut pas le temps de terminer sa phrase.

— Qu'est-ce que vous fabriquez, nom d'un chien ? Je croyais vous avoir dit de ne plus emmener cette vieille chouette en excursion. Vous devriez être au bureau, à l'heure qu'il est ! D'autre part, je n'ai pas très bien compris le message que vous avez laissé sur mon répondeur, au sujet du dîner de ce soir. Votre présence est obligatoire, cela fait partie de vos fonctions...

Il pesta encore pendant quelques minutes. Mme Silver ouvrit les yeux et considéra Leo d'un air anxieux.

— Nous parlerons de tout ça au bureau, le coupa Leo en jetant un coup d'œil à sa montre. Je serai là-bas d'ici une demi-heure.

— Non. Je suis déjà...

Mais Leo raccrocha.

— Des soucis ? s'enquit Mme Silver.

— Rien d'insurmontable.

— Est-ce ma faute ?

— Absolument pas.

Et elle était sincère. Roy lui cherchait des noises depuis qu'elle était arrivée au Caire. Oubliant toute réserve, Leo se confia à Mme Silver. Cette dernière prit un air songeur avant de hausser les épaules.

— Vous travaillez bien ; vous êtes indépendante ; les clients vous apprécient. Vous êtes une concurrente sérieuse, pour lui, mon petit. En plus, vous n'êtes pas tombée sous son charme, comme les autres...

Un coup fut frappé à la porte. Leo alla ouvrir.

— Ça doit être votre citronnade.

Mais elle se trompait. Dans le couloir se tenait Roy, les traits déformés par la colère.

— Oh ! vous avez appelé de la réception ! commença Leo.

— Ecoutez-moi bien ! interrompit Roy d'une voix sonore.

La jeune femme s'empressa de lui barrer le chemin. Heureusement, un paravent sculpté séparait le vestibule de la chambre, de sorte que Mme Silver ne pouvait pas les voir.

— Pas de scandale ici, je vous en prie, murmura-t-elle. Elle ne va pas très bien.

D'un geste brusque, Roy l'attrapa par le poignet et l'attira dans le couloir. Puis il la prit par les épaules et se mit à la secouer violemment tout en vociférant.

Tout à coup, une voix autoritaire retentit derrière eux.

— Cela suffit !

Ils firent volte-face ; Leo afficha un air abasourdi tandis que Roy écumait de rage.

L'homme qui avait parlé dégageait une impression de puissance et d'autorité innées. Sans doute s'agissait-il d'un homme d'affaires qui n'appréciait pas d'être dérangé à cet étage luxueux, d'ordinaire si tranquille. Il posa sur Roy un regard méprisant.

— Qui êtes-vous ? demanda ce dernier. Le garçon d'étage ?

Leo esquissa une grimace. Son éducation lui permettait de distinguer d'un seul coup d'œil les parvenus des fortunes établies. Vêtu d'un costume à la coupe impeccable, l'homme qui se tenait devant eux irradiait de l'assurance des gens importants. Hélas ! Roy était bien incapable de décrypter de tels signes.

— Ceci est une conversation privée, reprit-il d'un ton belliqueux.

— Dans ce cas, tenez-la en privé, répliqua l'inconnu. Avez-vous une chambre à l'étage ?

— Non, répondit Leo, saisie d'une sourde angoisse à l'idée de se retrouver seule avec Roy.

Pour la première fois, leur interlocuteur détacha son regard de Roy pour le poser brièvement sur Leo. Ses yeux glissèrent d'abord sur elle, froids comme deux glaçons, avant de revenir, plus perçants.

— Mademoiselle ? fit-il d'un ton neutre.

Il avait l'air de la connaître... S'efforçant de se ressaisir, elle fouilla vainement sa mémoire. Hélas, son cerveau refusait de fonctionner.

— Prenez-garde à elle, mon vieux, intervint soudain Roy, irrité par leur petit aparté, cette fille est capable du pire !

Leo se tourna vers lui, comme frappée par la foudre. Que voulait-il dire, au juste ? Avait-il découvert l'identité de son père ?

— Pardon ? s'enquit Leo.

— Il veut sans doute me reprocher mon intrusion inopportune, intervint l'inconnu. Mademoiselle ?

Leo secoua la tête, en proie à une grande confusion.

— Vous êtes virée, siffla Roy.

La jeune femme blêmit. Quelle serait la réaction de son père quand il apprendrait la nouvelle ?

— Oh, mon Dieu, non...

— Vous devriez discuter de tout cela plus tranquillement, reprit l'homme à l'adresse de Roy.

Ce dernier émit un grognement ironique.

— La discussion est terminée. Vous ne voulez pas assister au dîner de ce soir ? Parfait. Ne venez pas. Ne remettez plus les pieds au bureau et ne vous approchez plus de mon équipe !

La consternation se peignit sur le visage de Leo. Elle partageait un appartement avec deux de ses employés.

— Roy...

— Et ne vous avisez surtout pas de me demander des références, poursuivit-il sans l'entendre.

— Ecoutez, Roy, si nous parlions de tout ça calmement ?

A cette suggestion, deux taches rouges apparurent sur les joues de son patron. Il fit un pas vers elle, comme pour la gifler. Assaillie par une bouffée de panique, elle se figea. Dieu merci, leur compagnon s'interposa rapidement.

— Non.

Prononcé d'une voix posée, ce petit mot eut plus de force qu'un coup de poing. Roy s'arrêta net. L'espace d'un instant, l'inconnu et lui se défièrent du regard. Roy était solidement charpenté, et l'étincelle qui brillait dans son regard n'augurait rien de bon. Son adversaire était grand et athlétique mais son élégant costume laissait deviner une souplesse et une grâce que Roy, massif, ne possédait pas. On devinait sans peine qui sortirait vainqueur du combat.

Un silence tendu s'abattit sur le trio. Roy respirait fort. Puis, sans un mot, il tourna les talons et s'éloigna en donnant un coup de pied dans une chaise qui lui barrait le passage.

Leo s'adossa au mur. Son cœur battait à coups redoublés. A présent que tout était terminé, un sentiment de honte l'envahit. Quel méprisable scandale...

Au bout du couloir, les portes de l'ascenseur s'ouvrirent. Un bruit de voix s'éleva. D'un geste vif, l'inconnu la prit par le bras.

— Suivez-moi.

Avant même que les nouveaux arrivants les aperçoivent, il l'entraîna à l'autre extrémité du couloir, en direction d'une imposante porte à double battant. Quelques instants plus tard, Leo était confortablement installée dans un fauteuil de la Suite Présidentielle. Silencieux, l'inconnu la dominait de toute sa hauteur. Il paraissait mi-agacé, mi... quoi, au juste ? Le cœur de Leo fit un bond dans sa poitrine.

— Tout va bien ? s'enquit-il finalement.

« Comme j'aimerais qu'il me prenne dans ses bras ! »

songea la jeune femme, surprise par le cours de ses pensées.
— Pardon ? fit-elle.
Il fronça les sourcils, visiblement peu habitué à ce que ses interlocuteurs ne l'écoutent pas. Il y avait bien plus que la grâce et l'élégance, chez cet homme. Bien plus que la fierté et la froideur. Il était aussi incroyablement beau. Et ce regard... ce regard ne reflétait pas une once de froideur, bien au contraire...

« C'est le fruit de mon imagination, pensa Leo, troublée. Ce genre de scène ne m'est pas destinée. Je ne tombe pas sous le charme de séduisants inconnus... d'ailleurs, ils ne me remarquent même pas. C'est la deuxième fois aujourd'hui que je ne me reconnais plus. Serais-je en train de perdre la tête ? »

— Je vous demandais si tout allait bien.
— Oh ! Je... je suppose que oui... ça va, balbutia Leo au prix d'un effort. C'est juste que... je ne sais pas quoi faire, ajouta-t-elle malgré elle.

Son compagnon exhala un soupir.
— A quel sujet ?
— Il m'a interdit de l'approcher, mais toutes mes affaires sont restées à l'appartement...

Sa voix se brisa. Et là, à son grand désarroi, deux larmes roulèrent sur ses joues. Elle les essuya d'un geste rageur.

Son compagnon se figea.
— Vous vivez avec cet homme ?
Trop absorbée par ses réflexions, Leo ne prêta pas attention à sa question.
— Il faut absolument que j'appelle Londres, déclarat-elle en consultant sa montre. Ensuite, je vais devoir trouver une chambre quelque part. Ça risque d'être difficile, en pleine saison touristique.

L'homme soupira de nouveau.
— Permettez-moi de vous aider, proposa-t-il d'un ton empreint de résignation.

Il décrocha le téléphone. Leo l'observa, sourcils froncés. Cette courte phrase lui sembla tout à coup étrangement familière.

— Excusez-moi, nous sommes-nous déjà rencontrés ?

Il parlait en arabe d'une voix brève et rapide, mais, en entendant sa question, il baissa les yeux sur elle.

— Pas que je sache, mademoiselle Roberts.

Son regard était tout simplement fascinant. Contrairement à ce qu'on aurait pu imaginer en voyant son teint hâlé, ses yeux n'étaient pas vraiment noirs mais plutôt gris anthracite, rehaussés d'un éclat métallique.

— Dans ce cas, comment connaissez-vous mon nom ? demanda Leo, le souffle court.

A cette question, l'inconnu lui sourit. Pour la première fois. Un sourire qui acheva de le rendre irrésistible.

— Je sais lire.

Comme elle le fixait d'un air hébété, il tendit la main vers elle et effleura son épaule. Même à travers l'étoffe de sa veste, son contact l'électrisa et elle bondit hors de son fauteuil.

— Comment ?

— Votre badge, expliqua-t-il gentiment.

Il avait retiré le badge qu'elle portait depuis ce matin, lorsqu'elle était allée accueillir un groupe à l'aéroport. Son nom s'y étalait en grosses lettres.

Leo sentit ses joues s'empourprer. Quelle idiote ! Comment s'y prenait cet homme pour lui ôter tous ses moyens ? Et pour éveiller en elle des sensations qu'elle n'avait encore jamais éprouvées ?

La sonnerie du téléphone retentit. Il décrocha, écouta d'un air impassible et, sur un simple mot de remerciement, raccrocha.

— L'hôtel vous a trouvé une chambre. Vous n'avez qu'à descendre chercher la clé à la réception.

Les yeux de Leo s'arrondirent de surprise.

— Une chambre, *ici* ? C'est impossible. Ils affichent

complet pour les trois semaines à venir ; je le sais car j'ai remué ciel et terre, en vain, pour un client qui désirait assister à la conférence.

Il haussa les épaules.

— Peut-être y a-t-il eu des annulations entre-temps.

Leo le dévisagea avec attention, peu convaincue. Avant qu'elle ait le temps de le questionner, la porte s'ouvrit à toute volée et deux colosses en costume firent leur apparition. L'un d'entre eux était armé. Leo retint son souffle, médusée.

Son sauveteur fit volte-face et s'adressa à eux d'un ton bref. Le revolver disparut sur-le-champ. Encore sous le choc, Leo se tourna vers son compagnon.

— Qui êtes-vous, au juste ?

Il hésita une fraction de seconde.

— Je m'appelle Ali, dit-il finalement.

Elle n'eut pas le temps d'en apprendre davantage. L'un des deux hommes se mit à parler avec animation tandis que son sauveteur jetait un coup d'œil à sa montre.

— Je dois vous laisser, déclara-t-il. Moustafa vous accompagnera à la réception.

En guise d'au revoir, il la gratifia d'un petit signe de tête et quitta la pièce sans plus attendre. Leo n'eut même pas le temps de le remercier. Au fond, c'était peut-être mieux ainsi. Car elle n'éprouvait aucune reconnaissance pour cet homme.

2.

Leo ne fut pas surprise d'entrer dans une chambre luxueuse. Sur une table basse en cuivre une corbeille de fruits voisinait avec une assiette garnie de pâtisseries orientales et une somptueuse composition florale.

La jeune femme cligna des yeux.

— C'est... très beau, murmura-t-elle à l'adresse du groom qui l'accompagnait.

Ce dernier hocha la tête, impassible. Après lui avoir remis la carte plastifiée qui servait de clé, il s'éclipsa.

Leo avait la troublante impression que l'inconnu de la Suite Présidentielle l'avait prise sous sa protection. Après avoir vérifié l'heure, elle entreprit de passer quelques coups de téléphone.

Sa mère figurait en quatrième place sur sa liste. Leo aurait préféré laisser un message ; hélas ! Deborah décrocha aussitôt.

— Désolée, maman, je suis obligée d'annuler notre dîner de ce soir, annonça-t-elle d'un trait. J'ai de gros problèmes et je vais avoir besoin d'un peu de temps pour les résoudre.

— Dis-moi tout.

Leo obéit sans se faire prier. En entendant ce qui s'était passé, sa mère entra dans une colère noire. Elle n'appréciait déjà pas du tout que sa fille soit réduite à occuper un poste de petit guide touristique... alors qu'elle se fasse renvoyer par un sous-fifre imbus de sa personne, là, c'en était trop ! Habituée au tempérament fougueux de sa mère, Leo se contenta de murmurer quelques paroles d'approbation en attendant que passe l'orage.

— Une chose est sûre, conclut sa mère avec véhémence, ce n'est pas ce M. Ormerod qui me fera renoncer à notre soirée. Il va bien falloir que tu dînes, et ce sera avec moi. Je te retrouve à 20 heures.

— Mais je n'ai rien à me mettre ! gémit Leo.

— Tu as une carte de crédit, n'est-ce pas ? Et j'imagine que tu connais suffisamment bien cette ville pour savoir où se trouvent les belles boutiques de vêtements. Rendez-vous à la réception, *tout de suite*.

Vaincue, Leo se contenta de négocier un délai d'un quart d'heure pour passer les coups de fil restants.

Lorsqu'elle gagna le salon attenant à la réception, sa mère s'y trouvait déjà.

— J'ai trouvé une voiture, annonça-t-elle aussitôt, en ouvrant la marche d'un pas décidé. Et je sais exactement où aller, pour le cas où tu aurais eu envie de m'entraîner dans un centre commercial miteux.

Leo la suivit, incapable de réprimer un sourire.

Confortablement installée à l'arrière de la limousine, la jeune femme renversa la tête en arrière et considéra sa mère d'un air bienveillant. Deborah remettait en place le col de son élégante robe bleu et blanc. De discrètes boucles d'oreilles en platine et saphir complétaient sa tenue.

— Tu ressembles à une gravure de mode, fit observer Leo, envahie d'une douce torpeur.

Ce n'était pas une critique. Pourtant, Deborah se tourna vers elle et l'enveloppa d'un regard réprobateur.

— Et toi, tu es loin d'être élégante ! Fais-tu exprès de t'habiller comme ça ?

Leo ne s'offusqua pas. A onze ans, elle dépassait déjà sa jolie petite maman de quelques centimètres. Adolescente, elle s'était résignée à être plus grande que toutes ses amies. C'était en partie pour contrebalancer sa grande taille qu'elle avait adopté un style vestimentaire à la fois sobre et discret. Un style qui n'avait jamais plu à Deborah.

— Ma chère maman, je m'habille comme ça pour être à l'aise pendant ma journée de travail. De plus, s'empressa-t-elle d'ajouter comme Deborah ouvrait déjà la bouche pour protester, j'aime les vêtements que je porte.

Sa mère eut un haussement d'épaules gracieux.

— Tu ne travailles pas, ce soir; tu vas donc pouvoir t'acheter quelque chose de joli, pour une fois. Si encore c'était par manque d'argent...

Leo leva les mains en l'air, résignée. Quelques minutes plus tard, la voiture se gara devant une petite boutique où deux somptueuses robes de soirée ornaient la vitrine. Leo reconnut aussitôt le nom de la célèbre maison. Cette virée risquait de lui coûter une petite fortune...

— Allons te dénicher quelque chose d'unique!

Leo lui emboîta le pas avec réticence.

— Attention, la patrouille du shopping est lâchée, marmonna-t-elle.

Sa mère s'avéra toutefois plus conciliante que ce qu'elle avait craint. Deborah commença par repérer une robe de cocktail en brocart fleuri.

— Je ressemble à un jeté de canapé, là-dedans, maugréa Leo après l'avoir essayée.

A son grand soulagement, Deborah n'insista pas. La mère et la fille tombèrent d'accord sur un ensemble composé d'un pantalon bouffant en mousseline de soie mordorée assorti à une courte veste couleur abricot. Pour compléter sa tenue, Deborah lui offrit une longue écharpe de soie bronze et ambre, pleine de reflets chatoyants.

— Merci, maman, murmura Leo, sincèrement touchée.

Deborah lui fit un clin d'œil.

— Je préférerais que tu portes cet ensemble pour dîner avec quelqu'un d'autre que moi, dit-elle d'un air entendu.

L'espace d'un instant, Leo songea à son mystérieux sauveteur. Un flot de sang afflua à son visage et elle maudit en silence son teint de porcelaine, le ténébreux Ali... et le regard perçant de Deborah.

— Ah ! ah !..., fit cette dernière. Je le connais ?

— Je ne vois pas de quoi tu parles, répondit Leo d'un ton sec.

Elle regagna en toute hâte la limousine pendant que sa mère remerciait les vendeuses avant de prendre congé.

— Chérie, commença cette dernière dès que le chauffeur eut fermé la portière derrière elle, il est temps que nous ayons une petite discussion.

Leo la considéra d'un air incrédule.

— J'ai vingt-quatre ans, maman, je connais déjà l'histoire des choux et des roses.

Deborah esquissa une moue moqueuse.

— Ah oui, vraiment ? On ne dirait pas, à te voir.

— Maman...

— Ne t'inquiète pas, je n'ai aucune envie de parler de tes petits amis. Je préférerais parler mariage.

— Pourquoi ? Tu as l'intention de te remarier ?

Même si une cour d'admirateurs gravitait autour d'elle, Deborah n'avait jamais manifesté la moindre envie faire une place à un homme dans sa coquette maison de Holland Park.

— Bien sûr que non ! C'est de *ton* mariage que j'aimerais parler.

Leo haussa les sourcils.

— Je n'ai pas l'intention de me marier.

— Ah bon ? Si je comprends bien, les rumeurs qui courent sur Simon Hartley et toi sont fausses ?

Leo la considéra d'un air interdit.

— Simon Hartley ? Le nouveau comptable de papa ? Je le connais à peine, enfin !

Devant sa stupeur, Deborah se mit à triturer nerveusement l'une de ses boucles d'oreilles.

— N'est-il pas le frère d'une de tes amies d'école ?
— C'est le frère de Claire Hartley, en effet. Mais il est plus âgé que nous.
— Tu ne l'as jamais rencontré ?

Leo haussa les épaules.

— Il est venu ici avec papa il y a quelques mois. Tout le personnel de « Circuits d'aventure » l'a rencontré.
— Il t'a plu ?

Leo laissa échapper une exclamation exaspérée.

— Arrête, maman, je n'ai vraiment pas besoin de ça, crois-moi. Je ne suis pas comme toi, tu sais : je ne tiens pas à tout prix à me marier.

A sa grande surprise, Deborah ne parut pas contrariée, mais plutôt songeuse.

— Dis-moi, Leo, as-tu déjà été amoureuse ? demanda-t-elle à brûle-pourpoint.
— Pardon ? fit la jeune femme, interloquée.
— C'est bien ce que je pensais, murmura sa mère.

Il n'y avait aucune note de triomphe dans sa voix, plutôt de l'inquiétude. Et, sans doute pour la première fois de sa vie, elle n'insista pas.

Une sensation de malaise s'empara de Leo. Elle était habituée aux sermons maternels et savait y parer. Mais voir sa mère silencieuse et préoccupée la désarçonnait profondément.

Ali donna à Hari une foule d'instructions qui provoquèrent la surprise grandissante de son ami. Il les nota pourtant toutes scrupuleusement. Mais lorsque vint la dernière, il lâcha son stylo et considéra Ali d'un air réprobateur.

— Que vais-je dire à ton père ?
— Ne lui dis rien pour le moment. Adresse-toi à mon

oncle, le ministre de la Santé. Ce dernier lui dira que j'ai prononcé le discours pour lequel je suis venu. *Et voilà*.

— Mais tout le monde s'attend à ce que tu prennes la parole à l'occasion du dîner.

Ali le gratifia d'un sourire moqueur.

— Tu n'auras qu'à me remplacer. Après tout, c'est toi qui as écrit le discours. Tu seras bien plus convaincant que moi.

— Ils finiront bien par découvrir la vérité, fit observer Hari. Quelle sera leur réaction, à ton avis ?

— Je me moque bien de savoir ce que pensent tous ces dentistes, riposta Ali avec arrogance.

— Ce n'était pas à eux que je pensais ; c'était plutôt à ton oncle ministre de la Santé, à ton oncle ministre des Finances, à ton oncle ministre des Ressources Pétrolières...

Ali laissa échapper un rire rauque.

— Leur opinion m'importe peu.

— Mais ton père...

— Si mon père n'y prend pas garde, trancha Ali, il se pourrait bien que je retourne à l'université pour terminer mes études d'archéologie, comme j'en ai toujours eu envie.

Hari eut soudain l'air affolé.

— C'est ma faute, n'est-ce pas ? Je n'aurais pas dû te dire que les femmes que tu rencontrais étaient programmées pour te trouver toutes les qualités. Tu as pris ça comme un défi, n'est-ce pas ?

— Disons plutôt que tu as mis en lumière une hypothèse qu'il serait intéressant de vérifier.

— Mais pourquoi avoir choisi Mlle Roberts ?

Ali hésita un quart de seconde avant de hausser les épaules.

— Pourquoi pas ?

— Tu l'as comparée à un morceau de pain rassis, lui rappela Hari.

Les épais sourcils d'Ali se rejoignirent.

— N'essaie pas de me faire changer d'avis, tu n'y arriveras pas.

— Loin de moi cette idée, protesta Hari qui commençait à se prendre au jeu. Mais si tu veux vraiment jouer au type normal, tu devras l'inviter tout seul, comme nous autres.

Un silence surpris accueillit ses paroles. Finalement, Ali eut un rire amusé.

— Naturellement ; c'est bien ce que j'avais l'intention de faire. Ça fait partie du jeu.

— Du jeu !

— Bien sûr. C'est toujours amusant de tenter de nouvelles expériences.

— Ainsi, c'est ce qu'elle représente à tes yeux, une nouvelle expérience. As-tu l'intention de le lui dire ?

— Je ne sais pas encore ce que je vais lui dire, répondit Ali avec une franchise désarmante. Ça dépendra sans doute de ce qu'elle me dira, elle, ajouta-t-il d'un air songeur.

— Nul doute qu'elle commencera par énoncer ton nom, ton titre et ton revenu annuel, répliqua Hari.

Ali ne se laissa pas décontenancer.

— J'y ai déjà pensé, figure-toi. Mais cette jeune demoiselle ne m'a pas reconnu, et il n'y a pas de raison pour que cela change si personne ne la met au courant. C'est pourquoi j'aimerais que tu prennes certaines dispositions en ton nom...

— Ah oui ? Et que se passera-t-il quand tu feras ton apparition ? Tu pourras peut-être acheter la discrétion du maître d'hôtel au restaurant, mais que fais-tu des autres employés ?

— J'y ai également réfléchi, répondit Ali. Maintenant, écoute-moi : voici ce que j'aimerais que tu fasses...

※

De retour à l'hôtel, Leo découvrit que son père avait essayé de la joindre à deux reprises. Il avait laissé à la réception une série de numéros où elle pourrait le rappeler. Dès que possible, avait-il précisé dans son message.

Rassemblant son courage, la jeune femme composa le premier numéro.

— Que s'est-il passé ? demanda Gordon Groom, coupant court aux formules de politesse.

Avec un soupir, Leo lui relata succinctement son altercation avec Roy Ormerod.

— Comment va Mme Silver ? s'enquit son père lorsqu'elle eut terminé.

Leo fronça les sourcils. Elle ne s'était pas attendue à cette question.

— Elle se repose, je pense.

— Assure-toi qu'elle se porte bien, ordonna Gordon. Et n'oublie pas de repasser la voir avant d'aller te coucher.

— Bien sûr, fit Leo, touchée par cette marque d'attention.

— Les retraités américains constituent une part de marché considérable dans le secteur du tourisme.

Voilà qui ressemblait davantage à son père, songea Leo en réprimant un sourire ironique.

— J'irai la voir, c'est promis.

— Et que penses-tu d'Ormerod ?

Leo s'agita nerveusement. Elle avait pourtant été très claire avec son père : elle n'allait pas au Caire pour espionner la direction en place.

— Disons que certaines des méthodes commerciales qu'il applique sont un peu archaïques, dit-elle avec circonspection.

— Un remaniement global du personnel ne serait sans doute pas superflu, décréta Gordon avant de changer de sujet. Et toi ? J'imagine que tu n'as pas très envie de réintégrer l'équipe d'Ormerod ?

Leo frémit.
— Non.
Son père prit alors une de ces décisions éclair dont il avait la spécialité.
— Dans ce cas, tu ferais mieux de rentrer à Londres. Notre programme de sponsoring a besoin d'un nouveau souffle. Tu pourras t'en occuper jusqu'à ce que...
Il s'interrompit brusquement.
— Tu te chargeras de ça.
— D'accord, fit Leo, intriguée. Il me reste quelques affaires à régler ici et je prendrai ensuite le premier avion pour rentrer.
— Tu as tes clés, n'est-ce pas ?
Leo occupait un appartement indépendant dans la grande demeure de son père, à Wimbledon.
— Bien sûr.
— Alors je te dis à bientôt... au fait, aurais-tu par hasard des nouvelles de ta mère ?
— Figure-toi qu'elle est ici. Je dîne avec elle ce soir.
— Ah bon ? fit son père avec un manque d'entrain manifeste. Je t'en prie, ne te laisse pas influencer par ses idées stupides. A plus tard.
Sur ce, il raccrocha.
Leo lutta contre la vague de tristesse qui menaçait de la submerger. Son père était un homme bon et honnête, mais il n'était pas du genre à exprimer ses sentiments. L'amour qu'il lui portait était totalement dépourvu de tendresse, de marques d'affection. Et l'indifférence dont il avait fait preuve quand elle lui avait raconté sa dispute avec Roy Ormerod la blessait, malgré elle.
Elle revit soudain l'inconnu aux yeux sombres qui avait pris sa défense. A ses côtés, elle s'était sentie... comment dire... ? Protégée ? Aimée ? Ce mot lui arracha une petite grimace.
— Allons, allons, Leo, pas de sentimentalisme déplacé, marmonna-t-elle. Ressaisis-toi, tu es une Groom...

Dieu merci, elle ne reverrait jamais ce mystérieux inconnu...

Reprenant ses esprits, elle réserva une table pour deux au restaurant de l'hôtel. Puis elle se fit couler un bain et se déshabilla. La direction veillait à ce que ses clients ne manquent de rien, remarqua-t-elle en promenant un regard sur la salle de bains. Elle trouva même une brosse à dents et un peignoir en éponge brodé du sigle de l'hôtel.

Avec un soupir de bien-être, elle se laissa glisser dans l'eau mousseuse et parfumée. Quand le téléphone mural sonna quelques minutes plus tard, elle feignit de ne pas entendre, ouvrant du bout du pied le robinet d'eau chaude. Pour la première fois depuis des mois, elle se sentait libre, débarrassée des contraintes d'un emploi du temps lourd et fastidieux. Rejetant la tête en arrière, elle savoura pleinement ce moment d'insouciance.

On frappa à la porte de sa chambre.

« Ça, c'est maman qui vient s'assurer que je me suis correctement épilé les sourcils », songea Leo avec humour. De toute façon, il était temps de se préparer.

Elle sortit du bain, s'enveloppa dans le peignoir moelleux et alla ouvrir, s'efforçant d'afficher une expression avenante... qui se transforma en moue stupéfaite dès qu'elle découvrit qui se tenait sur le seuil.

— Vous ! Que faites-vous ici ?

— Quel accueil ! railla le mystérieux inconnu. Je suis venu vous inviter.

— M'inviter ? répéta Leo, abasourdie.

— A dîner... vous savez, avec un fond musical, une ou deux invitations à danser, une conversation culturelle. Ce qui vous plaira.

Leo secoua la tête.

— Un dîner ? Avec moi ?

Un soupçon d'impatience traversa le beau visage de son interlocuteur.

— Pourquoi pas ?

« Parce qu'on ne m'invite jamais, comme ça, à l'improviste, sans me connaître déjà un peu. Sans savoir qui est mon père », songea Leo avant de chasser cette pensée morose.

— Quand ? demanda-t-elle pour gagner du temps.
— Ce soir ou jamais, répondit-il d'un ton sans réplique.
— Dans ce cas, c'est réglé, fit Leo, partagée entre le soulagement et la déception. Je suis déjà prise, ce soir.

Sur ce, elle voulut refermer la porte. Sans succès. Il avait pris appui contre le chambranle et semblait résolu à rester là le temps qu'il faudrait.

— Annulez, suggéra-t-il en la défiant du regard.

Leo resserra nerveusement la ceinture de son peignoir.

— Non, dit-elle d'un ton guindé.

Il réprima difficilement un sourire.

— C'est un défi que je vous lance.

La jeune femme le foudroya du regard.

— Je suis censée ne pas résister ?
— Vous êtes censée être intéressée, tout au moins.

Leo devait bien admettre que son sourire énigmatique l'intriguait et que son cœur faisait des bonds dans sa poitrine. Mais... Non, elle avait toujours détesté prendre des risques, et ce n'était pas aujourd'hui que ça changerait !

Au même instant — ironie du sort —, Deborah Groom surgit au bout du couloir. Leo s'éclaircit la gorge.

— Est-ce un oui, un non ou un peut-être ? lança Ali, amusé.
— Rien de tout ça. Bonjour, maman.

Il fit volte-face. Prenant Ali pour Roy Ormerod, Deborah se lança aussitôt dans la bataille.

— Comment osez-vous harceler ma fille jusqu'ici ? Vous croyez que vous n'en avez pas assez fait ? Comptez sur moi pour tout raconter à votre supérieur !

Ali cligna des yeux.

— Je n'avais pas l'intention de la harceler, protesta-t-il.

— Maman, écoute-moi un instant, je t'en prie, intervint Leo. Laisse-moi te présenter monsieur... M. Ali. C'est lui qui a réussi à me trouver une chambre.

— Oh !

Il fallut quelques secondes à Deborah pour assimiler l'information. Elle examina Ali de la tête aux pieds. Ses luxueux vêtements et sa distinction naturelle ne lui échappèrent pas.

— Oh ! répéta-t-elle sur un autre ton en tendant gracieusement la main vers l'inconnu. Comme c'est aimable à vous, monsieur Ali. Je suis Deborah euh... Roberts, la maman de Leo.

— Leo, murmura-t-il en s'inclinant au-dessus de sa main.

— Ridicule, n'est-ce pas ? Surtout quand on porte un prénom aussi charmant que Leonora. Ma grand-mère s'appelait ainsi, vous comprenez. Mais son père l'a toujours appelée Leo, et ça lui est resté, malheureusement.

— Maman...

Aucun d'eux ne lui prêta attention.

— Leonora, prononça lentement Ali, comme s'il savourait chaque syllabe.

Un sourire éclatant illumina le visage de Deborah.

— C'est très gentil de votre part de venir prendre de ses nouvelles.

— En fait, j'étais venu l'inviter à dîner, expliqua Ali d'un ton désolé, mais il semblerait que votre fille soit déjà prise.

Il ponctua ses paroles d'un long soupir alors que son regard gris foncé se faisait plus perçant. En face de lui, Deborah inclina légèrement la tête.

— Oh ! quelle drôle de coïncidence ! Je venais justement dire à Leo que je n'avais plus très envie de sortir, ce soir, dit-elle en courbant les épaules dans un geste théâtral. Cette chaleur est épuisante.

Leo n'en croyait pas ses oreilles.

— Quelle chaleur, maman ? Tous les endroits que tu as visités aujourd'hui étaient climatisés !

Un instant décontenancée, Deborah se ressaisit rapidement.

— C'est précisément le problème, répliqua-t-elle en posant sur Ali un regard candide. Nous, Anglais, nous ne sommes pas habitués à une climatisation aussi omniprésente. Je crois que j'ai attrapé un rhume, conclut-elle en toussotant.

Leo fut soudain prise par l'envie de bâillonner sa mère.

— Dans ce cas, nous n'aurons qu'à faire monter notre repas dans ta chambre, trancha-t-elle.

Deborah esquissa un pâle sourire.

— Oh ! non, chérie, je préférerais me reposer seule ! Accepte donc l'invitation de M. Ali et amuse-toi bien.

— Vous êtes sûre que cela ne vous dérange pas, madame Roberts ? demanda ce dernier d'un ton suave.

Tandis que Deborah faisait non de la tête, il gratifia Leo d'un grand sourire.

— La perspective de passer la soirée en votre compagnie me réjouit, mademoiselle Roberts. Je passe vous prendre dans une demi-heure, ça vous va ?

Sans attendre sa réponse, il tourna les talons et s'éloigna.

— *Maman*, gémit Leo entre ses dents.

— C'est exactement ce qu'il te faut, décréta Deborah en se redressant. Une soirée en compagnie d'un homme sexy en diable. Il y a des années que cela aurait dû t'arriver. Parfait, comment vas-tu t'habiller ?

Vaincue, Leo s'effaça pour la laisser entrer.

— Je crains de ne pas avoir le choix, répondit-elle d'un ton ironique. Soit je mets mon « bleu de travail », comme tu l'appelles, soit le superbe ensemble que tu m'as poussée à acheter.

Deborah se dirigea vers la penderie et considéra l'ensemble d'un œil professionnel.

— Ça fera l'affaire. C'est une soirée habillée, à ton avis ?

Leo exhala un soupir exaspéré.

— Je n'en ai pas la moindre idée. Je n'ai vu cet homme qu'une seule fois avant que tu me pousses à accepter son invitation !

Une expression intriguée se peignit sur le visage de sa mère.

— Il m'a paru très déterminé, n'est-ce pas ? C'est plutôt flatteur, chérie.

— Oh ! maman, je t'en prie !

— Très bien... passons au maquillage, enchaîna sa mère.

Leo abandonna la partie. Dans son élément, Deborah fut ravie de superviser les préparatifs. Elle arrangea les cheveux encore humides de sa fille puis entreprit de la maquiller d'une manière à la fois discrète et avantageuse, accentuant ses longs cils soyeux et ses yeux immenses. Pour finir, elle attacha à ses oreilles de somptueux pendentifs en topaze.

— Je ne suis pas habituée à tout ça, observa Leo. Je vais ressembler à une grande godiche maladroite et ridicule...

— Tu es splendide, affirma Deborah avant d'ajouter d'un ton grave : vraiment, chérie, tu es belle, intelligente, cultivée. Pourquoi es-tu si méfiante vis-à-vis des hommes ?

— Ce n'est pas de la méfiance. Simplement, je sais avec certitude que les hommes n'éprouvent aucune attirance pour moi. Sauf lorsqu'ils découvrent l'identité de mon père.

Deborah secoua la tête.

— Je ne te comprends pas, vraiment.

— C'est pourtant simple : j'ai de grands pieds et un peu trop de poitrine, déclara Leo dans un élan d'audace. Ajoute à ça une maladresse innée, et tout deviendra limpide.

— Leo ! s'écria Déborah, sincèrement choquée. Tu as une silhouette de rêve. Regarde toutes ces filles qui sont obligées de s'acheter des soutiens-gorge rembourrés... Les hommes adorent les belles plantes comme toi.

Elle marqua une pause avant d'ajouter sur le ton de la confidence :

— Pour ce soir, contente-toi de boire les paroles de ton compagnon comme s'il s'agissait d'un prophète. Et évite de renverser le mobilier.

A ces mots, Leo laissa échapper un rire sans joie.

3.

Il n'y eut aucun meuble à renverser.

Ali vint la chercher, vêtu d'un jean et d'une veste à la fois chic et décontractée... ce qui ne fit qu'accentuer le malaise de Leo — pourquoi diable avait-elle choisi une tenue aussi sophistiquée ? Son malaise s'accrut lorsqu'il lui annonça qu'ils ne passeraient pas la soirée au Caire. De plus en plus nerveuse et intriguée, Leo le suivit sur le toit de l'hôtel pour monter à bord d'un hélicoptère.

— Où sommes-nous ? demanda-t-elle lorsque l'appareil se posa.

A son grand étonnement, la piste d'atterrissage était déserte. D'ordinaire, les aéroports égyptiens bourdonnaient d'activité. Son compagnon se contenta de sourire d'un air énigmatique.

Un court trajet en Jeep les amena jusqu'à un embarcadère plongé dans l'obscurité. Telles une myriade de diamants éparpillés sur un écrin de velours noir, les étoiles scintillaient à la surface de l'eau. Une brise tiède soufflait du fleuve.

Un frisson parcourut Leo.

— Où sommes-nous ? demanda-t-elle d'un ton plus insistant.

— Nous sommes à 120 kilomètres au nord du Caire, au bord du Nil, répondit Ali.

— Cent vingt kilomètres ? répéta la jeune femme, frappée de stupeur. Mais pourquoi ?

— J'avais envie de vous convier à un pique-nique au clair de lune, expliqua son compagnon d'un ton étrangement grave. Et pour en profiter pleinement, il faut s'éloigner des lumières de la ville.

Leo lui jeta un regard soupçonneux. Etait-il sérieux, ou bien se moquait-il d'elle ? Difficile à dire...

La brise s'engouffrait dans son pantalon bouffant et sa veste mordorée brillait de mille feux à la lueur des étoiles. C'était décidément une tenue beaucoup trop recherchée pour un pique-nique en pleine nature.

— Je pensais que nous irions dîner au restaurant, murmura-t-elle sur un ton de reproche. Regardez-moi...

Ali était en train de sortir un panier en osier du coffre de la Jeep. Il tourna la tête et la détailla lentement. Troublée par son regard pénétrant, Leo resserra les pans de sa veste autour d'elle.

— Voulez-vous retourner en ville ?

Il avait posé la question d'un ton plein de défi. Sur le point d'acquiescer, Leo se ravisa.

Après tout, ce serait une expérience totalement inédite, pour elle... pourquoi ne pas faire montre d'un peu d'audace, pour une fois ?

— Eh bien... maintenant que nous sommes là...

Ali haussa les sourcils.

— Disons que ce sera une grande première, pour nous deux, déclara-t-il d'un ton mi-figue mi-raisin.

Le chauffeur s'empara du panier et le transporta jusqu'à un ponton de bois qu'on distinguait en contrebas. Ali tendit la main à Leo pour l'aider à descendre le sentier abrupt.

Elle retint son souffle en sentant les longs doigts puissants se refermer sur son poignet. Il était solide comme le roc, et elle s'appuya plusieurs fois contre lui pour ne pas trébucher sur l'étroit chemin. Les doigts d'Ali remontèrent soudain vers son coude et un frisson lui parcourut l'échine. Comment faisait-il pour éveiller en elle des sensations aussi... grisantes ?

— Zut ! pesta la jeune femme, furieuse contre sa propre faiblesse.

Il se tourna vers elle.

— Que se passe-t-il ?

— Oh ! rien... je me suis tordu la cheville ! mentit-elle précipitamment.

Elle fit mine de boiter légèrement. Aussitôt, Ali fut auprès d'elle. Glissant un bras sous le sien, il la soutint dans sa progression.

— Merci, murmura Leo, submergée par une vague brûlante.

Arrivée sur le ponton, elle s'arrêta net.

— Une felouque ! s'écria-t-elle, partagée entre l'excitation et l'angoisse.

La petite embarcation ne semblait pas très stable. Reliée au ponton par une corde, elle tanguait légèrement. Une lampe à huile brillait sur la proue, diffusant un halo de lumière dorée.

Leo s'avança prudemment. Sa mère l'avait mise en garde contre le mobilier... avec sa maladresse légendaire, c'est le bateau tout entier qu'elle risquait de retourner.

Un batelier les salua courtoisement avant de déposer leur panier à bord de l'embarcation.

Leo scruta l'intérieur du bateau, plongé dans l'obscurité. Elle crut distinguer une rangée de coussins... mais ils semblaient tellement bas !

Le chauffeur disparut bientôt au volant de la Jeep et Ali se tourna vers elle. L'angoisse qui voilait son visage ne lui échappa pas.

— Ne me dites pas que vous souffrez de mal de mer...

Leo posa sur lui un regard sombre. A quoi bon mentir ?

— Disons plutôt que je fais partie des personnes les plus maladroites du monde, avoua-t-elle sur un ton de défi. Et j'étais en train de songer au moyen le plus sûr de sauter à bord de cette chose.

Le moteur de la Jeep se tut progressivement et un épais

silence s'abattit sur eux, entrecoupé par le doux clapotis de l'eau. Leo frissonna.

— C'est pourtant simple, murmura Ali.

Avant qu'elle ait le temps de réagir, il la souleva dans ses bras.

— Attention, dit Leo dans un souffle en s'accrochant à son cou.

Il la plaqua contre son torse vigoureux et descendit avec agilité dans la felouque. Leo avait vu juste : des coussins jonchaient le fond et ils sombrèrent doucement dans un océan de soie et de brocart. Une bouffée d'eau de toilette épicée mêlée à une odeur plus musquée enveloppa la jeune femme. Jamais elle n'oublierait cet instant. Avant lui, aucun homme n'avait réussi à attiser de telles sensations en elle. Son cœur battait la chamade, des frissons couraient sur sa peau, une onde de feu inondait ses veines... Etait-il possible qu'un homme ait enfin trouvé le moyen de l'émouvoir ?

En pleine confusion, Leo se détacha de lui. Elle se redressa et remit nerveusement de l'ordre dans sa tenue.

— Merci, murmura-t-elle.

— Tout le plaisir fut pour moi.

Une note d'humour pointait dans sa voix... nul doute qu'il s'amusait énormément. Leo sentit ses joues s'empourprer, bénissant l'obscurité qui les enveloppait. Elle s'écarta de lui, laissant entre eux un léger espace. S'il le remarqua, Ali ne fit aucun commentaire. Il s'adressa au batelier ; quelques instants plus tard, la felouque s'écartait du ponton.

La brise les poussa rapidement vers le milieu du fleuve. S'adossant aux coussins, Ali rejeta la tête en arrière pour contempler les étoiles.

— Possédez-vous quelques notions d'astronomie ?

— Pas vraiment, non.

— C'est une de mes passions. Laissez-moi vous servir de guide.

Leo leva les yeux pour contempler le ciel, refusant d'imiter son compagnon, à demi allongé sur les coussins. Elle n'avait aucune intention de feindre une désinvolture qu'elle était loin d'éprouver.

Ali entreprit de nommer les étoiles une à une. Il en connaissait des dizaines, son savoir était impressionnant. La nuque endolorie, Leo finit par s'adosser aux coussins, presque inconsciemment. L'espace d'un instant, elle crut voir l'éclat de ses dents blanches comme il souriait. Un trouble intense l'envahit peu à peu tandis que le fil de ses pensées partait à la dérive.

Fixée à la proue du bateau, la lampe à huile se balançait doucement, diffusant autour d'eux des zones d'ombre et de lumière à la façon d'un kaléidoscope géant. Les flots caressaient les flancs de la felouque dans un clapotis apaisant. La respiration d'Ali était profonde, régulière. Ils étaient comme seuls au monde.

Leo gardait les yeux rivés sur les étoiles. Malgré tout, elle était consciente de sa proximité, infiniment envoûtante. Elle n'aurait eu qu'à se tourner légèrement pour que leurs deux corps se frôlent. Cette simple pensée lui arracha un petit frisson.

— Vous avez froid, fit observer Ali en interrompant son énumération.

Il se redressa et ôta sa veste. Leo tourna les yeux vers lui et retint son souffle. C'était comme s'ils partageaient le même lit, allongés côte à côte.

Elle tressaillit alors violemment, se redressant d'un mouvement si brusque que la frêle embarcation tangua. Le batelier se retourna d'un air perplexe. Ali le rassura de quelques mots rieurs. Puis il posa sa veste sur les épaules de Leo.

— Comme vous êtes nerveuse ! murmura-t-il d'une voix suave.

Sa veste avait gardé la chaleur de son corps... elle eut l'impression de recevoir une caresse à la place d'un vêtement.

Comme Ali tendait la main vers elle pour dégager ses cheveux, la jeune femme se figea — c'était un geste tellement possessif!

— Vos cheveux sont doux comme la soie. Dommage qu'ils ne soient pas plus longs.

Une vision troublante, infiniment érotique, se forma alors dans l'esprit de Leo. Elle se vit allongée aux côtés d'Ali, à demi dénudée. En appui sur un coude, ce dernier passait la main dans la cascade de ses cheveux brillants. L'image était tellement nette qu'elle retint son souffle, en proie à une vive émotion.

— Il n'y a pas longtemps que je les ai coupés, dit-elle d'une voix étranglée. Ils étaient très longs, j'avais un mal fou à les coiffer... ensuite, j'ai rencontré quelqu'un, à l'université, qui les trouvait gênants; il disait toujours que...

Ali leva la main pour stopper le flot de paroles.

— Ne me parlez pas des hommes qui ont traversé votre vie, ordonna-t-il d'un ton contrarié.

Leo se tut, en proie à un vif sentiment d'embarras. La lampe à huile tangua comme le bateau bifurquait légèrement et, dans la pâle lueur dorée, elle croisa le regard intrigué de son compagnon.

— Vous ne savez vraiment pas jouer à ce jeu, n'est-ce pas?

— Quel jeu? demanda-t-elle d'un ton faussement innocent.

Il y eut un silence durant lequel Leo avala sa salive. Il avait raison, c'était un jeu totalement nouveau pour elle. Le jeu de la séduction... et elle ignorait quelle attitude adopter.

— Pour être franche, reprit-elle dans un élan de courage, je suis un peu dépassée par les événements.

Après un nouveau silence, la belle voix d'Ali s'éleva dans la pénombre.

— Détendez-vous. Vous êtes censée passer un agréable moment.

Il bougea légèrement et Leo se raidit. Il était tellement proche qu'elle ressentait sa puissance féline dans chaque fibre de son être. Et ce n'était pas la peur qui la faisait frissonner...

Ali s'étira puis, croisant les mains sous sa nuque, il la dévisagea d'un air songeur. Lorsque le halo de lumière les balaya de nouveau, elle remarqua qu'il avait retroussé les manches de sa chemise. La vue de ses avant-bras puissants attisa le feu qui la consumait déjà.

La felouque plongea légèrement en avant et l'obscurité les enveloppa. Leo aspira une grande bouffée d'air. Elle ne s'était pas aperçue qu'elle avait retenu son souffle, tout ce temps. Elle s'éclaircit la gorge.

— Où allons-nous, au juste ?

Ali laissa échapper un rire rauque.

— Auriez-vous faim, par hasard ?

— Eh bien... j'ai pris mon petit déjeuner à 5 heures du matin et je n'ai rien avalé depuis, expliqua-t-elle.

— Seigneur ! murmura Ali d'un ton faussement horrifié. Nous allons tout de suite y remédier.

Il lança quelques ordres à l'intention du batelier qui changea de cap.

— Que s'est-il passé ? reprit-il en se tournant vers Leo. Votre tyran de patron a décidé de se venger en vous privant de nourriture, c'est ça ?

Leo secoua la tête en riant.

— Non ; c'est l'emploi du temps qui veut ça, en haute saison.

— Ça ressemble plutôt à de l'esclavage. Pourquoi acceptez-vous de telles conditions de travail ?

A présent qu'ils parlaient d'un sujet neutre, Leo se détendit.

— Parce que c'est mon métier.

— Pourquoi avoir choisi un métier comme celui-ci ?

Leo se remémora le jour où son père lui avait annoncé qu'il lui avait préparé un contrat de deux ans.

— Disons plutôt que c'est ce poste qui est venu me trouver. Mon chef m'a annoncé qu'il me confiait un emploi au Caire. Je n'ai pas eu voix au chapitre.

— Vous auriez dû chercher un autre travail, avec un chef plus compréhensif, répliqua Ali d'un ton impatient.

— C'est facile à dire lorsque les opportunités ne manquent pas, riposta la jeune femme, piquée au vif. Hélas ! ce n'est pas le cas pour la plupart d'entre nous.

L'embarcation longea une petite île avant de s'immobiliser devant une plage. Le batelier jeta l'ancre et baissa la voile. Puis il décrocha la lampe à huile et l'apporta à Ali avec le gros panier en osier qui contenait leur pique-nique.

Sur un bref remerciement, Ali le salua d'un signe de la main. L'homme sauta sur le rivage et se fondit dans l'obscurité. L'assurance que Leo venait à peine de retrouver s'envola avec lui.

Ali ouvrit le panier et entreprit de préparer le pique-nique. Il emplit une pita d'un mélange de crudités et de viande délicieusement odorant et la lui tendit.

— Merci, fit Leo en se redressant, repliant ses jambes sous elle.

— Que désirez-vous boire ?

Il y avait du thé, des sodas, des jus de fruits. Leo préféra un grand verre d'eau fraîche qu'elle but d'un trait, sous le regard amusé d'Ali.

— Voilà ce qu'on appelle une soif inextinguible.

— J'ai toujours soif quand je suis nerveuse, expliqua Leo sans réfléchir.

Ali esquissa une grimace.

— Touché.

— Pardon ? Oh... ! murmura Leo en se mordant la lèvre. Désolée, je ne voulais pas me montrer impolie... Je voulais simplement dire que...

— Nous savons l'un comme l'autre ce que vous vouliez dire, coupa-t-il d'un ton lourd d'ambiguïté.

A présent que la lampe se trouvait de leur côté, Leo ne pouvait plus masquer ses joues enflammées. Maudit soit son teint de porcelaine...

— Je suis désolée.

Ali demeura silencieux. Au bout d'un moment, n'y tenant plus, Leo risqua un coup d'œil dans sa direction. Il la dévisageait d'un air impassible.

— Vous n'avez pas à vous excuser, déclara-t-il enfin. Votre franchise vous honore, au contraire. Les personnes sincères se font rares, de nos jours.

Mal à l'aise, Leo mordit dans sa pita. C'était étrange... Elle aurait dû mourir de faim, après une journée aussi mouvementée, mais elle se sentait incapable d'avaler quoi que ce soit. Elle se força pourtant à manger, consciente du regard de son compagnon posé sur elle.

Il remplit à merveille son rôle d'hôte attentionné, lui offrant tout un chapelet de mets exotiques en même temps qu'il entretenait une conversation plaisante et intéressante. Il parla du Nil, du désert, des temples anciens, des barrages contemporains... Finalement, il lui servit un minuscule verre de café corsé et déclara :

— A votre tour, maintenant.

Une bouffée d'appréhension submergea la jeune femme.

— Mon tour ?
— Oui, à votre tour de parler.
— De quoi voulez-vous que je vous parle ?

Il laissa échapper un rire amusé.

— Parlez-moi de votre pays ; racontez-moi comment vous avez atterri au Caire ; comment ont réagi les hommes de votre vie face à votre départ...

Leo réfléchit. Il n'y avait rien de confidentiel dans tout ça. Elle inspira profondément avant de se lancer.

— J'habite à Londres... enfin, tout à côté de Londres. L'agence de voyages qui m'emploie fait partie d'une grande chaîne hôtelière ; les dirigeants ont opté pour la diversification dans le secteur du tourisme et, dans cette optique, ils ont racheté une petite agence au Caire et m'ont envoyée ici pour deux ans. Cela fait un peu plus d'un an que je vis au Caire. A la fin de mon contrat, je retournerai travailler à Londres.

Elle laissa échapper un petit soupir.

— Il est bien possible que je rentre plus tôt, après ma dispute avec Roy.

— Qu'en est-il des hommes de votre vie ?

— Ah...

Devait-elle confier ses échecs sentimentaux à cet homme qu'elle connaissait à peine, cet homme qui la troublait tant ? Son père lui avait toujours dit que la vérité ne nuisait jamais. En outre, elle ne reverrait jamais le mystérieux Ali après cette soirée.

Aussi lança-t-elle d'un ton léger :

— Il n'y a pas d'homme dans ma vie.

Les pupilles d'Ali se rétrécirent.

— Pas même... comment l'avez-vous appelé ? Roy... ?

Leo ne put s'empêcher de rire en imaginant la situation. Le visage de son compagnon resta de marbre.

— Dans ce cas, pourquoi vous a-t-il mise à la porte de votre appartement ? reprit-il, aussi vif qu'un serpent qui fond sur sa proie. Je vous ai déjà demandé si vous viviez avec lui, vous vous souvenez ? Et vous ne m'avez pas répondu.

La véhémence de ses propos plongea Leo dans le silence. Le visage de son compagnon ne trahissait aucune émotion.

— Il s'agit d'un appartement de fonction, répondit-elle finalement. Nous partageons tous un grand appartement : Roy, Vanessa, Kevin, et tous ceux qui viennent renforcer l'équipe selon les besoins. Absorbés par notre travail, nous ne nous voyons presque jamais.

Quelques secondes s'écoulèrent avant qu'Ali prenne la parole.

— Vous ne devez pas avoir beaucoup d'intimité, malgré tout, fit-il observer d'un ton radouci. Est-ce pour cette raison ?

Leo haussa les sourcils.

— Cette raison ? répéta-t-elle, intriguée.

Un bref sourire dévoila une rangée de dents blanches.

— Vous m'avez dit que vous n'aviez personne dans votre vie.

— Oh, ça !

— Oui, *ça*, fit Ali d'un ton taquin. Il doit bien y avoir une raison à *ça*...

Devant son air déterminé, Leo exhala un soupir.

— Si vous voulez la vérité, je ne sais pas trop comment m'y prendre avec les hommes. Je n'ai jamais su... au grand dam de ma mère !

Ali parut réfléchir. Au prix d'un effort, elle le gratifia d'un petit sourire mais détourna bien vite les yeux, incapable de soutenir son regard inquisiteur. Désireuse de briser la tension qui s'était installée entre eux, elle reprit d'un ton faussement enjoué :

— J'ai bien eu quelques aventures sans importance qui se sont toutes soldées par des ruptures. Pour être franche, c'était toujours un soulagement pour moi. Je ne dois pas être faite pour flatter l'ego masculin. Pas à long terme, en tout cas.

Ali se raidit.

— Une histoire d'amour ne se résume pas à ça, Dieu merci.

— Ah bon ? fit Leo, sarcastique. Pour ma part, je n'ai jamais rien connu d'autre.

Cette fois, elle réussit à soutenir son regard plus longtemps. Il était visible qu'en dépit de son sourire, son compagnon avait été contrarié par ses propos.

Sans savoir pourquoi, Leo en conçut une certaine satisfaction.

— Vous n'avez pas eu de chance dans vos rencontres, voilà tout, dit-il d'un ton bref.

Leo haussa les épaules.

— Je ne crois pas que ce soit uniquement moi... on parle beaucoup, entre femmes, vous savez.

Un sourire triomphant naquit sur les lèvres d'Ali.

— Dans ce cas, vous n'êtes pas sans savoir que la plupart des femmes d'aujourd'hui ne se contentent pas de deux malheureuses aventures pour tirer leurs conclusions.

— C'est exact, parce qu'elles insistent dans le seul but de trouver celui qui deviendra leur mari et le père de leurs enfants.

L'étonnement se lut sur le visage d'Ali.

— Ce n'est pas ce que vous voulez, vous aussi ?

Leo s'agita, mal à l'aise.

— Disons que ce n'est pas à l'ordre du jour, répondit-elle d'un ton évasif.

— Donc, si je vous suis bien, vous partagez le désir de vos congénères, mais vous ignorez si vous aurez cette chance, un jour.

Son air satisfait emplit Leo de fureur. Elle se redressa brusquement, faisant tanguer la petite embarcation.

— Ecoutez, quand j'ai accepté de dîner avec vous, j'ignorais que vous alliez consacrer votre temps à passer ma vie et mes sentiments au crible...

— Est-ce vraiment l'impression que je vous donne ? coupa-t-il d'un air contrit.

Il réfléchit un instant avant de reprendre d'un ton amusé :

— Très bien, prenez votre revanche. Je vous dirai tout ce que vous voudrez savoir.

— Non, merci, fit Leo avec hauteur. Je n'ai aucune envie de disséquer vos pensées, moi.

Ali secoua la tête, l'air toujours amusé. Lorsqu'il s'étira, la fine cotonnade de sa chemise se tendit sur ses muscles puissants. Leo se remémora son contact, lorsqu'il l'avait prise dans ses bras pour monter à bord du bateau et sa bouche s'assécha soudain.

— Regardez la lune...

Leo leva les yeux. Presque pleine, elle ressemblait à un sorbet au champagne auréolé d'éclats de diamant. Jamais elle ne lui avait semblé aussi proche. Une étrange sensation de vertige l'envahit et elle ferma les yeux, craignant d'être engloutie.

— Nous sommes bien obligés de relativiser nos petits tracas, face à un tel spectacle, n'est-ce pas?

La voix chaude et sensuelle d'Ali la fit sursauter. Ouvrant les yeux, elle se retrouva face à lui. Leurs regards se soudèrent; la sensation de vertige s'amplifia.

Sans s'en rendre compte, elle se laissa tomber parmi les coussins. Elle était incapable de détacher ses yeux de lui.

Ils se contemplèrent longuement, sans mot dire. Avec une lenteur délibérée, Ali se pencha vers elle, s'immobilisant à quelques centimètres de son visage. Ils ressemblaient à deux amants, allongés côte à côte au milieu des coussins, les yeux dans les yeux.

Jamais encore Leo n'avait éprouvé un désir aussi intense pour un homme. Elle ne se reconnaissait plus, elle brûlait d'envie qu'il la prenne dans ses bras, qu'il l'embrasse... était-ce bien elle?

Le batelier choisit cet instant critique pour faire son apparition. Il les salua d'un ton enjoué. L'embarcation tangua légèrement lorsqu'il grimpa à bord.

Ali ne bougea pas. Leo non plus.

Et lorsque le batelier entreprit de hisser la voile, il murmura à son oreille:

— Dois-je lui demander de nous laisser seuls quelques heures encore?

— Je ne sais pas ce que vous voulez dire, articula Leo au prix d'un effort.

Il était si proche qu'elle sentit sur sa joue son petit soupir de frustration. Pourquoi n'essayait-il pas de l'embrasser?

— C'est le premier mensonge que vous dites ce soir, dit Ali d'une voix étrangement rauque.

Leo retint son souffle, dans l'expectative. A son grand désarroi, Ali roula sur le côté avant de s'asseoir. Avec une désinvolture stupéfiante, il lança quelques ordres à l'intention du batelier. Comme s'il ne s'était rien passé... comme si elle avait tout imaginé...

Leo expira lentement. Les deux hommes conversèrent brièvement. Lorsque le batelier vint rassembler les reliefs de leur pique-nique, Leo se remit aussitôt sur son séant.

D'une main tremblante, elle lissa ses cheveux. Chaque centimètre carré de peau dénudée frissonnait sous la caresse de la brise. Pour la première fois de sa vie, elle se sentait femme... créature sensuelle prête à s'épanouir sous le regard d'Ali, au contact de ses mains puissantes...

Au prix d'un effort, elle refoula les pensées troublantes qui germaient dans son esprit et croisa les mains sur ses genoux. Peu importe qu'elle ait l'air d'une petite fille modèle. Elle se moquait bien de savoir ce qu'Ali pensait d'elle. A présent que tout était terminé, elle n'avait plus qu'une envie : regagner sa chambre d'hôtel, se retrouver seule pour mettre de l'ordre dans ses pensées.

Le trajet en hélicoptère se déroula en silence. Ali se montra à la fois courtois et distant. Lorsqu'il la raccompagna à sa chambre, il la remercia poliment et lui souhaita une bonne nuit.

Prenant sur elle, Leo serra la main qu'il lui tendait.

— Merci, dit-elle du ton formel qu'elle réservait aux chauffeurs de bus des circuits touristiques.

Une lueur amusée traversa le regard de son compagnon.

— Nous nous reverrons bientôt, affirma-t-il.

Leo se garda de lui dire que son départ pour l'Angleterre était imminent. Sur un pâle sourire, elle tourna les talons et introduisit la clé magnétique dans la porte de sa chambre.

Hari devina que la soirée avait été un échec à l'instant même où Ali franchit le seuil de la suite. Devant la mine sombre de son ami, il préféra s'en tenir à des sujets strictement professionnels.

— Voici le résumé des différentes conversations que j'ai eues avant le dîner, déclara-t-il en lui tendant un dossier. Et voici plusieurs extraits des discours qui ont suivi, ajouta-t-il en désignant, cette fois, un épais classeur. Oh ! il y a également un message de Sa Majesté !

Ali jeta un bref coup d'œil à la télécopie qui gisait sur le bureau.

— Mon père attendra, décréta-t-il d'un ton sec.

Hari ne fit aucun commentaire. Au lieu de ça, il poursuivit, impassible :

— Venons-en au Sud de la France. J'ai réservé deux places pour Paris, pensant que tu aimerais y faire une courte halte avant de descendre à Cannes.

Ali fronça les sourcils.

— Annule pour le moment.

— Tu comptes assister à la réception de clôture de la conférence ? s'étonna Hari.

— Peut-être.

Il marqua une pause avant d'ajouter d'un air rêveur :

— Il me reste une affaire à régler au Caire.

Hari réprima un sourire.

— Elle n'a pas apprécié le pique-nique ? demanda-t-il d'un ton innocent.

— Elle... disons qu'elle ne correspond pas à ce à quoi je m'attendais. La soirée ne s'est pas non plus déroulée comme je l'avais prévu.

Hari ne put s'empêcher de rire.

— Voilà ce que ça donne quand tu ne leur dévoiles pas ton identité.

Ali secoua lentement la tête.

— Ce n'est pas la question. Elle est tout à fait singulière. Cela n'aurait fait aucune différence, pour elle.

— Dans ce cas, elle n'est pas singulière, elle est unique, intervint Hari avec cynisme.

Ali se surprit à rire.

— Tu as peut-être raison, admit-il en gratifiant son ami d'une tape sur l'épaule. Intéressant, n'est-ce pas ?

Avant d'aller se coucher, Leo frappa doucement à la porte de Mme Silver. Elle n'obtint pas de réponse. Il était tard, sans doute dormait-elle déjà. Elle tournait les talons lorsqu'un des employés de l'hôtel se précipita vers elle en courant. Mme Silver avait appelé le service d'étage pour commander de la glace mais sa porte demeurait obstinément fermée.

— Quand a-t-elle appelé ? s'enquit Leo.

— Il y a dix minutes. Nous avons frappé à plusieurs reprises.

— Avez-vous un passe-partout ?

Il acquiesça d'un signe de tête.

— Alors, ouvrez vite la porte.

Visiblement soulagé, l'employé s'exécuta. Mme Silver gisait sur la moquette. La table basse était renversée, des petits fours jonchaient le sol. Elle avait le front moite et un gros hématome sur la joue. Dieu merci, elle respirait encore.

Leo appela un médecin et lui expliqua qu'il s'agissait d'une urgence. Il arriva quelques minutes plus tard, accompagné d'une équipe de secouristes. Une ambulance attendait devant l'hôtel. Ils placèrent aussitôt Mme Silver sous oxygène et l'installèrent sur une civière. Tout ce temps, Leo resta à côté d'elle.

Dans le lobby, la vieille dame ouvrit les yeux. L'angoisse crispait ses traits. Dans un élan de compassion, Leo lui prit la main.

— Tout va bien, assura-t-elle d'un ton qu'elle voulut apaisant. Je suis là.

Mme Silver cligna des yeux avant de fixer son regard sur elle.

— Vous êtes radieuse, murmura-t-elle. Rendez-vous galant ?

Leo sourit.

— Un simple dîner.

— Avec quelqu'un que je connais ?

— Un client de l'hôtel. Un certain M. Ali, ajouta-t-elle d'un ton absent.

Un sourire béat incurva les lèvres de Mme Silver.

— Le cheik.

Leo sursauta.

— Pardon ?

— Le cheik Ali el-Barvany, répéta Mme Silver d'un air satisfait. J'ai trouvé son nom.

Leo s'immobilisa, les yeux agrandis de stupeur. Les pièces du puzzle s'emboîtèrent lentement dans son esprit confus.

Il lui avait menti. Il l'avait manipulée délibérément. Il s'était moqué d'elle ! Comment pouvait-on être aussi naïve ? Aussi stupide ?

Les portes de l'hôtel se refermèrent sur la civière. Leo s'élança à sa suite.

4.

Six mois plus tard, Leo éprouvait encore un choc en songeant à ce moment. Parfois même, elle se réveillait en pleine nuit, trempée de sueur, terrassée par l'embarras... et submergée par le désir. Sa honte n'en était que plus cuisante.

Qu'aurait-elle dit à Ali si elle l'avait revu ? Dieu merci, cela ne se produisit pas. Mme Silver fut rapatriée aux Etats-Unis et la jeune femme en profita pour avancer son départ.

De retour à Londres, elle s'efforça de réorganiser sa vie. Sans grand succès.

— Que t'arrive-t-il ? demanda son amie Claire Hartley, comme les deux jeunes femmes allaient passer le week-end dans la demeure familiale des Hartley. Les pyramides te manquent ?

— Certainement pas, répliqua Leo avec véhémence.

Claire demeura silencieuse jusqu'à ce que son amie s'engage sur l'autoroute.

— Il me semble que vous vous voyez beaucoup, mon frère Simon et toi, ces temps-ci... je me trompe ?

Leo lui lança un coup d'œil surpris.

— Seulement au bureau.

— Il t'a tout de même accompagnée au bal Nightingale, lui rappela Claire.

— Pour des raisons professionnelles, précisa Leo.

— Ce n'est donc pas à cause de lui que tu sembles si heureuse d'être de retour ?

— Je n'ai jamais dit que j'étais heureuse d'être rentrée. J'ai dit que je ne regrettais pas Le Caire, nuance.

Le visage de son amie s'éclaira.

— Je vois... Que s'est-il passé, là-bas ? Ou plutôt, *qui* est passé au Caire pendant que tu y étais ? reprit-elle d'un ton mutin.

Leo eut une moue impatientée.

— Disons que j'étais confrontée à un gros pépin d'ordre professionnel, je n'avais même plus de toit et tout à coup... un inconnu est venu à mon secours.

Claire posa sur elle un regard inquisiteur.

— Quel genre d'inconnu ?

— Riche, de lignée royale, incroyablement arrogant, répondit Leo sans chercher à cacher son amertume.

Les yeux de Claire s'arrondirent de surprise.

— On dirait qu'il t'a marquée. C'est une expérience tout à fait inédite pour toi, n'est-ce pas, Madame Cœur de Pierre ?

Un sourire désabusé naquit sur les lèvres de Leo. Tenace, cette réputation de créature froide et indifférente lui collait à la peau depuis son adolescence.

— Ali el-Barvany serait une expérience inédite pour toutes les femmes.

— Ton histoire a l'air passionnante, déclara Claire avec envie. Raconte-moi... s'il te plaît !

Laissant échapper un soupir, Leo contempla la route qui se déroulait devant elles. Au soleil, elle ressemblait à un long ruban de caramel au chocolat : le trajet s'annonçait interminable.

Pourquoi ne pas tout raconter à son amie d'enfance ? Au fur et à mesure qu'elle décrivait son escapade avec Ali, Claire poussait de petits cris de plus en plus étonnés. Lorsque Leo se tut, elle observa un moment de silence avant de secouer la tête d'un air incrédule.

— Tu ne lui as même pas laissé un petit mot ?
— Pour lui dire quoi ? Merci pour cette soirée de rêve... J'espère que ce message vous parviendra étant donné que vous n'avez pas jugé utile de me donner votre véritable identité.
— Il avait peut-être de bonnes raisons de ne pas le faire.
— Lesquelles, par exemple ?
— Eh bien... peut-être craignait-il que tu refuses son invitation si tu découvrais son titre de noblesse ?
Leo étouffa un juron et Claire sourit.
— Tu ne crois pas ? Bon... Attends un peu, voilà ! J'ai trouvé : il voulait que tu sortes avec le vrai Ali, pas avec le cheik que toutes les femmes adulent, attirées par le faste et la fortune.
— Désolée, je ne crois pas aux contes de fées. Le cheik en question se sera tout bonnement amusé à mes dépens, moi, simple guide touristique renvoyée sans préavis...
— Qu'a-t-il dit avant de te quitter ?
— Que nous nous reverrions bientôt, reconnut Leo à contrecœur.
— Et toi, tu as préféré fuir en Amérique avec une veuve octogénaire ! Vraiment, Leo, tu es désespérante ! Il n'a pas essayé de te joindre, depuis ? demanda-t-elle, piquée dans sa curiosité.
— Il peut toujours essayer... il ne reste plus aucune trace de mon passage au Caire. Aucun de mes collègues ne connaissait ma véritable identité, là-bas. J'utilisais le patronyme de ma grand-mère. Personne ne se doute que derrière Mlle Roberts se cache Mlle Groom, fille du grand patron.
Claire secoua la tête d'un air désolé.
— Si tu le revoyais...
— Je le giflerais, compléta fougueusement Leo.
Claire la considéra avec attention.

— Tu semblais pourtant sur le point de tomber amoureuse de ce bel inconnu...
— Ah ! Tu veux que je te dise, Claire ? L'amour est la plus grande supercherie du monde.
— Pourtant, qui n'espère pas le rencontrer, un jour ? contra Claire d'un ton vif.

Leo se revit soudain auprès d'Ali, dans la felouque baignée par le clair de lune. Un flot de sang colora ses pommettes. Ne lui avait-il pas tenu le même discours, ce soir-là ?

— Moi, répondit-elle avec force.

Le secrétaire de la Fondation el-Barvany passait un mauvais quart d'heure. D'ordinaire plus accessible que son père, le cheik Ali se montrait froid et irritable depuis quelque temps. D'un geste impatient, il tapotait ses dossiers de son stylo-plume, signifiant clairement que la réunion l'ennuyait.

— Voici la liste des manifestations qui vous concernent directement, cheik Ali.
— Remettez-la à mon assistant.

Le secrétaire fit mine de ne pas avoir entendu.

— Dîner à votre université. Oh ! je vois que vous avez déjà accepté l'invitation ! Réception au musée des Sciences à l'occasion du lancement de la deuxième phase du projet de recherches Antika. Ils demandent si...

Devant l'expression menaçante d'Ali, Hari intervint rapidement.

— Laissez-moi m'en charger, voulez-vous ?

Le secrétaire lui remit le dossier, visiblement soulagé. Il reprit néanmoins, consciencieusement :

— Antika aimerait savoir si Son Excellence accepterait d'apporter sa contribution au recueil qu'ils s'apprêtent à publier.

Ali semblait sur le point d'exploser. Rassemblant son courage, le secrétaire poursuivit :

— Il s'agit d'un recueil d'essais rédigés par leurs sponsors les plus connus. Son Excellence est président... Il semblerait que tous les membres du conseil d'administration aient accepté d'écrire quelque chose.

Un silence orageux s'abattit sur la pièce.

— Occupe-toi des détails, ordonna finalement Ali à l'intention de Hari.

Il se leva sans attendre.

— Messieurs, la réunion est terminée. J'ai un rendez-vous important, mais j'espère pouvoir me joindre à vous pour le déjeuner. En attendant, Hari va s'occuper de vous.

Une fois seul, Ali arpenta la pièce à grandes enjambées. Il s'immobilisa lorsque la porte s'ouvrit. Grand et plein d'une assurance tranquille, le visiteur ne put s'empêcher de froncer les sourcils en apercevant Ali. Des rides s'étaient creusées autour des yeux du jeune cheik, et, lorsqu'il sourit, ce fut au prix d'un effort évident.

— Major McDonald, fit Ali en lui tendant la main. Merci d'être venu aussi vite. J'ai besoin de votre aide.

Il exposa brièvement la situation.

— Cela fait six mois que les meilleurs détectives du pays remuent ciel et terre pour la retrouver. Elle a disparu, comme par enchantement, conclut-il.

— Non, objecta le major d'un ton posé. Ils n'ont pas cherché dans la bonne direction voilà tout. Etes-vous sûr qu'elle est anglaise ?

— Oui.

— Dans ce cas, laissez-moi faire. Je finirai bien par la trouver.

Ali s'approcha de la fenêtre. Baignée de soleil printanier, la rue grouillait d'animation.

— Si vous la retrouvez, contactez-moi directement. Ne lui dites rien, n'en parlez à personne.

— La situation au Dalmun est donc si explosive que ça ?

Ali se retourna. Un étrange sourire flottait sur ses lèvres.

— Ce n'est pas le Dalmun qui est au bord de l'explosion. C'est moi. Ceci est une affaire privée qui ne concerne que *moi*.

Le week-end chez les Hartley ne fut pas aussi plaisant et décontracté que Leo l'avait imaginé. Entre deux réceptions, un bal au Club de Voile et un cocktail dominical, les parents de Claire ne leur laissèrent pas le temps de souffler. Blonde sculpturale, la mère de Claire entraîna Leo dans une visite complète de la propriété familiale. Le manoir avait hélas! connu des jours meilleurs; il tomberait bientôt en ruine si les Hartley ne se résignaient pas à le transformer en hôtel. Le baron en personne l'accompagna dans un immense parc également à l'abandon.

Pour couronner le tout, il y avait Simon. Simon qui s'évertuait à vouloir passer du temps en sa compagnie, Simon qui ne tarissait pas d'éloges sur son père qui avait si bien réussi en affaires.

Lorsque arriva le dimanche après-midi, Leo se sentait épuisée et de plus en plus mal à l'aise.

— Quand rentrons-nous à Londres? chuchota-t-elle à l'adresse de son amie.

Lady Hartley, toujours sur le qui-vive, intervint précipitamment.

— Simon, mon chéri; tu n'as pas montré la rivière à Leo. Pourquoi n'iriez-vous pas y faire un tour, tous les deux, avant de partir? Peut-être aurez-vous la chance d'apercevoir un martin-pêcheur.

Leo, qui n'avait pas entendu la fin de la phrase, se tourna vers Simon d'un air angoissé.

— Qui sont les Martin?

Le jeune homme se leva en riant.

— Pas de panique, ce n'est qu'une bête à plumes... les mondanités sont terminées pour ce week-end, rassure-toi.

— Dieu merci, fit Leo.

Alors qu'ils gravissaient la colline qui s'élevait derrière la maison, elle demanda par pure curiosité :

— C'est comme ça tous les week-ends ?

Simon secoua la tête.

— Maman voulait être sûre que tu passerais un agréable moment.

— J'ai eu l'impression de me retrouver face à une commerciale au meilleur de sa forme, plaisanta-t-elle.

Devant l'expression contrite de son compagnon, elle se reprit.

— Excuse-moi, tu veux ? Ce n'était qu'une boutade. Après tout, que pourrait bien vendre ta mère ?

— Moi, j'en ai peur, répondit posément Simon.

Leo resta bouche bée. Elle était toujours sans voix lorsqu'il lui prit la main et l'étreignit avec ferveur.

— Je n'ai pas envie de te mentir, Leo, je te respecte trop pour ça. De toute façon, tu découvrirais bien assez tôt la vérité. La fortune familiale est au plus bas, comme tu as pu le constater. La seule solution serait une injection de capital de la part de... eh bien...

— Moi, compléta Leo, interloquée. Ont-ils l'intention de vendre ? Le site est magnifique, il y a un potentiel incontestable, mais tes parents accepteraient-ils de transformer leur propriété en hôtel cinq étoiles ? Quoi qu'il en soit, ils feraient mieux de s'adresser directement à mon père.

Simon baissa les yeux sur leurs doigts entrelacés. Une expression embarrassée assombrit ses traits.

— Ce n'est pas la maison qu'ils veulent vendre.

Leo le dévisagea sans comprendre, sourcils froncés. Il ajouta alors d'un ton bourru :

— Ils aimeraient que je te demande en mariage.

— *Pardon ?*

Simon libéra sa main.

— Pas la peine de prendre cet air éberlué, murmura-t-il, blessé dans son orgueil. Tu aurais dû t'en douter.

— Je... non, pourquoi ? Je n'étais au courant de rien, balbutia-t-elle, encore sous le choc d'une telle révélation.

Simon la considéra d'un air incrédule.

— Je croyais que ton père te préparerait un peu à cette idée...

— Mon père ?

Le rideau se leva brusquement, tout devint limpide. Pourquoi Gordon Groom avait envoyé Simon au Caire ; pourquoi Deborah lui avait demandé ce qu'elle éprouvait à l'égard du jeune homme ; pourquoi, depuis son retour, elle se sentait étrangement désœuvrée au bureau, comme si le poste que lui avait promis son père n'existait pas.

Quelle idiote ! Double... *triple* idiote ! « Vous avez envie de fonder une dynastie et vous n'avez qu'une grande fille gauche et mal fagotée ? Achetez-lui un mari présentable et attendez la génération suivante ! »

— Il n'y a jamais eu d'opportunité de carrière pour moi au sein de la chaîne Groom, n'est-ce pas ? Mon père m'a proposé un poste dans le seul but de m'occuper jusqu'à ce que je t'épouse...

De la peine ou de l'humiliation, Leo ignorait ce qui était le plus douloureux. Mais Simon ne remarqua rien. En fait, il avait presque l'air soulagé.

— Tu acceptes... ?

Leo eut soudain envie de hurler. Puis de pleurer. De maudire la terre entière. Elle aurait voulu déverser toute sa colère sur son père avant de quitter définitivement sa maison et son travail fantôme. Mais Simon n'y pouvait rien, et elle parvint à se ressaisir quelques instants.

— Non, je ne me marierai pas avec toi, dit-elle d'une voix étonnamment calme.

Simon accusa le choc.

— Je ne perds pas tout espoir, assura-t-il posément.

N'y tenant plus, Leo émit un long cri de détresse.

✱✱

— Félicitations, fit Ali d'un ton satisfait. Vous m'aviez assuré de votre réussite ; c'est chose faite. Je suis très impressionné.

Le major McDonald haussa les épaules.

— J'ai mis toute mon équipe sur le coup. Leonora est un prénom peu commun. Ajoutez cet indice au fait qu'elle ait pris une fausse identité dès son arrivée au Caire, et vous avez soit une espionne, soit une criminelle, soit une riche héritière. Heureusement pour vous, elle entre dans cette dernière catégorie.

— Heureusement, en effet, convint Ali.

Un sourire éclaira son visage. Un sourire radieux, cette fois. Sous le regard perplexe du major, il ouvrit le dossier que ce dernier venait de lui remettre.

— Leonora Groom, dit-il en appuyant sur chaque syllabe avec un plaisir mal dissimulé. Leonora Groom.

— Nous n'avons obtenu qu'une seule photo d'elle, fit observer le major. Elle a été prise lors de la réception donnée par Antika. On dirait qu'elle fuit les photographes, comme si elle tenait à préserver son anonymat.

— C'est le moins qu'on puisse dire, renchérit Ali.

Une colère froide l'habitait. Comment avait-elle osé lui mentir ? Elle l'avait traité comme un simple touriste qu'on oublie du jour au lendemain...

Une petite voix intérieure lui rappela qu'il avait agi de la même façon avec elle. Il ne lui avait pas dévoilé sa véritable identité, après tout...

Ali referma le dossier d'un geste sec.

— Hari va vous régler, major. Merci encore.

Lorsque Hari rejoignit Ali quelques minutes plus tard, il le trouva penché au-dessus de son bureau, en train d'écrire à vive allure. L'expression qu'il lut sur le visage de son ami n'augurait rien de bon.

— Que comptes-tu faire, maintenant ?

Les yeux rivés sur sa feuille, Ali laissa échapper un petit rire qui fit tressaillir Hari.

— A ton avis ? Arrange-toi pour que nous nous retrouvions seuls, tous les deux.

Pendant l'absence de son père — Gordon Groom était parti en Extrême-Orient régler quelques affaires urgentes —, Leo resta dans sa société et eut presque l'impression d'occuper un vrai poste.

Le mois de mai arriva, et avec lui apparurent les lourdes grappes de glycine qui fleurissaient dans le jardin, devant la maison. Le matin, Leo humait leur parfum avec délice. Mais le soir, alors qu'elle cherchait le sommeil, allongée dans son lit, le souvenir d'une autre nuit affluait à sa mémoire, une belle nuit étoilée imprégnée d'un parfum unique, subtil mélange d'épices et de musc.

Pour tenter d'oublier son mystérieux cheik, elle se jeta à corps perdu dans le travail. Un jour, alors qu'elle était plongée dans un dossier, elle vit Joanne, sa secrétaire, surgir dans son bureau en tenant solennellement un colis qu'un coursier venait d'apporter.

— Un porteur spécial vient de déposer ça pour vous, annonça-t-elle, visiblement impressionnée.

Leo haussa les épaules.

— Bien... ouvrez-le.

Joanne s'exécuta. Une vive déception se peignit sur son visage.

— Oh ! c'est le recueil de textes qu'Antika vient de publier. M. Groom a demandé à une de nos attachées de presse d'écrire son essai, expliqua-t-elle en consultant le sommaire. Ah ! le voilà : « Comment ruiner un hôtel en dix leçons, par M. Gordon Groom ». Le thème était plutôt drôle, non ? Ils ont demandé à chaque participant d'écrire une sorte de parodie de leur propre personnage.

Elle fit glisser son index sur le sommaire.

— « On nous empoisonne la vie », par le chef-cuisinier de l'Année. « Visite guidée de la Casbah », par le cheik Ali el-Barvany. « Une star dans les étoiles », par Jeremy Derringer.

— Pardon ? articula Leo, livide.

— « Une star dans les étoiles », répéta Joanne de bonne grâce. Ne me dites pas que vous connaissez Jeremy Derringer... Mmm, il est tellement sexy !

Incapable d'émettre le moindre son, Leo tendit une main tremblante vers le livre. Joanne le lui remit avant de s'éclipser discrètement.

Ali s'était beaucoup amusé en rédigeant l'article. Furieux contre Leo, il avait commencé à déverser son amertume sur la feuille blanche. Puis, au fil des phrases, sa colère s'était dissipée, vite remplacée par un plaisir véritable. Il avait bouclé son texte en un temps record et l'avait envoyé avant d'être pris de remords.

Leo entama la lecture de l'article. Elle pouvait presque entendre sa belle voix chaude et sensuelle, empreinte d'ironie.

« Rudolf Valentino porte sur ses épaules une lourde responsabilité, avait écrit Ali. Non content de combler les femmes de bonheur, il clamait haut et fort que les hommes du désert possédaient un don unique pour satisfaire leurs compagnes. A tous ceux qui se trouvent confrontés à un tel défi, j'aimerais donner quelques précieux conseils. »

Suivait une énumération précise de toutes les tactiques qu'il avait utilisées au cours de leur soirée au clair de lune. Tout était là, il n'avait oublié aucun détail. Prendre sa compagne dans ses bras pour la porter jusqu'au bateau, apprécier sa capitulation réticente comme elle se laissait aller contre les coussins, prêter galamment sa veste et la glisser sur les épaules de la jeune femme... Leo frissonna à ce souvenir. Observer sa fascination croissante, jusqu'à sa reddition totale...

Les joues en feu, elle referma le livre.

— Oh non... ! Je vais le tuer !

Ivre de rage, elle s'empara de l'ouvrage et le jeta à travers la pièce. Elle tremblait de tout son corps, transie de froid. Le traître n'avait pas hésité à la mettre à nu publiquement !

Combien de femmes avait-il entraînées dans son « théâtre exotique », selon ses propres termes ? Combien de femmes avait-il enveloppées de son regard langoureux ?

Leo croisa les bras sur sa poitrine dans un geste défensif. Son assurance récemment acquise avait volé en éclats en l'espace de quelques secondes. Elle se retrouvait brusquement dans la peau de l'adolescente terne et maladroite qu'elle avait été autrefois. Aucun homme n'aurait jamais envie de la séduire, aucun n'aurait envie de s'encombrer d'elle.

Aucun, à l'exception de Simon. Il n'était peut-être pas amoureux d'elle, mais il appréciait sa compagnie. Il la respectait. Et surtout — surtout —, il était sincère avec elle.

Leo décrocha résolument le téléphone.

Ali était en train de prendre le petit déjeuner dans la véranda de sa maison de Mayfair. Appréciant la caresse du soleil, il sirotait un verre de jus d'orange en feuilletant les journaux du matin. Depuis quatre jours — depuis que Leo avait reçu l'exemplaire du livre d'Antika qu'il lui avait fait porter —, chaque sonnerie de téléphone l'emplissait d'un subtil mélange d'excitation et d'appréhension.

L'ambassade avait reçu l'ordre exceptionnel de communiquer son numéro de téléphone personnel à Mlle Groom si cette dernière le demandait. Plongé dans ses pensées, Ali arriva à la page des faire-part de mariage. Il s'apprêtait à la tourner lorsque soudain...

Le verre en cristal se brisa sur les dalles de marbre.

Elle ne pouvait pas avoir fait ça, c'était impossible. Impossible !

Pourtant, c'était écrit là, noir sur blanc. « Mlle Leonora Jane, fille unique de Gordon Groom, Wimbledon, et de Mme Deborah Groom, Kensington, épousera M. Simon Hartley, fils aîné de sir Donald et lady Hartley, Seren Place, Devon... »

Elle s'était fiancée.

— Je vais la tuer ! hurla Ali.

5.

Leo appela son père à Singapour pour lui annoncer ses fiançailles avec Simon. Sa réaction la surprit.
— Enfin...
— Pardon ?
— Vous avez mis du temps à vous décider. Quoi qu'il en soit, c'est un garçon sympathique et je suis heureux pour vous, conclut-il sans grand enthousiasme.
— Ta bénédiction me va droit au cœur, railla Leo.
— J'ai une réunion. Dis à Hartley que je l'appellerai demain à 8 heures, heure anglaise.

Et il raccrocha.

— Entendu, je suis sûre qu'il sera ravi, lança Leo en reposant brusquement le combiné.

Avec un peu de chance, sa mère réagirait normalement lorsqu'elles se retrouveraient à l'heure du déjeuner. Ses illusions furent de courte durée. Contrairement à Gordon, Deborah désapprouvait complètement le mariage et ne s'en cachait pas.

— Tu ne duperas pas ta propre mère, attaqua-t-elle en avalant d'un trait son gin tonic. C'est ton père qui a tout manigancé.

Leo secoua la tête.

— Papa n'y est pour rien, je t'assure. Simon m'a demandée en mariage ; j'ai accepté. Un point, c'est tout. J'ai pris le temps de réfléchir avant de donner ma réponse, maman.

Deborah lui lança un regard désolé.

— *Réfléchir!* s'exclama-t-elle avec emphase. On ne réfléchit pas quand on est amoureux, on *fonce*!

Ses mains gantées esquissèrent un geste théâtral qui rappela à Leo ses cours de danse classique.

— Je t'en prie, maman, n'en fais pas trop, murmura-t-elle, peu désireuse d'attirer l'attention.

Deborah battit des cils.

— Ecoute, chérie, on ne prend pas ce genre de décision à la légère...

— Le mariage est un engagement très sérieux, en effet, coupa Leo avec raideur.

— As-tu couché avec lui? demanda Deborah à brûle-pourpoint.

— *Maman!*

— C'est bien ce que je pensais. Tu ne trouves pas ça bizarre? Je veux dire, s'il est vraiment amoureux de toi?

— Simon n'est pas amoureux de moi, répondit Leo.

Le beau visage de Deborah se décomposa.

— Oh! Leo... chérie...

— Laisse-moi t'expliquer les choses clairement, maman : Simon ne m'aime pas et je ne l'aime pas non plus. Nous avons décidé de nous marier parce que nous avons de nombreux points communs. Ça ira, ne t'inquiète pas.

Deborah semblait sur le point de fondre en larmes.

— C'est un garçon sincère, tu sais, ajouta Leo pour tenter de la réconforter. Il m'a toujours dit la vérité.

Contre toute attente, sa mère se redressa vivement, comme frappée par la foudre.

— La vérité? A quel sujet?

Désarçonnée, Leo se troubla.

— Eh bien... sur ce qu'il est. Sur ses sentiments, ses aspirations.

Deborah inclina la tête de côté. Une lueur intéressée brillait dans son regard.

— Contrairement à qui, dis-moi ?

Leo esquissa une grimace.

— Oh! maman, je t'en prie! Tu connais mieux les hommes que moi, non? Tu sais bien qu'ils n'hésitent pas à inventer les histoires les plus incroyables pour séduire leur proie. Paroles, paroles... ils sont experts dans l'art de la manipulation.

Elle s'interrompit, soudain consciente du regard perçant de sa mère.

— Serais-tu, par hasard, en train de parler de l'homme qui t'a incitée à te laisser pousser les cheveux ?

Leo se mordit la lèvre. Après tout ce temps, la perspicacité de sa mère continuait à la surprendre.

— Quel homme? Excuse-moi, maman, je ne vois pas de qui tu parles, répliqua-t-elle d'un ton plus abrupt qu'elle ne l'aurait souhaité.

Sa mère haussa un sourcil soigneusement épilé.

— Il t'a blessée, n'est-ce pas ?

— Mais non, maman...

— Chérie, quelle femme pourrait prétendre n'avoir jamais souffert à cause d'un homme? Les hommes sont tellement... bizarres, mais ça ne veut pas dire que...

— Je ne suis amoureuse de personne, maman, martela Leo d'un ton rageur. Jamais je ne tomberai dans un tel piège.

— Eh bien, je souhaite à Simon tout le bonheur du monde, ironisa Deborah.

Leo regagna son bureau, partagée entre la colère et la frustration. En vérifiant sa messagerie électronique, elle tomba presque aussitôt sur un nom qui attisa encore sa fureur. Elle parcourut la liste des appels de la journée et découvrit qu'il avait essayé de la joindre à plusieurs reprises.

Elle appela Joanne.

— Je suis en train de consulter ma messagerie; que voulait le cheik el-Barvany ?

✢

Ali était fou de rage.

— Dois-je comprendre qu'elle refuse de prendre mes appels ?

Hari haussa les épaules.

— La secrétaire prétend que Mlle Groom n'est pas dans son bureau.

— Je n'en crois pas un mot.

Croisant le regard métallique du cheik, Hari compléta ses explications.

— Elle vient d'annoncer ses fiançailles et il semblerait que le standard soit saturé de messages de félicitations.

— Qu'elle n'attende pas de félicitations de ma part, maugréa Ali. Bon sang, qu'est-ce qu'elle peut bien fabriquer ?

— Peut-être est-elle allée choisir son alliance, suggéra Hari.

Ali le foudroya du regard. N'y tenant plus, il s'arma de courage pour poser la question qui le taraudait :

— Puis-je savoir qui est cette femme ?

Ali s'empara du dossier du major McDonald et le lança à Hari. Cédant à la curiosité, ce dernier le parcourut pendant que son ami faisait les cent pas dans la pièce.

Lorsqu'il eut terminé, il releva les yeux.

— Leonora Roberts ? La mystérieuse inconnue du Caire est en fait l'unique héritière de l'empire Groom ?

— Exactement.

— Ça alors... quel drôle de comportement, pour une héritière de son rang ! commenta Hari, incrédule.

Ali s'immobilisa soudain.

— N'est-ce pas ? Je me demande si...

Il se tut un instant avant d'ordonner :

— Rappelle-la.

— Elle n'est pas à son bureau.

— Pas Leonora Groom, fit Ali d'un ton impatient. Sa

secrétaire. J'aimerais savoir si elle a lu le recueil d'Antika.

— Tu lui en as envoyé un exemplaire ? demanda Hari, stupéfait. Tu lui as offert cette prétendue leçon de séduction rédigée par un don Juan désabusé ? Tu as perdu la raison, dis-moi ? Jamais elle n'acceptera de te revoir.

Ali se dirigea vers la fenêtre. Dans le jardin, les fleurs de cerisier commençaient à perdre leurs pétales. Il les fixa sans les voir.

— Tu te trompes, murmura-t-il d'une voix sourde. Même si je suis obligé de la kidnapper pour la forcer à m'écouter.

L'air sceptique, Hari composa le numéro de la secrétaire. Ali appuya son front sur le cadre de la fenêtre. Les sentiments qui l'habitaient étaient encore très confus ; il refusait de les analyser pour le moment. Une chose était sûre, toutefois : à présent qu'il avait retrouvé sa trace, Leonora Groom ne lui échapperait plus. Il la retiendrait jusqu'à ce qu'il ait obtenu ce qu'il désirait... quoi que ce fût.

Derrière lui, Hari raccrocha le combiné.

— Elle l'a lu, annonça-t-il d'un ton grave, sa secrétaire est affirmative. En fait, c'était après l'avoir lu qu'elle a appelé M. Hartley. C'est à ce moment-là qu'ils ont décidé de se fiancer.

Un silence pesant s'installa dans la pièce. Finalement, Ali laissa échapper un juron.

Il avait osé l'appeler ! La première réaction de colère qui avait submergé Leo fit place à un sentiment beaucoup plus complexe. Quelque chose qui ressemblait étrangement à de l'excitation.

Elle se reprit bien vite : quel genre de femme était-elle ? songea-t-elle, horrifiée. Elle venait de se fiancer, bon sang ! Elle n'avait pas le droit de penser à un autre homme, surtout pas de cette manière si... troublante !

Elle tenta de joindre Simon, mais on lui répondit qu'il était parti inspecter l'hôtel de Birmingham.

— Oh... ! tant pis, ça attendra.

Elle avait trois dossiers en attente, mais elle se leva, incapable de se concentrer. Le bip de l'Interphone interne la fit sursauter.

— Le standard vient d'appeler ; votre voiture vous attend... dès que vous serez prête, annonça Joanne d'un ton légèrement interrogateur.

Leo émit un petit rire amusé.

— Ça, c'est un coup de Simon ; il sait qu'il aurait dû m'emmener à Birmingham avec lui.

— Sans doute a-t-il cru que vous étiez trop occupée pour l'accompagner, fit Joanne. Voulez-vous que je ferme derrière vous ?

— Je veux bien, merci. Je n'ai pas fait grand-chose, aujourd'hui. Je ferais mieux d'emporter du travail à la maison.

Un quart d'heure plus tard, elle dévalait l'escalier de l'immeuble Groom, un épais dossier coincé sous le bras gauche, tenant de l'autre main son attaché-case, la bandoulière de son sac à main passée sur l'épaule. Elle se dirigea directement vers le petit parking réservé aux cadres. Un chauffeur en uniforme sortit précipitamment de la voiture pour lui ouvrir la portière.

— Bonjour, fit Leo, légèrement étonnée. Darren a pris un jour de congé ?

L'homme se contenta de sourire en la débarrassant de son attaché-case et du volumineux dossier qui l'encombrait. La jeune femme s'installa sur la banquette arrière et étendit ses longues jambes devant elle, surprise de ne pas se heurter au siège avant. Même son père ne s'offrait pas tant de luxe.

Elle prit conscience d'une présence silencieuse à son côté dès que le chauffeur tourna la clé de contact.

— Bonsoir, Leonora, murmura une voix douloureusement familière.

Elle l'avait entendue dans ses rêves... dans ses cauchemars, tout au long de ses interminables nuits sans sommeil. Une vague de chaleur l'envahit, bientôt remplacée par une sensation de froid intense. Elle se raidit, aussi immobile qu'une statue de pierre.

La limousine franchit lentement les grilles du parking avant de se glisser dans la circulation dense des heures de pointe.

— Que faites-vous ici ? articula-t-elle.

— Je suis venu vous faire entendre raison avant que vous ne commettiez une erreur que nous ne pourrions réparer ni l'un ni l'autre.

— Laissez-moi sortir.

Ali laissa échapper un petit rire.

— Ce n'est pas ce que vous souhaitez, tout au fond de vous, dit-il avec une assurance profondément agaçante.

Au prix d'un effort, Leo parvint à se ressaisir.

— C'est ce que j'exige. Je me trompe ou c'est un enlèvement ?

Il balaya l'air de la main.

— Je n'avais pas de temps à perdre en formules de politesse. Il fallait que je vous voie au plus vite.

La limousine avait pris de la vitesse. Résignée, Leo croisa les jambes et s'adossa contre le dossier de cuir. Elle considéra son compagnon d'un air railleur.

— Au plus vite, vraiment ? Six mois... sept peut-être se sont écoulés depuis notre dernière entrevue, n'est-ce pas ? Nous n'avons pas la même notion de l'urgence, désolée.

La bouche d'Ali prit un pli amer.

— Vous aviez pris soin d'effacer toute trace de votre passage en quittant Le Caire. Une fausse identité, une couverture professionnelle, pas d'adresse, aucun lien d'amitié durable. Mes recherches se sont toutes heurtées à un mur infranchissable.

— Vos recherches ? répéta Leo en se tournant légèrement vers lui. Dois-je comprendre que vous avez lancé un détective privé à mes trousses ?

Un sentiment de colère et d'excitation mêlées la submergea. Contre toute attente, il ne l'avait pas oubliée...

— Je tenais à vous retrouver, répondit Ali, comme si la fin justifiait les moyens.

— Je vois, railla Leo, tremblant de rage. Ce que le cheik désire, il l'obtient coûte que coûte, c'est ça ? Peu importe ce qu'en pensent les principaux intéressés.

Un sourire apparut sur les lèvres de son compagnon.

— Vos cheveux ont poussé. Ça vous va bien... D'ailleurs je vous l'avais dit.

Leo était tellement furieuse qu'elle ne rougit même pas.

— Dites au chauffeur d'arrêter la voiture. Tout de suite.

— Ne vous inquiétez pas, je vous raccompagne chez vous, fit Ali d'un ton apaisant.

— Je ne m'inquiète pas. Et je ne veux pas rentrer chez moi, je suis attendue à un vernissage à la National Gallery.

— Vous travaillez trop. Votre secrétaire enverra un petit mot d'excuse demain.

— Bien sûr... les désirs du cheik sont des ordres, n'est-ce pas ?

A son grand désarroi, il partit d'un rire amusé.

— Cessez de vous rebeller, Leonora. Il faut que nous parlions, c'est bien plus important que tous les vernissages du monde.

— Je suis fiancée, au cas où vous ne le sauriez pas.

— Comment l'ignorer ? C'était vraiment stupide de votre part de vous fiancer juste pour me provoquer... L'annonce de vos fiançailles correspond à mon arrivée en ville.

Excédée par son arrogance, Leo se tourna vers lui. Un sourire enjôleur, incroyablement sexy illuminait le visage d'Ali. Les battements de son cœur se précipitèrent... mon Dieu, le piège était en train de se refermer sur elle.

— Simple coïncidence, lança-t-elle d'un ton sec.

— Vous avez décidé de vous fiancer juste après avoir lu le texte que j'ai écrit pour le recueil d'Antika. Est-ce aussi une coïncidence ?

— Comment savez-vous que... ?

Leo s'interrompit. Trop tard.

— C'est une réaction tout à fait compréhensible, assura Ali. En relisant mon essai, je me suis rendu compte que j'avais dépassé les bornes à plusieurs reprises. Mais...

— Je ne dirais pas ça. Au contraire, vos descriptions sont très réalistes, pour autant que je m'en souvienne. Je devrais peut-être confronter mon point de vue avec celui d'autres victimes.

Ali parut sincèrement surpris.

— Victimes ?

— Proies, si vous préférez, rectifia Leo.

— Tout ceci semble affreusement... calculateur, fit observer Ali.

Elle afficha un sourire forcé.

— C'est le terme qui convient, en effet.

— Est-ce pour cette raison que vous vous êtes fiancée ? Parce que vous pensez que je vous ai manipulée ?

Leo le toisa d'un air lourd de mépris.

— Oseriez-vous prétendre que ce ne fut pas le cas ? A quoi songiez-vous en organisant ce charmant pique-nique sur le Nil, au clair de lune ? Aux grands sentiments, à « l'amour-toujours », au mariage « jusqu'à ce que la mort nous sépare » ?

Ali fronça les sourcils.

— Pour être franc, je ne me projetais pas dans l'avenir.

— La vérité, enfin ! lâcha Leo, sarcastique. Acceptez-la et sortez de ma vie.

Sur ce, elle se pencha en avant et tapota l'épaule du chauffeur.

— Trafalgar Square, la National Gallery, aile Sainsbury. Son Excellence s'est trompé. Je dois assister à un vernissage.

L'homme chercha le regard d'Ali dans le rétroviseur. Imperturbable, ce dernier acquiesça d'un signe de tête.

La semaine s'avéra éprouvante pour Leo. Simon et son père communiquaient entre eux, mais elle ne reçut aucune nouvelle de l'un ni de l'autre. De toute façon, le cheik el-Barvany occupait toutes ses pensées. Lui non plus, d'ailleurs, ne l'avait pas rappelée.

Un employé d'une bijouterie-joaillerie apporta au bureau un grand écrin garni de bagues de fiançailles. Leo reconnut aussitôt le célèbre nom ; son père était un fidèle client de la boutique. Perturbée, Leo choisit une bague au hasard.

Si Ali l'avait appelée, elle aurait accepté de lui parler. Mais le téléphone resta désespérément muet. Au fond, c'était peut-être mieux ainsi.

Simon avait insisté pour qu'elle reçoive une journaliste qui désirait l'interviewer. C'était une amie, avait-il précisé devant la réticence manifeste de Leo, et elle lui ferait immensément plaisir en acceptant.

Le lendemain, Anne Marie Dance du *Finance Today* fit irruption dans son bureau d'un pas décidé. Son attitude n'avait rien d'amical et elle passa à l'attaque dès la première question.

— Que ressent-on quand on travaille constamment dans l'ombre de son père ?

Légèrement décontenancée par le ton hostile de la journaliste, Leo répondit sèchement :

— C'est une expérience très formatrice.

Anne Marie hocha la tête. D'un air concentré, elle se pencha en avant.

— Vous savez sûrement que vous ne prendrez jamais la tête de l'empire hôtelier Groom. Votre père a-t-il jamais nommé une femme à un poste de directeur ? Voire de cadre exécutif ? A votre avis, pourquoi a-t-il intégré Simon Hartley au conseil d'administration ?

Leo afficha un sourire de circonstance.

— Je vous en prie, mademoiselle Dance. Vous connaissez les règles du jeu, je suppose. Je veux bien parler affaires avec vous, mais ma vie privée ne vous concerne pas.

La journaliste arqua un sourcil narquois avant d'enchaîner :

— Est-il vrai que les el-Barvany s'apprêtent à prendre des parts de la société Groom ?

Cette fois, Leo perdit contenance.

— D'où vient cette rumeur ?

Un sourire satisfait naquit sur les lèvres d'Anne Marie Dance.

— Vous connaissez sûrement les el-Barvany ? Rois du pétrole ? Propriétaires de vastes gisements miniers ? Cela fait plusieurs années qu'ils investissent dans l'industrie occidentale.

— Qu'est-ce qui vous fait dire qu'ils ont des vues sur notre chaîne hôtelière ?

La journaliste émit un rire ironique.

— Enfin, mademoiselle Groom, un bon journaliste ne dévoile jamais ses sources. Disons simplement que... qu'ils semblent intéressés.

Sur ces paroles sibyllines, elle referma son carnet et se leva. Leo la raccompagna jusqu'aux ascenseurs. Lorsqu'elle tendit la main à la journaliste, cette dernière la dévisagea d'un air étrange, presque compatissant.

— Au revoir, mademoiselle Groom. Bonne chance, ajouta-t-elle avant de tourner les talons.

Mal à l'aise, Leo regagna son bureau d'un pas pressé. Sa secrétaire lui jeta un regard surpris.

— Pas de panique. La réception au musée des Sciences ne commence qu'à 18 heures. Vous avez tout le temps de vous préparer.

— Je suis épuisée à la simple idée d'y aller, avoua Leo, en proie à un abattement soudain.

— Il n'y paraîtra plus après une bonne douche, la rassura Joanne. Heureusement que nous avons tout ce qu'il faut pour nous refaire une beauté au bureau !

— Je ne crois pas que ce soit une bonne idée, objecta Hari. Comment va-t-elle réagir ? On ne peut jamais prévoir, avec les femmes.

Ali se rembrunit.

— Je dois absolument la voir. Je *vais* la voir.

— Qu'est-ce qui t'arrive, bon sang ? Je ne te reconnais plus.

Le regard gris foncé du cheik se fit incroyablement intense.

— C'est peut-être parce que tu ne m'avais encore jamais vu vraiment vivant.

Hari ne trouva rien à ajouter.

Dans les luxueuses toilettes pour dames de l'immeuble Groom, Leo contempla son reflet dans le miroir. La douche l'avait revigorée et, vêtue d'une élégante robe noire, avec ses cheveux soyeux et parfumés rassemblés en un chignon souple, elle se sentait prête à abattre des montagnes. Elle en avait assez d'être manipulée par tous ces hommes arrogants et égoïstes. Son père, Simon, Ali el-Barvany, ils étaient tous de la même trempe !

— Sales machos ! lança-t-elle à l'adresse du miroir.

Résolue à mettre les choses au point une bonne fois pour toutes, elle dressa l'inventaire de ses atouts. Oh ! ils n'étaient pas nombreux... il y avait bien son teint diaphane, sa silhouette voluptueuse qui la gênait plutôt, et une robe haute couture féminine en diable. C'était à peu près tout.

Une fois maquillée, elle jeta sur ses épaules dénudées une étole brodée de fil d'or et se dirigea vers l'ascenseur. Une voiture avec chauffeur l'attendait sur le parking. Cette fois, elle reconnut le chauffeur et monta en toute confiance.

Ils gagnèrent rapidement le musée et Leo sortit de la voiture, aussi digne qu'une reine. Ce fut en tout cas l'impression qu'elle fit à Hari, resté en poste pour surveiller son arrivée.

— Oh! la la!

Elle s'était littéralement métamorphosée depuis qu'il l'avait vue au Caire. Mais l'expression qu'il lut sur son beau visage l'emplit d'appréhension. Cette femme n'était certainement pas d'humeur romantique... elle ressemblait plutôt à une lionne prête à livrer un combat sans merci. Inquiet, il s'empressa d'aller avertir Ali.

Leo accepta la flûte de champagne que lui offrait l'un des responsables de la Fondation ; ce dernier se proposa de lui montrer les réalisations récentes d'Antika. Leo sentait peser sur elle des regards de surprise et d'admiration mêlées. Même le professeur Lane bredouilla à plusieurs reprises au cours de son monologue.

Parfait, songea Leo, satisfaite. Elle vida son verre d'un trait et en accepta un autre. Sous le charme, le professeur fit durer la visite un peu plus que nécessaire avant de la quitter à regret. Nul doute que cet homme la prendrait au sérieux, désormais.

Gonflée à bloc, Leo s'approcha d'une grosse locomotive à vapeur. Tout en examinant l'impressionnante machinerie, elle saisit une troisième flûte sur le plateau d'un serveur qui passait devant elle. Tout à coup s'éleva une voix qu'elle crut reconnaître.

— Dis-lui. Dis-lui maintenant, je t'en prie.

Leo fronça les sourcils. La propriétaire de cette voix étrangement familière se tenait derrière l'imposant moteur. Elle ne la voyait pas. Qui était-ce ? Elle était persuadée d'avoir parlé à cette femme dans la journée. Une relation d'affaires ? Non. Tout à coup, elle se souvint : c'était la voix de cette journaliste antipathique... comment s'appelait-elle, déjà ?

Une voix masculine marmonna une réponse inintelligible.

— Ne fais pas ça, reprit la journaliste d'un ton pressant. Ce serait stupide. C'est toute ta vie que tu joues.

— Anne Marie, je t'en prie, non. Pas ici. *Je t'en prie*.

Anne Marie Dance. Oui, c'était bien elle. Une note de désespoir teintait la voix de son interlocuteur. Sur le point de se retirer discrètement, Leo s'arrêta net.

— Non, Simon, tu ne peux pas faire ça.

Simon. *Simon ?*

Posant son verre intact sur la précieuse locomotive, elle contourna lentement la machinerie. Simon Hartley tenait Anne Marie Dance à bout de bras. Leo s'immobilisa, comme frappée par la foudre. A bout de bras, peut-être ; malgré tout, leur complicité sautait aux yeux. Il était évident qu'ils avaient été beaucoup plus proches dans d'autres circonstances.

Anne Marie aperçut Leo par-dessus l'épaule de Simon. Son expression se transforma. Simon fit volte-face. Il devint pâle comme un linge.

— Oh ! non...

— Au moins, vous êtes au courant, maintenant, intervint Anne Marie Dance sur un ton de défi.

Elle posa une main possessive sur le bras de Simon. Au bout de quelques instants, ce dernier lui prit la main dans un geste protecteur.

Leo eut l'impression de recevoir un coup de poignard en plein cœur. Aucun homme n'avait jamais cherché à la protéger de cette manière, elle... A son grand désarroi, elle sentit des larmes lui picoter les yeux.

— Leo, je suis sincèrement désolé, murmura Simon.

— Pas moi, lança la journaliste d'un ton dédaigneux. Il est grand temps que votre père comprenne qu'il ne peut pas tout acheter. Un gendre, par exemple.

— Arrête, Anne Marie, je t'en prie, coupa Simon. On ne peut pas discuter de tout ça ici.

— Pourquoi pas ? insista sa compagne.

Elle s'écarta de Simon pour aller se planter devant Leo.

— C'est votre père qui a incité Simon à vous demander en mariage. Il lui a raconté que vous désiriez vous marier mais que vous étiez incapable de vous trouver un fiancé.

— Eh bien, il avait tort, répliqua Leo, envahie par une sensation de froid intense.

Elle retira le diamant qui ornait depuis peu son annulaire gauche et glissa la bague dans la poche de Simon.

— Ne t'inquiète pas, je dirai à mon père que j'ai changé d'avis, déclara-t-elle d'un ton glacial. Juste pour t'éviter un licenciement...

Simon chancela légèrement, à la satisfaction de Leo.

— Je me chargerai également d'envoyer un message aux journaux. Au revoir.

Comme dans un brouillard, elle parcourut les galeries aussi vite que possible. Elle n'avait qu'une seule envie : rentrer chez elle.

Elle s'était enfin rapprochée de la sortie lorsqu'une voix la stoppa dans son élan.

— Leonora !

Elle fit volte-face. Le cheik Ali el-Barvany s'avançait vers elle.

— Il ne manquait plus que ça..., murmura Leo.

Il était encore plus beau que dans son souvenir, avec son teint cuivré et ce regard langoureux qu'elle avait vainement tenté d'oublier. Beau et incroyablement sexy.

Comment avait-elle pu résister à son charme l'autre jour, dans la limousine ? Au prix d'un effort, elle se composa une expression distante.

— Que voulez-vous ?

Ali haussa les sourcils, surpris par son ton abrupt.

— J'aimerais vous parler.

— Personnellement, je n'en ai aucune envie. Au revoir.

C'était sans compter la ténacité du cheik. Avant qu'elle ait le temps de réagir, il la prit par le bras et l'entraîna dans un coin de la salle. Derrière eux, Hari hésitait. Ali lui fit signe de partir et il disparut.

Ce petit geste attisa l'irritation de Leo.

— Ne vous imaginez pas que je vous obéirai sans mot dire, comme ce petit homme que vous payez pour qu'il exauce vos moindres désirs !

— J'en suis parfaitement conscient, fit Ali d'un ton empreint d'amusement. J'ai néanmoins besoin de vos conseils professionnels.

Leo arqua un sourcil incrédule.

— Ah oui ? A quel sujet, je vous prie ?

— Le professeur Lane m'a confié que l'exposition ne vous avait pas enthousiasmée. Etant donné que nous sommes les principaux investisseurs dans les actions de recherche menées par Antika, j'écouterais volontiers vos critiques et vos suggestions...

Il ponctuait ses paroles de gestes gracieux. Il avait des mains splendides, nota mentalement Leo, captivée malgré elle. Des mains de pianiste. Ou de danseur... de charmeur de serpents, peut-être ? Croisant son regard interrogateur, elle se reprit.

— Tout ça, fit-elle en balayant l'air de la main, c'est du vent !

Une étincelle de colère brilla dans les yeux gris argent.

— Il s'agit d'un projet novateur, tout à fait visionnaire...

— Peut-être, coupa Leo, mais sa présentation est nulle.

Elle fit un pas vers lui et pointa son index sur le torse du cheik.

— Je ne suis peut-être pas une scientifique bardée de diplômes, mais je sais analyser une campagne de promotion. Et la vôtre ne vaut rien.

Ali la considéra d'un air hébété. De toute évidence, il n'était pas habitué à ce qu'une femme lui dise ses quatre vérités en lui martelant le torse d'un geste rageur.

— Des faits, reprit-elle. Pour établir un dossier sérieux qui séduira les sponsors, il me faut des faits.

Ali exhala un soupir.

— Si nous disposions de faits, les recherches seraient déjà terminées.

Leo fronça les sourcils. Oui, cela semblait logique. Même folle de rage, elle était bien obligée de le reconnaître.

— Très bien.

Elle leva de nouveau la main vers lui. Vif comme l'éclair, il l'intercepta avant qu'elle ait le temps de pointer son index sur son torse.

— Non, je vous en prie, fit-il en riant. Je leur dirai de suivre à la lettre toutes vos suggestions.

— Parfait.

Il n'avait pas relâché sa main.

— Et maintenant, si nous parlions un peu de nous ? murmura-t-il d'une voix caressante.

Troublée, Leo tenta de se libérer. Sans succès.

— Que... que voulez-vous dire ?

— Vous savez bien... nous n'avions pas eu le temps de tout nous dire, l'autre fois...

Il plongea son regard pénétrant dans le sien et, avec une lenteur délibérée, porta sa main à ses lèvres. Il l'effleura d'une caresse aérienne, fermant les yeux pour mieux savourer ce contact.

Electrisée, Leo se libéra d'un geste brusque. Elle inspira longuement, profondément.

— C'est sans doute mieux comme ça, déclara-t-elle en nouant l'étole sur ses épaules. Bonne nuit.

Ali lui bloqua le passage, un grand sourire aux lèvres.

— Si nous dînions ensemble ?

Sans mot dire, Leo le contourna pour se diriger vers la porte. A son grand désarroi, il la suivit.

— Il y a sûrement moyen de négocier.

Leo pressa le pas.

— Sachez que je ne négocie jamais.

— Mais moi, si, insista Ali à mi-voix.

Arrivée devant la porte, Leo s'arrêta brusquement. La tête haute, elle se tourna vers lui.

— Très bien. Vous voulez un marché ? Je vais vous en proposer un.

Mille pensées tourbillonnaient dans sa tête... un véritable ouragan. Elle se sentait à la fois triste et soulagée d'avoir découvert la trahison de Simon ; en même temps, une colère indicible continuait à la tenailler. Une colère dirigée contre les hommes en général, Ali en particulier... Ali qui n'hésitait pas à jouer les grands séducteurs pour une nuit de sensualité, rien de plus. Au milieu de la confusion qui régnait dans son esprit, une petite voix criait vengeance.

Ce fut cette petite voix qui la poussa à déclarer d'un ton péremptoire :

— Epousez-moi et je soutiendrai le projet Antika.

6.

Un silence pesant accueillit ses paroles.

Pourquoi, mais pourquoi ai-je dit ça? Qu'est-ce qui m'a pris, bon sang...?

Contre toute attente, Ali rejeta la tête en arrière et partit d'un rire sonore.

— Je suis désolée. Je ne sais pas ce qui m'a pris...

Ali l'enveloppa d'un regard pénétrant.

— Prenez garde à ce que vous dites, ma chère... vos désirs pourraient devenir réalité, murmura-t-il d'un ton suave qui la fit frémir.

— Je n'ai aucune envie de vous épouser, protesta Leo. Mes mots ont dépassé ma pensée, voilà tout. C'est un marché professionnel que je vous proposais, rien d'autre.

Ali haussa les sourcils.

— Je serais curieux d'entendre vos propositions. Allons dîner, nous en discuterons calmement.

— Non, merci, refusa Leo d'un ton sans réplique.

Ali esquissa un sourire.

— Je ne signe jamais un contrat tant que je n'ai pas pris connaissance de toutes les clauses.

— Tant pis. Il n'y aura pas de contrat. Ça m'est bien égal.

La tête haute, elle tourna les talons. Les doigts d'Ali effleurèrent à peine son bras. Ce fut suffisant pour qu'elle s'immobilise sur-le-champ, comme frappée par la foudre.

— Considérez ça comme un dîner d'affaires.

Le cœur battant, Leo lui lança un regard par-dessus son épaule. Les yeux d'Ali se plissèrent légèrement en rencontrant les siens. Son regard espiègle, presque complice, la fit chavirer.

— Ma voiture ? proposa-t-elle avec hauteur.

— Si vous voulez...

Ali l'entraîna vers la sortie. Une chaleur moite les enveloppa lorsqu'ils débouchèrent sur le trottoir. Comme par magie, une voiture noire s'arrêta devant eux. Ali ouvrit la portière.

— Ce n'est pas ma voiture, protesta Leo.

— En effet... Quand j'invite une femme à dîner, c'est moi qui passe la chercher et qui la raccompagne chez elle.

Il l'aida à se glisser sur la banquette arrière. Leo se laissa faire, surprise par sa propre docilité. Un sourire enjôleur aux lèvres, Ali prit place à côté d'elle.

— Où allons-nous ? s'enquit Leo comme la voiture longeait Hyde Park pour prendre la direction opposée de son domicile.

— Chez moi, répondit Ali.

— Je vois. Et quel chez vous, au juste, avez-vous choisi pour me recevoir ? Le palais miniature ou la garçonnière ?

Une lueur d'amusement brilla dans le regard de son compagnon.

— Que préféreriez-vous ?

Résistant à l'envie de le gifler, Leo se laissa aller contre le dossier avec un petit soupir agacé. Cette soirée avait mis ses nerfs à rude épreuve. Un peu de calme lui ferait le plus grand bien. Et puis, Ali se lasserait vite de sa compagnie si elle ne lui opposait aucune résistance. Elle en était intimement convaincue.

Au prix d'un effort, elle demeura impassible lorsque la voiture se gara devant une imposante demeure palladienne. Elle répondit au salut du majordome par un petit signe de tête compassé. Elle conserva le même calme en pénétrant dans le hall d'entrée couvert de marbre. Seul le splendide Canaletto accroché au mur lui fit légèrement perdre contenance. Mais lorsque Ali l'entraîna de l'autre côté de la maison, elle oublia toutes ses résolutions. Le spectacle qui s'offrait à elle lui coupa le souffle. Elle se retrouvait tout à coup au beau milieu du jardin d'Eden. Clos par un mur en pierre à demi camouflé par une cascade de glycine parme, il regorgeait de fleurs colorées et d'arbres centenaires. Caressée par le soleil couchant, la pelouse ressemblait à un tapis velouté. D'énormes massifs d'azalées la décoraient, dans une débauche de couleurs éclatantes. Quant aux parfums... à la fois subtils et sucrés, ils étaient tout simplement enivrants!

— C'est incroyable, murmura Leo, subjuguée par tant de beauté.

Ali sourit.

— C'est mieux que la garçonnière, n'est-ce pas? Si nous prenions un verre ici?

— D'accord, capitula-t-elle.

Il adressa quelques mots au majordome qui se tenait à l'écart.

— Nous dînerons dans une heure, conclut-il tandis que l'employé s'inclinait légèrement avant de disparaître.

— Si je comprends bien, lança Leo, je suis obligée de dîner ici avec vous?

Sans mot dire, Ali s'approcha d'elle et, glissant un bras sur ses épaules, il la fit pivoter vers le somptueux jardin irisé de reflets dorés.

— Regardez ça, ne me dites pas que vous avez vraiment envie de quitter cet endroit reposant pour vous replonger dans le bruit et la pollution...

Leo tressaillit. Il était trop près d'elle, son bras pesait trop lourd sur ses épaules. Si elle tournait légèrement la tête, sa joue frôlerait sa poitrine. Elle percevait l'odeur de sa peau et le parfum délicat de la fleur d'oranger et des épices. Jamais elle n'oublierait ces effluves grisants...

Au prix d'un effort, elle déclara d'un ton ferme :
— Je n'ai surtout aucune envie de me sentir prise au piège.

La main d'Ali se resserra légèrement sur son bras.
— Cessez de lutter, Leonora.

Elle leva vers lui un regard belliqueux, oubliant un instant qu'il était si proche.
— Serait-ce une menace ?

Ali baissa les yeux sur elle. Oui, il était bien trop près. Indéchiffrables, ses yeux gris étaient empreints d'une certaine gravité. Leo retint son souffle. Il relâcha soudain son étreinte et partit d'un rire amusé.
— Cessez de discuter et détendez-vous. Savourons plutôt cette belle soirée d'été.

Le majordome fit son apparition, chargé d'un grand plateau en argent qu'il posa sur une table en fer forgé. Gagnée par une soudaine torpeur, Leo le regarda soulever un broc en argent délicatement ouvragé et remplir deux verres en cristal d'un breuvage opalescent. Il les posa sur un autre plateau avant de les présenter à Ali.

Ce dernier en tendit un à Leo qui le considéra d'un air soupçonneux.
— Citron, citron vert, un soupçon de miel et une pincée de cannelle, expliqua-t-il d'un air narquois. Avec peut-être une goutte d'eau de rose, mais c'est un secret... Goûtez. Si vous n'aimez pas, vous pourrez toujours boire du champagne. Bien qu'à mon avis, vous ayez dépassé votre seuil de tolérance...

Piquée au vif, Leo s'apprêtait à protester mais Ali fut plus rapide qu'elle. L'obligeant à prendre le verre, il proposa d'une voix caressante :
— Si nous faisions une trêve ?

Déconcertée, Leo rencontra son regard. Elle n'y lut ni malice ni moquerie, mais plutôt une grande douceur qui la troubla infiniment. Ali fit tinter son verre contre le sien.

— Allez, Leonora. Qu'avez-vous à perdre ? Observons une trêve jusqu'au coucher du soleil.

— Quel genre de trêve ? demanda la jeune femme, dubitative.

Le regard d'Ali pétilla.

— Vous ne m'arrachez pas les yeux et je ne vous tirerai pas les cheveux.

Leo ne put s'empêcher de pouffer.

— Marché conclu, décida Ali en lui tendant la main.

A sa grande surprise, Leo accepta de lui donner la sienne. Si elle ne voulait pas perdre le contrôle de la situation, il fallait qu'elle rentre chez elle au plus vite.

Au lieu de ça, elle serra la main d'Ali qui fit courir ses doigts sur sa peau satinée dans une caresse aérienne. Réprimant un frisson, elle retira vivement sa main et dit la première chose qui lui vint à l'esprit.

— Ce jardin est absolument magnifique. Jamais on ne se croirait en plein cœur de Londres. Son entretien doit demander un travail considérable, ajouta-t-elle en croyant entendre sa propre mère.

Ali fronça les sourcils. Puis un long soupir s'échappa de ses lèvres.

— Dieu que les Anglaises sont compliquées... dès qu'on les approche d'un peu trop près, elles prennent de grands airs et se mettent à parler comme la reine !

Feignant d'ignorer son ton moqueur, Leo déambula dans le jardin, bombardant Ali de questions pertinentes sur les plantes et les fleurs qu'ils croisaient. Leur parfum capiteux menaçait de l'enivrer. Ali lui servit un autre verre du délicieux breuvage qu'elle avait savouré à petites gorgées. Puis il la rejoignit au fond du jardin et se plia à son interrogatoire avec un manque d'entrain évident.

— Azalée ordinaire, annonça-t-il comme elle s'immobilisait devant un immense arbuste couvert de fleurs jaunes.

— Très intéressant.

Un sourire narquois s'esquissa sur les lèvres d'Ali.

— N'est-ce pas ? C'est cette plante qui a intoxiqué les soldats de Xénophon alors qu'ils marchaient sur Trébizonde.

Son sourire s'élargit et Leo sentit son pouls s'emballer.

— Serez-vous plus résistante qu'eux, Leonora ?

Il ponctua ses paroles d'un rire rauque qui la fit tressaillir.

« Résiste, s'exhorta Leo, résiste, nom d'un chien ! »

— N'avions-nous pas décidé une trêve ? articula-t-elle au prix d'un effort.

— Je ne vous ai pas touchée, répliqua Ali d'un ton faussement innocent.

Sous le regard meurtrier de Leo, il leva les mains en l'air en riant.

— D'accord, d'accord. J'arrête de vous taquiner.

— A la bonne heure.

— Jusqu'au coucher du soleil, en tout cas...

Leo leva les yeux au ciel. Il ferait bientôt nuit.

— Dans ce cas, nous ferions bien de passer à table.

— Peureuse...

Mais il regagna la maison et appela le majordome.

Ils dînèrent dans un petit salon situé au premier étage, avec vue sur le jardin. Leo prêta à peine attention aux mets qu'apportèrent les domestiques. Devant l'air inquiet d'Ali, elle se sentit obligée de justifier son manque d'appétit.

— Je suis désolée : j'ai eu une journée éprouvante et je n'ai pas très faim.

Contre toute attente, il posa sur elle un regard grave :

— C'est à cause de vos fiançailles rompues ?

Leo tritura nerveusement son annulaire gauche, de nouveau nu. Un sourire sans joie joua sur ses lèvres.

— Entre autres choses.

Il y eut une courte pause. Le regard d'Ali devint songeur.

— Est-ce pour cette autre raison que vous avez envie de vous marier, coûte que coûte ?

— Non... non, c'est faux, je n'ai aucune envie de me marier ! protesta Leo avec véhémence.

— Ce n'est pas l'impression que vous m'avez donnée tout à l'heure, pourtant. Quand vous m'avez proposé cet étrange marché.

Elle rougit.

— Oh ça...! j'étais furieuse, j'ai dit n'importe quoi.

— Bien sûr. C'est drôle, je m'emporte souvent, moi aussi, mais il ne m'est encore jamais arrivé de demander une femme en mariage pour passer mes nerfs.

Leo ne trouva rien à répliquer. Avec une désinvolture irritante, il prit une pêche qu'il se mit à peler.

— Répondez-moi, Leo, cela ne vous engage à rien. Pourquoi avez-vous réagi ainsi ?

La jeune femme le considéra avec attention. Les yeux mi-clos, il affichait une expression sincèrement intriguée. On eût dit qu'il désirait simplement mieux la connaître. Ce constat lui donna le courage de répondre.

— Je n'ai jamais pensé que je me marierais un jour. Rares sont les hommes qui s'intéressent à moi pour ce que je suis vraiment ; la plupart ne voient en ma personne que la fille unique de Gordon Groom, grand magnat de l'industrie hôtelière. Mes seules ambitions étaient d'ordre professionnel. J'ai travaillé dur et...

Elle s'interrompit en voyant Ali froncer les sourcils.

— Dans ce cas, pourquoi ces fiançailles avec Simon Hartley ?

Leo haussa les épaules.

— Les Hartley n'ont plus les moyens d'entretenir leur demeure familiale. Et Simon est leur fils aîné.

— Et vous, dans tout ça ? intervint Ali d'une voix neutre.

Leo détourna les yeux vers le jardin. Le crépuscule l'enveloppait d'un voile rougeoyant qui suscita en elle une soudaine mélancolie.

— J'ai découvert que mon père n'avait pas besoin de moi dans son entreprise. Tout ce qui l'intéresse, c'est de fonder une dynastie. Je ne suis qu'un pion dans ses projets de grandeur et d'expansion.

Un silence s'abattit dans la pièce. Leo continua de regarder fixement le jardin. Des larmes lui brouillaient la vue.

— Vous devez me prendre pour une parfaite idiote, reprit-elle en s'efforçant de maîtriser le tremblement de sa voix.

— Plutôt pour une lâche, déclara Ali sans s'émouvoir.

Leo retint son souffle. Presque malgré elle, son regard se souda à celui d'Ali. Il souriait, mais ses yeux gris s'étaient assombris. Il semblait avoir beaucoup de mal à contenir sa colère.

— Non pas parce que vous avez fait ce que votre père attendait de vous, reprit-il. Mais plutôt parce que vous avez agi de la sorte pour fuir la vérité.

Une bouffée de colère envahit Leo. De quel droit se permettait-il de la juger ainsi ?

— Qu'est-ce qui vous fait dire ça ?

Le sourire désabusé s'élargit.

— Vous vous êtes fiancée le jour où vous avez appris que j'étais à Londres.

Leo sentit ses joues s'empourprer.

— Et alors ?

Cette fois, le sourire d'Ali perdit de sa froideur.

— Ainsi, vous le reconnaissez.

— Pure coïncidence, argua Leo en détournant les yeux.

— Avez-vous jamais été amoureuse de lui ?

— De Simon ? fit Leo, prise de court. Bien sûr que...

Ali l'interrompit d'un geste impérieux.

— Ne me mentez pas, Leonora. Ne me répondez pas, si vous n'en avez pas envie mais je vous en prie, ne mentez pas.

Leo se tut, tenaillée par des émotions mitigées. Elle passa une main lasse devant ses yeux.

— Combien de temps va durer l'interrogatoire ?

Devant son désarroi, Ali se radoucit.

— Tenez, goûtez à cette pêche, dit-il en lui offrant un quartier qu'il venait de découper.

Elle l'accepta, troublée par l'intimité de ce geste pourtant anodin. C'était un peu comme s'ils formaient un vrai couple, habitué à prendre ses repas ensemble depuis des années.

Il la regarda savourer le fruit juteux. Son visage était impénétrable et pourtant, Leo eut la désagréable impression qu'elle venait de lui concéder une petite victoire.

— Je ne vous comprends pas, explosa-t-elle soudain.

Ali s'adossa à sa chaise. Il semblait tout à fait à son aise, mais son regard demeurait vigilant.

— Je suis pourtant un homme très simple.

— C'est ça...

Il rit.

— Si, c'est vrai. J'aime les plaisirs simples, mes aspirations le sont aussi.

Leo balaya la table d'un regard entendu : cristal vénitien, argenterie, porcelaine peinte à la main...

— Ne vous fiez pas aux apparences, dit-il en devinant ses pensées.

— A quoi dois-je me fier, alors ?

Il la considéra d'un air songeur.

— Peut-être devriez-vous me poser quelques questions...

Leo leva les yeux au ciel.

— A quoi bon ? Je sais déjà tout de vous.

La satisfaction se peignit sur les traits d'Ali.

— Ainsi, vous avez mené votre petite enquête.

— Pas du tout, objecta Leo en le gratifiant d'un sourire sirupeux. Ça n'a pas été nécessaire : vous m'avez tout révélé sans que j'aie à vous questionner.

Il fronça les sourcils, perplexe.
— Ah oui?
— Mmm-mm. « Visite guidée de la Casbah », ça vous dit quelque chose?

L'essai qu'il avait écrit pour le recueil d'Antika! Le visage d'Ali s'éclaira.

— Est-ce pour cette raison que vous vous êtes jetée dans les bras de Simon Hartley?

Leo exhala un soupir agacé.

— Vous n'avez aucune influence sur mon existence, Dieu merci. Vous n'êtes rien pour moi.

A sa grande surprise, Ali partit d'un éclat de rire.

— Prouvez-le.

Un silence chargé d'électricité suivit ses paroles.

— Il est temps pour moi de partir, murmura Leo.

Le regard de son compagnon s'alluma d'une lueur espiègle.

— Vous ne prenez pas de café? Comme vous voudrez, si vous ne vous sentez pas de taille...

— Je me sens parfaitement de taille à relever tous les défis que vous me lancerez, riposta Leo.

Ali laissa échapper un rire amusé.

— Vous êtes tout à fait délicieuse. Une tentation irrésistible.

Leo baissa les yeux, troublée. Personne ne l'avait encore appelée ainsi... C'était la faute de ce décolleté incendiaire, sans aucun doute. Les yeux rivés sur la fenêtre, elle resserra les pointes de son étole sur sa gorge.

— Si j'accepte de prendre un café, vous appellerez un taxi ensuite?

— Si vous voulez toujours partir, oui.

Leo déglutit péniblement.

— Alors, d'accord pour le café.

Ali appela le majordome.

— Nous prendrons le café dans la serre, précisa-t-il. Ensuite, vous pourrez disposer. Merci, John.

— Certainement, Votre Excellence.

Dès qu'il eut quitté la pièce, Ali se leva et invita Leo à le suivre.

— Allons admirer d'autres fleurs, puisque la botanique vous intéresse tant.

Ignorant sa main, elle se leva et lui emboîta le pas.

La serre s'étendait sur toute la longueur de la maison et ouvrait sur le jardin plongé dans la pénombre. Des projecteurs invisibles éclairaient des palmiers, des plantes grimpantes ainsi qu'une colonne de jasmin couverte d'étoiles jaunes, délicieusement parfumées. Un filet d'eau chantait joyeusement dans une fontaine en vieille pierre. Devant une telle luxuriance, Leo s'immobilisa, émerveillée.

— Ça vous plaît, n'est-ce pas? fit Ali avec une pointe d'ironie dans la voix. Je vais finir par croire que les fleurs vous attirent davantage que les hommes.

Excédée, Leo fit volte-face... et bouscula violemment le majordome qui arrivait derrière elle. Ce dernier retrouva l'équilibre — mais pas le plateau qu'il portait. Les tasses s'envolèrent et la cafetière déversa son contenu sur la robe de Leo.

Elle ferma les yeux.

— Et la journée continue...

Ali la débarrassa aussitôt de l'étole maculée de café.

— Voyez ce que vous pouvez faire avec ça, John.

Le majordome s'éclipsa sur-le-champ. Ali entreprit de tamponner les taches de café à l'aide d'un mouchoir immaculé. L'attention était louable, ses effleurements tout à fait anodins. Pourtant, Leo sentit une onde brûlante la parcourir. Fermant les yeux, elle tenta de se raisonner.

Ali recula d'un pas. Une expression contrariée voilait son visage.

— Votre robe est trempée, les taches ne partiront pas

comme ça. Suivez-moi ! ordonna-t-il en la prenant par la main.

Incapable de résister, Leo se laissa conduire à l'étage supérieur. Ali poussa une porte d'acajou délicatement sculptée et ils pénétrèrent dans une vaste chambre à coucher. Pourtant habituée au luxe, Leo n'en avait encore jamais vu d'aussi somptueuse.

Bouche bée, elle promena son regard sur la pièce qui ressemblait à un salon princier de la Renaissance. Des colonnades ouvragées supportaient un dôme symbolisant la voûte céleste. A force d'être ciré et lustré, le parquet étincelait de mille feux. Des rideaux de brocart dorés habillaient les immenses fenêtres. Une scène de chasse dans le désert ornait tout un pan de mur. Dans un angle trônait une banquette tendue de velours bleu roi, garnie d'un amas de coussins dorés.

Quant au lit... Leo déglutit péniblement. Immense, très bas, il était en acajou incrusté d'arabesques dorées ; un jeté de lit chatoyant le recouvrait.

— Des plaisirs simples, mon œil, murmura-t-elle, fascinée par tant de raffinement.

Ali étouffa un petit rire.

— C'est mon cousin, le ministre de la Culture, qui a choisi la décoration de notre pied-à-terre londonien. Si cela ne vous plaît pas, veuillez m'en excuser.

Il fit un geste en direction du sofa.

— Déshabillez-vous et asseyez-vous. Je vais vous chercher une tenue de rechange.

Avant qu'elle ait eu le temps de réagir, il avait quitté la pièce.

Avec des gestes d'automate, Leo enleva sa robe et se laissa tomber sur la banquette, pressant contre elle l'étoffe détrempée. Pourquoi diable était-elle si maladroite ? La fatigue nerveuse mêlée au trouble intense qu'elle éprouvait en présence d'Ali eurent raison de ses forces. Sans qu'elle puisse les refouler, deux larmes coulèrent le long de ses joues. Un sanglot s'échappa de ses lèvres et elle enfouit son visage dans ses mains.

Au même instant, Ali fit son apparition.

— Qu'y a-t-il ? demanda-t-il d'un ton inquiet.

Leo leva les yeux vers lui.

— La fatigue accumulée, sans doute, balbutia-t-elle.

Sans mot dire, Ali déposa le vêtement qu'il avait apporté et vint s'agenouiller auprès d'elle. Avec une douceur infinie, il posa son index sous son œil droit. Une larme roula sur son doigt.

— Ne pleurez pas... je vous en prie, murmura-t-il d'un ton apaisant.

Il fit glisser son index sur sa joue satinée puis le long de sa gorge. Leurs regards se soudèrent. Une sensation de bien-être enveloppa Leo ; c'était comme si elle avait attendu ce moment toute sa vie, comme si elle savait avec certitude que... que...

Avec une lenteur étudiée, il écarta la robe qu'elle tenait toujours contre elle. Enrobée de dentelle noire, sa poitrine frémit légèrement. Ali retint son souffle.

— Vous êtes très belle, chuchota-t-il d'un ton grave.

Incapable de soutenir son regard de braise, Leo détourna les yeux. La tension qui vibrait entre eux était presque palpable.

Ali écarta le voile de dentelle et inclina légèrement la tête. Elle suffoqua en sentant ses lèvres effleurer son téton durci.

— La trêve est terminée, qu'en pensez-vous ? chuchota son compagnon d'une voix rauque.

Il se leva et Leo le regarda, engourdie par le désir qui coulait dans ses veines. Enroulant les bras autour d'elle, il la souleva et la porta jusqu'au lit où il la déposa délicatement. Elle sentit à peine la dentelle et la soie glisser le long de son corps, aussitôt remplacées par la douce sensualité de la bouche d'Ali. Elle trembla violemment lorsque ses doigts se refermèrent sur ses hanches. Un tourbillon de sensations l'emporta, grisantes, intenses, presque douloureuses. Leo ferma les yeux, envahie par une langueur irrésistible.

— Vos cheveux sont magnifiques, souffla Ali.

Il entreprit d'ôter une à une les épingles de son chignon. Lorsqu'il eut terminé, il étala sa lourde chevelure sur l'oreiller et passa les doigts entre les mèches soyeuses. Posé sur elle, son regard était lourd de sensualité.

— Je savais qu'un jour, j'aurais la joie de vous caresser ainsi, reprit-il d'une voix à peine audible.

Un sourire apparut sur les lèvres charnues et elle leva la main pour toucher cette bouche si sensuelle, pour caresser son visage, le coin de ses yeux gris argent.

Il se figea. L'espace d'un instant, son regard se durcit en même temps que sa mâchoire se contractait. Une expression torturée assombrit son beau visage.

— Qu'y a-t-il ? demanda Leo, en proie à une sourde angoisse.

Mais il ne répondit pas. Pas avec des mots, en tout cas. Il se pencha au-dessus d'elle et promena ses mains sur son corps frémissant. Avec une lenteur insoutenable, ses doigts chauds et fermes explorèrent chaque centimètre carré de peau. Puis ses lèvres prirent le relais, traçant un sillon de feu qui la laissa pantelante, submergée par un désir d'une violence inouïe. Les yeux clos, elle tendit les mains vers lui, impatiente de sentir sa peau collée à la sienne.

Il se laissa faire lorsqu'elle lui ôta sa veste. Il l'aida même à déboutonner sa chemise. Leo exhala un soupir de volupté en sentant sa peau élastique sous ses doigts tremblants.

— Non, protesta Ali lorsqu'elle effleura la ceinture de son pantalon.

Leo se raidit, décontenancée par ce brusque refus. Les pupilles d'Ali s'assombrirent. Oubliant toute retenue, il la repoussa sur le lit et posa ses lèvres sur sa poitrine palpitante. Ses doigts enveloppèrent, caressèrent, titillèrent, la plongeant rapidement dans un abîme de plaisir indicible.

Elle laissa échapper un long gémissement lorsque les caresses d'Ali s'intensifièrent. Leo sentit ses hanches onduler tandis qu'un flot de sensations vertigineuses l'engloutissait. Son cœur battait à se rompre dans sa poitrine haletante. Un autre cri, animal, s'échappa de ses lèvres.

Pendant une fraction de seconde, elle surprit l'expression de pur triomphe qu'arborait Ali, lorsque, presque aussitôt, une série de spasmes la secouèrent, lui brouillant la vue.

7.

Leo dormit très mal, cette nuit-là. Ce qui n'était guère surprenant, compte tenu des événements de la veille.

Lorsque les brumes du plaisir avaient déserté son corps et son esprit, un vif sentiment de honte et de frustration mêlées s'était emparé d'elle. Elle s'était abandonnée sans retenue entre les mains expertes d'Ali, alors que ce dernier se contentait de jouer avec elle comme avec une marionnette dont on tire les ficelles. Oh! c'était un jeu subtil, terriblement sensuel...! Pourtant, à aucun moment, il n'avait manifesté l'envie de lui faire vraiment l'amour... Quand cette pensée avait pénétré lentement son cerveau alangui, Leo s'était réfugiée dans la salle de bains, impatiente de s'éloigner de la présence troublante d'Ali.

Ali, l'expert séducteur... Tremblant de tout son corps, elle s'était rhabillée tant bien que mal. Malgré toutes les caresses enflammées qu'il venait de lui prodiguer, elle se sentait trahie, presque bafouée.

Ali se tenait au milieu de la pièce lorsqu'elle était sortie de la salle de bains, la tête haute malgré le désespoir qui lui étreignait le cœur. Son visage ne trahissait aucune émotion.

— J'aimerais rentrer, maintenant, lança-t-elle d'une voix blanche.

Ali accusa le coup.

— Mon chauffeur va vous raccompagner.

Comme une panthère fond sur sa proie, il s'approcha d'elle et lui effleura brièvement la joue.

— N'oubliez surtout pas que vous m'avez demandé en mariage, murmura-t-il d'une voix caressante.

Leo ferma les yeux, luttant contre l'émotion qui menaçait de la submerger.

— Je ne suis pas près d'oublier une telle bêtise, croyez-moi.

— N'oubliez pas non plus que j'ai accepté votre proposition.

— Arrêtez ce petit jeu, ce n'est pas drôle.

Les yeux gris d'Ali étincelèrent dangereusement.

— Vous ne vous déroberez pas comme ça, Leo, vous êtes à moi.

— N'y comptez pas! s'écria Leo en tournant les talons.

Elle eut juste le temps d'apercevoir le sourire amusé d'Ali.

Contrairement à ce qu'elle espérait, le travail ne parvint pas à la distraire de ses sombres pensées. Elle avait un mal fou à se concentrer sur les dossiers en attente et oublia même de se rendre à une réunion importante. Elle ne reprit contact avec la réalité que lorsque sa secrétaire lui annonça que M. el-Barvany désirait lui parler.

— Je ne prendrai aucun de ses appels, répondit Leo d'un ton détaché.

A la fin de la journée, la jeune femme frôlait la crise de nerfs tandis que sa secrétaire oscillait entre la panique et les larmes. Pour couronner le tout, Gordon Groom fit irruption dans son bureau, visiblement hors de lui.

— Puis-je savoir à quoi tu joues, au juste? explosa-t-il en fonçant directement sur sa fille.

— Salut, p'pa, fit Leo avec un calme feint. Te voilà bien vite de retour de Singapour. Simon t'aurait-il appelé à la rescousse?

Elle pivota plusieurs fois sur son fauteuil, un sourire insolent aux lèvres.

Gordon la foudroya du regard.

— Simon m'a appelé, en effet, et j'ai préféré rentrer aussitôt. Peux-tu me dire ce qui t'a pris ?

— Je suis sûre que Simon t'a tout raconté. Nous avons décidé de rompre nos fiançailles.

— Tu venais à peine de choisir cette satanée bague...

— Exact, admit Leo avec une gravité exagérée.

— Je ne plaisante pas, tu sais.

Leo inclina la tête d'un air songeur.

— Moi non plus, figure-toi. J'ai évité de justesse un terrible gâchis. J'ai bien failli me marier à un homme qui m'aurait traitée comme une clause de son contrat de travail.

Son père se rembrunit.

— Ce n'est pas drôle.

— Je suis bien de ton avis, renchérit Leo en se levant. Cette histoire aurait pu tourner au désastre, tout ça parce que je me suis laissée manipuler bêtement par deux hommes pétris d'ambition.

Gordon Groom suffoqua.

— Oh ! je ne vous jette pas la pierre, à Simon et à toi ! poursuivit-elle d'un ton acerbe. Après tout, c'est ma faute. J'aurais dû avoir le courage de prendre ma vie en main, dès le départ. C'est que je vais faire, désormais.

Son père la considéra froidement.

— Nous avons peut-être commis des erreurs, chacun de notre côté, mais n'oublie pas que ton avenir est étroitement lié à l'entreprise. Sans elle, sans moi, tu n'es rien, déclara-t-il avec brusquerie. Rentre à la maison et prends le temps d'y réfléchir. Nous en reparlerons demain matin.

Comme Leo ne disait rien, il étouffa un juron et quitta le bureau d'un pas rageur.

Leo se laissa tomber dans son fauteuil, secouée de violents tremblements.

Que faire, maintenant ? Et qu'est-ce que je vais devenir ?

Ali fulminait. Leo refusait de lui parler, elle était partie furieuse, la veille au soir. Pourquoi ? Alors qu'il avait tout fait pour la séduire en douceur...

Il revit son regard candide, son visage offert ; elle lui avait paru si jeune, si innocente quand il avait pris ses lèvres dans un baiser fougueux. Touché par sa spontanéité et sa pudeur, il avait voulu donner, pour une fois. Donner sans prendre en retour. Il avait éprouvé le besoin déroutant de la protéger, de l'entourer de mille et une attentions.

Mal à l'aise, Ali s'agita sur son fauteuil. Il ouvrit le dossier du major McDonald. L'annonce des fiançailles lui sauta aux yeux et il fronça les sourcils, envahi par un nouvel accès de fureur.

Tout à coup, une idée germa dans son esprit confus. Il relut rapidement le faire-part. « Fille de... Mme Deborah Groom, Kensington. » A moins qu'on lui ait également menti à ce sujet, il avait fait la connaissance de Mme Deborah Groom, au Caire. Et elle était entrée sans scrupules dans le petit jeu de sa fille. Elle ne refuserait donc pas de lui rendre un petit service...

D'un geste résolu, il attrapa l'annuaire téléphonique.

Priorité absolue : déménager. Même si Leo occupait un appartement entièrement indépendant, son père le considérait néanmoins comme partie intégrante de sa propriété.

Oui, mais où irait-elle s'installer ? En désespoir de cause, elle appela sa mère et lui raconta les derniers événements. Lorsqu'elle eut terminé, sa mère observa un silence inhabituel.

— Que comptes-tu faire ? demanda-t-elle finalement.

— Eh bien... pourrais-tu m'héberger quelque temps ?

— C'est malheureusement impossible. Je m'apprête à partir en Espagne et je fais entièrement redécorer la maison pendant mon absence. L'électricité et l'eau seront coupées. Je suis désolée, chérie, conclut-elle d'un ton qui manquait de conviction.

— Mais...

— Pourquoi ne prendrais-tu pas quelques semaines de vacances au soleil ? reprit Deborah. Va te faire bronzer un peu, lâche tes cheveux et repose-toi. Tu nous reviendras en pleine forme.

Un pâle sourire joua sur les lèvres de la jeune femme.

— Merci du conseil, maman, mais je ne suis pas sûre que cela marchera pour moi.

— Ça marche pour tout le monde, Leo chérie. Surtout si tu trouves un charmant compagnon pour t'aider à oublier tes soucis.

Le visage d'Ali, triomphant, surgit tout à coup dans son esprit.

— J'ai eu mon compte d'hommes pour cette semaine, répliqua-t-elle sans réfléchir.

A l'autre bout du fil, Deborah pouffa.

— Parfait. Tu n'auras que l'embarras du choix. Amuse-toi bien, chérie, lança-t-elle d'un ton enjoué avant de raccrocher.

Leo était en train de faire ses valises lorsque le carillon de la porte retentit. Elle jeta un coup d'œil à sa montre avant d'aller ouvrir, rassurée. A moins d'un cas de force majeure, Gordon Groom ne rentrait jamais chez lui avant 19 heures.

Elle s'essuya rapidement les mains sur son jean délavé avant d'ouvrir la porte. Elle ne reconnut pas tout de suite l'homme aux lunettes noires qui se tenait devant elle.

Sans attendre son invitation, Ali pénétra dans le salon.

D'un regard mi-surpris, mi-amusé, il balaya le désordre qui régnait dans la pièce.

— Je vois que vous avez enfin décidé de quitter le domicile paternel, déclara-t-il sans ambages. Croyez-en ma grande expérience en la matière, c'est une excellente décision. Où comptez-vous aller? acheva-t-il en l'enveloppant d'un long regard.

Prise de court, Leo hésita.

— C'est bien ce que je pensais. Ce qui explique ma présence ici, déclara Ali.

La jeune femme le considéra d'un air soupçonneux.

— Désolée, je ne vous suis pas.

— Je suis venu vous offrir l'asile, expliqua-t-il.

Il lui adressa un de ses sourires ensorceleurs et Leo ferma les yeux, craignant de voir fondre toutes ses résolutions.

— Partez, je vous en prie.

— Pas question. Vous êtes ma promise, je me sens déjà responsable de vous.

Leo rouvrit les yeux, ulcérée.

— Je ne suis pas votre « promise », vous savez parfaitement que je ne pensais pas ce que je disais !

— Mais moi, si.

— Eh bien, tant pis pour vous ! Parce que je n'ai pas l'intention d'épouser qui que ce soit, tenez-vous-le pour dit ! Et...

Le carillon retentit de nouveau.

— Qu'est-ce que c'est, encore? maugréa Leo, à bout de nerfs.

Elle enjamba les valises pour aller ouvrir. En découvrant son père sur le pas de la porte, Leo tomba des nues.

— Papa !

— Puis-je entrer ?

Elle s'effaça, interloquée. Jamais Gordon Groom ne lui rendait visite. Quand il désirait lui parler, il laissait un message au bureau ou l'appelait pour qu'elle passe le voir.

— Bien sûr...
Elle se souvint tout à coup d'Ali.
— Enfin, si tu...
Sourcils froncés, Gordon avança dans le salon.
— Tu étais sous pression, tout à l'heure, reprit-il. Tu as eu le temps de réfléchir plus calmement, j'imagine...
Il s'interrompit en apercevant Ali. Ses traits se durcirent, au grand désarroi de Leo.
— Le moment est mal choisi, papa.
Gordon ne l'entendit pas. Menton pointé en avant, il s'adressa directement à Ali.
— Qui êtes-vous ?
Ali chercha le regard de Leo qui, pétrifiée, demeura muette. Gordon se tourna de nouveau vers elle.
— Ainsi, tout s'explique... tu voyais quelqu'un d'autre à l'insu de Simon... Est-ce pour cette raison qu'il a rompu ?
— Ce n'est pas lui qui a rompu.
Un sourire triomphant joua sur les lèvres de son père.
— Ah ! Je savais bien qu'il y avait anguille sous roche. Espèce d'idiote !
Cette dispute ressemblait à toutes les autres — un éternel recommencement depuis qu'elle était enfant. La voix sèche et impérieuse de son père, son refus d'écouter les explications qu'elle avait à lui donner, elle connaissait ça par cœur. Malgré tout, elle ne savait toujours pas gérer ces querelles.
— Je vais l'appeler, poursuivit Gordon d'un ton résolu. Je vais essayer d'arrondir les angles. Simon est un type bien, il comprendra.
Un sentiment d'impuissance terriblement familier paralysa Leo. Tout à coup, elle sentit un bras peser sur ses épaules.
— Vous avez raison, monsieur Groom, déclara posément Ali. Je suis l'amant de votre fille.
Leo vacilla. L'étreinte d'Ali se raffermit et elle retrouva l'équilibre.

— Plus maintenant, non, fit Gordon d'un ton impatient.
Ali ignora son intervention.
— Et je vais l'épouser.

8.

Douze heures plus tard, Leo prenait l'avion.

Ali avait géré la situation de main de maître. Après avoir passé la nuit dans un hôtel cinq étoiles, Leo avait été conduite à l'aéroport par Hari Farah. Muni de son passeport et de deux billets d'avion, ce dernier était chargé de l'escorter jusqu'au Dalmun.

Ali l'avait appelée avant son départ pour lui annoncer qu'il la rejoindrait le lendemain et que Hari prendrait soin d'elle d'ici là. « J'ai quelques affaires urgentes à régler », avait-il expliqué d'un ton évasif.

La tête bourdonnante de questions, Leo prit place à côté de Hari à bord de l'appareil qui devait la conduire au pays de l'homme qu'elle aimait. Oui, elle aimait Ali, passionnément, éperdument... même si ses sentiments n'étaient pas partagés.

Assis à côté d'elle, Hari ressassait lui aussi de sombres pensées. Ali avait annoncé au vieux cheik ses projets de mariage ; la conversation avait été longue et houleuse. Et quand il avait interrogé son ami sur ses motivations profondes, ce dernier avait simplement répondu qu'il épousait Leonora Groom pour relever le défi qu'elle lui avait lancé. Pourtant, tout au fond de lui, Hari soupçonnait Ali le séducteur d'être réellement tombé amoureux, cette fois... Si seulement elle pouvait apprendre à l'aimer en retour ! songea-t-il en observant à la dérobée la jeune femme qui sommeillait à côté de lui.

Leo se réveilla au moment du déjeuner. Plus reposée, elle tenta d'analyser la situation avec lucidité. Peine perdue... Elle s'était pourtant juré de ne plus laisser personne prendre sa vie en main mais, lorsqu'il s'agissait d'Ali, la raison perdait ses droits.

La voix de Hari l'arracha à ses pensées.

— Je suis sûr que notre pays vous plaira, disait-il d'un ton courtois. Puis-je savoir ce que Son Excellence vous a dit au sujet du Dalmun ?

— Pas grand-chose, à vrai dire, répondit Leo avec un manque d'entrain évident.

— C'est un pays doté d'un passé extrêmement riche, poursuivit néanmoins Hari. Dalmun City, la capitale, se trouvait jadis sur la route de l'encens.

Presque malgré elle, Leo sentit sa curiosité s'éveiller.

— La route de l'encens ?

— Oui. Elle longeait les portes du désert, expliqua Hari. A la saison de la mousson, les marchands naviguaient jusqu'en Inde, parfois même en Chine. Ils rapportaient des biens et des denrées très prisés par les Européens : de la soie, des plumes, toutes sortes d'épices.

Captivée, Leo écoutait ses explications. De la soie, des plumes et des épices... tout cela dégageait un parfum d'exotisme indéniable. C'était le patrimoine culturel d'Ali, et elle ignorait tout de ses racines.

— Plusieurs villes émaillaient autrefois cet itinéraire ; les marchands s'y arrêtaient pour vendre leurs articles. A part quelques ruines disséminées çà et là, la plupart de ces villes ont disparu. C'est de là, bien sûr, qu'est née la passion de Son Excellence pour l'archéologie.

— Ali est passionné d'archéologie ? Je l'ignorais.

Un sourire flotta sur les lèvres de Hari.

— Depuis sa plus tendre enfance, oui. C'est d'ailleurs la matière qu'il a étudiée à l'université, en Angleterre. Il a même menacé son père d'en faire son métier, ajouta-t-il en riant. La réaction du vieux souverain ne s'est pas fait attendre : il a rappelé son fils au palais sur-le-champ. Excusez-moi... j'imagine que Son Excellence vous a déjà raconté ça.

— N-non, balbutia Leo, de plus en plus consciente qu'elle ne connaissait rien d'Ali.

Hari continua donc à lui décrire le Dalmun, sa situation géographique, économique et sociale. Leo apprit ainsi qu'Ali était le seul fils encore vivant du vieux cheik et qu'il serait appelé à prendre sa succession lorsque ce dernier disparaîtrait. Son père était un homme à la fois obstiné et passionné, et Ali lui ressemblait énormément, ce qui ne facilitait guère les relations entre les deux hommes. Ils vivaient dans deux palais séparés et se brouillaient souvent pour des raisons anodines.

— Sa Majesté est très... conservatrice, fit observer Hari en choisissant soigneusement ses mots. Il déteste le changement. De leur côté, les ministres, conscients qu'on ne peut plus freiner le progrès, s'adressent plus volontiers à Son Excellence — de manière informelle, si vous voyez ce que je veux dire. Tout le monde compte sur le cheik Ali pour faire entrer le Dalmun dans l'ère de la modernité mais les décisions finales reviennent malgré tout à Sa Majesté.

— C'est une situation extrêmement délicate, remarqua Leo. Ali est obligé d'endosser les responsabilités de son père sans disposer véritablement du pouvoir. Quelle position peu enviable ! Surtout s'il aime son père.

Hari lui jeta un regard surpris. Jusqu'à présent, aucune femme n'avait pris conscience du dilemme d'Ali. C'était plutôt encourageant.

— Pour couronner le tout, reprit-il dans son élan, des rivalités de clans agitent le pays depuis quelque temps. Même si nous refusons de le reconnaître officiellement, plusieurs tribus du désert se plaignent d'être traitées en quantités négligeables par le gouvernement. Ali aimerait entamer des négociations avec elles alors que son père, lui, estime qu'il suffirait d'une nouvelle alliance interethnique pour résoudre tous les problèmes.

— Je ne comprends pas.

— La première femme d'Ali était issue d'une grande famille de Bédouins, expliqua-t-il. Leur mouvement de contestation s'était éteint avec le mariage. Après sa mort...

Il s'interrompit en la voyant blêmir.

— Que se passe-t-il ? demanda-t-il d'un ton inquiet.

Leo avala sa salive.

— Je n'étais pas au courant. Est-ce récent ?

Hari la dévisagea, stupéfait. Pourquoi diable Ali ne lui avait-il rien dit ? Conscient de sa bévue, il répondit sur un ton qu'il voulut rassurant :

— Non, cela remonte à des années. Ali était encore étudiant. J'étais très jeune, à l'époque, j'ai à peine connu son épouse.

— Comment est-elle morte ? voulut savoir Leo. Etait-elle malade ?

— Non. Elle est décédée à la suite d'une chute de cheval ; c'était en France, si mes souvenirs sont bons.

— C'est affreux, murmura Leo, abasourdie.

Ali avait dû subir un choc terrible... Peut-être même n'était-il toujours pas remis. Devant son expression bouleversée, Hari crut bon d'ajouter :

— Vous savez, la conception du mariage au Dalmun est très différente de la vôtre. Il s'agit dans la plupart des cas d'unions stratégiques, pour les deux conjoints. C'est un contrat pratique, en quelque sorte. Plusieurs années se sont écoulées depuis le décès de sa première femme.

Pour être franc, personne n'osait croire qu'il se remarierait un jour. L'annonce de votre mariage déclenchera sans nul doute la liesse de notre peuple.

Leo retint son souffle. Un pays inconnu, un homme qui tenait à l'épouser par fierté, pour des raisons qui lui échappaient, le fantôme d'une mystérieuse épouse... C'en était trop pour elle ! Indifférent à son malaise grandissant, Hari ajouta d'un ton anodin :

— Sa Majesté finira bien par se faire à l'idée, ne vous inquiétez pas.

A Londres, Ali assistait à une dernière réunion, la plus importante, à ses yeux. Son père n'était pas au courant ; seuls le ministre des Finances et le ministre de la Santé avaient été avertis des discussions en cours. Quatre hommes étaient assis en face de lui.

— Tout cela est bien beau, déclara l'un d'eux avec véhémence. Mais pourquoi est-ce si long ?

— Tu sais bien pourquoi, Saïd, fit l'un de ses compagnons. Cette fois, ce sera différent, tu verras.

— Parce que le cheik Ali dira à son père que ces installations sont indispensables à ses fouilles, c'est ça ? répliqua l'autre d'un ton méprisant. Pourquoi ne pas dire la vérité, tout simplement ? Nous manquons d'eau et nous n'avons pas d'électricité. Pourtant, le Dalmun n'a rien d'un pays pauvre. Nous avons du pétrole et des gisements miniers mais, au lieu de distribuer équitablement les richesses, Sa Majesté préfère s'offrir des chevaux de course ou bien investir à l'étranger ! C'est scandaleux.

Ali approuvait secrètement son point de vue. Par loyauté envers son père, toutefois, il se garda de le dire à haute voix. Au lieu de ça, il déclara d'un ton conciliant :

— Les documents que vous avez sous les yeux me semblent suffisamment probants : l'électrification de la région débutera dès le mois prochain. Dès que ces travaux seront terminés, nous nous occuperons des canalisations d'eau.

En face de lui, Saïd ne parut pas convaincu.

— Nous avons attendu trop longtemps. Le peuple ne croit plus aux promesses du cheik Ali.

Il marqua une pause et posa sur Ali un regard menaçant avant de reprendre :

— Je préfère vous prévenir, des complots se préparent.

— Quel genre de complots ?

Saïd haussa les épaules, visiblement moins sûr de lui.

— Je n'en sais pas plus. Mais quelque chose se prépare, c'est certain. Et je ne serais pas étonné que cela vous concerne directement, cette fois, conclut-il d'un ton ouvertement hostile.

Ali se raidit. Comme les compagnons de Saïd s'opposaient farouchement à ce qu'il venait de dire, le cheik jugea bon de ne pas insister. Mais la menace resta présente dans un coin de son esprit. Dès que la réunion fut terminée, il appela le Dalmun pour transmettre un message urgent.

Puis il communiqua ses instructions à l'équipage du jet privé qui avait attendu toute la journée.

Une limousine aux vitres fumées les attendait à l'aéroport de Dalmun City. Conformément aux ordres d'Ali, Hari devait accompagner Leo à son palais, situé au pied des montagnes.

— C'est un très beau palais, vous verrez, déclara Hari, désireux de la mettre à l'aise. Ali l'a hérité de son grand-père. Il l'a restauré en veillant à conserver son cachet originel. Le jardin, la cour et ses multiples fontaines sont restés intacts. Pour le reste, eh bien... Ali a fait installer l'électricité et l'eau courante, c'est tout.

Il faisait nuit lorsqu'ils atteignirent le palais. De lourdes portes de bois s'ouvrirent à leur approche. Les murs d'enceinte mesuraient plus de deux mètres de haut.

— C'est une véritable forteresse, murmura Leo, interdite.

Juste avant que la voiture pénètre dans la cour intérieure, elle aperçut brièvement les cimes des montagnes qui se détachaient sur le ciel étoilé. Un comité d'accueil les attendait ; les saluts fusèrent, entrecoupés d'exclamations et de murmures. Leo avait acquis quelques notions d'arabe lors de son séjour au Caire, mais le débit était trop rapide pour qu'elle comprît quelque chose. Malgré tout, elle ressentit une sorte de tension ambiante qui la mit mal à l'aise.

— Que se passe-t-il ? demanda-t-elle à Hari, en proie à une sourde appréhension.

Ce dernier la rassura d'un sourire. Ce n'était rien, simplement quelques formalités à régler. Elle devait être fatiguée après le voyage. Une chambre l'attendait dans les appartements des femmes. Fatima, une jeune domestique qui parlait anglais, allait l'accompagner.

Leo sourit à la jeune femme qui la contemplait d'un air à la fois avenant et curieux. Malgré tout, son instinct continuait à lui souffler que quelque chose n'allait pas.

— Ali a-t-il téléphoné ? demanda-t-elle.

— Oui, répondit Hari. Il sera là demain.

Une vague de fatigue s'abattit soudain sur Leo qui n'insista pas davantage. Avec un sourire chaleureux, Fatima la conduisit à sa chambre, une vaste pièce voûtée et fraîche. Les fenêtres ouvraient sur une forêt de palmiers couronnés d'étoiles. Un mince croissant de lune ornait le ciel bleu marine.

Elle ouvrit la fenêtre et se pencha dehors. Aussitôt, les parfums de la nuit assaillirent ses narines, l'odeur du désert et d'herbes qu'elle ne connaissait pas. Leo se sentit tout à coup toute petite face à cette immensité. Et très seule. Elle frissonna.

En sentant une main se poser doucement sur son bras, elle se retourna vivement. Fatima lui tendait une tasse fumante, remplie d'un liquide doré. Son regard débordait de gentillesse.

— Le cheik Ali sera là demain, dit-elle d'un ton plein de sollicitude.

La gorge nouée, Leo acquiesça d'un signe de tête. La fatigue la rendait bien trop émotive... La jeune domestique lui fit visiter la suite qu'on avait préparée à son intention. Une salle de bains somptueuse, un salon paré de riches étoffes, décoré dans des tons chauds, et une terrasse triangulaire jouxtaient la chambre à coucher. La pointe du triangle était ornée d'un faucon en pierre qui, le bec ouvert, semblait sur le point de prendre son envol.

— Quand le vent souffle, on entend le faucon respirer, expliqua Fatima de sa voix mélodieuse. Une légende raconte que...

Mais les paupières de Leo étaient lourdes, si lourdes que Fatima lui souhaita bonne nuit, après s'être assurée qu'elle ne manquait de rien.

Le lendemain, Leo se réveilla tout à fait reposée, prête à mettre certaines choses au point avant que les malentendus ne s'installent. Après tout, c'était elle qui menait sa vie comme bon lui semblait. Ni Ali ni Hari ne lui dicteraient sa conduite !

Hélas ! elle ne trouva que Fatima et, lorsqu'elle voulut voir Hari, cette dernière lui répondit d'un ton évasif :

— Il n'est pas là pour le moment. Peut-être est-il allé chercher le cheik Ali à l'aéroport.

Fatima lui servit à manger, puis elle l'entraîna à la bibliothèque où Hussein lui présenta plusieurs ouvrages, quelques cartes du pays et des photos des fouilles archéologiques conduites par le cheik Ali. Pourquoi diable avait-elle l'impression d'être retenue prisonnière dans ce palais ?

— Ecoutez, les passions de Son Excellence ne m'intéressent pas, lança Leo, en proie à une nervosité grandissante.

— J'espère que vous ne pensez pas ce que vous dites, fit une voix derrière elle — une voix familière et teintée d'amusement.

Elle fit volte-face.

— Oh... vous ! Ne commencez pas à vous moquer de moi, compris ?

Hussein rassembla les ouvrages et s'éclipsa rapidement.

— Vous l'avez contrarié, fit observer Ali d'un ton réprobateur.

Leo tremblait de colère.

— Je m'en moque. Où est Hari ? Qu'a-t-il fait de mon passeport ? Pourquoi ai-je l'horrible impression d'être prisonnière de ce palais doré ?

Ali cligna des yeux.

— Bienvenue au Dalmun, dit-il d'un ton ironique. Oui, merci, j'ai fait bon voyage. Puis-je savoir d'où vous vient cette... « horrible impression » ?

Leo leva les mains au ciel.

— Je ne sais pas où je suis, personne ne répond à mes questions et on m'a confisqué mon passeport, conclut-elle d'une voix qu'elle aurait voulu plus assurée.

— Je vois. Vous voulez déjà partir ? C'est mon père qui risque d'être surpris.

Les yeux de Leo s'arrondirent de stupeur.

— Votre père ?

— Nous dînons avec lui, ce soir, expliqua Ali, soudain très sérieux.

Le cœur de la jeune femme fit un bond dans sa poitrine. Incapable de rassembler ses esprits, elle vit Ali se diriger vers un secrétaire délicatement ouvragé. Il ouvrit un tiroir et s'empara d'un livret... qui n'était autre que son passeport.

— Voilà, ma chère, votre liberté, puisque vous semblez tant y tenir, railla-t-il en lui lançant le passeport d'un geste désinvolte.

Leo l'attrapa au vol et le serra contre sa poitrine.

— Dois-je demander à l'un de mes chauffeurs de vous conduire à l'aéroport ?

A son grand étonnement, Leo s'entendit répondre dans un murmure :

— Non.

Elle guetta sa réaction, mais il eut la délicatesse de ne rien laisser paraître de la satisfaction qui l'animait.

— Dans ce cas, dépêchez-vous d'aller vous préparer. Fatima vous aidera à choisir une tenue appropriée.

Partagée entre l'agacement et le soulagement de le savoir au palais, Leo se dirigea vers la porte.

— Tout se passera bien, Leonora. Faites-moi confiance.

Ces mots la stoppèrent dans son élan. Pivotant lentement sur ses talons, elle posa sur lui un regard intense.

— Confiance ? Pour quelle raison devrais-je vous faire confiance, dites-moi, Ali ?

Surpris par la gravité de son expression, le cheik s'approcha d'elle.

— Parce que je serai bientôt votre mari. Je vous l'avais dit, n'est-ce pas ?

Leo soutint son regard.

— Ce que vous ne m'aviez pas dit, en revanche, c'est que vous aviez déjà été marié, rétorqua-t-elle d'une voix blanche.

Ali se figea.

— C'est la vérité, n'est-ce pas ?

Le regard d'Ali s'était voilé.

— Oui.

Elle haussa les épaules d'un air désinvolte, alors que un poignard venait de lui transpercer le cœur.

— Vous comprenez pourquoi vous ne m'inspirez pas confiance.

Sans attendre sa réaction, elle quitta la pièce. Il ne tenta pas de la retenir.

9.

Deux heures plus tard, Leo rejoignait Ali dans la longue limousine noire qui devait les conduire au palais du vieux cheik. Sur les conseils de Fatima, elle avait choisi de porter une longue robe de soie blanche agrémentée d'une veste en chantoung bleu-vert. Alors qu'elle se contemplait dans la psyché de sa chambre, Fatima s'était approchée d'elle avec un sourire radieux. Elle tenait à la main un écrin de velours plat. « De la part du cheik Ali, avait-elle précisé en le présentant à Leo, il aimerait que vous les portiez ce soir. » Le cœur battant, elle avait découvert un lourd collier en or, à la fois massif et élégant, et plusieurs bracelets délicatement martelés. Leo avait longuement hésité avant de sortir les bijoux de leur écrin. Pourquoi ne lui avait-il pas remis ce présent lui-même ? Finalement, devant l'air consterné de Fatima, elle avait fini par les mettre.

Installée sur la banquette arrière de la limousine, Leo coula un regard furtif en direction de son compagnon. Il était magnifique, dans sa djellaba d'une blancheur immaculée rehaussée d'un gilet de soie pourpre et turquoise richement brodé. Un petit poignard ornait sa ceinture de cuir. Il semblait tendu, comme aurait pu l'être un diplomate sur le point d'entamer des négociations difficiles.

— Mon père vous interrogera certainement sur la nature de nos relations, déclara-t-il tandis que la voiture pénétrait dans l'enceinte d'un palais aussi imposant que le sien. Je vous conseille de rester dans le vague.

— Craignez-vous qu'il vous punisse s'il apprenait que vous m'avez kidnappée ? répliqua Leo, mue par un élan d'audace.

Ali se tourna vers elle. Un rire désabusé s'échappa de ses lèvres.

— Je crains plutôt qu'il ne vous fasse prisonnière jusqu'à ce que notre mariage soit célébré.

Interloquée, Leo se réfugia de nouveau dans le silence.

Plus petit que son fils, le père d'Ali n'en était pas moins tout aussi imposant, vêtu d'une lourde djellaba brodée de fil d'or. Il portait une barbe grisonnante et examina Leo d'un œil suspicieux avant de lui adresser la parole dans un français ampoulé.

Une longue table couverte de cristal et de porcelaine avait été installée sous une marquise, dans une cour intérieure baignée d'une fraîcheur appréciable. Derrière eux s'élevaient les murs pâles du palais ; les palmiers dattiers bruissaient doucement, chahutés par la brise.

— Mon père a organisé ce dîner informel afin de vous mettre à l'aise, expliqua Ali à l'intention de Leo qui observait la scène, fascinée.

— Informel ?

Le vieux souverain prit place dans un fauteuil en acajou sculpté qui ressemblait à s'y méprendre à un trône. Il y avait au moins une vingtaine de convives autour de lui. Ali esquissa un sourire.

— La famille proche, c'est tout.

Leo fut placée à l'extrémité de la table réservée aux femmes. Contrairement à ce qu'elle avait craint, toutes lui réservèrent un accueil chaleureux.

— Mon mari me dit toujours qu'Ali est le seul à pouvoir entretenir la cohésion du Dalmun, confia l'épouse du ministre de la Culture. Sa Majesté est trop conservatrice. C'est un lourd fardeau pour Ali ; et puis, cela faisait si longtemps qu'il était seul...

Son ton désinvolte ne trompa pas Leo qui ne put réprimer une moue stupéfaite.

— Il vous a tout dit, n'est-ce pas ?

— Vous plaisantez ? Au Dalmun, rien ne se dit clairement. Les rumeurs laissent simplement entendre qu'Ali et vous êtes... très proches. Et puis...

Elle se tut brusquement.

— Et puis ? insista Leo.

L'épouse du ministre se pencha vers elle ; une lueur mutine brillait dans son regard noir.

— Ali n'a d'yeux que pour vous.

Leo braqua son regard sur Ali, à l'autre bout de la table. Assis à la droite de son père, il était en pleine conversation. Tout à coup, comme s'il avait senti qu'elle l'observait, il se tourna vers elle.

Leo retint son souffle. L'espace d'un instant, ils ne furent plus que tous les deux. Le brouhaha et les autres convives s'estompèrent tandis qu'ils se contemplaient avec intensité.

« *Viens me chercher. Ramène-moi à la maison et fais-moi l'amour.* »

Cette prière résonna si fort dans l'esprit de Leo qu'elle eut presque l'impression de l'avoir formulée à voix haute. Elle nota que les pupilles d'Ali se rétrécirent dangereusement, comme s'il avait entendu sa supplique. Mais, à cet instant, son père posa une main sur le bras de celui-ci pour réclamer son attention et le charme fut rompu.

Leo se laissa aller contre le dossier de sa chaise, le souffle court. Son cœur battait à coups redoublés : jamais encore elle n'avait vécu une expérience aussi troublante.

De retour au palais, Ali donna son congé au chauffeur. Dans le hall d'entrée brillamment éclairé et silencieux, il se tenait devant elle, hésitant.

Elle crut un instant qu'il allait l'embrasser, mais il se contenta de se pencher vers elle jusqu'à ce que sa joue effleure ses cheveux soyeux.

— Je passerai vous voir un peu plus tard, murmura-t-il d'une voix rauque. M'accordez-vous cette permission ?

— Oui, dit Leo dans un souffle.

Cependant, elle eut beau attendre plusieurs heures dans sa grande et belle chambre, faisant les cent pas entre la table, la terrasse et le lit, Ali demeurait invisible. Dehors, une brise froide balayait la nuit tandis qu'elle avait l'impression qu'un étau glacial étreignait son cœur.

Il ne vint pas et ne lui transmit aucun message.

— Je n'arrive pas à y croire ! s'écria Ali.

— Ton père veut que tu retournes chez lui sur-le-champ, répéta Hari. La nouvelle vient de tomber : un groupe de bandits a été repéré le long de la frontière Nord.

— Des bandits ! s'écria Ali avec sarcasme. Ce ne sont que des villageois qui réclament de l'eau potable et une ligne de téléphone, oui !

— Ton père envisage d'envoyer l'armée...

Ali étouffa un juron.

— Très bien, j'y vais. Mais si je ne suis pas de retour d'ici une heure...

Il s'interrompit.

— Oui ? fit Hari.

— Oh zut ! marmonna Ali avant de disparaître.

L'aube pointait lorsque Leo, terrassée par le dépit et la fatigue, s'endormit enfin, recroquevillée sur le sofa. Fatima la trouva au même endroit, encore toute habillée, quelques heures plus tard.

— Typique du séducteur invétéré, commenta Leo, luttant contre les larmes qui lui piquaient les yeux.

L'inquiétude se peignit sur le visage de la jeune domestique. Une inquiétude qui se transforma en panique lorsque Leo manifesta l'envie d'aller faire des courses en ville. Elle alerta Hari qui tenta à son tour de la convaincre de rester au palais.

— Le cheik Ali m'a ordonné d'accéder à tous vos désirs, mais croyez-moi, Leonora, poursuivit-il d'un ton presque implorant, ce n'est pas un bon jour pour aller au marché.

— C'est bien ce que je pensais, répliqua Leo, on me retient prisonnière !

Hari capitula, à la condition *sine qua non* qu'elle acceptât la présence de Hussein; ce dernier lui servirait de guide.

— Entendu, déclara Leo. Nous serons de retour avant la nuit.

— Vous serez de retour dans deux heures, objecta Hari. Restez sur vos gardes, ajouta-t-il d'un ton pressant. Le Dalmun n'est en rien comparable à votre pays.

Leo lui adressa un petit signe de la main. Quelques minutes plus tard, le portail s'ouvrait et la limousine s'éloignait.

— Pourvu que je n'aie pas fait une erreur ! pria Hari à voix haute.

Trois heures plus tard, il frappait à la porte d'Ali, la mort dans l'âme.

— Entrez.

Ali était assis à son bureau. Ses traits tirés reflétaient une grande fatigue.

— Tu n'as pas dormi du tout ? s'enquit Hari, surpris par son air hagard.

Ali secoua la tête.

— Quelle heure est-il ?

Hari consulta sa montre.

— Déjà ? Je dois absolument aller voir...
— Elle n'est plus là, coupa Hari sans ménagement.
Ali fixa sur lui un regard stupéfait. Son visage était méconnaissable.
— Elle a disparu, précisa Hari. Hussein est rentré, porteur d'un message... Oh ! je savais que je n'aurais jamais dû la laisser partir ! reprit son ami.
Ali se raidit.
— Partir ? Où ?
— Elle a insisté pour aller faire quelques courses, répondit son ami, effondré. J'ai tout fait pour l'en dissuader... mais tu lui avais dit qu'elle était entièrement libre de ses mouvements. Et ce matin, elle ressemblait plus que jamais à un animal pris au piège.
Ali tressaillit tandis que Hari poursuivait :
— Les hommes de Saïd l'ont enlevée et ont renvoyé Hussein au palais. Ils exigent que ton père donne l'ordre de commencer les travaux d'électrification pendant le conseil des ministres de demain.
Ali le dévisagea d'un regard intense.
— Ils la retiendront prisonnière tant que ce ne sera pas fait. Je suis désolé, Ali... Tu nous avais pourtant prévenus...
— Appelle mon père.
— Que comptes-tu faire ?
— Lui dire la vérité. Cela fait trop longtemps que je lui épargne la triste réalité. Je vais lui expliquer qu'un certain nombre de ses sujets risquent de se liguer contre lui s'il ne leur accorde pas un minimum de confort.
— Entendu, approuva Hari. Veux-tu que j'appelle ton oncle et que j'organise le conseil ?
— Cette décision appartient à mon père. Après tout, c'est *son* conseil.
— Mais...
— Ils ont dû l'emmener dans le désert. Prépare le 4x4 : je vais la chercher.

— Tu sais aussi bien que moi qu'ils ne lui feront aucun mal, souligna Hari. Reste au moins pour organiser la réunion.

Ali le considéra avec gravité.

— Ma raison approuve tes propos, mais mon cœur, lui, ne peut se permettre de prendre de tels risques.

Hari n'en crut pas ses oreilles.

— Mais pourquoi ?

Un sourire étrange apparut sur les lèvres de son ami.

— Parce qu'elle m'appartient.

Leo avait peur. Elle ne cessait pourtant de se répéter qu'Ali viendrait bientôt la chercher ; elle s'efforçait aussi de croire ses ravisseurs lorsqu'ils lui assuraient qu'elle était leur invitée d'honneur. Malgré tout, la détermination dont ils faisaient preuve la terrifiait.

Ils l'avaient conduite en plein désert, l'avaient installée dans une tente confortablement équipée et lui avaient apporté de quoi se restaurer sur un grand plateau en cuivre. Incapable d'avaler quoi que ce soit, Leo avait fini par s'assoupir sur un divan.

Elle rêva qu'Ali la prenait dans ses bras puissants et, lorsqu'elle se réveilla, des larmes roulaient encore sur ses joues. Tout à coup, un brouhaha s'éleva à l'extérieur de la tente. Quelques minutes plus tard, un homme vint la chercher pour la conduire vers la tente principale. Leo le suivit, luttant à grand-peine contre la bouffée de panique qui montait en elle.

Immense, la tente abritait une foule d'hommes qui lui tournaient le dos. Tous observaient avec la plus grande attention une imposante silhouette, postée de l'autre côté de la tente. Très grand, l'homme qui captait tous les regards était vêtu d'une djellaba noire et coiffé d'un turban. Il émanait de lui une noblesse à l'état brut. De somptueuses broderies ornaient le devant de sa djellaba. La gorge nouée, Leo avisa un sabre immense accroché à sa ceinture de cuir. Le manche était en or, incrusté de pierres précieuses, et la lame délicatement incurvée dépassait d'un fourreau d'argent. C'était un objet de toute beauté, tout droit sorti d'une autre époque.

Tout à coup, l'homme posa les yeux sur elle et un violent frisson la parcourut. Elle manqua s'évanouir lorsqu'il s'approcha d'elle à grandes enjambées. Comme dans un brouillard, elle aperçut ses grandes bottes de cuir, l'éclat de son sabre rutilant. Assaillie par une peur indicible, elle ferma les yeux.

— Comment allez-vous ? demanda-t-il d'un ton brusque, dans un anglais impeccable.

Leo leva les yeux, médusée. L'homme en noir n'était autre qu'Ali. Un Ali qu'elle n'avait encore jamais vu. Aucune trace d'amusement ne brillait dans les yeux gris qui l'examinaient avec attention. En fait, il semblait profondément contrarié.

— Je vais bien, répondit Leo à voix haute. Mais ce n'est certainement pas grâce à...

— Taisez-vous ! commanda-t-il d'un ton impérieux qui la fit tressaillir. Laissez-moi régler ça.

Sous le regard hébété de Leo, il se tourna vers leurs hôtes.

— Je vous suis très reconnaissant de l'avoir retrouvée, dit-il dans un arabe que la jeune femme comprenait mieux. Cette femme est une invitée de marque de notre royaume...

Son ton menaçant ne trompa aucun de ses interlocuteurs. Cette fois, il était prêt à passer l'éponge ; les deux parties prétendraient que Leo était arrivée par hasard dans leur campement... Mais si un tel incident venait à se reproduire, il en serait autrement.

Sa voix grave et autoritaire s'éleva au-dessus des murmures :

— Elle m'est infiniment chère... car elle sera bientôt *ma* femme.

Un brouhaha accueillit sa déclaration. En proie à une vive émotion, Leo croisa le regard d'Ali. Son cœur s'emballa comme un cheval sauvage lancé au galop... Etait-ce vraiment de la tendresse qui embrasait son regard gris, étrangement voilé ?

10.

A partir de là, tout alla très vite. Ils prirent congé de leurs hôtes après des salutations interminables. Apparemment, l'incident était clos. Ali l'aida à monter dans un 4x4 flambant neuf, luxueusement équipé.

— Merci, murmura Leo, sous le choc.

Ali se tourna vers elle. Son visage s'était radouci, mais son regard ne trahissait plus aucune émotion. Il se pencha lentement vers elle et effleura ses lèvres d'un baiser aérien.

— Vous m'avez fait très peur, confia-t-il à mi-voix.

Ils se contemplèrent longuement, sans mot dire. Puis Ali parut se ressaisir. Il se redressa, jeta un coup d'œil à la boussole fixée sur le tableau de bord et mit le contact.

Le moment d'égarement était terminé, songea Leo en se tournant vers la vitre, en proie à des émotions confuses.

Le trajet jusqu'au campement d'Ali se déroula en silence. Au bout d'une heure, ils atteignirent un rassemblement de grandes tentes sombres posées au milieu du désert. Il n'y avait personne en vue. Leo réprima un frisson.

— Est-ce une oasis ?

Ali contourna la tente principale pour se garer à l'ombre.

— Non, c'est un de mes sites archéologiques. Il est

idéalement situé par rapport au campement de Saïd. Venez, Fatima vous attend, elle vous aidera à vous rafraîchir.

En proie à une fatigue intense, Leo le suivit sans protester jusqu'à une plus petite tente. Malgré l'angoisse qui assombrissait ses traits, Fatima parvint à sourire lorsqu'elle aperçut sa protégée. Ali s'éclipsa discrètement et les deux femmes pénétrèrent à l'intérieur de la tente. Leo ne put réprimer une exclamation de surprise en découvrant son nouveau refuge. Des tentures de soie brodée et chatoyante, une multitude d'épais tapis aux couleurs riches, une débauche de coussins en velours, quelques meubles en fer forgé... le décor était splendide, digne d'une scène des *Mille et Une Nuits*. Jamais on ne se serait cru en plein désert.

Recrue de fatigue, elle s'allongea sur un confortable divan et s'endormit aussitôt ; lorsqu'elle se réveilla, la tente était plongée dans la pénombre, éclairée à la lueur d'une lampe à huile posée sur un tabouret. Leo s'étira avec la souplesse d'un chat. Ses rêves avaient été d'une sensualité extrême et elle se sentait merveilleusement bien.

Fatima s'approcha à pas feutrés.

— Vous êtes réveillée... parfait. Son Excellence est venue vous voir pendant que vous dormiez. Il voulait s'assurer que vous alliez bien.

Leo haussa les sourcils.

— Ali est venu ici ?

Impassible, Fatima acquiesça d'un signe de tête.

— Oh ! fit Leo, troublée.

C'était donc pour cela qu'elle se sentait si bien... que ses rêves avaient été aussi doux.

— Son Excellence dînera en votre compagnie, l'informa Fatima. Je suppose que vous désirez prendre un bain, n'est-ce pas ?

Et vous faire belle pour lui, disait son regard. Un instant, Leo eut l'impression d'être dans la peau de la favorite du sultan. Cette pensée l'amusa en même temps qu'un sentiment d'excitation s'emparait d'elle.

— Oui, dit-elle dans un murmure. Oui, bien sûr.

Une heure plus tard, baignée, massée, parfumée aux huiles essentielles, maquillée, parée de soie et d'or, Leo suivit Fatima jusqu'à la tente d'Ali.

— Comment vous sentez-vous ?

Leo sursauta car ses yeux n'avaient pas encore eu le temps de s'habituer à la pénombre. Pourtant, elle distingua çà et là l'éclat de l'or : un plateau, une cafetière, une lampe à huile. Puis Ali surgit à son côté.

Il lui sembla encore plus grand, vêtu d'une longue tunique noire brodée de fil d'argent passée sur un ample pantalon blanc. Une expression soucieuse voilait son visage volontaire.

— T... tout va bien, balbutia-t-elle, intimidée.

— J'ai demandé à ce que le dîner soit servi dehors, près du site, déclara-t-il. J'ai pensé que cela vous plairait.

Avant qu'elle ait le temps de réagir, il tendit la main vers elle et la glissa sur sa nuque, sous l'écran de ses cheveux doux comme la soie. Elle sentit la brûlure de ses doigts sur sa peau frémissante. *Si seulement il m'aimait !* songea-t-elle soudain.

Elle s'écarta, le cœur serré. Ali laissa retomber sa main tandis que son visage se fermait. Pivotant sur ses talons, il la conduisit dehors, dans la nuit étoilée.

Un tapis avait été étalé à côté d'une volée de vieilles marches en pierre, de l'autre côté du campement. Ils dînèrent assis sur des coussins moelleux, entourés d'une armada de domestiques. La gorge nouée, Leo fit un effort pour goûter aux mets raffinés. Lorsqu'ils eurent terminé, les domestiques disparurent et ils se retrouvèrent seuls, dans l'immensité du désert.

Ali se leva et marcha jusqu'à un arbre frêle qui se dressait en bordure du site archéologique.

— A cet endroit se dressait un village datant de l'âge de fer, déclara-t-il. Nous avons découvert ses vestiges récemment. Il semblerait que ses habitants aient installé un système de canalisations très sophistiqué pour se ravitailler en eau.

Il se tourna vers la vaste étendue de sable qui s'étalait devant eux, à perte de vue.

— J'ai toujours rêvé d'être archéologue, poursuivit-il d'un ton empreint de nostalgie. Hélas ! mon père m'a désigné comme successeur au trône, alors qu'il aurait pu choisir un de mes oncles. Ces dernières années ont été quelque peu agitées, il sait que le progrès est en marche et que rien ne pourra l'arrêter. A ses yeux, je suis le seul à pouvoir faire entrer le Dalmun dans l'ère de la modernité.

Il exhala un long soupir.

— Mes recherches archéologiques seront reprises par un autre.

Le silence retomba. Finalement, Leo demanda d'une petite voix :

— Pourquoi me racontez-vous tout ça ?

En quelques enjambées, il fut près d'elle.

— Parce que je veux que vous appreniez à me connaître, répondit-il en glissant un bras sur ses épaules.

Leo leva vers lui un regard étonné. Le clair de lune voilé masquait son expression.

— Si c'était vrai, vous m'auriez parlé de votre femme, dit-elle sans réfléchir.

Pourtant, sa discrétion à ce sujet ne changeait rien au fait qu'elle l'aimait ! Oh ! elle l'aimait tant qu'elle voulait tout connaître de lui : son passé, ses joies, ses peines ! Ses aspirations, ses regrets, ses espoirs... Ses sentiments. Elle était prête à tout entendre.

Ali la considéra d'un air hébété. Finalement, il prit la parole d'une voix rauque :

— J'aurais dû vous parler de Yasmine, c'est vrai. Mais c'est un sujet douloureux.

Touchée, Leo se tourna vers lui et effleura doucement sa joue.

— Votre femme s'appelait Yasmine ?

— Oui. Nous étions très jeunes quand on nous a mariés. C'était un mariage arrangé, comme cela se fait encore beaucoup ici. Une union purement politique. Une profonde amitié nous liait, mais rien de plus. Fine écuyère, Yasmine s'était mis en tête de dresser un étalon sauvage pour occuper son temps libre. La première chute lui fut fatale.

Il marqua une pause, plongé dans ses souvenirs.

— Je regrette parfois de ne pas avoir essayé de l'aimer... mais les sentiments ne se commandent pas, n'est-ce pas ?

Il plongea son regard perçant, infiniment troublant, dans celui de Leo. A son grand désarroi, cette dernière sentit un flot de larmes embuer ses yeux. Que voulait-il dire par là... ? Etait-il possible que... ?

Submergée par l'émotion, elle se laissa aller contre son torse puissant. Les lèvres d'Ali caressèrent délicatement sa tempe. Son souffle balaya sa joue.

— Je n'ai jamais eu envie de fonder une famille, reprit-il d'une voix si basse qu'elle l'entendit à peine. Jusqu'à maintenant.

Leo se pétrifia. Saisissant son menton entre le pouce et l'index, Ali l'obligea à rencontrer son regard.

— J'en ai assez des malentendus stupides qui nous séparent, Leonora. Assez de ces chassés-croisés, assez de ces badineries incessantes. Je veux davantage.

Leo avala sa salive.

— Mais je... enfin vous... vous ne m'aimez pas, balbutia-t-elle tandis que les espoirs les plus fous germaient dans son cœur.

— Vraiment ? Hari et mon père vous soutiendraient le

contraire, eux qui me connaissent bien. Je ne suis plus le même depuis que vous avez croisé mon chemin. J'ai même menacé mon pauvre père d'accepter un poste d'archéologue en Angleterre s'il refusait de vous rencontrer, ajouta Ali d'un ton mi-contrit, mi-amusé.

— Oh... ! fit Leo, sous le choc.
— Epousez-moi.

Leo cligna des yeux. Mille et une pensées se bousculaient dans son cerveau confus. Un rire cristallin s'échappa soudain de ses lèvres.

— Mais je suis si maladroite, une véritable calamité ambulante... quel genre d'épouse serais-je pour vous ?
— La seule que je désire.

Ali couvrit sa gorge de baisers enflammés.

— Passons la nuit ensemble, mon amour, nous réglerons le reste demain matin, murmura-t-il avec ferveur.

Leo exhala un soupir de béatitude en arquant son corps contre celui de son bien-aimé.

— Je prends ça pour un oui, reprit Ali d'un ton espiègle. Et pour la demande en mariage ?

Le cœur gonflé d'allégresse, Leo ouvrit les yeux et enveloppa Ali d'un regard débordant d'amour.

— C'est oui... oui, mon cœur.

Épilogue

Selon l'avis de tous les convives, ce fut une cérémonie de mariage somptueuse. Les festivités durèrent quatre jours où cocktails, réceptions, bals se succédèrent dans un faste inégalé. Les deux familles se rencontrèrent, apprirent à s'apprécier.

Contrairement à ce qu'elle craignait, Leo ne commit aucune maladresse. Chaque fois qu'une bouffée de nervosité la paralysait, elle cherchait Ali des yeux et ce dernier la rassurait d'un sourire infiniment tendre, comme s'ils étaient seuls au monde.

La nuit était déjà bien avancée lorsqu'elle sortit dans la cour, fuyant pour un moment les lumières et la musique. Les fontaines murmuraient doucement autour d'elle.

— Fatiguée ? fit la voix d'Ali juste derrière elle.
— Non.
— Dois-je comprendre que tu as l'intention de danser jusqu'à l'aube ? reprit-il d'une voix caressante qui lui donna la chair de poule.
— Non plus.
— Alors que vais-je faire de toi ?
— Aime-moi.
Ali l'attira dans ses bras puissants.
— Pour toujours, promit-il avec ferveur.

— Ramène-moi à la maison, Ali, implora Leo d'une voix suffoquée de désir.

Ils se réfugièrent rapidement dans la chambre d'Ali, une grande pièce tapissée de livres qui offrait une vue imprenable sur les montagnes. Là, ils se retrouvèrent bel et bien seuls au monde.

Un délicieux frisson parcourut Leo lorsqu'elle se blottit dans les bras de son mari.

— Je suis en train de vivre un rêve. Serre-moi fort, mon amour. J'ai besoin d'y croire vraiment.

— Croire quoi ? chuchota Ali d'une voix suave. Croire que je t'aime comme je n'ai encore jamais aimé aucune femme ? Croire que la plus courte des séparations m'est insoutenable ? Croire que j'ai sans cesse envie de te serrer dans mes bras ?

Leo tremblait de tout son corps.

— Croire que je suis la bien-aimée du cheik, articula-t-elle avec peine.

A ces mots, il la souleva dans ses bras et la porta jusqu'au lit majestueux.

Bien des caresses plus tard, repue de plaisir, gorgée d'amour et secouée par un rire tendrement espiègle, elle murmura :

— Je le crois... oh oui ! je le crois vraiment !

BEST SELLERS

Le 1er mai

Dans l'œil du tueur - Gayle Wilson • N°286

Depuis qu'elle a participé, comme psychologue, à un entretien télévisé sur un tueur en série, Jenna vit dans l'angoisse. Tout le monde a cru qu'elle avait de la compassion pour l'assassin qui sévit à Birmingham. Or l'homme est cruel et vaniteux. Il jubile de l'intérêt que lui portent la presse et la police. Et il a vu Jenna parler de lui à la télévision... Sans le savoir, elle est devenue la prochaine victime sur sa liste...

Les bois meurtriers - Ginna Gray • N°287

Le tueur en série qui sévit à Mears, dans le Colorado, viole ses proies puis les laisse s'enfuir dans la forêt, pour les traquer sans pitié et les abattre de son fusil... Il a déjà fait plusieurs victimes lorsque l'inspectrice Casey O'Toole s'empare de l'affaire, et les pistes sont rares. Deux points communs rapprochent les femmes abattues : chacune a, comme Casey, les cheveux d'un roux flamboyant. Et elles ont toutes consulté le même chirurgien esthétique, le trop séduisant Mark Adams...

Noire vengeance - Maggie Shayne • N°288

Beth a tout perdu il y a 18 ans, lors d'une nuit sanglante. Elle est alors membre d'une secte dirigée par Mordicai Young, un homme fascinant, aux dons de medium. Mais la secte est détruite par les flammes... Beth ne veut plus jamais vivre ce cauchemar. Elle a changé de vie. Et reste sur la défensive. Car Mordicai cherche à la retrouver pour se venger. Elle doit se soumettre à son pouvoir et lui donner un héritier, à qui il pourra transmettre ses pouvoirs visionnaires...

Secret mortel - Laurie Breton • N°289

Fuir. Robin doit fuir tant qu'il en est temps. Elle possède de dangereux documents qui compromettent Luke Brogan, le policier le plus influent de la ville. Et cet homme sans scrupules est prêt à tout pour récupérer ces pièces à conviction. Elle doit disparaître. Changer de vie. Dorénavant,

Robin s'appellera Annie, et tiendra un motel à l'autre bout du pays. Mais la traque n'est pas finie, et le moindre indice peut remettre Luke Brogan sur ses traces...

L'héritière des Highlands - Fiona Hood-Stewart • N°290

Devenue l'héritière du grandiose domaine familial de Dunbar, India prend subitement conscience de son attachement viscéral à cette vieille demeure, plantée au cœur des terres écossaises. Mais pourra-t-elle la conserver ? Un riche entrepreneur, Jack Buchanan, est tombé sous le charme de la propriété... et tente par tous les moyens de séduire la jeune femme accablée de solitude. L'heure est venue pour India de retrouver ses racines. Des racines qui vont chercher loin dans la terre de ses ancêtres, et jusque dans l'âme de Dunbar.

Le blason et le lys - Joan Wolf • N°291

Le jour des noces, le soleil ne se montra pas. Le ciel plombé semblait au diapason des sentiments d'Eleanor de Bonville alors qu'elle pénétrait dans la cathédrale. Mon Dieu, pourquoi avait-il fallu que sa soeur aînée meure à la veille de son mariage et qu'on la contraigne à prendre sa place ? Du coin de l'œil, Eleanor observa son promis. Lord Roger de Roche, comte du Wiltshire, semblait en proie à une insoutenable tension. Qui eût pu l'en blâmer ? De toute évidence, il n'était pas plus heureux qu'elle de cette union forcée... Oppressée, elle s'entendit prononcer le « oui » fatidique qui scellait son destin...

Le prédateur - Lynn Erickson • N°68 *(réédition)*

Si Anna Dunning n'est pas femme à perdre son sang-froid, les appels téléphoniques obscènes qu'elle reçoit depuis quelque temps la minent cependant à petit feu. Elle finit par accepter une protection rapprochée... pour le regretter aussitôt : la présence constante à ses côtés d'un ancien flic accusé de falsification de preuves dans une affaire de meurtre et rongé par l'amertume ne fait qu'ajouter à sa nervosité. Une nervosité qui croît, à mesure que le mystérieux pervers se révèle plus insaisissable qu'une ombre...

ABONNEMENT...ABONNEMENT...ABONNEMENT...

ABONNEZ-VOUS!
2 romans gratuits*
+ 1 bijou
+ 1 cadeau surprise

Choisissez parmi les collections suivantes

AZUR : La force d'une rencontre, l'intensité de la passion.
6 romans de 160 pages par mois. 22,48 € le colis, frais de port inclus.

BLANCHE : Passions et ambitions dans l'univers médical.
3 volumes doubles de 320 pages par mois. 18,76 € le colis, frais de port inclus.

LES HISTORIQUES : Le tourbillon de l'Histoire, le souffle de la passion.
3 romans de 352 pages par mois. 18,76 € le colis, frais de port inclus.

AUDACE : Sexy, impertinent, osé.
2 romans de 224 pages par mois. 11,24 € le colis, frais de port inclus.

HORIZON : La magie du rêve et de l'amour.
4 romans en gros caractères de 224 pages par mois. 16,18 € le colis, frais de port inclus.

BEST-SELLERS : Des romans à grand succès, riches en action, émotion et suspense.
3 romans de plus de 350 pages par mois. 21,31 € le colis, frais de port inclus.

MIRA : Une sélection des meilleurs titres du suspense en grand format.
2 romans grand format de plus de 400 pages par mois. 23,30 € le colis, frais de port inclus.

JADE : Une collection féminine et élégante en grand format.
2 romans grand format de plus de 400 pages par mois. 23,30 € le colis, frais de port inclus.

Attention: certains titres Mira et Jade sont déjà parus dans la collection Best-Sellers.

NOUVELLES COLLECTIONS

PRELUD' : Tout le romanesque des grandes histoires d'amour.
4 romans de 352 pages par mois. 21,30 € le colis, frais de port inclus.

PASSIONS : Jeux d'amour et de séduction.
3 volumes doubles de 480 pages par mois. 19,45 € le colis, frais de port inclus.

BLACK ROSE : Des histoires palpitantes où énigme, mystère et amour s'entremêlent.
3 romans de 384 et 512 pages par mois. 18,50 € le colis, frais de port inclus.

VOS AVANTAGES EXCLUSIFS

1. Une totale liberté
Vous n'avez aucune obligation d'achat. Vous avez 10 jours pour consulter les livres et décider ensuite de les garder ou de nous les retourner.

2. Une économie de 5%
Vous bénéficiez d'une remise de 5% sur le prix de vente public.

3. Les livres en avant-première
Les romans que nous vous envoyons, dès le premier colis payant, sont des inédits de la collection choisie. Nous vous les expédions avant même leur sortie dans le commerce.

ABONNEMENT...ABONNEMENT...ABONNEMENT...

Oui, je désire profiter de votre offre exceptionnelle. J'ai bien noté que je recevrai d'abord gratuitement un colis de 2 romans* ainsi que 2 cadeaux. Ensuite, je recevrai un colis payant de romans inédits régulièrement.

Je choisis la collection que je souhaite recevoir :

(cochez la case de votre choix)

- ❏ **AZUR** : Z7ZF56
- ❏ **BLANCHE** : B7ZF53
- ❏ **LES HISTORIQUES** : H7ZF53
- ❏ **AUDACE** : U7ZF52
- ❏ **HORIZON** : O7ZF54
- ❏ **BEST-SELLERS** : E7ZF53
- ❏ **MIRA** : M7ZF52
- ❏ **JADE** : J7ZF52
- ❏ **PRELUD'** : A7ZF54
- ❏ **PASSIONS** : R7ZF53
- ❏ **BLACK ROSE** I7ZF53

*sauf pour les collections Jade et Mira = 1 livre gratuit.

Renvoyez ce bon à : Service Lectrices HARLEQUIN
BP 20008 - 59718 LILLE CEDEX 9.

N° d'abonnée Harlequin (si vous en avez un) |__|__|__|__|__|__|__|__|__|__|

Mme ❏   Mlle ❏   NOM _____

Prénom _____

Adresse _____

Code Postal |__|__|__|__|__| Ville _____

Le Service Lectrices est à votre écoute au **01.45.82.44.26**
du lundi au jeudi de 9h à 17h et le vendredi de 9h à 15h.

Conformément à la loi Informatique et Libertés du 6 janvier 1978, vous disposez d'un droit d'accès et de rectification aux données personnelles vous concernant. Vos réponses sont indispensables pour mieux vous servir. Par notre intermédiaire, vous pouvez être amené à recevoir des propositions d'autres entreprises. Si vous ne le souhaitez pas, il vous suffit de nous écrire en nous indiquant vos nom, prénom, adresse et si possible votre référence client. Vous recevrez votre commande environ 20 jours après réception de ce bon. Date limite : 31 décembre 2007.

Offre réservée à la France métropolitaine, soumise à acceptation et limitée à 2 collections par foyer.